MW01710857

潮音

CHO-ON

第一巻

宮本輝

文藝春秋

潮音　第一巻◉目次

潮音　第一巻

第一章　密貿易

はるばるこのような山裾（やますそ）の、町とも村ともつかない片田舎までご足労下さいまして、ありがとうございます。

まずは長旅の足のお疲れを癒していただこうと、ただ盥（たらい）に湯を用意いたしましただけなのですが、斯様（かよう）な過分な謝意を賜りまして、家内ともども恐縮いたすばかりでございます。

徳川様の世が終わり、明治と年号を変えて、帝（みかど）の時代へと大きく変転いたしまして十三年がたちましたが、わたくしは生まれ故郷のここ越中八尾（やつお）で養生すること三年にして、ようやく坂道の上り下りが出来るまでに回復いたしました。

越中富山の売薬人としての薩摩（さつま）での長年にわたるお勤めが体を傷めたのではございません。

つたない手紙でもつらつら繰り言めいて書いてしまいましたが、たび重なる家族の災厄に心が疲弊してしまい、それがわたくしの体に障（さわ）りを生じさせ、あげく人嫌いというよりも、人怖いという病に臥（ふ）す原因となったのでございます。

世の激しい移り変わりとは無関係な私事ではございましたが、いま正常な精神に立ち返ってみると、明治という世になっての越中富山の売薬業の行末への不安も影響していたのかもしれません。

ま、そんなことはいまお話をするべきではございません。

今宵は、とにかく東京からの長い長い旅のお疲れをお取りいただけるようにと、ささやかながら、いなかの料理を用意いたしましたし、御酒も誂えるよう弟に申し伝えました。弟夫婦は富山城下で暮らしておりますが、もうそろそろ到着いたすはずでございます。

富山城下からこの越中八尾までは徒歩で約五時間。神通川の西側の畔を南へ南へと飛騨の山々のほうへと歩いてまいりますと、真夏でも次第に空気が冷気を含んでまいります。

真夏にはありがたい冷気ではございますが、まだやっと桜に固い蕾が生まれたばかりのこの時期では、あなた様もさぞ寒い国に来たものと思われたことでございましょう。

道や家々の日の当たりにくい場所にはところどころ雪が残っていたはずでございます。当家は絵に描いたようないなか造りでございますが、どうかゆっくりとおくつろぎ下さいますように。

お尋ねの件について、わたくしはわたくしなりに数か月間考えも巡らせ、長く売薬人を務めた幾人かの諸先輩方にもご意見を承りましたが、結論めいたことは誰も口にはできないのでございます。

ここにご用意いたしましたのは、あなた様からのご丁重なる書状を拝読しましたのちに、わたくしが薩摩組の一員として越中富山の売薬業に加わりましてからのほんの覚書程度の書付があったことを思い出して、長持ちの底から探し出したものでございます。

富山の薬売りの命ともいうべき懸場帳（かけばちょう）ではなく、嘉永四年（一八五一）、二十歳で初めて薩摩組に加わって以来、その日その日に見たこと聞いたこと、覚えておかねばと思ったことなどを走り書きいたしました、いわば日記のようなものでございますが、ご参考になるほどのものではございません。

わたくしが当時の世相や薩摩組としての日々の出来事を思い出すための糸口になればと、長持ちの底から見つけ出しましたが、自分で書いたのに判読不明な個所もございます。意味不明の言葉の欠片（かけら）のような駄文も混じっております。

もとより人様にお見せする代物（しろもの）ではございませんが、この古い書付もときには参考にしながら、お話をさせていただこうと思っております。

あ、どうやら弟夫婦が到着したようでございますね。

川上（かわかみ）家の三男でございますが、家の本業を継いでおります。

長男であるわたくしが代々の家業である紙問屋ではなく、十六歳でご城下の薬種問屋「高麗屋（こうらいや）」に奉公にあがりまして、特別に任じられて薩摩組の売薬人となりましたゆえに、弟は家長として長く紙屋の商売に精励しながら、みずからもより良い紙作りを目指して研究に励んでまいりました。

三男が家督を譲り受けるということは、越中ではあまり例がございませんが、次男が十二で亡くなりましたためにその五年前に生まれていた三男の弥三郎（やさぶろう）にお鉢が回ってきたわけでございます。わたくしとは十歳も年下の弟。三十九に相成りました。

嫁のお裕（ゆう）は二十八。薬種問屋「大峰屋（おおみねや）」の親戚でございまして、嫁いでまいりましたのが明治元年（一八六八）でございますので、川上家の当主の嫁となりましてちょうど十二年でございます。

ふたりはいま城下の中心から東へ一里ほどの新庄に設けました「川上屋」の、売薬専用の紙問屋を営んでおりまして、昨年住居もそこに移しました。

風呂が焚けたと家内があちらのほうから目配せをいたしております。風呂の窓からは桑畑と、村とも呼べない戸数三つか四つの集落が低い山の麓の平野部に点在しているさまが眺められます。みな養蚕農家で、代々、生糸作りを生業としてきた家でございます。

この越中八尾は紙と生糸を商うことによって栄えてまいりました。越中富山とはいささか色合いの違う文化を誇っておりますが、それが売薬業とどうつながり合うのかをご説明申し上げるのは、あしたにいたしましょう。

さあ、お風呂にお入りになって、ごゆるりとおくつろぎ下さいませ。

＊

今朝はこころなしか鶯の声がいつもより弾んでいるように感じられました。いまは少し曇っておりますが、半刻もすれば晴れてくるぞと教えてくれているのでございますし、春はすぐそこだと伝えているものと思われます。

他の地域ではあまり見ることのないこの石積みの上に造られた八尾の商家の居並びは、あたかも攻めくる軍勢から防備するための石垣と思う人もいらっしゃるようですが、そうではございません。

うしろは深い山、眼下は井田川。八尾の町並みはそのあいだの小高い場所にございますので、万一山崩れなどが起こりますと、町ごと井田川に落ちてしまいかねません。

　そのために石を河畔に積み重ねることで防災といたしましたが、少し離れたところから眺めますと、人間の頭大の石を巧妙に装飾して、一個一個積み上げて町の景観を高めているのだなと、他所（よそ）から訪れる人々にその風雅な心意気をも示そうとしたのだそうでございます。

　昔は、八尾の村は井田川沿いに並んでおりまして、何度も洪水に襲われて流されることがあり、それを避けるために高台に移って、新しく八尾の町を造ったのでございますが、それが藩に許され、商人たちによって成し遂げることが出来たのはよほどの財力があったからで、富山藩窮乏の折には、代々の前田公よりの借金の無心にも応じてまいりました。

　それほどにここ八尾は昔から生糸と紙によって栄えて、豊かさを築いてまいりました。

　紙だけでなく、繭（まゆ）も、この町の中心部から遠く離れた、南の飛騨の山々に点在する村の民が作っております。

　主に野積川（のづみがわ）の畔の集落と仁歩川（にんぶがわ）沿いに点在いたします仁歩村は紙の生産と、蚕の飼育によって得られる繭の商いを拠りどころとして生活してまいりました。

　と申しましても、無数の尾根の間にある村で、八尾の南の端から険難な山道を行くこと五、六里。山の瀬を切り拓いて作った棚田や畑でそれぞれの食い扶持（ぶち）だけの米と野菜を作り、桑の木を育て、紙の原料となります楮（こうぞ）を植えたり、飛騨や礪波（となみ）から買って、養蚕と製紙をつづけてまいりました。

　楮で紙を漉（す）くのは山の民。蚕を飼い、繭を作る者の多くも山の民。

　その繭を買い付けて、八尾の生糸屋で糸を紡ぐ。紙を買って仲介業者に売る。お陰で野積川の周辺の村々や仁歩村の人々は生活の糧(かて)を得る。

　この持ちつ持たれつのつながりは、紙問屋にも恩恵をもたらしてまいりました。なぜなら、生糸屋は蚕種(さんしゅ)も作ります。蚕種とは蚕の卵でございまして、糸を採らない繭のなかから出てきた蛾は好んで紙の上に産卵いたします。卵の孵化(ふか)の時期を温度で調節するためにも、紙は必要欠くべからざる役割を果たしてくれます。たいていは生糸屋の屋根裏部屋で飼育するのですが、蚕種だけを専門にする家もございます。時期が訪れますと床に何百枚もの紙を敷き、蚕の成虫の産卵を待ちます。紙にへばり付くように産み付けられた蚕の卵は気温を微妙に調節して冬を越させ、春に山奥の村の養蚕農家に売られます。

　八尾の中心部には何十軒もの蚕種屋が商いを営んでおりますので、蚕種用だけでも大量の紙が必要でございます。

　そこで、製紙屋、養蚕屋、生糸屋、蚕種屋、紙屋の五つが八尾で密接につながり合ってくるということになるのでございます。

　あ、そこはいささか急勾配な坂で、石畳も途切れているうえにぬかるんでおります。どうかお足元にお気をつけて、井田川がいかに糸紡ぎに適した清流であるかをお確かめ下さい。

　飛騨山系の尾根を縫う無数の川の多くは井田川に注ぎ、井田川は富山町(とやままち)のほぼ中心部で神通川に注ぎ、神通川は富山湾へと注いでおります。

　日も差してまいりました。鶯の鳴き声も増えたようでございます。

　その松の木の横に、ちょうど腰掛けるのに具合のいい岩がございますので、そこに並んで坐っ

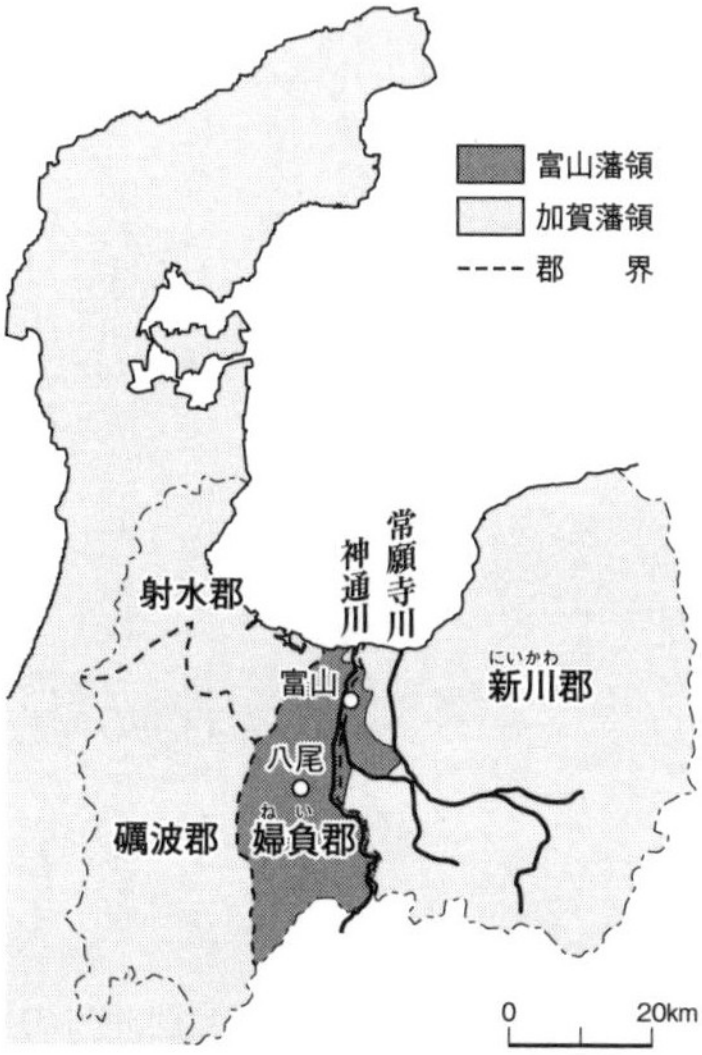

て、まず越中富山の売薬業がいかなる歴史を経て今日に至ったかをお話しすることにいたしましょう。

*

日本中の人々が知っている「越中富山の反魂(はんごん)丹(たん)」は、もともとは富山の薬業者が考案したのではございません。

「反魂丹」という名の薬は、清国やルソンや天(てん)竺(じく)やその周辺国で産出される麝香(じゃこう)、木香(もっこう)など二十数種類の薬種を調合したものでございますが、備前岡山藩の薬医・万代常閑(もずじょうかん)が研究に研究を重ねて改良させた名薬でございます。

もともとは唐人によって我が国に伝えられた漢方薬で、その製法を学んだ万代家が代々処方を守り、やがて請われて越中富山の売薬業者に教えたという言い伝えもございます。

また、立山大権現を信奉する立山信仰の修験者たちが、布教に行く先々で反魂丹に似た薬を与えることで人々を集めたのが始まりだという話もございます。

　富山藩は加賀藩の支藩で十万石の弱小な藩、所領地は神通川の西側一帯と常願寺川（じょうがんじがわ）との間の一部でございました。越中富山藩と申しましても、地図で見るとまことに狭い範囲だけが所領地で、それ以外の越中のほとんどは加賀藩の直轄地だったのでございます。

　加賀藩は百万石の大大名。それに比すと富山藩はたったの十万石。そのうえ、富山の中央部だけが与えられて、山の幸、海の幸のほとんどは加賀様のもの。とりたてて藩を潤おす商いとてなく、わずかな漁と農耕以外に民を養う手だてはなかったのでございます。

　元禄三年（一六九〇）の十二月、二代目藩主の前田正甫（まさとし）公が江戸城に参りました折に、ある大名が腹痛に襲われました。みぞおちに激痛が走って苦しんでおりましたので、前田公が御自分の印籠に入っていた反魂丹をその大名に差し上げたところ、痛みは速やかに収まりました。

　正甫公は生来胃弱で、反魂丹を常備薬として使っておりました。反魂丹はかなり以前に唐人によって渡って来ていた薬で、万代家によって製法が守られてきたという説を正しいとするならば、正甫公が御自分の常備薬としていたとしても不思議はございません。

　これはなんと薬効のある薬かとたちまち伝わり、他のお大名や重臣方から反魂丹を求められ、前田正甫公は翌年に国許に帰参するや、富山の薬種商たちに、依頼された藩への売薬廻商を命じます。

　のちに誇張され、定説と化して流布されたところもあるかもしれませんが、ここまでは、いまや伝説となって富山では幼い子でも知っている逸話でございます。

　ですが、正甫公を富山売薬の祖とすることに異を唱える方々も多くいらっしゃいます。

明らかな文献が残っていないからですが、わたくしは学者ではございませんので、そこのところをつまびらかにする必要はないと考えております。

正甫公の江戸城での逸話もまったく虚構とも思えませんし、越中富山の売薬業成立の契機となったとしておいても、実際に行李をかついで薩摩で年に二回の行商を十六年にわたって励みましたわたくしにはなんの支障ともなりません。

正甫公の命を受け、薬種商の松井屋源右衛門等が備前岡山の薬医・万代常閑に薬の作り方を直接学んだのでございます。反魂丹は気つけや疝痛などの痛み止めとしてとりわけ薬効を発揮いたしますが、病気はそれだけではございません。富山の薬種商たちは、食当たりや酒の飲み過ぎなどに効く「熊胆圓」、腹痛や癇の虫を抑える「奇応丸」などの製薬法も学んで、六種の薬を持って依頼された藩に売り歩くようになります。

それまでも富山の薬業者は行商を行なっておりましたが、こうやって元禄四年（一六九一）に、藩主の命による初期の売薬廻商組合を結成することとなったという説を信じても、あなた様のお知りになりたい事柄への考察に差支えが生じるとは思えません。

売薬業者たちは、特定の藩だけでなく、その道中に立ち寄る地でも商いをするようになり、製造する薬も各地での求めに応じて目薬や頭痛薬等を研究し、さまざまな方剤書を参考にしつつ、独自の薬を作って品数を増やしていくのでございますが、商いそのものは所詮細々としたものでございました。

藩を支える屋台骨として大きく転換を図ったのは、それから五十四年後の延享二年（一七四五）に五代藩主となった前田利幸公でございます。

全巻内容
＜背景となる主な出来事＞

● …主・前田正甫による…薬発祥伝説」
● 薬売りと薩摩藩が手を結んだ、清との「密貿易」
● 黒船来航
● お由良騒動から篤姫輿入れに至る島津家の内情
● 攘夷論の台頭

第二巻（京都動乱編）

● 安政の大獄
● 桜田門外の変
● 寺田屋事件
● 馬関砲撃
● 薩英戦争
● 池田屋事件
● 禁門の変

第三巻（幕末疾風怒濤編）

● 馬関戦争
● 薬売り、幕府崩壊を予感する
● 天狗党の乱
● 幕府の長州征討
● 将軍家茂の死
● 大政奉還
● 鳥羽伏見の戦い

第四巻（明治風雲編）

● 売薬仲間組から「カンパニー」へ
● 廃藩置県
● 岩倉使節団の派遣
● 征韓論
● 薬売り、清国・福州へ交易の旅
● 西南戦争
● 大団円

越中富山

宮本輝『潮音』筋書

讀む薬

YOMUKUSURI

文藝春秋謹製

令和七年壱月吉日より発売

執筆足かけ十年。
宮本文学、初の歴史小説

宮本輝『潮音』（全四巻）

2025年1月〜4月
4カ月
連続刊行!

近代日本の礎となった「富山の薬売り」たちの知恵と勇気
名もなき民衆が見た幕末・維新の大動乱

あらすじ

時代背景は、米砲船が浦賀に来航した弘化三年（1846）から、明治十五年（1882）。開国から明治維新・西南戦争を経て、日本の近代化が始まる激動期である。

主人公・川上弥一は、薩摩藩担当の薬売り行商人から、最後は近代的製薬会社の創業を主導するまでになる——。

英雄ではなく、一商人の視点から描く異色の歴史小説。

https://books.bunshun.jp/list/books

第一巻のことば

求められておるのは才ではない。
大きな心だ。
宮本輝

第一巻（富山・薩摩 開幕編）

・富山藩二代藩主

重郎が弥一に投げかけることば。

くテーマとなる。

弱冠十七歳の藩主が直面した藩民の窮乏は目を覆うばかりでございました。

とりわけ利幸公が藩主となったころは神通川の氾濫や豪雪害、そこに追い打ちをかけるような富山町の大火で、餓死する藩民の数は多かったのでございます。

なんの商業基盤もない富山藩は、どうやってこの窮乏を乗り越えたらいいのか……。

十七歳の利幸公は懊悩（おうのう）し、重臣たちの知恵に活路を求めましたが、良案はまったくなく、飢えた人々は町にも村にもいたずらに溢れつづけていきます。

そのころ、前田藩の京屋敷から、利幸公の叔父にあたる利寛（としひろ）様が帰参してまいりました。当時、四十二歳でしたが、学問好きの聡明なお方だったそうでございます。

藩と民を救うために、利寛様は幾つかの藩政立て直し案を提示いたしましたが、そのなかに富山藩だけの新規の産業を興すというのがございました。

それだけではなく、藩内の正貨、つまり金、銀、銭を他の藩に出さない策を講じることも重要だと進言なさったのでございます。

正甫公の時代から五十四年を経て、我が国の交通は大きく変化しておりました。海上輸送というものが発達して、大量の荷は陸路ではなく海路で運ぶようになっていたのでございます。

利寛様は、船を使えば畿内、とりわけ商業の中心地である大坂に大量の商品を輸送できると進言なさいまして、御自分が手に入れた大坂物年寄による移出入品の品目や総量をまとめた文書を利幸公にお示しになりました。

それらの幾つかの進言から、利幸公は、まず正貨の藩外流出を防ぐための手だてとして、加賀様の領内からの魚類の購入を禁じ、富山領内の漁港から買い入れるようお達しを出し、さらに、それまで他国から仕入れていた紙、とりわけ越中富山の売薬商が薬を入れるために作る袋をすべて紙座から購入するよう手をお打ちになりました。

紙座とは紙問屋の組合で、富山の商人に紙を専売させようというものです。富山の紙商人たちは、わたくしの生家・川上屋をはじめ、この八尾の井田川と深い山に挟まれた小高い石積みの上に軒を並べる紙問屋を巡って、求めたい品を買い集めておりました。家や商いの大小にかかわらず、それらの当主たちを、この地では昔から旦那と呼んでおります。

これが越中売薬と八尾の紙とが深く結ばれつづける契機となったのでございます。

しかし、藩と民との窮乏は、その程度の手だてでは改善いたしません。それどころか、打ち重なる天災によって、財政はさらに逼迫するばかりでございました。

出るものを抑えるだけでは、どうにもならないところまで追いつめられて、利幸公は呻吟をつづけ、富山だけの産業をとさまざまな試行錯誤を重ねますが、どれもうまくいきませんでした。疲弊した藩の台所事情では資金力が及ばないからでございます。

ですが、あるときふと越中富山には反魂丹を中心とした優れた薬が幾種類もあるではないかとお気づきになられました。

正甫公の時代から約六十年間、越中富山の売薬人は、かぎられた地域でのみ行商をつづけてきたが、交通手段がひろがったいま、全国に販売できるのではないのか。薬は腐らない。夏でも冬でも商いができる。一袋は軽くて嵩が小さい。薬を作るための薬材のほとんどは清国からの交易品だから大坂で仕入れることができる。売薬業をこの越中富山の大産業とするのだ……。

利幸公は決心を固められました。若い利幸公のそれからの行動は迅速であったということでございます。

藩で売薬仲買人を任命し、原料薬種の選別吟味を行なわせるとともに、売薬に関わる人たちの役金取り立てを一時棚上げいたしました。役金とは税金のことでございます。

書名は失念いたしましたが、古（いにしえ）のシナの帝王がみな学んだという書物に「与えることで取ることを考えるべきである」という教えがございますが、利幸公はまさにそれを実践したのでございます。

税を納めるのを待ってくれるということで、薬種業者も売薬人たちも色めきたちました。働き甲斐（がい）が出来たのです。彼らはそれまでに倍する働きぶりを発揮するようになり、商売替えをして売薬業に加わる者たちも大勢あらわれたということでございます。

さきほども申し上げましたが、富山の薬そのものの由来は諸説入り乱れておりまして、売薬業者や薬種業者の家に残ります文書にも、あとから多少の脚色が加えられたりもいたしました。

売薬の最大の特徴である「先用後利」という商法も、室町時代から自然発生のように行なわれてきた信用取引きを取り入れたという方もいらっしゃいます。

ですが、わたくしは、やがて全国を行商するに至るまでの売薬人たちの各地での見聞や体験が、使った薬の代金をあとで頂戴するという「先用後利」の商法を作り上げていったのではないかと考えております。

世が延享から寛延へと推移し、そして宝暦年間（一七五一〜六四）に入っていきますと、富山の売薬も販路を拡げ、藩もさらに本腰をいれて介入していくのでございます。

それまでは売薬人の自主に任せておりました「仲間組」組織にも藩は厳格な介入を行なうよう

になります。

仲間組と申しますのは、売薬人にかぎらず、それぞれの職業における秩序と商権を守るための「株」を持つ者の組織であり、中世は「座」と呼ばれた制度で、いわば商人の知恵から発した互助組合でございます。

この株組合には、村では百姓株、山林や漁場では入り会い株、商行為においては株仲間などがございますが、それらは御公儀にとりましても都合が良くて、支配体制強化に役立ちました。一括して管理しやすいということでございましょう。

越中富山の売薬業者は株を「脚（きゃく）」と名づけました。名義人がひとりで廻れる商売範囲を示すものでございます。

たとえばあなた様が三脚を所有しているといたしますと、行商をして商売をしてもいい範囲が三倍になるわけで、脚は多ければ多いほど商いも大きくなるのでございます。

この脚は、名義人の意思によって売買が可能でございます。

越中売薬の仲間組は商人のそれぞれの思惑と、藩の財政措置との利害によって出来上がったと考えるほうが正しいのではないかとわたくしは思っております。

売薬人たちが全国から持ち帰って来る利益の管理にも仲間組制度は都合がよかったのでございます。そこから藩に納められる税金の額も容易に算出できるからでございます。

仲間組は売薬人たちにとっては商権の公平な分担だけではなく、相互扶助の役割も兼ねておりました。

しかし、このように越中富山の売薬の成り立ちから、その時代時代の変遷や発展を順にお話ししていては先に進みません。

武士の世が終わりを告げ、明治政府となって、いま急速に西洋薬を国民に押しつけようとしておりますが、わたくしどもは、自分たちが作る越中富山の薬への誇りはいささかも捨ててはおりません。

性急かもしれませんが、富山藩が全国に薬販売網を整備して、売薬人たちと協議を重ねつつ築き上げたもののなかには、ひらたく申し上げれば「人材の育成」という困難かつ重要な問題がございまして、それについて若干お話しさせていただこうと思います。

売薬行商人は他藩で商いをいたします。まずなによりも売る薬の効果がなければ商いは成り立ちませんが、同じくらいに大切なのは、売薬行商人たちひとりひとりの資質でございます。行商先での振る舞いと申しましょうか。

まず、読み書き算盤（そろばん）に長じていなければなりませんし、性格温順でなければならないのです。その場その場での臨機応変な知力や判断力にも秀（ひい）でていなければなりません。

商いに関係することであろうとも、まったくの私事であろうとも、他藩での揉め事は絶対的な禁忌。

売薬業者たちも富山藩も、売薬業を長期にわたっての大事業に育てようと考えておりました。二十年、三十年、五十年、百年……。あるいはそれよりもさらに遠い将来までも、越中富山が作る薬が全国津々浦々の人々から信頼されて愛用されることを眼目と定めていたのでございます。

だからこそ、売薬にたずさわる人間の資質を極めて重んじたのでございます。

無論、重い荷物を背負っての行商でございますから、足腰が丈夫で、体も頑健でなければなりません。そのうえで、温厚で忍耐強い者でなければ、他藩に行くだけでも何かとしがらみが多かった時代に、富山以外の地で商いをつづけることはできないと考えたのでございます。士農工商という身分を度外視して、学問を求める者はみな、武家の子も町人の子も百姓の子も、藩が直接に設けた各地の学校に入れて勉強させました。

たくさんの子どもたちがこぞってその門をくぐりました。売薬人になることは、農民や町人の次男や三男にとっては夢だったのでございます。

寺子屋は読み書きだけを教えるところもございますし、そこに算盤も加えたりもいたしましたが、藩が設けた売薬のための人材育成所では、手紙の書き方、薬の知識、薬石の調合法、歴史学、地理学、帳簿付けも学ばせ、全国各地の気候やそこに住む人々の気質、貧富の度合い、さらには正しい人間の振る舞いをも教えたのでございます。

最も重要なのは、金や銀を銭に換算する計算能力でございます。銭、つまり貨幣でございますね。

金や銀の相場はつねに変動しておりますので、きのうの価格、きょうの価格、あしたの価格などを頭に入れて、その日その日の相場を即座に判断しなければ、行商という商いは丼勘定（どんぶりかんじょう）になってしまいます。ですから、金一両はいま幾ら、銀一匁（もんめ）はいま幾ら。受け取る代金は二両二分だから銀で換算すれば何枚。そういう計算が出来なければ売薬行商は務まらないのでございます。

この売薬商人養成のための特別な寺子屋は、七歳から十三歳までの子どもたちが通いました。百姓の子でもよいと申しましても、農家では重要な働き手ですので、親が許さない場合が多く、ほとんどは町人の子でございましたが……。

この人材育成が、やがて売薬商人たちに、みずからを商いの背景としようとする心構えを与えたのでございます。

自分という人間のすべてが越中富山の薬そのものである。ゆえに自分が担当する国においても、身を律し、お得意先の身分や貧富に関係なく親切に接し、困っている者には頼りにされる、みなから好かれる存在でなくてはならない。

まず人ありき、次に薬ありきなのだ。

そう自覚した者たちが全国へ行商に出て行きました。

わたくしは、長年にわたる越中富山の薬売りの隆盛は、ひとえにこの人材育成への取り組みにあったと信じております。

さらには富山人気質というものも忘れてはならない重要な要素でございます。

越中富山は名だたる豪雪地で、北側は海、南側は幾重もの尾根の波に揉まれているような険難な山脈。海から山脈まではわずか十余里。

その小さな貧しい土地も大部分は加賀様の所領地で、幾つかの川はつねに氾濫し、稲や作物を壊滅させてまいりました。

藩民は忍従の日々をおくりつつも粘り強く田畑を耕し、小商いに知恵を絞り、七転び八起きして生きてまいりました。

しかし、この地勢が越中人に独特の気概を培(つちか)ってきたのではないかと思わずにはいられません。

これは、わたくしが十六歳で富山町の薬種問屋・高麗屋金兵衛(きんべえ)様のもとで奉公を始めてすぐに、神通川の河口にある岩瀬浜で間近の海と後方の峰々を交互に眺め入って一瞬血がざわめくのを感じたことを、後年、薩摩の枕崎の断崖で思い出した際に生じた愚考でございます。その考えは、いまでは若いときよりもさらに強い確信として、わたくしの心に居座っているのでございます。

神通川と常願寺川流域の狭い領地のなかで暮らしている越中富山人は、前方の途方もなく広大な海と後方の峩々たる峰々の向こう側を、いつともなく、自覚することなく、強く夢想して、憧憬の念を抱きつづけてきたのだ、と。

この海の向こうには、途轍もなく広大な世界がある。あの峰々を越えたら、見たこともない豊かな都の町々や文化がある。俺はそこへ行きたい。海を越えたい。高い山脈を越えたい。

言葉にすれば、そういう思いでございましょう。

わたくしは、この憧憬を、わたくしひとりのものとは思えませんでした。越中富山人が、自覚するしないにかかわらず、等しく胸中に隠し持っている気概の根元にあるものだと思えてなりません。

こういう越中富山人の気質がなければ、他藩での商いが困難な時代に、東北地方や、蝦夷地や、四国や、果ては九州の薩摩までへも歩いて、薬の行商をしようなどと考えるでしょうか。
仮に他藩が売薬の全国行商を考えたとしても、それを実行に移して、商いが盛んになってから今日までの二百年近くも、各々の行商地に通いつづけられるでしょうか。

粘り強くて勤勉で、遠隔地におもむくことを臆さない越中富山人だからこそ成し遂げられた商いではなかったかとわたくしは思うのでございます。

先ほど、前田利幸公のお話をいたしましたが、利幸公は十七歳で藩主となり、宝暦十二年（一七六二）三十四歳で亡くなりました。藩と民の窮状を見事に立て直した十七年であったと言わなければなりません。

その後、代々の藩主も売薬業の奨励と保護に努めておりましたが、利幸公没後五十四年の文化十三年（一八一六）、藩はそれまで町奉行が統べていた売薬業を、新たに設けた別役所の「反魂丹役所」に元締めをさせることになります。

このころになりますと、商いの拡大は、薬種の不足を招きます。大坂の薬種問屋にとりましても、大量に薬の原料を仕入れる越中富山の売薬業者は最大の顧客となっておりましたが、供給が需要に追いつかないという事態もしばしば起こるようになっていきました。

また薬種の不足につけ込んで、不当な値上げをする薬種問屋もあらわれました。

そうなると、そのほとんどを清国からの交易で得ている薬の原料のなかには粗悪なものも含まれるようになりました。

たしかな薬の効き目を守るためには、町人である売薬業者では力の及ばない事柄が山積するようにもなり、それらを解決するのは藩の仕事とならざるを得なかったのでございます。

反魂丹役所は、さまざまな事態から売薬業者を守るための役所でございます。

大坂で仕入れたり、藩内で栽培した薬種の品質の高さを確かめるためには、反魂丹役所のなかに本草学、つまり薬学に通じた者を育成する必要が生じました。

本草学とは、もともとは博物学のようなものでございまして、動物、植物、鉱物などにいかなる薬効があるかを調べる学問でございます。シナでは、我が国に先立つこと千年以上も前に、この本草学と同じ学問が成立していたと伝わっております。

越中富山では、十代藩主・前田利保公が本草学を学び、みずから薬草園を作り、全国各地の薬草や薬石を採集して、その効能を仔細に調べ、やがて『本草通串』九十四巻という名著を完成いたしました。藩主であると同時に、学びに学んで、我が国における本草学の権威となった方でございます。

時代が経るにつれ、売薬業には幾つかの障害も増えてまいりました。

他藩の同業者との軋轢。各地の藩のお家事情による「差留め」、つまり行商禁止。物価の上昇に伴う財政難への苦慮。

反魂丹役所は、それらの解決をも担うお役目を果たしてまいりました。

*

日は照っておりましてもまだ三月の末。ここは眺めはいいのですが、風を遮るものがありませんので、かなり体が冷えてまいりましたね。

商家が軒を並べます八尾の小さな町を散策しながら、いま少しお話をつづけさせていただこうと思いますが、いかがでございましょうか。

八尾の町の、この中心となります通りの東南側のずっと奥はさして高くはありませんが、町の者どもでは一町も歩いて進むことが難儀な深山で、わたくしどもは「深山の民」と呼んでおります人の領域でございます。

彼らのお陰で、紙作りに必要な楮を得ることが出来ております。八尾の紙が、他の地の紙と比して丈夫なのは、この山で産する楮の質に拠っております。

八尾の紙が丈夫であるからこそ、越中富山の薬を入れるにふさわしいとして、長く売薬業と関わってこられたのでございます。

わたくしどもと異なる暮らしを営む深山の民ではあっても、八尾の紙づくりに隆盛をもたらし、それを継続させてくれたのは彼らだと申しましても過言ではないと、わたくしは思っております。

さて、「仲間組」のことでございますが、幕末のころには、このような構成になっておりました。出がけにその一覧を持ってまいりましたので、どうかご覧下さいませ。二十二組。数字は脚数でございます。

関東組三百八十。五畿内組二百六十二。美濃組二百六。信州組百七十二。九州組百四十。越後組九十七。北中国組九十四。奥中国組九十九。江州組八十二。伊達組八十二。北国組七十一。伊勢組七十七。上総組六十六。出羽組六十。駿河組四十三。南部組三十八。四国組四十七。飛騨組十八。仙台組三十四。秋田組五。越中組百二十二。薩摩組二十六。合計二千二百二十一脚。

時代によりまして組のそれぞれの脚数には多少の変動はございますが、幕末の慶応元年（一八六五）には、このような構成となっておりました。

ご覧になって、それほど広くもないたったひとつの藩なのに薩摩藩はずいぶん脚数が多いことを不思議に思われたことと思います。

伊達藩は奥州とは別に北関東や滋賀などに飛び地で所領地がございましたので数は必然的に多くなりますし、飛騨や信州も複数の藩がございます。

しかし、なぜ一藩だけの薩摩に、これだけの多くの人員が派遣されたのか……。それにつきましても、のちにご説明することといたしましょう。

仲間組は「仲間示談」と呼ぶ規約を設けて、その遵守を前提として構成され、ひとつの仲間組の統率者として上縮(うわしまり)が選ばれて、行商人たちは上縮の言いつけを遵守いたしました。

　選ばれてと申しましたが、上縮という責任者は年功序列でもなく、投票で選ばれるのでもありません。人格、統率力、経験等々、仲間組の誰しもが認める形で「この人を上縮に」と自然に推し出されて決まっていきました。わたくしの知るかぎり、そのことによって何らかの不満や揉め事が起こったことはいちどもございません。

　ですが、これは仲間組内での責任者、あるいは統率者としての頭(かしら)であって、各藩における現場での長ではございません。

　関東組とひとくくりに呼称いたしましても、江戸を商圏とする者たち、横浜を商圏とする者たち、下総(しもうさ)、上州……等々、その範囲は広くて、それぞれの受け持ち地域は細分化されております。

　その関東組における異なる商圏を「向寄(むかいより)」と呼び、ひとつひとつの向寄でも上縮と呼ぶ責任者が行商人に指示したり助言を与えたりするのでございます。

　これら向寄の何人かの上縮のなかに、仲間組の上縮がおります。

　行商先のいわば棟梁である、向寄の上縮が持ち場の藩から預かりました要望なり内密の相談事なりを、火急の場合は早飛脚で、急を要さない案件は国許に帰参してから、薬種問屋や廻船問屋の主(あるじ)に口頭で伝えますが、それは向寄の上縮の役目で、それ以外の者には内容の一部すら漏らされることはありません。

　それが富山藩の判断を仰がねばならない内容であれば、問屋の主が反魂丹役所の重職にお目通りして伝えるのでございます。

　ですから、仲間組の上縮と、向寄の上縮の長とは立場も役割も異なっていることになります。

そこのところは、ややこしいのでございますが、各藩の役人にしてみれば、仲間組の上縮は、あくまでも仲間組内だけの長であって、実際にそれぞれの持ち場において行商を監督している現場の人間ではないのだから、藩の内政に関わる諸問題を知る立場にない、という受け取り方をしていたのでございましょう。

薬はどこで作っていたのかというご質問についてでございますが、売薬人が薬種業者から仕入れた薬材料を使って自分の家で作っておりました。

高麗屋のように、のちに自家でも薬を作るようになった薬種問屋もございますが、基本的には売薬行商人がみずからの手で植物や鉱物等を刻み、正しい製法に則(のっと)って調合しておりました。

その薬の品質を厳しく吟味するのも反魂丹役所の重要な役目でございました。

さきほど八尾の紙は丈夫だと申し上げましたが、薬の包装には、丈夫な、湿気を防ぐ紙がなければなりません。すぐに破れる紙、湿気から薬を守れない紙、そのようなものは売薬には適しておりません。

もともと丈夫な紙を産出しておりました八尾は、利幸公の御政道によって越中富山の薬の包装紙を一手に承るようになると、さらに製法に工夫を加えました。

この八尾が、加賀藩ではなく富山藩の直轄地であったことは、わたくしの実家である川上屋にとっても、他の紙問屋にとっても幸運であったと言わねばなりません。

町人ですら字が読める者のほうが少なかったのですから、農民のほとんどは字を知らないと断じてもいいのでございます。

薬の袋に版木で刷り込んだ薬名どころか飲用方法についての注意書きも読めないとなれば、誤飲するおそれが高いと考えなければなりません。

そのためには、字ではなく絵や色で、この薬は「反魂丹」、この薬は「六神丸（ろくしんがん）」、この薬は「熊胆圓」とわかるようにしなければならないということで、版木の刷りのいい紙の製造法の研究が始まりました。

さらには、いつのころからなのか、わたくしは正確な時期はわからないのですが、いわば客寄せ用のおまけと申しますか、各地のお得意様への手土産と申しますか、越中富山の売薬行商独自の紙風船や歌舞伎の役者絵は、全国津々浦々の子どもたちも年ごろの娘たちも、いまも楽しみにいたしております。

これも、八尾の紙で作ります。薬袋にしても紙風船にしても、すぐに破れるものは適しません。そのために版木で文字や絵柄を刷ったあとに柿渋を塗ります。八尾周辺に柿渋を作る農家が増えて、その製法も技能も売薬業の発展とともに向上してきたのでございます。

八尾の紙業者、版木を彫ってさまざまな色で刷る職人、柿渋の製造業等の必要に迫られての進歩も越中富山の薬のお陰でございます。

わたくしは深山の民が自分たちの庭のように縦横に行き来しておりますこの深山が子どものころから好きでございました。

ご覧下さいまし。木々の芽吹きの色にはひとつとして同じものはございません。

あのひときわ大きな皁莢（さいかち）はわたくしが子どもの時分からまったく形を変えていないように感じられるのですが、目に見えないゆっくりとした速度で枝を伸ばし、幹も太くなっているのでございましょう。

ただそれがあまりに緩慢であるために、わたくしの目には見えないだけ……。

百年たてば、ああ、百年前のあの日よりも確かに太くなったなとわかるのでございましょうが、わたくしはそれを見ることは出来ません。

わたくしは二十五歳のときに、薩摩で一本の巨大な楠木(くすのき)を目にしたことがございます。幹の太さは直径九尺以上。樹齢がいったい何百年なのか見当もつかない楠木でございました。優に千年はたっているかもしれません。

根元にたたずみ飽かず見上げつづけました。おそらく日本一巨大な楠木ではないかと思えるそれを、ただただ茫然と見つめているうちに、わたくしには声が聞こえたのでございます。

いえ、声とも響きともつかない野太くて静かな波長であったのかもしれません。

わたくしはその波長からなにかの言葉を感じ取ろうとしましたが、それきり巨木は黙してしまいました。

蒲生(かもう)八幡神社の境内でございます。

日暮れ時で、周りには誰もおりません。上縮の富蔵(とみぞう)様は神社の山門の向こうの小さな橋の欄干に腰掛けて煙草を吸っていらっしゃいました。

わたくしは幼少のころから夢想癖があり、他の同年の子どもたちには見えないものや聞こえないものが見えたり聞こえたりするときがあったのでございます。

祖父母も両親も、そんなわたくしを案じまして、気つけの薬を飲ませてみようかと相談したこともあったそうでございます。

三年前に病に罹(かか)り、生まれ故郷のここ八尾の実家で養生生活に入りましたとき、わたくしはときおりこの八尾でいちばん太い皁莢の傍(そば)に行き、二十五歳のときに聞こえた声とも響きともつかない言葉を自分に向ってつぶやきました。

はい、わたくしはいつしか自分のなかで楠木の巨木の言葉を創造していたのでございます。

その言葉を心でつぶやくと、わたくしは、これまでも巨大な何物かに護られてきたし、これからも護られつづけるであろうことを確信出来るのでございます。

もうひとつ、のちの光景。

わたくしは薩摩の枕崎の岸辺から見事な月を見ました。あれほど美しい月を見たのは初めてでございました。

いつもの百倍ほどの巨大な月のなかに、もっと輝く月の塊(かたまり)があり、そのどちらもが珍しく静かな薩摩の夜の海を輝かせている……。なんと美しい光景であろう。

そんな忘我のひとときのあと、外側の巨大な月は、本物の月が照らす夜空だと気づきました。

月と見紛うばかりに明るく光る夜空があると言いましても誰も信じてはくれませんでした。

このことは誰にも話しませんでしたし、これまで自分の心にしまい込んでおりましたが、月光とそれに照らされた海から、また声とも響きともつかないものが聞こえたのでございます。

恍惚と眺め入るうちに、楠木と月とが同じ言葉をわたくしに投げかけてくれていると気づきました。

「一生涯見ていてあげる。安心していなさい」

ですが、それはわたくしの耳が聞いたのではございません。心の中に直(じか)に届いたような気が致します。

月を見たのが先なのか、楠木の声を聞いたのが先なのか、いまとなっては思い出すことができません。そのふたつはわたくしのなかで渾然一体となって……。

子どもの作り話のような益体もないことをお聞かせしてしまい申し訳ございません。

春がやって来たという喜びが、幼少時の夢想癖をわたくしのなかに甦らせたのかもしれません。またあの楠木の傍に立ち、西南戦争で亡くなられた薩摩の若いお侍様たちを偲びたい。またあの月を仰ぎ見て、それらお侍様たちの奥様たちやお身内の方々のしあわせを祈りたい……。

そういう郷愁に包まれるようになりましたのも、健康を取り戻した証ではないかと考える次第でございます。

そろそろ昼どきでございますね。朝方、家内が蕎麦を打つ用意をしておりました。

昼食を挟んで、少し一服いたしましたら、薩摩藩の歴史について、その概略をお話しすることにいたしましょう。

歴史と口幅ったいことを申しましたが、わたくしは薩摩の人間でも歴史学者でもございません。どれもわたくしの上縮として手取り足取りご指導下さいました富蔵様からの受け売りではございますが……。

そしてこの富蔵様が、薩摩組の各商圏である向寄の現場を指揮する上縮たちの長、つまり何人かの上縮の上に立つ頭であったのでございます。

＊

やはりいいお天気になってまいりました。お気づきになりますでしょうか。鶯の声だけでなく、耳を澄ますと雲雀の囀りに似た音が聞こえております。あれは雲雀ではなく、高い石積みの幾千幾万もの襞を流れて河原に落ち、井田川へと溶け込んでいく雪解け水が奏でる音でございます。

八尾の町からはほとんど雪は消えましたが、後方の山脈や東南側の深山にはまだまだ深く残っております。それらが溶けて土に潜り、木の根を伝い、森林の下方の夥しい水脈に運ばれて、尾根伝いの急流や井田川に土と樹木の養分を注いでおります。それにはきっと八尾の紙に強さを付与するなんらかの養分が含まれているとわたくしは信じております。

子どものころ、わたくしはこの雲雀の囀りに似た水音が聞こえる季節になると、まだ明けきらないのに目を醒まし、体の奥にむず痒さを感じながら、いつまでも耳を澄ませつづけたものでございます。

家内が打ちましたがさつないなかの山菜蕎麦をお替り下さいまして、家内もお裕も大変喜んでおりました。出汁はお裕が作りました。早春の山菜は胃もたれいたしませんが、食後の腹ごなしに井田川の畔を散策いたしましょう。

坂道はぬかるんでいるところもございますので、わたくしの踏み跡をお踏みになるとよろしゅうございます。

三年前、心身を痛めましてふるさとに帰ってまいりましたときは、やっと立っているばかりで、とてもこの坂道を自力でのぼることはできないどころか、井田川の流れの音も野鳥の鳴き声も神経に刺さってくるような状態で、幼馴染たちに茣蓙で作った菰に乗せられて家に運んでもらうありさまでございました。

もはやこれまでかと覚悟いたしましたが、八尾の名医や、かつての反魂丹役所で本草学を習得していた緒方喜重郎様のお見立てで、六神丸等三種の薬を併用しながらの療養生活に賭けてみようと腹を決め、あれこれと思い煩うことをやめました。

あなた様への書状でもいささか触れさせていただきましたが、わたくしの長患いの発端は十八歳のひとり息子の自死でございます。

大政の奉還から九年後の晩秋に、倅・太一郎は短刀で己が首の血管を切って死にました。理由は、誰にもわかりませんでした。

親にも話せない悩みがあったのかと、息子と親しかった同年齢の友人たちに心当たりを尋ねて廻りましたが、みな首を傾げるばかり。なかには太一郎の自死を知らされて、からかわれているのかと思い、悪い冗談はやめてくれと本気で怒る者もいたほどでございます。

太一郎は、わたくしの仕事を継ぐ者として、薬種問屋の高麗屋半兵衛様のもとで商いのいろはを学び、二十歳になればここ八尾に帰って来て、わたくしと一緒に仕事をしながら薬の調合を学ぶ予定になっていたのでございます。半兵衛様は、わたくしが奉公いたしました高麗屋金兵衛様亡きあと家督を継いだ方でございます。ことし五十二におなりになります。

自死する前日も、太一郎に変わったところはなにもなかったということでした。父親とも母親とも争ったことはない、気性の柔らかな、素直な性分でしたが、かえってそれがわたくしや家内にはわずかな心配の種で、若者らしくもう少し我を通してもよさそうなものにと、ときおり太一郎のいないところで夫婦で話したりもいたしたほどでございます。

越中富山の薬売りという仕事がいやだったのかとか、好きな女がいたのかとか、博打で借金があったのかとか、突然の重い気鬱病にかかったのかとか、思いつくありとあらゆる理由を探りましたが、どれにも該当せず、親はただ茫然と息子の自死を受け容れるしかございませんでした。

高麗屋半兵衛様も、なにか心当たりはとお店の奉公人はもとより取引き先の方々にも探りを入れて下さったそうで、葬儀が終わってから、

「さっぱりわけがわからない。太一郎ほど周りに好かれた子はいない。こんな欠点があった、あんな隠し事があった、などという話はまったく入ってこない。女や酒や博打などとは無縁だった。狐につままれたようだ」

と畳に目を落として溜め息をつくばかりでございました。

衝動的に愚かな方向へ走った。魔が手招きをするほうへと誘われた。わたくしは己が心のうちでそう決着をつけたつもりでしたが、太一郎の自死から二か月ほどたって吐血いたしました。胃の腑からの出血で、三日おきに金盥に三分の一ほどの吐血がつづいて、意識を失ってそれきり起き上がれなくなったのでございます。

貧血が心の乱調につながったのか、あるいはその逆なのか……。

わたくしは、胃の腑の病だけでなく心の錯乱にも襲われて、死を覚悟する事態へと追い込まれ……。

そんなわたくしを助けてくれたのは、妻の看病だけではありません。

西南戦争についての詳細が次から次へともたらされて、わたくしがまだ若かったころに若い衆として行商したときに知り合った郷頭の方々のご子息たちの名を聞くたびに、柱が一本一本また一本と倒れていくさまが心に鮮明に浮かびました。

行商人が持参するお土産の紙風船や錦絵が欲しくて痩せ我慢をしていた少年も佐土原での合戦で死にました。

他の幾つかの郷村でお世話になった郷士たちのご子息や甥っ子たちも、それぞれの戦いの地で銃弾に倒れていきました。

なかにはまだ二十歳で、十八の妻をめとったばかりの青年もいたのです。

誰が止めても彼らは西郷軍に加わって政府軍に切り込んでいったことでしょう。それでもなお、わたくしは彼らを死なせた西郷隆盛を憎みました。その憎しみが、感傷に溺れ沈もうとしているわたくしをかろうじて踏み堪えさせたのだと思うのです。

徳川様を追い詰め、大政の奉還を成し遂げた薩長連合がいわば天下を取ったというのに、十年後になにゆえに薩摩藩はふたつに分かれて殺し合わなければならなかったのか。

わたくしはわたくしなりにひとつの答えを持っておりますが、それもまた、いまは口にすべきではありません。

ともあれ、西南戦争によるわたくしの心の転換が重い病からの解放につながっていったことは間違いないのでございます。心とは不思議なもの、いや、不思議な「こと」でございますね。

いま通り過ぎました曲がり道にひときわ立派な土蔵がございましたが、あれは糸屋の「加納屋」さんの庭の北側に構えられたもので、最も質のいい生糸だけを収納してございます。

倅・太一郎は生きておりますれば、加納屋さんのご三女と夫婦になっていたはずなのです。

繰り言めいた私事ばかりをお聞かせしてしまいました。

小粒ながらも木々の芽吹きがあちこちにご覧いただけます。柔らかな綿毛のようなものが新芽を包んでおります。もうあと十日もすれば綿毛は取れて、新芽の色が濃くなっていくことでございましょう。

ここは井田川を渡って半町ほど村の西へと歩いたところにある祠の横ですが、越中八尾の石積みと八尾の商家群がよく見える場所でもございます。

　そこにあります桑畑は、八尾で最も大店の生糸屋「岩木屋」の当代が作りましたもので、桑の木は二百本ございます。

＊

　蚕の蛾の産卵の時期には、岩木屋の周辺が蚕の成虫の鱗粉で薄茶色の靄に包まれたようになり、そのさまをここから眺めることができます。産卵部屋の窓からこぼれ出る鱗粉が生糸屋の建物を包んでいる光景は、幼いころのわたくしにはとても不吉なものの大きな影のうごめきに見えました。

　蚕の一生は約五十日。卵から孵った幼虫は大きくなるにつれて脱皮を繰り返します。一齢、二齢と成長して五齢に達すると桑の葉をまったく食べなくなります。その状態になった蚕を熟蚕と呼びます。やがて糸を吐き始め、二、三日で繭を作りあげます。

　自分の吐いた糸の揺り籠のなかで蛹となるのですが、繭の生産者はその蛹が孵るまでに糸屋に売ります。糸屋はすぐに繭を煮繭鍋で煮て糸を紡ぐのでございます。

　ですが、蚕種屋は繭のなかの蛹が成虫の蛾となるのを待ち、卵を産ませます。一匹の蚕が産みます卵は、だいたい五百個から七百個。わたくしどもの売る紙に卵は産み付けられるのでございます。

　紙も生糸も、汚れのない美しい水が大量になければ作ることができません。川の水に鉄分などの金気が含まれておりますと、やがてそれが紙にも生糸にも色を付けてしまいます。わずかでも薄茶色に染まれば、とりわけ糸は使い物にならなくなってしまいます。

　この井田川がいかに清流であるかがご理解いただけるかと思う次第でございます。

　糸を紡いだあとに残る蛹でございますか？

　佃煮にして食べたり、鯉の餌にもいたしますが、大半は田畑の肥料となります。

　蚕は誠にありがたい虫だということになります。

　生糸と紙によって八尾は豊かさを築いたと申し上げましたが、町にはそれらの商人だけでなく、生活に必要なものを提供する商人も住みつくようになりました。

　米屋、豆腐屋、菓子屋、酒屋、油屋、仕立て屋、提灯屋、履物屋、呉服屋、太物屋、小間物屋、鍛冶屋等々。

　わたくしが生まれましたころにはすでに越中八尾のこの町には三千人以上の人々が暮らしておりましたので、産婆もいてくれなくては困りますし、医者も必要でございます。

　生糸や紙を買いに来た商人のための宿や料理屋もなくてはなりません。そうやって町が規模を大きくさせて栄えますと自然発生的に男に体をひさぐ女も居つくようになります。

　山の奥で苦労をして繭や紙を作り、町で金子（きんす）を得た男たちが、浮き立つ心のままに廓（くるわ）と変わらぬ飲み屋にあがって、華やかな化粧や衣装に血迷い、売り上げのほとんどを使ってしまうということも起こるようになったのでございます。

　帰りの山道で首を吊るのではないのかと思えるようなうしろ姿が町の南端へと消えて行くのを目にしますと、その男の女房や子どもたちの顔が浮かぶような気がしたものでございます。

　この八尾の町は南北に長くて、南に帰って行く者の多くは、遠くの山ふところで生きているのでございます。

菜の花も蕾をつけ始めておりますね。れんげも花をひらいているのがあります。それでは日向ぼっこでも楽しみながら、薩摩藩についてわたくしの知るところをお話し申し上げましょう。

*

薩摩は九州の西南部にあり、鎌倉の世から島津氏に支配されてまいりました。島津家は関ケ原の合戦では西軍についたために、徳川家康公が天下を統一した際には、徳川四天王のひとりとされる井伊直政様のとりなしによって島津義弘公の三男・家久公が藩主と認められました。幕府における薩摩藩の外様としての位置付けはこのときに正式なものとなったそうでございます。

御一新前の薩摩の地図を見るとよくわかるのでございますが、薩摩の町は城山の東側、錦江湾に面して配置されております。

それは城山の後方、つまり西側が山と谷ばかりで、平地が少ないという地形の問題をかかえていたからですが、豊臣秀吉公の時代に郷中教育なる青年武士の教育方針を取り入れて、城山の鶴丸城を防御の要とはせずに、各農村部に郷士たちを配置して、郷そのものに敵からの攻撃を防ぐ役割を果たさせたのです。これらは外城と呼ばれました。

外城は読んで字の如く、薩摩の中心部の城山に建つ鶴丸城下の外にある城ということになります。「郷」と呼ばれ、そこに武士たちの住居を置きました。

外城の武士たちは郷士であり、平時は農民とともに田畑を耕すこともありましたが、剣術の修業に励み、学問を修め、有事には敵を迎え撃つのでございます。ですから、鶴丸城には天守閣がございません。外城こそが要塞の役割を担っていたのでございます。

島津家は薩摩、大隅、日向に所領を持ち、慶長十四年（一六〇九）には琉球王国を服属させて、広大な領地を得たのですが、とりわけ薩摩は農地としては不向きな土壌で、稲作が可能な土地はほとんどなかったのでございます。

薩摩を訪れた外国人が短期間の滞在で、「薩摩は山と谷ばかりで農業に適した平地は少なくて貧しい地だが、自国にないものは他所から持って来るという知恵を持っている」と書き残したそうでございますが、まことに的確な観察であり、薩摩という国だけでなく薩摩人気質までも言外に指摘しております。

桜島をご覧になるとおわかりになるでしょうが、頻繁な噴火による火山灰の堆積で、薩摩全体の土地は火山灰地と化し、水田を作ることが出来ません。

畑で収穫できる作物は、野菜、芋、少々の麦。そして奄美におけるさとうきび。米の大半は九州の他藩や、大坂の米問屋から買うしかなかったのです。ということは、慢性的な財政難に苦しむことになるのでございます。

かてて加えて、島津家の代々のお殿様には、どうやら南国の人らしいおおらかさがおありになったようで、外国の珍品におおいに興味をお持ちになり、金に糸目をつけず、それらを手に入れようとなさいました。

豹や虎の毛皮、象牙、ギヤマン、貴金属、銃器等々。

とりわけ八代藩主島津重豪公の海の彼方への憧憬は、まるで頑是ない子どものようであったと語り伝えられているそうでございます。

藩主邸から海までは歩いて行ける距離でございまして、お庭に設けられた眺望の良い縁台に立たれて、お土産をたずさえてやって来る親戚のおば様かおじ様を待つような表情で、海を見つめていたという話も伝わっております。

この外国への憧憬も越中富山人と相通ずるものがあると思えてなりません。

しかし、重豪公の時代に積もり積もった藩の赤字は五百万両。

五百万両でございますよ。藩民のための米を他藩から買い付け、そこに清国から珍品を購入しつづけたと申しましても、五百万両とは驚愕を超えて、声も出ない金額と申すしかありません。

この五百万両の借金は、幕府の匙加減ひとつで、藩お取り潰しの格好の理由になりかねません。

幕府はつねに各藩の内情を探り、藩のお取り潰しの機会を狙っております。そうやって幕府直轄領を増やすことで絶対の御威光の安定を目論みつづけていたのでございます。

薩摩藩は、交易に活路を見出そうといたしました。すでに琉球王国を隷属させてあります。清国からの交易船は福州から海を渡って琉球へとやってまいります。

それまでも、幕府は薩摩藩にも清国との若干の交易を認めておりました。長崎の港がなんらかの事情で閉鎖を余儀なくされた場合のいわば受け皿であって、五百万両という借金をかかえた薩摩藩にとっては焼け石に水のような儲けしかありません。

我が藩にはないが、日本という国には必要なもの。それらを交易によって大量に手に入れることが出来るなら、藩がかかえた五百万両を清算出来るだけでなく、潤沢な備蓄を築くことが可能だ。

しかし、それは幕府に知られてはならない。幕府は外国との交易を年ごとに厳重にしている。幕府が認めた交易港は長崎で、薩摩はその補塡地に過ぎない……。

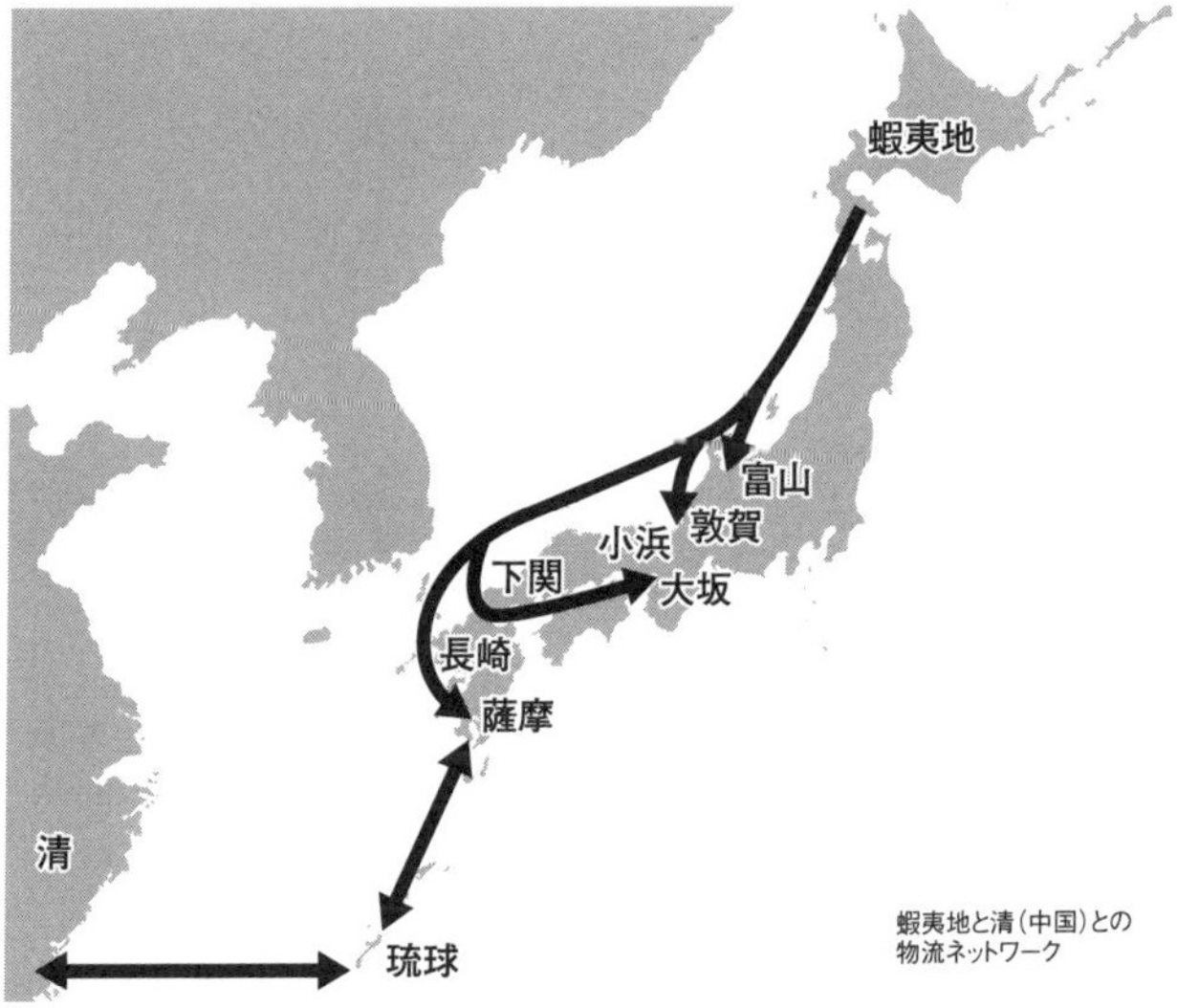

蝦夷地と清（中国）との
物流ネットワーク

すでに古（いにしえ）から海の向こうに言語も容貌も体格も文化も異なる強大な国々が存在するのは知っておりますので、我が国が孤絶してしまうことを恐れて、幕府は長崎だけにその門戸を開いていたのでございます。清国だけでなくオランダ船も出入りしておりました。

ですが、薩摩藩は幕府公認の外国交易の拡大など初めから求めてはおりませんでした。幕府が認めるはずはございませんし、五百万両の財政赤字をつぶさに知られてしまいます。そのうえ、幕府公認となれば実入りは少ないわけで、大きな危険を冒すだけの価値はないのでございます。

幕府も薩摩藩の借金にはうすうす気づいておりましたが、あえて不問に付すことで、九州各藩の幕府への謀反（むほん）の種が育つことを防いだのでございましょう。

さらにもうひとつ。薩摩藩にとりましては、交易は物々交換でなければ意味をなさないのです。自藩内の金や銀や銭で商売する余裕はございません。

我が国が外国に求めるもので、清国から琉球に大量に入ってくるのは、鮫皮、薬材、朱、珊瑚、書画骨董類、生糸、更紗、絹織物、砂糖、鼈甲、象牙、陶器、磁器……。

このなかの鮫皮は、最も上質なものはエイの皮で、主に日本刀の柄に使われます。返り血でぬるぬるになった刀は使い物にならず、そんなものを握っておりましたら逆に窮地に追い込まれますので、鮫皮を巻いた柄でないと実戦では役に立たないのでございます。

鮫皮は日本刀をたばさむ武士たちにとってはなくてはならないものでしたが、日本で獲れますのは少量のため、とても高価でございました。

朱は、鉱物で、微細に粉にしたものを印肉や朱塗りの漆器に、あるいは神器や仏具に使います。これも需要の多い貴重品なのでございます。日本では少量しか採取できません。

清国が我が国から得たいものは、干し昆布、干し鮑、干しなまこ、いりこ、銀、銅、硫黄……。とりわけ干し昆布は、唐や明の時代からの風土病の唯一の特効薬として、清国がなんとしても手に入れたい品でございました。

清国の風土病と申しますのは、喉が腫れて、多汗と動悸に悩まされる病気で、とりわけ内陸部の人々に多かったのでございます。

ですから、干し昆布は、清国では料理のために使うのではなく、その風土病の薬として粉末状にして服用したそうでございます。

硫黄は、薩摩藩領の鬼界ヶ島（硫黄島）で産出するものが極めて質が良かったそうでございます。

清国の船は琉球で荷を降ろし、薩摩藩の船の積み荷と交換いたします。琉球がその中継地。銀は別といたしまして、この内密の物々交換は明の末期から本格的に開始されました。そして清の時代へと変わると、我が国の海運の発展がさまざまな商品の輸送形態を変えていきます。海路による大量輸送が可能になったのでございます。

膨大な借金に苦しむ薩摩藩が海上輸送を使った、幕府に隠密の抜け荷で大儲けを目論んだのもむべなるかなでございましょう。その借金を膨らませたのは宝暦年間に幕府から押しつけられた三大治水工事で、同じ宝暦の代ではこの越中富山藩も日光東照宮の大修復を命じられております。どちらも、まるで藩を潰してやろうと目論んだとしか思えない幕府の冷酷な仕打ちと言っても過言ではございません。

薩摩藩は地元の商人と手を結び、自藩の産物である芋や煙草や砂糖を大坂や日本海沿岸の津や浦に運んで売りました。とくに新潟が主要な販売先でございました。

新潟は江戸にも東北にも近く、交通と交易の要所であったために多くの有力な商人たちが大店を構えておりました。

薩摩藩は自前の船や各商人の持ち船に荷を積み、大坂経由で新潟へと向かいましたが、正規の荷の下には、干し昆布と交換した唐物を密かに隠しておりました。

石見、温泉津を経て途中、加賀にも寄ります。能登輪島では朱を降ろします。輪島の漆器には朱が大量に必要なのでございます。各地で朱や唐薬種などの唐物を売って越後に入津し、莫大な金額にのぼる商いにとりかかるわけでございます。俵物と称されたいりこや干し鮑、干しなまこ、それに干し昆布の確保には、大産地である蝦夷地に近い新潟は、薩摩藩にとっても便利だったのでございましょう。

それらは高値で買われて、その代金で米を仕入れて、さらに清国が求める乾物類も購入し、国許に帰るのでございます。米だけでなく多額の貨幣も得ることができる……。

この抜け荷という商売は、薩摩藩にとってはなにがなんでもやり遂げなければならない最重要事なのです。

船の難破、風聞。それらによって何度も幕府によって摘発されました。公儀の隠密によって発覚する場合もございました。

関わった商人や船頭に厳しいお咎めは下っても、薩摩藩が直接に幕府から断罪されることはありませんでした。薩摩藩は、幕府が商人同士の不正事件として処理するしかない周到な事前準備と事後処理に知恵のかぎりを尽くしたというしかありません。

しかし、抜け荷の件に関しましては、わたくしはこれ以上のことを口外するのを避けさせていただきます。

自由な貿易が認められる世となり、廃藩置県によって薩摩は鹿児島県となりましたが、わたくしも間接に薩摩藩の密貿易の片棒をかついだ身。さらには、わたくしは心情として薩摩人でもございます。お笑いになるかもしれませんが、薩摩藩御領内において越中富山の薬売りをつづけたわたくし川上弥一にとって、薩摩はまぎれもなく青春でございましたゆえ……。

*

弁財船を改良した大型の北前船につきましては、また折に触れてお話しすることになろうかと思います。ただひとこと触れておきたいことは、越中富山の薬売りの優秀さなどと手前味噌な自慢をいたしましたが、北前船の船頭以下、水夫（かこ）の優秀さは、あるいはそれに勝るとも劣らないものであったという点でございます。

それまでの百石から二百石くらいの積み荷しか積めない船を改良し、四百石、五百石、六百石、八百石もの大量の積み荷を運べるようになりますと、水夫たちにもより高い技量が必要になってまいります。

たとえば、船首の左右と船尾の左右に計四つの錨（いかり）が付いておりますが、ひとつは約三百貫。津や浦や湊に停泊させるときはそれを下ろし、出港するときは引き上げなければなりません。その作業は人間の力によるしかないのでございます。

だいたいその作業はおのおの錨一つにつき五人の水夫が行ないます。大きな滑車を回す時には、わたくしども軟弱な者にはない筋力が必要でございます。

大きな木の舵を切るときも、太い一本木に巨大な帆を張ったり畳んだりする作業も、腕力と機敏性が要求されます。

並外れた体力がなければ北前船の水夫は務まりません。

さらには、方位を知るための航海術に長（た）けていなければなりません。星の位置で船の位置を正確に知るには算術が必要です。

途中に寄る津や浦や湊では小舟に乗り換えて陸にあがりますが、そのときはその地でさまざまな風聞を集めなければなりません。

たとえば、越前敦賀（つるが）の城下に行き、ことしの米の出来高を調べ、どんな村でどんな災害があったか、どんな疫病があったか等によって、その地がいま何を必要としているかの調べをしなければならないのでございます。

当然、船内においてもけんか沙汰や揉め事はご法度。つまり冷静沈着で性格温厚で、感情的にならず、己を律することが出来て、抜きんでた体力と知力を持つ者のみが北前船の水夫になれたのでございます。

このような精鋭たちを、各地の商人が娘の婿に求めたのは当然でございましょう。北前船の水夫で、次男坊や三男坊は、とりわけ娘の婿にと各地で請われました。

大坂や京の豪商に養子に行った北前船の水夫は多いのでございます。

さて、越中富山の売薬が全国に販売網を拡げますと、薬の材料の供給が欠くべからざる重要な案件となっていきました。

長崎に入る人参、麝香、牛黄、鬱金、甘松、丁子、桂皮、一角、龍涎香等々は、大坂道修町の薬種問屋に運ばれますが、越中富山の売薬人にとってはあまりに量が少ないうえに、足元を見られて値は高くなるばかり。

一方、薩摩藩では年々清国からの要求が増える干し昆布の調達に頭を悩ませておりました。需要が多くて金になる干し昆布は蝦夷地から大量に運ぶしかありません。

薩摩藩は、越中富山の薬種商や廻船問屋と密な合議を重ねて、北前船での海上輸送に賭けることになります。弘化四年（一八四七）であったと聞いております。

わたくしが十六歳で高麗屋金兵衛様のところへ奉公にあがりましたのも弘化四年の春。その翌年に元号は嘉永と改まり、安政、万延、文久、元治、慶応、明治と移り変わっていきます。

いまは北海道という名がつけられました蝦夷地から大量の松前昆布を運ぶ難仕事を越中富山の

廻船問屋の「美濃屋（みのや）」が引き受けざるを得なくなっていくのですが、秘密の談合であったり符丁を使っての手紙のやりとりですので文書としての記録は残っておりません。

しかし、美濃屋さんもしたたかな豪商ですから、幕府御禁制の干し昆布を購入してそれをただ薩摩藩に隠密裏に運ぶだけという理不尽な依頼を承諾したのではございません。そのことによって得る廻船問屋の利は工夫次第で巨大なものとなると判断なさったのでございましょう。

大量の唐薬種を得る。薩摩藩にも富山藩にも恩を売る。それ以外にも、商人としての計算はございました。

薩摩では、当初、満井屋彦次郎（みついやひこじろう）という惣年寄を務める薬種問屋が自前の薬を製造し、越中富山の薬に対抗しようとなさいました。しかし、薬そのものの効果も、商圏の拡大も、越中富山の薬売りにはかなわなかったのでございます。

「先用後利」という商法、長年にわたって築き上げた信用等が薩摩の人々に浸透していて、藩民は「満井屋」さんの薬よりも越中富山の薬売りが持って来る薬を求めました。

満井屋さんも薩摩藩も自藩での薬の製造販売をいったんあきらめて、越中富山の売薬業者にまかせることにいたしました。

ですが、薩摩藩は惣年寄の満井屋彦次郎様を越中富山の薬業者との仲介役としてその重要な役目をになわせたのでございます。

すべては満井屋彦次郎様と富山の薬業者とのあいだでの取引きであって、薩摩藩は直接には関わっていないという形を取りました。

ですから、薩摩藩の意向は、すべて満井屋さんの意向として美濃屋や越中富山の薬業者へと伝でございます。

えられます。なにか重大な不都合が生じても、それは薩摩藩とは関係のない商人同士の問題なのでございます。

午前中にお見せいたしました全国の売薬の脚数と仲間組の一覧で不思議に思われたはずでございますが、なぜ九州組以外に別の組として薩摩組が存在するのかについて少々ご説明いたしましょう。

九州組があるのだから、薩摩藩も同じ仲間組として一緒の商圏に入れればいいのにと誰もがお考えになりましょうが、薩摩藩は九州の各藩とはまったく異なる事情をかかえておりました。まず幕府御禁制の品々を琉球口貿易によって手に入れていたことを秘匿しなければなりません。そしてもうひとつ、薩摩藩は浄土真宗を禁じていたのでございます。

越中富山は我が国のなかでもとりわけ浄土真宗が盛んで、信徒も多いので、薩摩藩はただそれだけの理由でも越中富山の売薬人の入国を拒否することが出来ました。

ですから薩摩藩は「越中富山」の薬売りとしては我々を自藩に入れたがらず、越中は越中でも「越中八尾」の薬売りとしてやっと受け入れたのでございます。

わたくしが十六歳で反魂丹役所の重職の方から半ば命令のようなお達しを受けて高麗屋に奉公にあがりましたのは、役所が目配りをいたしております学問所での成績がよかったからだけではなく、越中八尾の住人であったからではないかと思うのでございます。

同じ越中でも、八尾は富山城下よりも浄土真宗の信徒が少なくて、薩摩藩領内で布教をする恐れはほとんどないだろうというのが受け入れ側の薩摩藩のいわば目算でもあったのです。

薩摩組すべてが八尾の薬売りではございません。八尾の住人ということにして富山藩から通行手形を頂いて薩摩藩に入っている者もたくさんおりました。

しかし、全員が在所を騙ることは出来ません。何人かの本当の八尾の住人が薩摩組には必要だったのでございます。

薩摩藩における一向宗、つまり浄土真宗の弾圧は長崎の切支丹弾圧に匹敵するほどに過酷を極めました。わたくしども薩摩組は、布教どころか領内においての法話とおぼしき会話すら仲間内で戒め合うようになりました。

仲間内の申し合わせである「薩摩組示談定法書」のなかに、

「薩州方は古来より浄土真宗の儀は堅く御停止の所御座候間、数年入込み懇意に相成り候とも、宗門の沙汰決して相噺申すまじく候こと」

という文言が入っております。

宗教というものは弾圧されればされるほど求める心も出来いたします。一向宗を求める薩摩の人たちは、「越中売薬」という名で行商をする薬売りたちに、こっそりと法話のようなものを聞きたがりました。いくら「越中売薬」として「富山」を抜きましても、薩摩の領民は一向宗の盛んな地からはるばるやって来たわたくしどもから、みずからの信仰の支えとなるなにかを得ようとしたのでございます。

しかし、わたくしどもは、うまく話をそらして一向宗に関する話題から逃げました。それがほんの世間話であっても、薩摩藩のお役人に怪しまれますと、それだけで差留めの沙汰を受けて、行商どころか、下手をすれば清国からの薬の材料までもが手に入らなくなりかねません。

けれども、薩摩組の薬売りのなかには熱心な一向宗の門徒も多く、農村などではそれとなく法話に近いことを口にする者もいたようでございます。

ここで清国や朝鮮を含む日本近海の地図を思い描いていただきましょう。美濃屋が自前の北前船で主に米を蝦夷地に運ぶ。干し昆布を仕入れて西廻りの日本海沿いを航海して薩摩に行く。薩摩藩はそれを船で琉球に運ぶ。清国の船は主に福州から琉球に来て、唐物を降ろし、蝦夷地からの干し昆布や俵物を積んで帰る……。

俵物とは先ほども申しましたとおり、干し昆布、干し鮑、干しなまこ、いりこ。それ以外にも、身欠鰊（みがきにしん）、荒巻鮭なども含まれております。

弘化四年に美濃屋や高麗屋などの有力な廻船問屋や薬種問屋たちが干し昆布を秘密裏に薩摩へと運ぶようになったときから、蝦夷地と日本列島と清国という広域な陸地と海とを併せ持つ大貿易圏が、越中富山を軸として出来上がったのでございます。

それから四年後の嘉永四年、二十歳になりましたわたくしが薩摩組に加わった年に、島津斉彬（なりあきら）公が藩主となられました。

その二年後の嘉永六年（一八五三）にペリーを提督とするアメリカの黒船艦隊が浦賀に来航いたします。

日本は、保守派、開国論者、公武合体派、尊王攘夷派、やがて佐幕派、勤皇派と分かれて騒然となっていきます。

まるでその激動の時期に合わせるかのように、わたくしが薩摩組の上野（うえの）富蔵様の若い衆として売薬行商の現場に入って行ったことを偶然として片づけるかどうか……。

少し日が傾いてまいりましたね。急に寒くなってまいりましたし、わたくしもこんなに長く話したのは五年ぶりで、いささか疲れました。家に帰って休ませていただこうかと思います。つづきはあしたにさせていただければと……。

第二章　越中八尾

昨夜はよくおやすみになれましたでしょうか。暁九つ（午前零時）あたりから突然の春の嵐でございましたね。

飛騨の山々からの強い風が雨戸を揺らす音で目が醒めまして、わたくしは部屋の暗闇のなかで正座して、天の吠え声のような山の音にしばらく聞き入っておりました。

山の音にも二種類ございます。嵐による獰猛（どうもう）な咆哮（ほうこう）と、世はなべて事もなし、と教えてくれるような風のそよぎによる安寧なざわめき。

わたくしはどちらも好きでございますが、昨夜の吠え声には少々浮き立つものを感じました。隣りの蒲団のなかの家内の安心しきっているような寝息に幸福を感じました。

ひとり息子の自死の衝撃は、父であるわたくしよりも、母である家内のほうが何倍も心身にこたえたはずでございますのに、いまはこんな烈（はげ）しい春の嵐にも動じず、すやすやと眠っている。言葉に尽くせないほどの悲しみを乗り越えて、亭主の隣りで安眠している。

この三年間、家内の心のなかではどんなことが起こっていたのであろう。俺はいちどもその心情を訊いてやったことはない。なんと薄情な亭主であろう。

そんなことを思いながら、暁八つ（午前二時）近くまで蒲団の上に正座して遠くの山すべての樹木が折れるほどにしなり合っている音に聞き入っておりました。

途中で雨の音も混じってまいりましたし、その音にはぬるみを感じましたので、夜が明ければ、きのうよりも好天であろうと思いましたが、まさに素晴らしいお天気。八尾の町すべてが濃い朝霧に包まれて、まるで湯気のなかにあるようでございます。

それでは野積や仁歩の集落への山道へと向かうことにいたしましょう。

＊

きのうはどこまでお話をいたしましたでしょうか。

薩摩藩の清国との密貿易と越中富山の売薬業者が、どうつながったかというお話の途中でございましたね。しかし、肝心なところは、あなたさまはすでに摑み取られたはずでございます。

富山藩も、廻船問屋や薬種問屋も、わたくしども売薬行商人も、清国からの薬の材料をつねに安定して手に入れるために死力を傾けたということに尽きるのでございます。

薩摩藩が浄土真宗の流布を危惧して越中富山の売薬の行商を禁じたとて、売薬業全体から見れば、たいしたことではございません。我が国の三百近い藩の商圏のたったの一藩を失うだけのこと。薩摩で商いが出来ないとなれば、薩摩組は解体して、他の藩の仲間組と混成すればいいだけのことでございます。

越中富山の売薬仲間組はその程度の懐（ふところ）の深さをつねに持ち合わせておりました。結束の固い互助組織でございますので。

　もうおわかりでございましょうが、たび重なる行商差留めや厳し過ぎる規約の遵守などの、薩摩組への特別に窮屈な束縛を受け容れてでも、わたくしどもは薩摩藩との関係を切るわけにはいきませんでした。清国からの薬の材料がなければ、薬を作ることが出来ず、他藩でも商いが成り立たないからでございます。

　二千人以上もの薬売りが春と秋の年二回、全国を行商しております。越中富山の住人の半数がなんらかの形で売薬業に関わっていて、それによって生計を立てております。

　薬を作る材料を得られなくなれば、富山藩も領民もたちどころに窮するのでございます。窮するどころか、売薬業は根底から崩壊することになるのです。だからこそ、藩も売薬業者も薩摩を大切にいたしました。売薬業そのものの大きな流れの源、それが薩摩藩であったと申しましても過言ではないのでございます。

　きのうお見せいたしました全国の仲間組一覧で、九州組のなかに薩摩組が含まれているのではなく、別個のものとして分けられておりましたのは、そういう理由からでございます。

　つまり、商圏として儲けを得るための薩摩藩というよりも、清国からの唐薬種を得るための薩摩藩であり、薩摩組であったというほうが正しいのでございます。

　薩摩藩もそのことは充分過ぎるほど知悉しておりました。

　薩摩藩は薩摩藩で、清国が求める大量の干し昆布をどうしても手に入れたい。それによって得た大量の唐物を大坂や京や新潟などで売り、膨大な借金を清算し、かつ潤沢な資金を得たい。

　薩摩藩が自前の船で日本海を航海して蝦夷地へ行き、干し昆布を積んで自藩領内に搬送するのはあまりにも危険が多すぎる。

すでに何年も前に、松前から昆布を積んで、日本海の西廻りではなく、東廻り航路で薩摩へと帰ろうとした長寿丸という船が難破して漂流するという事件がございました。

東廻り航路とは、東北の沖、房総沖、駿河の沖などを経て、四国の南側から薩摩へと入るのでございます。

西廻り航路の日本海沿岸を経て、長州の赤間関（下関）から長崎沖へと廻って薩摩へ入るよりも早くて安全なように思えますが、東廻り航路ではつねに強い西風が吹き、潮の流れも速くて、そのうえ寄港地が少なく、船が遠洋へと流される危険がつきまといます。北前船の船頭たちは、みな東廻り航路をいやがりました。

長寿丸がなぜそのとき松前で船頭を交代させて東廻り航路を取ったのか、詳しい文書は残っておりませんが、難破して数か月漂流したのちにハワイイという島に辿り着きます。

その後、長寿丸はアメリカ大陸の北のほうへ曳航されて調べを受け、ふたたび曳航されてカムサツカへ連れて行かれ、オロシアの船に曳かれて日本の新潟湊に帰国するのでございます。

長寿丸は越中富山の美濃屋の船でしたし、積み荷は薩摩藩のものでございましたので、幕府の御詮議は美濃屋だけでなく薩摩藩にも及びました。当然、富山の他の廻船問屋も抜け荷に加担したものと断ぜられて、厳しい取り調べののちに数名が重罪に科せられたのでございます。

この長寿丸の事件によって新潟の湊は幕府の管轄下におかれるようになります。

薩摩藩がこの難局をどう乗り切ったのかも、まだつまびらかにはなっておりませんが、藩上層部と幕府老中とのなんらかの取引きがあったと考えるしかございません。

この事件で、幕府の目はいっそう厳しく薩摩藩に向けられることになります。しかし、薩摩藩は、蝦夷地と清国とをつなぐ秘密の交易をやめるわけにはいきませんでした。

どんなことをしても大量の質のいい唐薬種が欲しい越中富山の売薬業者。なにがあっても清国との密貿易をつづけなければならない薩摩藩。

このお互いの利害が重なり合って、弘化四年（一八四七）の両者の密約に至るというわけでございます。きのう申し上げましたように、越中富山の美濃屋を中心とする廻船問屋や、高麗屋を中心とする薬種問屋は力を合わせて蝦夷地から北前船で干し昆布を薩摩藩に届け、薩摩領内の津や浦や湊で清国からの唐薬種を受け取る。

これもまた越中富山人でこそ成し得た、そして同時に薩摩人でこそ断行し得た荒業でございましょう。

前者は、閉塞された地で培われた細心さと忍耐力と進取の気質を、後者は、良く言えばおおらかな、悪く言えば、ときに無謀にもなりかねない剛毅さと行動力を持っていたのでございます。

*

ここが越中八尾の町の南端でございます。北の端までほぼまっすぐに石畳の道がつづいております。

町の南側のほうが高い場所にございますので、最も北側の下新町（したしんまち）や西町や東町、今町のあたりはわずかに見下ろす格好になります。

北側に聞名寺（もんみょうじ）という寺がございますが、この八尾の町は聞名寺を中心として形成されてまいりました。

やがて町が生糸業や紙業で栄えますと、少しずつ南側へと新しい町が出来ていって、今日のような街並みとなりました。川上屋は東上町（ひがしかみまち）、町のほぼ中心部にございます。

さあ、野積川沿いに少し山道を歩いてみるというのはいかがでございましょうか。昨夜の雨でぬかるんでいるところもあるでしょうが、野鳥の囀りはにぎやかですし、春の訪れとともに目覚めました地の熱が、大気に靄とも朝霧ともつかない清涼な半透明の層を漂わせて、玄妙な水墨画の世界を刻々と生み出す道なのでございます。

半里ほど行きますと、道はもっと細くなり、登り道、下り道が増えてまいりますが、わたくしどもはその手前あたりで引き返すことにいたしましょう。

野積川は溢れるほどに水嵩を増しておりますね。昨夜の雨というよりも雪解け水の量が増えたのでございます。

越中八尾の町の繁栄ばかりをお聞かせしてしまいましたが、生糸商売も紙商売も大きな危機を幾度か経て来ております。

紙のほうですと、八尾紙が盛んになるにつれ、富山藩はさらなる振興と役金取り立てのために統制を強化して「紙会所」という役所を新設いたしました。

それまで富山の城下でお勤めをしていた役人が着任いたしましたが、彼らはまるで流罪にでも遭ったかのように落胆して、ろくにお役目を果たそうとはいたしませんでした。

確かに藩は、城下では役立たずの無能な者を越中八尾の紙会所に厄介払いをしたのでございます。

彼らは悪徳な紙問屋や仲買人や買い付け人らと結託して売り買いにも賄賂（わいろ）を取るようになり、

真面目な商売をしている同業者は多大な迷惑を蒙ったのでございます。

悪辣な紙業者が勢力を持ちますと、紙そのものの質も落ちていきます。これまでは「中」の品質として売買されていた紙が「上」と騙られて世の中に出回って行きます。

わたくしの曾祖父も祖父も、紙会所の廃止を何度も藩に嘆願いたしました。紙会所が廃止されたのは安政二年（一八五五）でございますが、翌年には再び開設されました。

何度も嘆願を認められたり、また元に戻ったりの繰り返しがつづきました。

そうしているうちに紙の商い高は増えつづけ、生産が追いつかなくなり、富山城下の紙問屋や仲買人の買い付け争いが激しくなって、値段は高騰しつづけて行きました。

富山藩が、やっとこの八尾の紙騒動と言ってもいい状況に本腰を入れて改善策を通達してきたのは文久三年（一八六三）ごろでございました。

生糸業はもっと大きな危機の時代を迎えることになります。

国内の騒乱を抑え、徳川様の安泰を保つためには致し方なかったのでしょうが、安政五年（一八五八）、幕府は日米修好通商条約を結びました。ついで、オランダ、オロシア、エゲレス、フランスとつづきました。わたくしが二十七歳の年でございます。

そして、わたくしが二十九歳のとき、万延元年（一八六〇）には、外国の圧力に抗し切れなくなっていた幕府はすでに開国を余儀なくされていて、我が国の生糸が外国に輸出されるようになったのでございます。

これは生糸業者にとっては僥倖というしかない事態であったと同時に、大きな落とし穴ともなりました。

外国からの買い付け価格は高額で、越中八尾だけでなく、日本中の生糸業者が大儲けいたしましたが、八尾の生糸屋のなかには、さらなる巨利を目論んで、粗悪な糸を大量に製造する商人が続出いたしました。

量目を誤魔化す。粗悪品を上質の紙で包んで外見を良くする等々。さまざまな手口で悪徳な商行為を行なったのでございます。

そのようなことがいつまでも通用するわけがありません。たちまち、八尾の糸の信用は失墜して、八尾糸は日本で最も粗悪な糸という烙印を捺されて買い手がつかなくなってしまったまま明治という時代を迎えてしまいました。

いま、橋本与五郎と林田五郎という方が八尾の生糸の復興に力を尽くしていらっしゃいます。機械を使うことで均一な品質を保持出来ると同時に、糸を紡ぐ婦人たちの労力を軽減しつつ大量に生糸を生産出来るのだそうでございます。

わたくしの実家は紙問屋でございますし、わたくしもこの三年、臥せっておりましたので、まだご両人にご拝眉の機を得ておりません。

野積川がだいぶ細くなり、流れも急になってまいりました。あの山桜の枝の下をくぐりますと川の向こう岸に皁莢の大木が見えます。わたくしが子どものころは、その皁莢が目印でございました。この皁莢の大木から山側へは足を踏み入れてはならないという目印なのでございます。

ですが、それはひとりで、あるいは近所の子どもたち四、五人と遊びに来たときのことで、祖父や父のお供をして野積や仁歩の紙漉き農家を訪ねるときは、さあ、ここからが親たちと一緒でなければ行くことの出来ない世界なのだと心をときめかす目印でもございました。

八尾の他の紙問屋のことは存じませんが、わたくしの曾祖父も祖父も父も、毎年、桜の満開の時分になりますと、さまざまな土産を持って、野積の源左（げんざ）さんや仁歩の壮八（そうはち）さんの家を訪ね、それぞれの家で一泊して真冬の凍った川での作業をねぎらいました。

土産は塩や醤油や砂糖、干物類、子どもたちのための菓子などでございました。荷物が重くなりますので、それぞれ少量しか持参出来ませんでしたが、両家の家族の喜びようは言葉で表現出来ないほどでございまして、春の訪れよりも川上家の到着を待ち望むといったありさまで、わたくしも年が明けますと早や四月十日を楽しみに指折り数えて待ったものでございます。

源左さんはとうに亡くなりました。いまはその息子さんが跡を継いで、川上屋のためだけに紙を作ってくれております。息子さんも、親父さんと同じ源左という名でございます。

仁歩の壮八さんは、確かことし七十二。腰を痛めまして紙漉きが出来なくなって以来、息子さんの文助（ぶんすけ）さんがわたくしどもの店で扱う紙を作っております。

この野積川に沿った山道を、彼ら一家は総出で、牛とともに八尾の町へとやってまいります。家族全員で、作った紙の束を背負い、牛の背にも乗せて、明け六つ刻（午前六時頃）に家を出て、夕の七つ刻（午後四時）ごろに八尾の町に到着し、川上屋の離れに泊まっていくのでございます。

両家が一家で八尾に参りますのは、冬に作った紙を納めるときだけではございません。盂蘭盆（うらぼん）の祭りのときを楽しみにいたしております。

八尾で昔から伝えられてまいりました民謡「越中おわら節」に乗せて三日間つづく祭りは、若い独り身の女しか踊りの輪に入ってはならない決まりになっておりまして、その決まりの秘める意味合いからも、華やかでありながらもどこか艶っぽい哀調をお感じになることでございましょう。

次回、八尾にお越しになるときは真夏を避けて、盂蘭盆の祭りの時期をお勧めしたいと思いますが、いかがでございましょうか。

野積や仁歩から夕暮れ時にやっと帰り着き、八尾の町の南端へと一歩入りますと、灯(とも)り始めた軒行灯(あんどん)の明かりに浮かび出る石畳の道と商家の整然とした居並びは、幼いわたくしにも驚くほど雅(みやび)なものに感じられたものでございます。

＊

靄も霧も消えてしまいました。やはりきのうよりも暖こうございますね。きょういちにちで桜の蕾は一気に膨らみそうで、冬の豪雪は嘘ではなかったのかと思ってしまうほどでございます。

野積川はちょうどあの皁莢の大木のところから左へと迂回しておりますが、その曲がり角に、まるで人が一服するために作られたような広い段が川へと突き出ております。自然に出来ました大石による段でございますが、人が足をゆったりと伸ばして休める頃合いの広さを持っております。そこに坐ってお話をつづけさせていただきましょう。

富山城下も毎年豪雪に悩まされますが、越中八尾に降る雪はその比ではなく、一晩で三尺積もることなど珍しくありません。三晩続けば九尺。

雪かきなどなんの役にも立たず、家の二階から出入りする日々が続きます。

いまから三十二年前の弘化四年（一八四七）三月十五日に反魂丹役所の緒方喜重郎様からの書状を持つ飛脚が川上屋の玄関に立ちました日も、前夜に降った雪が二尺ばかり積もって、顔馴染の飛脚は雪だるまのようになっておりました。

何事かと父は書状を受け取ると帳場ではなく自室へと行き、しばらくするとわたくしを呼びました。

十六歳のわたくしは、その日は朝から蔵の中でさまざまに質の異なる紙の値を調べて、それを帳面に書き写しておりました。

その前々年の十四の秋から、わたくしはやがて川上屋を継ぐ者としての修業を始めて、一小僧として祖父や父に命じられるままに、店の掃除や、買い付け人の大八車に売れた紙の束を運んだり、城下の売薬人に届けたりする仕事に励み、その日初めて蔵入りを許されたのでございます。

当時、川上屋には五人の奉公人がおりました。番頭、帳簿方を兼ねた手代、若い衆二人、そして賄いの下女。

これら五人も、わたくしも、父と母も、祖父も、誰もが、あと十年もすれば川上屋は長男の弥一が継ぐということを毛筋ほども疑ってはいなかったのでございます。

若い衆の栄蔵（えいぞう）さんが蔵に来て、旦那様がお呼びですと言いました。栄蔵さんはわたくしよりも三つ年上で、陰で「さいかち」と呼ばれておりました。色が黒く、いかり肩で、がっしりとしていて、なんとなく皁莢の木のようだったのです。

「なんかあったんですか」

と栄蔵さんは小声で訊きました。おそらく、弥一を呼んで来てくれと頼んだ父の表情にただならぬものがあったのでございましょう。

父の部屋は寝室ではございません。離れの客間の隣りにある四畳半で、父はそこで本を読んだり書き物をしたり、帳簿を見たり、友人方と将棋を指したりするのでございます。

わたくしが父の部屋に参りますと、火鉢を抱きかかえるようにして坐っていた父が、懐から書状を出し、

「えらいことになったぞ」

と微笑みながら言いました。困惑してしかめた顔が微笑に見えたのではございません。父の顔には確かに微笑がございました。それが、わたくしを安心させました。父は、緒方様からの書状をわたくしに読むよう促したのでございます。

反魂丹役所のほうで川上屋弥一を薬種問屋の高麗屋預かりとすることが決まった。面談にて詳しく事情を説明するので、弥一の父親だけで反魂丹役所に参るように。

高麗屋預かり？　それはいったいどういうことなのか。高麗屋は薬種問屋ではないか。十数年前からは薬も作るようになった大店だ。預かり？　まるで罪人が謹慎するために他家で暮らすかのようだな。

わたくしはそう思いながら父の次の言葉を待ちました。

「行かねばならんだろうよ。面談にて詳しく云々と書いてある。反魂丹役所からの御下命だ。お上の命令ということだ」

「この雪道を？」

「飛脚が来られたのだ。駕籠（かご）を呼んでおくれ」

「きょう来いとは指定されておりませんので、あしたになさってはいかがでしょうか」

昼の九つ（正午頃）を過ぎようとしておりましたので、いまから行っても今夜中に帰れるとは

思えず、わたくしは父を引き留めました。

しかし、父は立ちあがって母を呼び、着替えの用意を命じました。

父には薄々の見当がついていたとあとになってわかりましたが、そのときのわたくしは動揺するばかりでございます。とにかくわたくしのことで父は呼び出されたのでございますから。

反魂丹役所の緒方喜重郎様は、学問所で何度かお目にかかっております。月に一度必ず八尾の学問所までお越しになり、茫洋とした佇まいで、つねに笑みを子どもたちに向けながら、ときには気さくに話しかけたりなさいました。

和算術に秀でていて、本草学の分野でも豊かな知識をお持ちだと学問所の先生から承っておりましたが、わたくしたち子どもは眉に唾として聞き流していたのでございます。どう見ても、そんな秀才とは思えない、とぼけた風貌で、帯の結び方もだらしなくて、風采のあがらないお役人という印象だったからでございます。

「旦那、駕籠賃、ちょいとはずんで下さいよ」

駕籠屋の陽気な言葉に、

「はいはい、わかってるよ」

と機嫌よさそうに応じた父の笑顔を、わたくしはいまでも鮮明に思い出すのでございます。

いかなる心配事が突然降って湧こうとも、暗いしかめっ面をしてはならない。泰然自若としていることだ……。そのことを無言のうちに学んだと申しましょうか。

その日、父は帰って参りませんでした。遅くなれば城下の旅籠（はたご）で泊まるしかなかろうよと出がけに母に申しておりましたので、わたくしも母もいつもの時刻に床につきました。

ですが、わたくしはどうにも落ち着かなくて眠れません。

反魂丹役所が俺に高麗屋で働くようにと命じるとは、いかなることを意味するのであろう。紙問屋の跡取りに売薬業の勉強をせよというのか。

もしそうであるならば、理由はなんなのか。川上屋はどうなるのか。

次男の徳次郎をことしの一月に流行病で亡くして、我が家の男子は長男である俺と、いま六歳の弥三郎だけだ。姉のむめは去年十九で加賀金沢の紙問屋「大徳屋」に嫁いだ。

六歳の弥三郎が跡取りになるというのか。

いったいどういうことなのか。川上家は武家ではない。いくら藩命とはいえ、突然に商家の跡取りを紙屋以外の商売に転じさせようとはあまりに理不尽ではないか。

そんなことを蒲団のなかで暁八つ（午前二時）近くまで考えておりました。

翌日の昼過ぎに帰宅した父は、まず隠居部屋の祖父となにやら話をしたあと、母とふたりきりでしばらく相談しておりましたが、店に戻って来て、

「井筒屋に行こうか。長いことご無沙汰をしているからな」

とわたくしを誘いました。「井筒屋」は八尾の諏訪町でいまも商いを続けております。八尾で最も古い蕎麦屋でございます。

野積や仁歩の周辺で採れます蕎麦の実を使って打つ井筒屋のかけ蕎麦が、わたくしは幼いころから大好物でございました。

母の打つ蕎麦のほうがおいしいのですが、蕎麦屋の暖簾をくぐって客として食べるということなど一年に一度、八尾の盂蘭盆の祭りのときだけでしたので、刻み葱以外はなんの具も入ってい

ないかけ蕎麦が、ことのほかおいしく思えたのでございましょう。

「いやあ、きのうは肝をつぶした」

井筒屋の店の奥の小座敷に坐るなり、父はそう言いました。反魂丹役所の奥の間で重臣へのお目通りがあったというのでございます。

「御家老様の腹心ということだ。お名前は明かされなかったが、話の間、ずっと緒方様が部屋の隅で控えていらっしゃった。かしこまって正座していらっしゃると緒方様もあれでなかなか凛々しく見える。その方は、川上屋の大事な跡取りを奪うことになって心苦しく思っていると仰ってから、学問所での弥一の評判はかねがねこの緒方から聞いていたが、越中富山の薩摩組は、これまでよりも複雑さを増すこととなりそうで、そのためには上縮の手足ともなり、ときには上縮以上の役割を担う有能な人間を早急に育てなければならなくなったと静かな口調でおつづけになった。そして、お前に白羽の矢がたったわけだ。それ以上はお話しにはならなかったが、わしらが思っている以上に、越中富山の薩摩組には、これまでも売薬行商以外に重大な任務が課せられてきたらしいという気がしたよ」

「わたくしは売薬行商人になるのですか？」

と声を潜めてわたくしは父に訊きました。

「そうだ、そのためにお前は四月十二日に高麗屋さんに行き、大旦那の金兵衛様からじきじきにご指示を受けるのだ。たぶん、その日からご奉公が始まるだろう。八尾に帰って来られると思うな」

「お父さんは、それでよろしいのでしょうか。弥三郎はまだ六つです」

「藩命だ。名誉なことだ。どんなお役目が課せられるのか、まったく見当もつかないが、越中富山の売薬の根底に関わる仕事にお前が就くのだ。大旦那は、わしの手を握って涙を流された。さまざまな思いの混じった涙だとわかって、わしも泣いたよ」

大旦那とは祖父のことでございます。

わたくしは体が震えて、熱いかけ蕎麦を食べることが出来ませんでした。箸をうまく持てないのでございます。

薩摩？　俺は薩摩へ行かねばならぬのか？

「冥途の飛脚」が俺に課せられたというのか？

薩摩藩の関所でのお改めの厳しさ。藩内での行動の規制。奉行所の監視。怪しいと睨まれれば内密裏に斬り殺される。幕府の隠密とて容赦しない。死体はどこかの谷に投げ捨てられて闇に葬られる。行ったら帰って来られない。だから、薩摩に入る者は「冥途の飛脚」だ。

近松門左衛門の浄瑠璃の題をもじって、そういう風聞がまことしやかに広まっておりました。

わたくしは恐かったのではございません。課せられたお役目に怯えたのでもございません。紙問屋の跡を継ぐことをあきらめて売薬行商人になることがいやだったのでもございません。

けれども、十六歳になり、ようやくおとなとして扱われるようになってはおりましても、わたくしには耐え難い重荷と重責をふいに担がされた驚きと興奮が、身内の血がたぎっているのか、それとも冷たくなっているのかさえわからなくさせていたのでございます。

「高麗屋さんも反魂丹役所の緒方様も四月十日からと仰ったが、わしは理由をつけて十二日に延ばしてもらった。恒例の行事にお前を同行させたいからだ。大旦那はことしは無理だ。野積や仁歩までの道は歩けまいよ。ことしは、わしとお前と弥三郎とで土産を担ごう。まだちょっと早いかもしれないが、弥三郎に山のなかの紙漉き農家を見せておこう。川上屋の跡取り教育の始まりだ」

父はそう言って笑い、他言無用をわたくしに念押しいたしました。

八尾の町家の子弟たちが通う学問所で、緒方喜重郎様はそれとなく目をつけた者の成長を見つづけていたのでございます。

わたくしは自分で申しますのもなんでございますが、八尾の学問所開設以来の神童と言われるほどに勉学が出来たのでございます。

とりわけ和算術が得意で、難解な問題を解くことが出来ました。書道も得意で、家にあります司馬光（しばこう）の『資治通鑑（しじつがん）』の最初の一巻を筆写して先生に手直しをしていただいたりもいたしました。

緒方様は学問だけでなく、川上屋の倅・弥一の人間そのものも観察なさっていたと、のちにわたくしに打ち明けられました。

というようなわけで、弘化四年の四月十日から十一日にかけての野積と仁歩への山歩きは、わたくしにとりましては、源左さんの家や壮八さんの家における両家との最後の親しい交わりの日となったのでございます。

そして、朝霧の漂う川辺に立つあの娘を見た最初で最後の日……。年甲斐もなく、なんだか胸が締め付けられるようでございます。

第三章　深山の民

四月十日、わたくしと父と六歳の弥三郎は、背中に行李を担ぎ、両手に風呂敷包みを持って、夜が明け始めたころ、たぶん明け七つ半（午前五時）あたりに家を出ました。

弥三郎はなにぶんまだ六歳でございますので、野積や仁歩の集落への山道の途中で疲れてしまうであろうから、きっと何度か休憩をとらせねばなるまいと考えて、例年よりも早く出立いたしました。

朝霧のたちこめる薄暗い道を歩くうちにあちこちに遅咲き山桜が咲いているのが見えました。

弥三郎は祖母が編んだ草鞋（わらじ）を履いて、初めのうちは先頭を歩いておりましたが、一里も行かないうちに少しずつ遅れ始めました。

活発で物おじしない性分で、越中八尾の町ではいっぱしのがき大将ではございましたが、弥三郎は根は甘えん坊で、気が弱いところもございました。三人の子の父親となりましたいまも、そのところはまったく変わっておりません。

活発ではあっても、どこか茫洋としている……。そういうところも六歳のころと変わってはおりません。来年には四十になりますが、亭主関白を振る舞いつつも女房の尻に敷かれておりまして、たぶん、あらゆる点で祖父に似ていると、わたくしは思っております。

野積の源左さん一家と仁歩の壮八さん一家が質のいい楮をたくさん手に入れられる手立てとして、深い山の奥で暮らす人たちとの関係を結ぶよう促したのは祖父が川上屋を継いですぐのころだったそうでございます。

この地方では、集落や村によって呼称は異なりますが、世間では「またぎ」と呼ばれる山の民が、わたくしどもでは到底足を踏み入れられない山奥で暮らしております。

百姓にせよ町人にせよ、「またぎ」を別世界に生きる民として毛嫌いしておりますが、彼らもまた士農工商という身分制度に身を置く者たちへの警戒心は強いのでございます。

いまなお、彼らが山の奥深くでどのような生活を営んでいるのかは、つまびらかではございません。

熊を捕り、熊の胆を売る。猪を捕り、その肉を食す。鹿や狸や狼を捕り、毛皮を売る。米や麦や稗や粟を食べず、木の実や獣の肉だけで生活している。

自分たちだけで自給自足して、他の者たちとの接触を拒む。

町や村の者たちはそう考えておりまして、いつなにをしでかすかわからない恐ろしい連中として自分たちの生活の場に入れるのを拒否しておりますが、祖父に言わせると、彼らもまた町や村の人間たちを恐れているのだというのでございます。

幕府が作った身分制度によって、不当に追いやられて差別されているに過ぎず、生活に困って山賊まがいの行状に走る者たちがいないでもないが、それらはほんの一部で、多くの「またぎ」は彼らに許された生活範囲のなかで彼ら独自の生活をつましく営んでいる。

それが祖父の考えでございました。祖父はいつのころからか、彼らを「深山の民」と呼ぶようになったそうでございます。

深山の民が住むところには多くの谷と川があり、川辺には大量の楮が生えているに違いないのだから、源左さんも壮八さんも、紙作りに彼らの力を借りない手はあるまいと話を持ちかけました。源左さんは先代の源左さんでございます。

楮は栽培が容易でございまして、毎年収穫ができます。刈り取った木からまた新しい木が生えてまいりまして、そのための人の手当は余分な葉や芽を摘み取ってやるだけでございます。しかし、上質な紙を得るための樹皮は、一年生の木で、それもだいたい十一月末から一月に刈り取ったものに限られてしまいます。二年以上育った木は繊維が固くて、節も傷も多いのでいい紙を作るのには適しません。

人間の背丈よりも大きい楮を刈り取るのは雪深い季節には重労働どころではございませんし、刈り取って七日以内にそれを長い木桶のなかで二刻ほど蒸す作業も急がねばなりません。

楮の樹皮は七日以内に蒸さないと剝きにくくなるからでございます。

蒸した楮は冷めないうちに皮を剝くのでございますが、蒸し終わったらすぐに川の冷たい水につけて皮を縮めるという作業を行ないます。そうすることで皮は剝きやすくなります。

ここまでの作業を深山の民に頼んでみてはどうか。楮の一年生の木を刈り取る作業から、それを蒸して樹皮を剝ぐまでをやってもらうのだ。

深山の民が剝いた樹皮だけを野積の源左さんと仁歩の壮八さんに届けてもらえば、両家の作業は、天日による樹皮の乾燥、そのあとの川晒（さら）し、タクリ、樹皮の煮沸、二度目の川晒し、ちり取り、叩解（こうかい）と呼ぶ樫（かし）の角棒での叩き、ザブリ、漉き等々で済む。紙作りの作業はらくになると同時に、これまで以上の量の商いが可能になると思うがどうか。源左さんも壮八さんも、これまでどおり自分たちで刈り取りも皮剝きもタクリも継続すればいい。商いをさらに大きくするためには妙案だと思う。

　つまりこれまでの仕事以外に深山の民にも力を貸してもらうのだ。彼らも生活が潤うし、あんたたちが川上屋に納める紙の量も二倍以上になるという計算だ。

　五月に八尾の町に紙を納めに来た両家の主に、祖父はそう持ちかけたのでございます。

　源左さんも壮八さんも、とんでもないと、首を縦には振りませんでした。

「あいつらほど信用できない連中はおりません。旦那様は、あいつらの性根をご存知ないのでございます。あいつらは勝手気儘（きまま）に生きております。畜生を食って生きております。いま何刻かも、いま何月かも気にせず日々を送っておるのでございます。約束を守るなどということはまったく当てにはできません。それに、俺たちがあの連中と仕事をしていることが他の紙漉き農家に知れたら、村八分でございますよ。俺たちだけじゃない。この川上屋さんの暖簾も泥まみれになりますですよ」

　ふたりの言葉は、まるで判で捺（お）したかのように同じだったそうでございます。

　まだ腰を痛める前の、若かった壮八さんに至っては、川上屋は自分の作る紙が気にいらなくて、遠回しに縁切りを言い渡しているものと受け取ったのでございます。

祖父は、ふたりの説得を焦りませんでしたが、深山の民に紙作りの一端を担ってもらうという自分の案をあきらめませんでしたし、交渉の時期は早ければ早いほどいいという計算をしておりました。

深山の民は、紙がどうやって作られるのかをまったく知りません。

なぜ一年生の楮でなければならないのか。なぜ、刈り取った楮を木桶のなかで蒸さなければならないのか。なぜ、川晒しが必要なのか。なぜ、天日に干すのか。

それらを彼らがちゃんと理解して納得すれば、我々と遜色のない楮の剝き皮が野積の源左さんの家にも、仁歩の壮八さんの家にもどっさりと届くに違いない。

祖父はそう確信していたのだそうでございます。

ただし、これらは他の紙漉き農家や、八尾の紙問屋たちには秘しておかなければなりません。祖父は、村八分を恐れただけではなく、同業者たちがこぞって真似をすることで生じる、深山の民の生活の乱れを強く危惧したのでございます。

彼らが天下に通用する金子を手に出来るのは、八尾における月にいちどの市だけで、その日は熊や鹿や狸等の毛皮、あけび、ざくろ、山葡萄（やまぶどう）などの果実類、豊富な山菜類、蔓（つる）や樹皮で編んだ籠とか笊（ざる）を町で売るのでございます。

しかし、市に売り物を並べるには許可が必要で、それを取り締まる町の世話人はあいだに仲介者を置きます。

この仲介者は決して深山の民に公平ではありません。強欲な者もおります。お前らがこの市で物を売れるのは誰のお陰かと、いかにも恩着せがましく邪険に扱い、不当なほどの上前をはねるのでございます。

深山の民に、紙作りの工程の半分を請け負わせることが、他の紙屋にとっても便利で有利だとなりますと、こぞって彼らを重宝するようになり、悪辣な仲介者たちがいっせいに乗り出してまいります。そうなることはもう目に見えております。

祖父が案じたのは、紙業者の秩序の乱れだけではなく、深山の民たちの生活の乱れでございました。

祖父とて、彼らが深い山の奥のどこでどのような生活を営んでいるのかは知りませんでしたが、二百年以上もの幕府の御政道によって、士農工商の身分制度から弾き出されるしかなかった人々にも、彼らだけの掟があり、生活様式があり、守らなければならない処世万般に対しての秩序があるに違いないと考えておりました。

それらが紙業の裏方としての生業を得ることによって大きく崩れていくことは必定なのです。

祖父は翌年も根気強く源左さんや壮八さんの説得をつづけました。

そしてそのころ、薬を入れる袋の註文に応じることが難しくなってまいりました。越中富山の売薬は全国で行商を行ない、「先用後利」という独特の商取引きと薬そのものの評判とが相まって、商い額は年々伸びつづけておりました。

奉書紙、半紙、障子紙、行灯や提灯用の紙、唐傘紙、ちり紙、襖の裏打ち紙等々、さまざまな用途の紙がございますが、越中富山の売薬のための紙を大量に商うのは越中八尾だけでございます。

富山藩の台所を支える紙と申しましても過言ではございません。それが足りなくなってきたのです。いくら優れた薬を作っても、それを入れる袋がなければ売り物になりません。売薬業者だけではなく、反魂丹役所からもじきじきに薬袋用の紙を優先して作るようにとお達しがございました。

薬袋用の紙は、丈夫で湿気を防いでくれればいいので、上質のものを必要とはいたしません。祖父はそれを好機と受け留めて、三たび四たびと源左さんと壮八さんを説得いたしました。

お前たちに作ってもらうのは川上屋における最上級の紙だ。提灯用やちり紙や、薬袋用の紙は、深山の民に請け負わせようではないか。彼らとどう接触して、どう交渉するかは、わしにまかせてくれ。

そして、これだけは守ってもらいたい。野積にせよ仁歩にせよ、他の紙漉き農家には断じて秘すのだ。深山の民から楮の樹皮を受け取るのは、集落から遠く離れた場所だ。

お前たちでなければこの川上屋の最も上質な、絹のような手触りと光沢を持つ紙は作れない。川上屋は、お前たちを失えば、暖簾を下ろさなければならないのだ。

しかし、お上の御命令である薬袋用の紙を優先することは、とりもなおさずお前たち自身を守ることでもある。

源左さんも壮八さんも、川上屋の旦那の熱意と、たび重なる説得に、では試しにやってみましょうと、しぶしぶ承諾したのだそうでございます。

ふたりが、いつ、どういうふうに深山の民と話し合ったのか詳しくはわかりませんが、秋の終わりころ、祖父は、源左さんに連れられて、野積や仁歩の集落から西南に行った尾根のなかの小さな平地で、深山の民の頭（かしら）と話し合いを持ちました。

快諾してくれるとばかり思っていたが、相手はなかなか首を縦に振ってくれなかったと、祖父がそのときのことをおおまかに話してくれましたのは、わたくしが学問所での勉学を終えて、川上屋の仕事を始めた十四のときでございます。

椿は幾らでもある。しかし、自分たちは、紙作りのことはなにも知らない。教えられたとおりに作ったが、こんなものは使い物にならないと突き返されたり、値を叩かれたりしたら、頭として仲間たちに顔向けができない。

里の人間のやり方は、いつもずるくて、俺たちへの蔑（さげす）みの感情は永遠に消えることはない。俺たちの娘が十四、五になるのを待って買いに来る八尾や城下の女衒（ぜげん）たちは、いちども約束どおりの金子を払ったことはない。

深山の民の頭はそう言ったそうです。

祖父は、三十両という前金を用意しておりました。さらに、彼らが必要とする品々も持参していたのでございます。

米、塩、味噌、酒、油、醬油、砂糖、干物、少々の反物……。

それらは壮八さんが牛の背に乗せて、彼らの根城の近くまで、やっとの思いで運んで行ったのでございます。

ですが、彼らと話ができたのは、集落と呼べるようなところではなく、炭焼き小屋のような掘っ立て小屋が三棟並んでいるだけの昼間でも暗い樹林のなかで、女や子どもの姿はなかったそうでございます。

警戒して、女子どもを隠したのか、あるいは集団ではなく個々の家族がそれぞれ散り散りに深山のなかで暮らしているのか、いまだによくわかっておりません。

いずれにいたしましても、いわば彼らの陣地によくもたったの三人だけで乗り込んで行ったものだとあきれてしまいますが、つまりわたくしの祖父はそういう人だったのでございます。

引き受けてくれるくれないは別にして、これは正式な挨拶であり、こちらの誠意の証しだからと三十両と持参の品々を渡してしまうお人なのでございます。信用してもらうことを第一義と考えたのでございます。

これは随分あとになって知ったのですが、源左さんは十五、六のころからわずかながらも深山の民と交友がございました。

交友と申しましても、野積や仁歩から近い山のなかで偶然に出くわした青年が足に深い傷を負っておりましたので、ちょっと待っていろと言って、木の根っこで休ませ、家族に内緒で越中富山の傷薬を持って行きました。

それがきっかけで、稀に山中で出会うと言葉を交わすようになりましたが、いつのころからか、その青年はまったくあらわれなくなってしまいました。

けれども、彼らはそれを覚えていたらしく、野積の源左の頼みならと会うだけは会うことにしたのであろうと思われます。

話がつかないまま祖父は野積の源左さんの家まで帰り、その夜は泊めてもらったのですが、翌早朝、紅葉する木々の向こう、野積川の急流のしぶきが届かない窪地に、深山の民の使者が立っておりました。

祖父は、源左さんの家に一週間滞在して、けもの道でももう少し歩きやすかろうと思える渓谷沿いをかよったそうでございます。

祖父と源左さんとで、楮の蒸し方、樹皮の剝き方などを教えるためでございました。最後の三日間は壮八さんも同行いたしました。

野積の集落から一刻ほどの険しい山道だったそうでございます。

いちどだけ試しにやってみようという返事も使者の青年から源左さんへともたらされましたが、使者が訪れるときは必ず源左さんの家の裏の、野積川が右のほうから迂回するように曲がっているところにあるヤマボウシの木に赤い紐が結ばれております。

それは、源左さんの家の裏からしか見えない場所で、同じ集落の紙漉き農家の人々の目には決して触れることがありません。

源左さんは、その赤い端切れの紐に気づくと、野積川と仁歩川に挟まれた尾根を三町ほど西南へ登って行きます。

一町ほど行きますと、蝮(まむし)がよく出る笹藪が広がっておりますので、山菜採りのために山に入りました集落の女たちも、そのかなり手前からは進みません。

その笹藪のなかはまるで蝮の巣でございますが、わずかに人の歩いた跡のある小道へと右に迂回して、さらに一町ほど行ったところに深山の民が「やぐら石」と呼ぶ田圃(たんぼ)一反分ほどの平地がございます。

三方を太い木々に囲まれておりますが、北側だけひらけていて、天気のいい日は神通川が光る細い糸のように見えるのだそうですが、祖父も父も弥三郎も、いちどもそこから神通川を見たことはございません。

そのやぐら石が、深山の民との待ち合わせ場所でもあり、楮の皮の束を受け取り、その束の数に応じて代金を支払う、いわば取引き所となり、それは明治と世が変わっても三年ほどつづくことになります。

翌年の春、深山の民が受け持った工程を経て、取決めどおりの束数の楮の皮を初めて見たとき、祖父はその丁寧な仕事に驚くとともに、これは困ったことになったと内心では当惑したそうでございます。

薬袋用の紙に使うにはあまりに上質な楮の皮だったからで、はっきりと言えば、源左さんや壮八さんが作る最上質のものをはるかに凌いでいたということになります。

紙作りの方法を教えた際、祖父は「ザブリ」と呼ばれる重要な作業に必要欠くべからざる材料のとろろについても語っておりました。

とろろと申しましても、自然薯や山芋といった食用のとろろではなく、トロロアオイという木の根でございます。食用には適しておりません。

下準備をすべて終えて紙漉き作業に入りますが、樫の角棒で叩いて叩いて繊維を綿状にした楮と水を、「舟」と呼ばれる紙漉き器に入れ、そこにとろろを配合いたします。

このとろろが楮の皮を紙に変えるのでございます。繊維を均等に繋ぎ合わせ、強度を与え、光沢と柔らかな手触りを与えるのは、トロロアオイの根の粘りなのです。

深山の民たちは、楮の皮の束だけでなく、数十本のトロロアオイも掘って来てくれていたのでございます。

祖父は、約束の代金にトロロアオイの分を加算して払い、来年もよろしくお願いすると礼を述

べて、野積へと戻りながら、これは源左にも壮八にも面白くあるまいと案じましたが、源左さんは意外にも、

「旦那様、漉いてみなきゃあわかりませんが、八尾一の最上の紙になりますよ」

と得意げに言ったそうでございます。

「とにかく仕事が丁寧だ。丈三尺の皮が五十本ずつひとくくりにしてありますよ。どの束も誤魔化しなしです。さすがに山の連中だ。木の扱いは慣れたもんです。楮の皮を剝くことなんて子どもの遊びみたいなもんなんでしょうねえ。俺たちも負けちゃあいられませんですよ」

しかし、壮八さんはひとことも話さないまま、顔を赤くさせて山道を歩くばかりだったそうでございます。

「面子（めんつ）をつぶされた。家代々の紙作りの誇りを踏みにじられた。壮八はそう思ったようだよ。わしは、壮八が固い約束を破りはしまいかと案じたが、あいつも馬鹿じゃないし、川上屋の屋台骨を壊すことは自分の首を絞めるに等しいくらいはわかっていたんだろう。深山の民との秘密の仕事は、墓場にまで持って行くと決めてくれていたよ」

と祖父は笑顔で申しました。

壮八さんが腰を痛めて、動くのも難儀になったのは、川上屋が祖父から父への代替わりの時期を迎えようかというころでございます。

壮八さんの息子の文助さんは、父親よりもいい紙を作ってみせようと、じつに熱心で、深山の民の仕事を学ぼうとさえいたしましたが、十一月から二月末までの、野積や仁歩とは比べようもない雪深い山奥には近づくことも困難で、その時期の山行きは毎年あきらめるしかないまま今日

に至っております。

話が横道に逸れ過ぎたようでございますが、八尾の紙業者というよりも、川上屋の代々の当主の気性と、日本一の紙を作りたいという熱情を知っていただきたくて、あえてお話をさせていただきました。

＊

まあ、これは話の枕とお聞き流しをお願い申し上げます。

さて、弘化四年（一八四七）、六歳の弥三郎を伴っての、わたくしの野積と仁歩への最後の一泊二日の旅へと戻ることにいたしましょう。

なぜ、わたくしがこの話を長々とあなたさまにお聞かせするのかは、いずれおわかりになると存じます。

野積の源左さんの家に着きましたのは、昼七つ（午後四時頃）でございました。

もう歩くのはいやだ。足に肉刺が出来たし、行李が重いし、風呂敷包みはもっと重い。

六歳の弥三郎は道中の半ばあたりから道に坐りこんで駄々をこね始めました。

わたくしも父も、叱ったりなだめたり励ましたり、荷物を持ってやったりしながら野積の集落に辿り着きました。

源左さんの家で足を洗わせてもらい、弥三郎を残して、一服する前に仁歩集落へと行き、壮八さん一家に土産を渡すと、すぐに源左さんの家に戻りました。

その帰り道、わたくしは裏の野積川の急流が西から迂回して小さな河原を作っているあたりに人の姿を見ました。

ほんの一瞬でしたが、木の蔓で編んだ草鞋のようなものを履いた小柄な人間がヤマボウシの枝に赤い布きれを縛っておりました。

周りの樹木に遮られて、男なのか女なのかも、年回りもわかりませんでした。

時刻は暮れ六つ（午後六時頃）前、夕日が急流や川石を染め始めておりました。

深山の民なのだろうか。なにか用があって、ヤマボウシの枝に赤いしるしを残していったのだろうか。

わたくしは、祖父や父からしか聞いたことのない深山の民とやらを見てみたくて、家の裏に廻り、ヤマボウシの木とちょうど向かい合う場所に足音をたてないように近づいたのでございます。

ヤマボウシまでは七、八尺ほどで、確かに枝には赤い布きれが結わえつけられております。

しかし、その周辺には誰もおりません。ですが、わたくしは誰かにどこかから見られている気がいたしました。

まだ四月の半ばで、新緑が真っ盛りの時期ではございませんが、若い枝は旺盛に伸びて、真冬に源左さん一家が総出で楮の皮を叩きほぐすための格好の作業場となる河原の向こう側は見えません。

隠れているのだな。よし、根気くらべだ。そのうちあきらめて姿をあらわすまで、俺もここを動くものか。

わたくしはそんないたずらごころを抱いて、川岸に立ちつづけました。

しぶといやつだなあ。どこかに隠れてこちらを見ていることは気配でわかるのだ。

そう思って川岸の石に腰を降ろしかけたとき、源左さんのおかみさんに紙漉き場から声をかけられました。

「待っていても出てきませんよ。暗くなってしまうと途中で難儀するから、もう帰らせてやらんと」

その言葉で家の表側に廻り、わたくしは弥三郎の足の肉刺をつぶしてやっている父に、隠れているのはわかっているのだがと言いました。

「大旦那がいつも言っておいでだったよ。あの人たちの領分に踏み込んではいかん、となと父は微笑みながら言いました。

わたくしは、深山の民と祖父や源左さんたちとのあいだで出来上がった暗黙の掟のようなものを破ろうとしたのだと気づき、ひどく後悔いたしましたが、なにも息をひそめるようにして隠れつづけなくとも、深い木々のあいだを駆け抜ければ、姿を見られることもなく帰路につけるだろうにと不思議な気もいたしました。

「たぶん弥一さんとおんなじ年頃の女の子でございますよ」

と源左さんのおかみさんは言って、竈（かまど）の前でしゃがんで火吹き竹を使いながらご飯を炊き始めました。

わたくしよりも五つ年上の二代目源左さんは、朝にしめた二羽の鶏の毛をむしってきて、器用な包丁使いでさばいて鶏鍋の用意をしております。

おばあさんと長女のおたけさんは屋根裏部屋に作りました蚕部屋で桑の葉を刻んでおります。

源左さんの家では、わたくしたちを迎えるために正月や盆どころではないご馳走を作る一年にいちどの大盤振る舞いの準備に忙しいのでございます。

源左さんには酒一升と国分(こくぶ)の煙草、おばあさんには好物の草餅、おかみさんには針仕事道具一式と何色かの端切れ、長女のおたけさんには櫛(くし)や紅と白粉(おしろい)、二代目源左さんには帯。それらは毎年、父と母とが相談いたしまして持参する一家への土産でございます。それ以外にも、山里では手に入れられない塩や砂糖や醤油や木綿ものの反物なども必ず混じっております。

ですから、源左さんたちにとっては、庭で飼っている鶏の一羽や二羽をしめることも、卵を五つも六つも並べることも、景気よく米を炊くことも、わたくしども川上屋へのお返しを超えたもてなしなのでございます。

子どもはまだふたりおりました。どちらも男の子で、弥三郎とは歳が近いので、棒に付いた飴を五本ずつ分け与えました。

日が暮れたころ、仁歩から文助さんがやってまいりまして、土間の囲炉裏を囲んで鶏鍋での晩ご飯が始まりました。

その夜の話題は、わたくしのことばかり。高麗屋勤めが急遽決定したことを父が明かしたからでございます。

それはまたなんと思いがけないことと両家の人たちは驚きながらも、訝(いぶか)しさを隠しませんでした。わたくしがやがて川上屋を継ぐことは生まれたときから決まっていたことだからでございます。源左さん一家や壮八さん一家でなくとも、いったいどういうことなのか、理由はなんなのかと詮索したがるのは当然なのです。

しかし、父は藩命であることだけは口にはいたしませんでした。高麗屋さんにどうしてもと強く請われたのだと答えるばかりでございました。

疲れて、腹が減っていたところに、家では口にしたこともない鶏鍋をたらふくご馳走になって、暮れ五つ（午後八時頃）には、弥三郎は板の間の囲炉裏の近くで眠ってしまいました。

わたくしたちもそれから半刻ほど話に興じておりましたが、別の部屋にひとり去りふたり去りして、たぶん暮れ五つ半（午後九時頃）には、全員寝入ってしまいました。

父とわたくしと弥三郎は、板の間の囲炉裏を囲むように敷いてくれた蒲団で寝ました。

二階の畳敷きの八畳で寝てくれと勧められたのですが、その夜は冷え込みが強く、屋根裏の蚕部屋を冷やさないためには囲炉裏の火を熾火（おきび）にしておく必要があったのでございます。

四月半ばと申しましても、八尾から遠く離れた野積の朝方の冷えをよく知っている父は、幼い弥三郎に風邪をひかさないために、あえて囲炉裏の近くで寝ることを選んだのでございます。

わたくしも昼間の道中と弥三郎のお守りで疲れておりましたが、あさってからの高麗屋での奉公のことが頭を占めて寝つけません。

ですが、さすがに夜九つ半（午前一時）ごろには寝てしまったようでございます。それなのに、まだ暗いうちに目が醒めました。

しばらく蒲団のなかにおりましたが、父のいびきと弥三郎の寝息が耳障りだったのと、野鳥の囀りが聞こえ始めましたので、床から起きあがり、そっと紙漉き場から川岸へと通ずる裏木戸をあけてみました。

八尾のとりわけ霧深い夜明けどきでも、これほどの濃い霧は出ないと思われるほどで、東の飛騨方面のほんの一角だけが白んでおります。

厚い濃い霧の塊に包まれますと、夜の闇よりもまだ視界がきかないという山の人々の言葉が真実であることを、そのとき初めてわたくしは知ったのでございます。霧の不気味さというものも知ったと申しましょうか。

人をどこかに連れ去って行く魔物のようにも感じました。

空気は真冬並みの冷たさで、風で動く樹木の音は、この世のすべての有情非情の声を伝えて来ているようにも思えました。

わたくしは、足元に目を凝らしながら川のほうへと二、三歩進みました。霧は青味を帯びてゆっくりと動き始め、それまでまったく見えなかった川面が見え、同時に風も上流のほうから吹きました。

一瞬、ほんのまばたきをするほどのあいだではあっても、七、八尺先の向こう岸が見えたのでございます。

ヤマボウシの木の下に、娘が立っておりました。わたくしは驚いてあとずさりし、転んで尻もちをつきました。

風はやんでしまい、再び、厚い濃い霧が風景のすべてとなりました。

夢か錯覚か、霧と山の精霊によるいたずらか……。

わたくしは気味が悪くなり、源左さんの家へと手探りで逃げかけました。

そのとき、さっきよりも強い風が吹いたのでございます。

歩いて渡れそうなところに、わたくしと同い年かと思える娘が、きっとわたくしよりもっと驚いているような表情でこちらを見つめておりました。

濃い茶色の、膝までの丈の、刺し子に似た着物。木の皮や蔓で編んだかと思える草鞋。前髪だけをひっつめたように上げて、それを赤い端切れで結んで、身じろぎもせずに立って、わたくしから目を逸らそうとはいたしません。

なんと美しい娘であろうと、わたくしも茫然と見つめ返すばかりでございました。

「きのうの夕方、そこに隠れていた人ですか？」

とわたくしは訊きました。

長いあいだ、と申しましても、一呼吸か二呼吸ほどの時間でございましょうが、娘はわたくしを見つめ、それから小さく頷きました。切れ長の、なにかを訴えかけているかに思える目、彫刻刀で彫ったような端正な鼻梁、引き締まった唇。

わたくしは、もっとなにかを話しかけたいのですが、言葉が出てまいりません。

霧でまた見えなくなり、それが薄まったとき、娘の姿は消えておりました。

霧にまぎれて去ってしまったことは気配でわかりました。

わたくしは、再び戻って来てはくれないものかと、薄い日の光が春の強さを帯びてくるまで、川辺に立ちつづけたのでございます。

野積の集落から八尾の町への帰路、わたくしはほとんど自分からは喋りませんでした。

弥三郎は相変わらず、足の肉刺の跡が痛いと訴えつづけますが、わたくしはまったくかまってやらず、ひたすら歩きつづけるばかりでございました。

父は、あしたからの高麗屋での奉公への不安やら責任感が自分の十六歳の息子の口を閉ざさせているると思っていたようでございます。

俺たちの娘が十四、五になるのを待って買いに来る八尾や城下の女衒たち……。

深山の民の頭が言ったという言葉が、わたくしの心を押しつぶしそうになっていたのでございます。その言葉がちらつくたびに、あの娘のあまりの美しさが、十六歳のわたくしの胸を締めつけつづけておりました。

その翌日の夕刻、わたくしは小雨の降るなかをひとりで富山の薬種問屋の大店・高麗屋の活気に満ちた店の前に立ちました。

八尾の紙問屋・川上屋の跡取りという身分を捨てて、藩にも高麗屋にも強く請われてやって来た神童の誉れ高い、学業優秀な人品骨柄の良さを見込まれた特別な青年として、意気揚々と高麗屋の暖簾をくぐったのでございます。

ですが、そのような気負いや自負が、たちまちことごとく打ち砕かれていくことになるとは、まったく思い及ばないところでございました。

第四章　高麗屋

さまざまな薬種の混じり合った匂いに包み込まれるような、八尾の商家とはまったく異なる広い間口の店先から入ったらいいのか、裏口からにすべきか迷っておりますと、薄い茶色の羽織と同色の細い縦縞の着物を着た恰幅のいいお方が満面に笑みを浮かべて小走りで迎え出て、

「おお、来てくれたか。雨が強くならないうちに着けてよかった。さあ、お入り、お入り。みんな、八尾の弥一が来たぞ」

と大声で言って、わたくしの手を引いて高麗屋の店へと招き入れて下さいました。

まさか当主の高麗屋金兵衛様であるはずはなく、わたくしは大番頭さんか中番頭さんであろうかと思いながら、身の周りの品を包んだ風呂敷を抱えて店の土間に立ち、働いている方々にご挨拶をいたしました。

お客様と思える方々も、高麗屋で働いている方々も、驚きと好奇の目でわたくしを見ております。

小僧衆、若い衆、手代の方々、三人の番頭衆……。そのとき店にいたのは十人近くで、それらの方々の視線をいっせいに浴びて、わたくしは顔が火照りました。

事情は事情として、初めてあがった奉公先でこれほどの歓待を受けようとは想像もしていなかったからでございます。

土間を上がった座敷には三つの柵が立てかけてあり、いちばん左が残薬調査係、真ん中が金銭計算係、右端が出納係という順にそれぞれを担当する手代が坐っております。

そのうしろには分類された薬種を納める箱型の抽斗を持つ箪笥のようなものが六つ並んでおりまして、ひとつの抽斗は縦が四寸、横が五寸ほど。奥行きは店先からではわかりません。ですが、全部で四百個余の抽斗のすべてに高麗屋が商う薬種が入っているということはわかりました。

わたくしは、羽織を着た方に促されるまま、店の奥座敷を通り過ぎました。襖をすべて取り外せば七、八十畳にもなろうかと思える広さでございました。

庭へとつづく廊下を右に行きますと、高麗屋金兵衛様のお住まいとなっております。

手入れの行き届いた庭にはいい具合に苔が幹の太い松の周辺に敷かれていて、縁先の手水鉢から滴る水音が店の賑やかさを消しているようでございました。

お住まいへの廊下の奥には蔵がふたつございましたが、それ以外にも、屋敷の裏側に蔵が建っているのが見えました。

清国からの貴重な薬種が厳重にしまわれている蔵だなと思いながら、わたくしはたぶん大番頭さんであろう四十半ばの方のあとをついて茶室も兼ねている六畳の間に通されました。

「わたしが高麗屋金兵衛だ。お前が来るのを待っていたのだ。あした、薩摩組の荷を岩瀬浜から送り出すのを見てもらいたくてな。例年は三月に最初の薩摩組の行商が始まるんだが、ことしは薩摩様の都合で四月になった。薩摩組は十日前にすでに出立した。富山からは三十五日前後かかるからな。川上屋の旦那から大事な跡取りを頂戴することになって、わたしも大喜びだ。近くに奉公人たちの家を建ててある。高麗屋の奉公人たちのための棟割長屋だ。今夜から、そこで寝起きしてもらう。長吉という若い衆との同居だが、仲良くしてやってくれ」

わたくしはてっきり大番頭さんであろうと思っておりましたので、その方が高麗屋金兵衛様だと知って驚き、平伏したまま、

「父から、八尾に帰って来られると思うなと申し渡されました。わたくしもその覚悟を定めてご奉公にあがりました。なにとぞよろしくお願い申し上げます」

と、うわずった声で申し上げたのでございます。

そのあと、下女のお富さんに案内されて裏口から出ると、三つの蔵が並んでいるところから横町に入ってすぐのところにある長屋に行き、奉公人の女房たちであろうとわかるおかみさんたちの、値踏みをするような視線を感じながら、荷物を置き、店に戻りました。

すると、三人の番頭さん、手代の方々、若い衆、小僧さんたち、賄い係の女中さんたち。総勢二十数名の人たちが仕事の手を止めて、店の奥座敷に集まってわたくしを待っておりました。

旦那様は、みなに改めてわたくしを紹介なさいましたが、それはわたくしの身の置き場がなくなるほどの過分な褒め言葉も混じっていたのでございます。

高麗屋がいちおう店を閉めますのは、冬は昼七つ（午後四時頃）、夏は昼七つ半（午後五時頃）でございます。

冬でも夏でも夕餉をいただくのは暮れ六つ（午後六時頃）と決まっておりまして、所帯を持っていない奉公人たちは店と道ひとつ挟んだ賄い所で揃って朝昼晩の御膳を頂戴する決まりになっております。

三人の番頭さんたちは、みな店からさほど遠くはない家で家族と暮らしておりますし、手代の方々のなかにも妻子のおありになる人もいらっしゃいますので、賄い所で一緒に食事をするのは十八名でございました。

わたくしは初めての夕餉の御膳を頂戴しているときに、店にはほとんど姿を見せない人たちが交っているのに気づきました。

丸薬師、刻み屋たちでございます。大きな奥座敷のさらに奥に、薬を作る作業場があり、そこで働いている職人たちでございます。

わたくしは食事中もみなの好奇の目に晒されておりました。

食事を終えて、それぞれが自分の使った茶碗や皿や箸を洗っておりますと、お使いで水橋の売薬業者のところに行っていたという長吉さんが帰ってまいりまして、

「わたしが長吉です。今夜から一緒の家での生活ですね」

と話しかけてきました。

わたくしも初対面の挨拶をいたしましたが、如才のない、顔を動かさず目だけで人を見る、一癖も二癖もありそうな、同い年の長吉さんにあまりいい印象は持ちませんでした。

店をあけるのは冬でも夏でも明け六つ半（午前七時頃）でございます。ですから、朝餉は明け六つ（午前六時頃）。

わたくしの最初の仕事は店の前の掃除でございました。

初めて高麗屋に奉公にあがった日の、旦那様じきじきの特別扱いは五日間つづきました。その五日間には反魂丹役所の緒方喜重郎様も訪ねて来られましたし、取引き先の方々も、まるでわたくしを見るために来たという表情を隠そうとなさいませんでした。

これはこれで働きにくいものだなと思っておりましたが、ひと月後からすべてが変わったのでございます。

顔が合えば、なにか必ず言葉をかけて下さった旦那様が、その日を境に目を合わそうとはなさらなくなったのでございます。

それどころか、なにか忌まわしい厄介な人間を避けるように、わたくしには意図的に近づかなくなったのでございます。

わたくしは、自分になにか無礼な言動があったのか、他の奉公人の方々の気に障ることでもしたのかと考えてみましたが、思い当たる節はございません。

旦那様や番頭さんたちを怒らせるほどの失敗をしたこともないはずでございます。それほどの大事な仕事はまだなにひとつさせてもらっておりません。

わたくしには訳がわかりませんでした。

その旦那様の態度の豹変は越中富山に陰鬱な梅雨の季節がやって来てもつづきました。

そのうちに周りの態度までが変わっていったのでございます。

「弥一、これはなんだと思う？」

と貴重な薬種を見せてくれていた手代の新助（しんすけ）さんも、わたくしが店にずらりと並んでいる薬種

箱に近づくと、

「お前が見るのは五年早いぞ。この店の跡取りのつもりか?」

そう言って、蠅でも追い払うような仕草をするようになりました。

梅雨が明けたころには、わたくしには誰も仕事を与えてくれなくなったのでございます。そうなると店のなかに居場所はございません。

店先に立っているわけにもいかない。帳場の近くに坐ることもできない。飛脚が持って来た書状を受け取っても、お前が触れていいものではないと番頭さんに叱られる。

わたくしがやれる仕事は掃除と荷受けの手伝いだけになってしまいました。

「わたくしはなにをしたらよろしいでしょうか」

手代の方々に思い切って訊きました。新助さんは無言で店の南側の廊下の奥を指差しました。生薬を刻んだり、微細な粉末にしたり、練ったりする職人の作業場の横でございました。そこに坐っていろということなのでございます。廊下と作業場とは板の壁で仕切られておりますので、職人さんたちは板壁一枚の向こうにわたくしが坐っていることを知りません。

職人さんたちは作業場の裏口から出入りいたしますので、その廊下の突き当たりに坐っていれば、一日中、誰とも言葉を交わすことはありません。

ですから、わたくしは朝の掃除と、荷受けの手伝いをするとき以外は、店の廊下の突き当たりにひとりで坐りつづけるしかございませんでした。

夏が終わるころには、わたくしに話しかけてくれる人はいなくなってしまったのでございます。

いったいこの仕打ちはなんなのか。俺になんらかの落度があるのなら、たとえこれ以上ない侮蔑の言葉であっても、ちゃんと指摘してくれればいいではないか。

高麗屋で働いてくれと頼んだのはどこの誰なのだ。それがたとえ高麗屋の意に染まないことで、反魂丹役所の一存によって受け入れるしかなかったとしても、それならそうと言ってくればいいではないか。

そうとわかれば、俺はいつでも八尾に帰ってやる。高麗屋にとっても、俺が自分の意思で八尾に帰ったとなれば、反魂丹役所への言い訳も立つはずだ。なんだ、この蛇の生殺しのような扱いは。

わたくしは、外出先から帰って来る旦那様が店の南側の廊下を少し歩いて奥座敷に入るときに視界に入っているはずなのに、道に落ちている石ころのように無視していく態度がどうにも解せませんでした。

ひとりだけ親身になって励ましてくれたのは長吉さんでした。

陰険そうないやなやつと思っていた長吉さんが、わたくしのことをただひとり案じてくれて、番頭さんや手代の方々に、なぜ弥一はあんな目に遭わされるのかと訊いてくれたりもしたのでございます。

返って来る答えはふたつ。旦那様に嫌われたんだから、さっさと八尾の川上屋の跡取りに戻ればいいのに、というのがおおかたの答えでございますが、もうひとつは、役所のほうで心変わりでもあったのかもしれないぞ、というものでございます。

「反魂丹役所と薬種問屋や売薬行商人とは、いわば仇同士みたいなところがあるんだ。片方は藩、片方は商人。持ちつ持たれつで成り立ってるけど、所詮は水と油だ。弥一は密偵として高麗屋に送り込まれた藩の御庭番のようなもんだから、廊下の奥に坐らせとけって新助さんが誰かに言ってたそうだぜ。あいつは俺にはなんにも言わないよ。一緒に寝起きしてるんだから、弥一に喋ってしまうだろうって警戒してるんだな」

ある夜、長吉さんは蒲団に横になってそう言いました。

「藩の密偵？　この俺が？　旦那様がそう思ってしまったというのかい？」

「新助さんの言い方だとそう取るしかないんだ。あいつは算盤が得意で、城下の学問所ではいつも成績が五番と下がったことはなくて、それを鼻にかけてやがる。三月の末に八尾の紙問屋の跡取りが高麗屋に奉公にあがるってことを大番頭の伊兵衛さんから教えられたときは、傍目でもわかる機嫌の悪さだったよ。それがいまはこうなってしまって、ざまあみろ、いい気味だって思ってるから、あんな廊下の奥にお前を坐らせてるんだ。おい、弥一、意地でも八尾に帰るなよ」

わたくしはあきれながらも、高麗屋金兵衛ともあろうお方が、まだ十六歳の越中八尾の紙問屋の息子を藩の密偵と疑うだろうかと考えました。

もしそうだとすれば、世間の評判とはまるで異なった愚かで小心な人物と言うしかないと思ったのでございます。

いずれにしても、俺のほうから辞めたいと言わせるために、これが人間への仕打ちかと思えるほどの扱いを重ねているのなら、長吉の言うとおりに意地でも辞めるものかとわたくしは肚を決めました。十年でも二十年でもあそこに坐りつづけてやる、と。

けれども、さらに七日ほどもたちますと、意地だけではどうにもならなくなってしまいました。

廊下の奥のわたくしの居場所は「針の筵」のほうがまだましであったと申せば、あなたさまにもご理解いただけることと存じます。

朝の掃除を終え、箒や打ち水用の桶を片づけて廊下を歩いて行くときに、薄笑いを浮かべた新助さんに蔑視の目で見つめられているのに気づきますと、足が震えるようになりました。

それを目ざとく見抜いた新助さんは、

「まっすぐ歩けなくなったのか？　それじゃあ大八車も押せないな」

と言って、さっさと行けと邪険に手を振るのでございます。他の方々は見て見ぬふり。わたくしと目が合わないようにしております。

わたくしは震えながらいつもの場所に正座して、板壁の向こうの作業場で交わされる職人さんたちの会話に聞き入ろうと努めます。そうしないと泣いてしまいそうになるからでございます。

秋風が吹き始めたのにいっこうに減らない蚊に悩まされながら廊下に坐りつづけておりましたある日、わたくしは高麗屋金兵衛という名代の薬種問屋でもあり、薩摩に十二脚もの仲間組を持つ売薬の元締めとも言える豪商が、単なる憶測で十六歳のわたくしをこんな目に遭わせつづけるはずがないと考えました。これにはなにか意味があるのだ、と。

岩瀬浜に店を構えます廻船問屋の美濃屋の当主・寺田幹兵衛様は剛毅でありながら知力に富んだ戦略家でもあるという世評の高いお方でございます。

その寺田幹兵衛様おひとりでは薩摩藩との長年にわたる商いは不可能で、薬種問屋の高麗屋の人徳と度量の大きさを得て越中富山の売薬は富山藩全体を支える商いを維持できているという説が正しいならば、手代の新助さんの訳知り顔の解釈を尺度にするのは愚かだと気づいたのでございます。

なにか意味がある。それはなんだろう。

わたくしは秋の終わり近くまで、高麗屋金兵衛様の本意を考えつづけました。

最初に気づいたことは、わたくしの慢心についてでございました。

藩の重職からじかに命を受け、高麗屋の当主のじきじきの出迎えを受け、別格の扱いを受けて売薬業の勉強を始めた俺の心のどこかに慢心はなかったろうか。

同じ若い衆や小僧衆や女中たちどころか、先輩の手代衆や番頭の方々までもを、心のどこかで見下していた瞬間がなかったと言えるだろうか。

いや、確かにあったと思う。自分でも自覚できなかったが、俺の心の奥底には慢心と言うしかないものがあった。あったはずだ。

旦那様はそれを気づかせようとなさっているのだ。

俺がこれから担う使命に最も害を為す一凶にみずから気づけ。高麗屋金兵衛様はそう教えようとしていらっしゃるのだ。

俺はまだ薩摩でなにをやることになるのかは知らされていないが、越中八尾の川上屋の跡取りで、秀才で、人柄も可、だけでは到底果たせない仕事なのに違いない。

「冥途の飛脚」になろうという男が、周りすべてに邪険にされ、仕事も与えられないまま、滅多に人の来ない廊下の奥で朝から夕まで坐らされ、侮辱の冷笑を浴びて、それで泣いて帰るわけにはいかないのだ。

わたくしはそうはっきりと悟ったのでございます。

その次に気づいたのは、わたくしの坐っております場所は、板壁一枚向こうから薬種の下準備をする職人さんたちの会話が聞こえてくるところだということでございました。

薬の行商人たちは行商の期間はそれぞれの地域に散っておりますが、富山に帰国いたしますとしばらく休養を取り、次の行商の準備を始めます。

休養中は暇でございますので、裏口から作業場に入って来て、職人さんたちとの世間話を始めるのでございます。

この世間話が、日本全国津々浦々で見たもの聞いたものばかりでございまして、伊予の松山ではこんな簪や帯締めが流行っているとか、美濃の多治見では大雨で刈り入れ前の稲の半分が流れたとか、江戸では屋台の天麩羅屋で穴子を食べたが、あれはじつにうまかったとか、仙台ではさる武家の奥方と出入りの呉服屋の主人の不義密通があったとか……。

下世話な話題だけではなく、薬種の調合法における新しい技術について真剣な意見が交わされたりもいたしますし、それぞれの藩の御政道や台所事情に関わるものも多くて、なるほど、全国の藩にしてみれば、越中富山の薬売りは幕府の隠密よりも恐ろしい密偵の役を果たしかねない存在と目されて当然と納得できるのでございます。

表では口にできない話が、裏では小声であってもかなり詳細に語ることができるというわけでございます。

俺は、ここに坐っているだけで三百近い藩で起こっていることを知るのだ。

わたくしはそう気づいてからは、長屋に帰ってから、それらを書き写すようになりました。とりわけ薩摩に関しての話題は聞き漏らしませんでした。

薩摩組の行商人たちは口が堅いのでございますが、そのころから頻繁に長州という言葉が出るのに気づいて、わたくしはそれらも書き留めるようになったのでございます。外国の勢力は本気だ。本気でこの国を自分たちのものにしようと目論んでいるのではないのかと思わずにはいられませんでした。

九州組の長崎での行商をする上縮がシナにおける阿片戦争について語った話には驚愕いたしました。エゲレスのすさまじい武力にも驚愕いたしましたが、阿片の販売での利益のためには、他国の大勢の民を麻薬漬けにしたあげくに殺戮(さつりく)するという無情なまでの支配欲に、わたくしは恐怖を感じたのでございます。

この廊下の奥の、作業場の横は勉学所だとわたくしは思いました。朝から夕まで坐っているだけで、知らない世界のことが学べるのでございます。

わたくしは、旦那様が店にお帰りになって店の奥座敷に入られるときに極(ご)く自然に廊下に額をつけてお辞儀をするようになりました。それでも、旦那様は無視をおつづけになりました。

振り返って考えてみますと、その弘化四年（一八四七）は、富山藩にとっても、あまたの廻船問屋にとっても薬種問屋にとっても死命を制するほどの合意が内密裏に取り交わされた年だったのでございます。

以前にもお話しいたしましたように、薩摩藩は、自前の北前船や他藩の廻船問屋は使わずに、美濃屋を筆頭とする越中富山の廻船問屋の船で蝦夷地から干し昆布を大量に運ぶことにいたしましたし、美濃屋も高麗屋と手を組んで薩摩藩の要望に応じることを決定して、そのための周到な計画を練り、第一陣の北前船を送り出した年であったのでございます。高麗屋金兵衛様は、藩の重臣、反魂丹役所の重職、美濃屋以外の廻船問屋と密な連係を取りながら、うわべは飄々(ひょうひょう)と振る舞いつつ、後戻りできない難仕事に奔走していたということになるのでございます。

ともあれ、そうやってその年が暮れようとしていた師走の二十日に、反魂丹役所の緒方喜重郎様がわたくしを訪ねてこられました。

大番頭の伊兵衛さんが慌てて廊下を走ってこられましたが、もうそのときには緒方様は廊下の真ん中あたりまで歩いて来ていらっしゃいました。

「弥一、また変わった仕事をしておるのお」

相変わらずのだらしない帯の結び方をして緒方様は笑顔で仰いました。そして、ちょっと話があるので半刻ほど弥一を借りるぞと大番頭さんに言って、わたくしを外に連れ出しました。その冬初めて雪が積もった日でございます。

わたくしは、いよいよ反魂丹役所のほうから八尾への帰参を命じられるのであろうと思いました。命じられれば従うしかない。藩命なのだからな、と。

高麗屋の店から南へと行きますと、さまざまな品物を扱います店が軒を連ねております。どれも越中富山の売薬によって成り立っております商いで、行李屋、合羽（かっぱ）屋、手甲（てっこう）・脚絆（きゃはん）屋、足袋（たび）屋、股引（ももひき）・腹掛屋、提灯屋、呉服屋、矢立（やたて）屋などでございます。

二千人以上もの行商人が全国に散って行きますときは、新しい合羽や行李や足袋や手甲・脚絆や矢立が必要で、その数は膨大となります。

緒方様はまだ二寸ほどしか積もっていない雪道の、人や大八車の往来によって雪がかき分けられて足袋が濡れずに済むようになった場所を選んで歩きながら、廊下の奥に坐るよう命じたのは誰かとお訊きになりました。

「手代の新助さんでございます」

「弥一はもう何日くらいあそこに坐っておるんじゃ？」

「百五十日と少しでございます」

緒方様は立ち止まって、わたくしを見つめ、なにか言葉を探すような表情をなさってから、

「弥一に求められておるのは才ではない」

と仰いました。

「わたくしが身につけなければならないのは、どのようなものでございましょうか」

緒方様はまた言葉を探しているかのように無言で雪道を歩きだし、団子屋に入りました。中間の芳さんが風呂敷包みを脇に置いて、待っておられました。

緒方様は、八尾に来るときはたいてい芳さんをお供にお連れになっていらっしゃいましたが、「芳」と呼ぶだけで、わたくしは正しい名前を存じ上げなかったのでございます。

三十半ばの芳さんが芳次郎という名だと知ったのは、そのときでございます。

緒方様は、みたらし団子と茶を註文してから、

「弥一に求められておるのは才ではない。大きな心だ」

緒方様がそう仰ったのは、わたくしがみたらし団子を食べ終わったときでございます。

わたくしは、その言葉が意味するものがよくわからず、次の言葉を待ちました。けれども、緒方様はそれ以上は語らず、これは弥一の母殿から預かってきたと言って、風呂敷包みをわたくしの横に置き、団子の代金を払って帰って行かれたのでございます。

わたくしは団子屋の横手から急いで長屋に戻り、風呂敷包みをあけました。綿入れがふたつと

薄い書状が入っておりました。

――こちらはみなそくさいにてくらしをりそろ。わたいれにまい、いちまいはほうばいどのに。ははより――

朋輩……。長吉にということだな。八尾の両親は、俺が朋輩の若い衆ひとりと同じ長屋の六畳で寝起きしていることを知っているのだ。

わたくしは母の字に懐かしく見入りながら、そう思いました。母は商家の娘でございますので、幼少のころから読み書きを習っておりまして、知っている漢字も少なくはないのでございますが、あえて使わなかったのだということもわかりました。

もし店の者たちに見られても、仮名しか書けない母親でいたほうがいいという配慮でございます。

八尾の町で売っているみたらし団子は、母がたまに買ってくれたが、さっきほどに味気ないみたらし団子を食べたのは初めてだな、とわたくしはひとり笑みを浮かべて思いました。

わたくしは緒方様の言葉の奥にあるものを知ろうと考えにひたっておりましたので、四月に高麗屋に奉公にあがって八か月以上ものあいだ、いちども菓子を口にしていないにもかかわらず、さっきのみたらし団子のうまさもわからなかったのでございます。

店に戻り、廊下の奥に正座したとき、旦那様が駕籠でお帰りになったらしく、番頭さんたちや手代たちの「お帰りなさいまし」という声が聞こえました。

「雪が積もったにしては暖かいな」

と言いながら、旦那様は奥座敷へと入って行かれました。わたくしがお辞儀をしている姿にはそのときもまったく表情を変えませんでした。

ですが、すぐに着物を木綿物に着替えて店に戻られると、大声でわたくしをお呼びになったのです。

わたくしは、自分が旦那様に呼ばれていることにすぐには気づきませんでした。板壁の向こうの会話に「せんそ」という初めて聞く唐薬種の名が出たからでございます。

長吉が廊下を走って来て、旦那様がお呼びだと教えてくれました。

わたくしが店に行き、畳に正座すると、

「弥一はいまから帳場に坐る。残薬調査のご用を務めるので、巳之助（みのすけ）、頼んだよ」

と旦那様は張りのある声で仰ったのでございます。

若い衆の仕事をまだなにもこなしておりませんのに、いきなりの手代見習い。

巳之助さんは面食らった表情で、どうすればいいのかとうろたえたようですが、いままで自分ひとりが坐っていた場所を、わたくしのために半分あけました。

旦那様は、わたくしに母屋に来るようにと言って、店から出て行かれました。

旦那様のご一家が住む別棟の母屋は店のなかではつながっておりますが、外からでは軒を並べた別の家に見えます。

わたくしは店の奥座敷から庭の縁側に出て、母屋への廊下を右に行き、初めて高麗屋に来た日に通された茶室も兼ねた六畳の部屋で旦那様を待ちました。

すぐに大番頭の伊兵衛さんもやってまいりまして、わたくしにかすかに笑みを向けながら、隣りに坐りました。

「五か月だな。八尾に帰ろうとは思わなかったかい？」

「思いましたが、これにはなにか意味があるのだと考えて、坐りつづけておりました」

そう答えながら、そうか、正確には百五十六日も廊下の奥で坐っていたのかと我ながら感心いたしました。

「わたしも高麗屋でのお勤めは長いが、奉公人を廊下の奥に坐らせつづけるなんてことは初めてで、どうしたらいいのかわからなかったよ」

そう言って、大番頭さんはなぜかうなだれていらっしゃいました。

どうやらこれで苦行は終わったという思いだけで、さしてなんの感慨も湧いてまいりません。虚脱感もなく、達成感のようなものも、なぜかひと欠片もないのでございます。

十六歳のわたくしは、そのときは百五十日余も剣術の修業をつづけて、いささかくたびれたといった心境のなかにいたというのが最も適切であったかもしれません。ひとりで百五十余人と斬り結んだとでも思えるような……。さりとて、商人の倅のわたくしは、木剣を振ったこともございませんが。

「背が伸びたな。毎日固い廊下で正座していても背が伸びるやつは伸びるということだな」

大番頭さんだけは旦那様の意図を知っていたのでございます。

母屋の女中さんが火鉢を運んで来て、そのあとすぐに旦那様がわたくしと向かい合って坐りました。

「弥一は巳之助から学ぶことを学んだら、次は新助のご用を学ぶ。二年ですべて学べ。それから薩摩組の頭の富蔵の若い衆となるのだ。富蔵の若い衆になっても給金は高麗屋から出る。高麗屋で見聞きしたことはすべて他言してはならんぞ。富蔵にはすべて話してある。弥一が、巳之助や新助のご用を学びながら、同時にせねばならんことは、越中富山の廻船問屋たちに親近して人間としての信用を築くことだ。船頭を始めとして、北前船の水夫とも仲良くつきあえるようになれ。みんなに可愛がられるようになることが、弥一の為すべき仕事だと思え」

それだけ言って、旦那様は奥の間に引き揚げてしまいました。

大晦日から八尾に帰ってもいいが、二日の夜には店に戻っているようにと大番頭さんは言ってくれましたが、わたくしは家族のもとには帰りませんでした。「大きな心」とはなにかを深く考えてみたかったのでございます。

第五章　薩摩仲間組

越中富山の商家では正月に奉公人が里に帰るということはございません。店で決めた藪入りの日に、里への帰省が許されるのですが、その年の年末年始は、特別にご用のないものは家に帰ってもいいということになりました。

これは、わたくしが高麗屋に奉公にあがった年に善光寺大地震が起こっていたからでございます。

信州の善光寺を中心に多大な被害を及ぼした大地震で、弘化四年（一八四七）三月二十四日（新暦五月八日）の夜四つ（午後十時）時分に越中八尾にも揺れが来ました。反魂丹役所からの思いがけない書状が届いた九日後でございました。

飛驒の山脈を挟んだ東側での大地震でございました。

ですが、地震の揺れがいかなる法則のもとにあるのか、そして富山と美濃、信州地方のあいだに横たわる分厚い山脈がどんな防御の働きをしてくれたのか、わたくしどもには皆目わかりませんが、八尾の被害はさしたるものではございませんでした。

江戸も京大坂も揺れましたし、播州の赤穂でもかなりの揺れがあったそうでございます。地震の源から西側の被害が大きかったそうだと知ったのは、わたくしが高麗屋の南側の廊下で坐りつづけていたときでございます。

加賀藩領内のほうがはるかに被害は大きくて、とりわけ市中を流れる犀川の上流では地すべりと河岸の崩壊で川がせき止められて一里四方ほどの湖が出来てしまったほどでございました。

当然、周辺の村々も壊滅状態になったところもあり、大勢の百姓に死者が出ました。

善光寺大地震によって亡くなった人の数は約八千人と伝えられております。倒壊や焼失した家は二万一千軒ということですから、いかに大きな地震であったかが知れようというものでございましょう。

高麗屋に奉公に来ている者は富山の人間ばかりではございません。加賀藩領内に実家のある者たちもおりますので、善光寺大地震の始末もなんとか目途が立ったこの年末年始は、里の様子を見たい者は帰省させてやろうと旦那様が配慮なさったのでございます。

わたくしは、長吉は富山城下から西へ五里の射水という町の鍛冶屋の三男ですので、実家へ帰るものとばかり思っておりました。射水は加賀藩領で「尾州屋」という廻船問屋もございます。

「うちはたいしたことはなかったんだ。板屋根の置き石が落ちただけだ。雪道を五里も歩いての行き来は難儀だし、みんなのぶんの米が減るからなあ」

夜の御膳を頂戴して長屋へ帰ると、長吉はそう言いました。今夜で二尺ほども積もろうかと思える雪が降っておりました。

わたくしは行灯に火を灯し、母が長吉のために縫った綿入れを出しました。

「俺にかい？　こんな綿がたくさん入ってる綿入れを着るのは初めてだ。色違いの藍がいなせだなあ」

長吉は早速袖を通して喜びを隠そうともせずに言いました。

「いなせってのは江戸言葉かい？」

わたくしも自分の綿入れを着ながら軽口を叩き、火箸で火鉢のなかをかき回しましたが、灰をかぶせた炭は三つしかなく、どれもほとんど灰と化しております。

炭籠も空っぽで、寒さには慣れているというものの心細くて、まだ暮れ五つ（午後八時頃）だというのに股引を穿いたまま蒲団にもぐり込むしかありませんでした。

「まだ寝るなよ。ちょっと待ってろよ」

と言って、長吉は出て行きました。厠（かわや）へ行ったのかと思っておりますと、隣りのお富さんの家から話し声が聞こえました。

厠は五軒つづきの長屋同士が向かい合っている細道の奥にございます。月明かりのない夜は手探りでやっと辿り着く場所で、そんな夜は長吉はひとりで厠には行けません。わたくしについて行ってくれと情けなさそうに頼むのでございます。

いたずら好きの、誰とでもすぐに仲良くなる、おとなぶっている長吉が、闇夜の厠を怖がるのは滑稽（こっけい）でもございますが、一緒に暮らしたころは、しばしばわたくしは仕方なくついて行ってやって、用を足している長吉と厠の板戸越しに話をしたものでございます。

月明かりのない闇夜は、どこかの軒行灯の光も届かないとなると、たとえ十歩ほどでも手探りで歩かなければなりませんし、蠟燭は高価で、わたくしどものお給金では買えません。小さく畳める小田原提灯なども古道具屋でも五百文以下では売ってくれません。

長吉は、お富さんから炭を五本借りてまいりまして、火鉢に入れました。

炭が熾ってまいりますと、天保十五年（一八四四）のオランダ船の来航が、オランダ国王の勅使であったことを話し始めました。

越中売薬九州組の、長崎に脚を持つ売薬人から聞いた話や、関東組の江戸を行商する者たちからの噂話を長吉なりに整理したものでしたが、いい加減な流言を一切交えてはいないということでございました。

——シナや朝鮮やオロシアは別として、ポルトガル、オランダ、イスパニア、エゲレス、フランスの船は徳川様の御代になる前に、すでにシナを中継地として日本にやって来ている。南のほうからやって来るので南蛮船と呼ばれ、乗員も南蛮人と呼ばれた。

詳しい事情はわからないが、たぶん切支丹の布教を嫌ったことで、徳川様はオランダだけに交易の許可を与え、そのための拠点として長崎の出島を築造した。

南蛮人との交易は、当時の日本にとっても得るところが多かったからで、長崎交易によってオランダ人が持って来る異国のさまざまな情勢は、幕府には貴重な資料ともなった。

オランダ国の使いたちは、必ず江戸へと来て、将軍に拝謁した。そこが他の南蛮人と異なっていて、この国に礼を示すことをいとわなかった。家光公の時代に鎖国政策が徹底されても、オランダだけは長崎での交易が認められたのは、彼らの友好を示す態度がときの幕府の心証を良くしていたからでもあるかもしれない。

それから今日までに、七百隻以上のオランダ船が来航しているが、彼らが日本に持って来たものは西洋の珍しい貴重な品だけではない。総称して蘭学と言われているものだ。

医学、軍学、天文学、舎密（化学）、そして蘭語。

鎖国と言いながらも、オランダ語による文書を通詞が日本語に訳することで、西洋でなにが起こっているのかを幕府はある程度知ることができているのだ。

三年半ほど前、天保十五年のオランダ国王の開国勧告は、近いうちにアメリカが砲艦で来襲し、軍力によって強硬な行動に出るであろうと警告するものだった。それを阻止するためには日本が鎖国をやめて開国の道を選ぶしかないと警告したのだ。

幕府はこれを黙殺したが、阿片戦争のいきさつからも、老中のなかには大事に至りはしないかと苦衷する人もある。アメリカの軍力も他国を侵略する際の獰猛さも、オランダの勅使は誇張なく説明したが、それが真実ならば、日本などひとたまりもないとしか判断のしようがないからだ。

アメリカの本心、つまりアメリカが力ずくで欲しがっているのは鯨だ。鯨油なのだ。日本近海の鯨を捕って、その油を搾り取りたいのだ。

はたしてオランダ国王の予告どおり、その翌々年、弘化三年（一八四六）にアメリカの砲艦二隻が浦賀水道に来航して幕府に通商を迫ったが、武力を行使することなく去った。たぶん、次はただでは済まないぞという脅しのための来航だったのであろうと言う人が多い。——

わたくしは長吉の、余分なものを交えない簡明な説明に感心し、どうしてそんなことを知っているのかと訊きました。

城下の下町の東に山下瑞恵という蘭学者がいて、日頃は暮らしのために寺子屋で子どもたちに読み書き算盤や漢籍の素読(そどく)などを教えているが、年に一度江戸へと行き、松戸憲斎(まつどけんさい)という蘭学者に教えを請うている。

この山下瑞恵と親しいのが、九州組の弥平次(やへいじ)さんだ。弥平次さんは、九州組の売薬人として、蘭学のなんたるかを知るために山下瑞恵と交友を結んだが、いつのまにか気脈が通じ合って、親しい友人になってしまった。

弥平次さんは九州組の越中売薬人となって八年がたつ。実際に長崎でオランダ人の生活様式などを目にしているし、長崎出身の松戸憲斎を通して山下瑞恵の耳に入る西洋の情勢などは幕府の重臣よりも早くて正確かもしれない。

俺は、弥平次さんにはなぜか可愛がられて、ご用の隙(すき)を縫っては西洋の異人のことなんかを訊く。弥平次さんも暇なときには差し障りのない程度に答えてくれるのだ。

長吉はそう説明してくれました。

わたくしは鯨というものを見たことがありませんでした。八尾の誰かが江戸見物の折に買って帰った幾種類かの錦絵に、鯨漁師と戦う巨大な鯨の姿が描かれてあるのを見ただけでございます。

「鯨油って、どんなものだい？　アメリカはどうして鯨の油が欲しいんだい？　鯨の肉を食べるんじゃないのかい？」

わたくしの問いに、俺も鯨油なんて見たことがないが、上等の蠟燭にはマッコウクジラの頭の脂が使われるそうだと答えました。

「煤(すす)が出ないで、いい匂いがするんだって、弥平次さんが言ってたよ」

そこで長吉は話を変え、あした炬燵(こたつ)を作らないかと言いだしました。火鉢を使った置き炬燵でございます。

　わたくしの家では、冬は囲炉裏の周りに櫓（やぐら）を組んで、そこにめいめいの蒲団を掛けて、家族が足の裏を絡めるようにして寝る夜が多かったのでございます。

「お給金はみんな炭賃に消えるなあ」

　と言いながらも、凍える夜に足を温めて寝ることのありがたさを思うと、心が浮き立ったことをいやに鮮明に覚えております。

　行灯の火を消し、蒲団に戻ったとき、長吉は言いました。

「弥一、お前は凄いなあ。どんないやなやつが来るのかと思ってたら、俺を立てるどころか、気遣いまで細やかなやつだったよ。俺は、弥一が廊下の奥に坐らされるようになったとき、ほんとに代わってやりたいと思ったよ。俺だったら三日ももたないよ。お父（とっ）さんに叱られようが、お母さ（つか）んに泣かれようが、射水に帰ったと思うなあ。だって、それ以外、どうするんだよ。弥一は凄いやつだ。百五十六日間も坐りつづけたんだぜ」

　その長吉の嘘偽りのない言い方で、わたくしの意地も、父との固い約束を守らなければと歯を食いしばった長い期間の辛抱の棒も、そのための忍耐に費やした心の頼りない糸も、ふいに折れて切れてしまいました。

　わたくしは、声をあげて泣きました。男のくせに糸をひくような泣き声で、それが恥ずかしくて、わたくしは薄い蒲団を頭までかぶって、さらに泣きつづけました。十六歳のわたくしには「大きな心」はまだはるか遠くのものであったのでございます。

　行灯を消したので長屋の六畳の部屋は鼻をつまれてもわからない闇で、そのとき長吉がどんな表情でわたくしの悲痛な泣き声を聞いていたのかはまったく見えませんでした。

ですが、気配で、長吉が蒲団の上に正座して無言でわたくしのいるほうに視線を注いでいることだけはわかったのでございます。

きょうはこのあたりまでとさせていただきましょう。西の空に雲が増えてまいりました。あるいは夜から雨になるかもしれません。

家では、そろそろ家内が御幣餅(ごへいもち)の用意を終えたころでございましょう。川上屋の御幣餅は信州や美濃のほうの作り方で、胡桃(くるみ)を擂(す)った餡(あん)を塗って囲炉裏で焼くのでございます。富山の南部ではみなこの信州風、美濃風の御幣餅でございますが、お口に合いますかどうか。

＊

昨晩は、早くお休みになられたようで、雨が降り始めたころに家内が二階のあなたさまの部屋の隣りにございます道具部屋に行きますと、行灯の明かりも消えて、物音ひとつ聞こえなかったと申しておりました。

あれは暮れの五つ（午後八時）ごろでございますので、江戸からの長旅のお疲れが、いまごろになって体の芯からお出になったのであろうと家内と話したりいたしました。

それで今朝は明け六つ半（午前七時頃）を過ぎましても、あなたさまが起きていらっしゃるまでは静かにしてさしあげようと思い、わたくしは八尾の北側から南側へと町を一周するように散歩してまいりました。

小雨のなかの傘をさしての散歩でございますが、顔見知りの町民方は、みな驚き顔でわたくしに声をかけてくれました。

「もう大丈夫ですね。顔色もいい」

と豆腐屋さんが言います。

「江戸からお客さんかい？　江戸はどうなってるのか、よおく聞いて、あとで話しておくれな」

と呉服屋のご隠居が言います。

「江戸の話はまだちっとも話題にのぼらないよ」

とわたくしが答えますと、ご隠居は、乗り合い馬車のことが知りたいようで、いったいそれは何人くらいが乗れて、一日に何里走れて、江戸のどこからどこまでをつないでいるのかを訊いておいてくれと頼まれました。


　御一新から十三年たちましたのに、わたくしはまだ江戸を東京と呼ぶことができません。薩摩を鹿児島県と呼ぶことにわだかまりを感じるのと同じなのでございましょう。

　この井田川に面した六畳の座敷は、川上屋の当主が隠居いたしますと、家族内での代替わりの儀式を滞（とどこお）りなく終えてから引き移ることになっております。それもまた儀式のひとつでございまして、他の八尾の紙問屋がすべてそうするわけではございません。川上屋だけの代々の決まり事なのでございます。

*

　どうやらきょうは一日中小雨がつづくらしゅうございますので、曾祖父、祖父、父が折々に自分の好みで工夫して、こっちに梅を、あそこに松を、あっちは盛り土を多くして築山を、こっちにつくばいを、土蔵との境に丈低い柵矢来をと、隠居生活の退屈しのぎに作りあげました庭を眺めながら話をつづけさせていただこうと思います。

弘化五年（一八四八）が明けてすぐに元号は嘉永元年と改まり、高麗屋での店座敷におけるわたくしの修業が始まりました。

大坂道修町の数軒の薬種問屋から仕入れました唐薬種、つまり清国から正規の交易品として長崎に着いた高麗人参、牛黄、麝香、龍涎香、霊芝、鬱金、桂皮、甘草などの量目と値段を仕入帳に正確に記帳いたします。

簡単に思われるでしょうが、植物性の薬材料には我が国で充分に賄えるものもあり、そのなかには越中富山で手に入る生薬もあって、仕入先は大坂道修町だけではありません。

それらは一匁単位で漏れのないように帳簿に書き入れます。それらがしまわれている蔵番号と蔵棚の番号も記載いたします。

売薬人たちは個人で薬を調合いたしますが、薬材料は組単位で薬種問屋から購入し、行商から帰って来て精算いたします。

その売薬行商の組の売掛金、前払い金だけでなく、大坂道修町や、反魂丹役所が監督する薬種問屋への未払い金などは別の帳簿に付けていきます。

出た金、入った金、あと払いとして借りた格好になっている金、あと受けとして未収になっている金……。

これらは明確に立て分けて、支出帳としてつねに店の奥座敷の旦那様の机の上になければならないのでございます。

越中売薬独特の「先用後利」という商法は、じつに複雑な売掛金の組み合わせということになります。

わたくしは店座敷で手代の巳之助さんから学んで半年もたちますと、その隣りの金銭計算係の仕事の大方も、出納係の大方のご用の要領も理解できるようになりました。

そして、わかるようになればなるほど、わからないことが増えていったのでございます。

まず最初に不審に思いましたのは、大坂道修町で仕入れる唐薬種や富山藩内で賄える生薬の量では、ご覧に入れましたような全国二十二組、脚数二千二百二十一の商圏によって売られる薬は到底作れないということでございました。

高麗屋の帳簿に記帳されている売り上げから仕入れ値、売薬行商人の儲けや諸経費を引いても、たとえば百両の仕入れ金で一万両近くも利益を得ているということになります。「薬九層倍（くそうばい）」どころではございません。

仮にそれほどの儲けがあるにしても、二千二百二十一脚で全国三百諸藩の領民に売る薬の材料の量目と合わないのはいったいどういうわけか。脚数に応じた薬の材料を百斤といたしますと、大雑把（おおざっぱ）に見積もっても作られている薬の総量は一万斤にも及びかねません。

富山の主要な薬種問屋は、高麗屋、上州屋（じょうしゅうや）、伊勢屋（いせや）、大峰屋、嵯峨屋（さがや）。

これらの薬種問屋が仕入れる唐薬種をすべて集めても、越中売薬人が全国で売る薬を到底作れないとわたくしは計算いたしました。

はて、これはいかなることであろうか。なにか混ぜ物を入れて粗悪品を売っているとしか思えないが、越中富山の薬にかぎってそんなことは有り得ない。

わたくしはなにか手品を見せられているような心持ちのまま、与えられたご用の習得に邁進（まいしん）いたしました。

三月二十三日に、その年の最初の薩摩組出立の日を迎えました。

薩摩組二十六人、若い衆を含めて三十八人は、ひとりずつ出身地、名前、歳、脚行商地を事前に薩摩藩に届け出ております。薩摩藩からの許可が下りますと、さらに藩に届け出て、手形をいただきます。通行手形とは別の、薩摩藩入国と売薬営業お許しの手形でございます。

行商用の荷は十日前に美濃屋の北前船・八光丸で薩摩へと下っております。船頭は、仙六さん。美濃屋の寺田幹兵衛様の信任の厚い熟練の船頭でございます。

八光丸は五百石。表向きは、五百石以上の船は作ってはならないし、海の外には出てはならないという時代でございました。

海の外には出てはならないというのは、陸地から見えなくなるほど沖に出るなという意味ですが、よほどのことがないかぎり、北前船の船頭は陸地が見える海上を航行いたしました。

帆に受ける風と潮の流れだけが頼りですので、幕府に命じられなくても「海の外」に出ることをいやがったのでございます。ですから船頭は座礁を最も警戒いたしました。

当時の船頭は、西洋でいうところの船長で、船の最後尾、舵を動かす太くて長い棒のうしろに立ち、その前に親仁と呼ばれるいわば水夫長が控えて、その前には舵子が舵を使っております。

これがどれほどの怪力を必要とするか、まったく想像を絶しております。

当然、ひとりで動かすのではなく、若衆三、四人が手伝います。

船頭の指示によって甲板の下の若衆たちが綱を巻きつけた大きな轆轤のようなものを回して帆を張ったり畳んだりいたします。

中央の帆柱の船首寄りのところに片表と呼ばれる船員が控えていて、船首の最も見晴らしのいいところに立つ舵取からの指示を伝えます。舵取は、つまり航海長でございましょう。

北前船には他に「賄い方」という重要な役目を担う人も乗っております。飯を作るのではございません。

ただ荷を運んで降ろすだけの「賃積み」航海では、賄い方もさして大事な仕事はないのですが、北前船の航海には「買い積み」という重要な商売を担っている場合が多くて、これは船主が荷主を兼ねて、行く先々の津や浦や湊で商売をしながら海上運送するのでございます。

廻船問屋は買い積みで莫大な利益を得るのでございますが、この航海では賄い方が商いのすべてを指揮いたします。

ここでは船底に積んできた米を売ろう。

ここでは鰯（いわし）が豊漁だから鰯粕（いわしかす）を大量に買い、次の寄港地で高く売ろう。

蝦夷地では鰊（にしん）粕を仕入れて能登で売ろう。

そういうことを行く先々で判断して、売ったり買ったりを繰り返しながら一航海で一万両も儲けたりもいたします。

ですから、とりわけ越中富山の北前船は「倍船（ばいぶね）」と呼ばれました。いちどの航海で充分に儲かるのに、年に二度航海するので儲けも倍になって倍船というわけでございます。

越中富山の廻船問屋にとって最も儲かるのは蝦夷地の干し昆布でございました。蝦夷地を領地とする松前藩から干し昆布を買い、大坂で売る。しかし、その途中でも商才を働かせてさまざまなものの売り買いをして儲けながら、大坂で最後の大儲けをする。

その総指揮を執るのが北前船の賄い方ということになります。

経験と航海術に長けた舵取が船首に立っているだけで、若衆と呼ばれる役なしの船員は安心したと申します。

この若衆はだいたい六人ですので、船頭、舵取、親仁、舵子、片表、賄い方を加えて十二人。これが北前船の船乗りの構成でございます。

薩摩組に限って言えば、それぞれが薩摩領内で担ぎます行李を西岩瀬や東岩瀬の浦で北前船に積み、行商人たちは全員揃って、いわば手ぶらの状態で旅立ちます。

北陸街道の宿に停まりながら越前へと行き、北国（ほっこく）街道を琵琶湖の北側へと上り、そこからは船でございます。

琵琶湖を北から南へと上りまして、大津から伏見へと至って伏見で一泊。翌朝は伏見から川船に乗り換えて宇治川を下り、淀川に入って大坂到着でございます。

大坂で一泊。翌日、船で瀬戸内海へと入り、馬関（ばかん）（下関。赤間関とも）の浦で別の船に乗り換えます。

船はたいていは豊前（ぶぜん）の浦を目指しまして、行商人たちはそこでやっと陸に上がり、海沿いの街道を南へ南へと歩き、日向国を抜けて薩摩の関所を越えるのでございます。

豊前から日向へ、日向から薩摩への街道は長いので、内陸部の道を選ぶほうが早いようでございますが、山道よりも安全でございますので、薩摩組は大雨や大風で川止めや道止めという不測の事態が起こらないかぎりは九州の東側の海に沿って薩摩入りするほうを選んでおりました。

先に北前船で薩摩に到着しております行商用の荷は、それぞれの地に運送されております。

薩摩組の者たちは、若い衆も含めて、薩摩の関所で厳しい改めを受けたあと、関所に最も近い村の庄屋の家で行商中の心得を再確認してから、それぞれの商圏へと散って行きます。その庄屋や村役の家も薩摩藩によって定められておりまして、どの宿泊先の軒や柱にも「越中売薬　御定宿（ごじょうやど）」の大きな看板が掲げられております。

城下の宿も決められておりますし、薩摩組全員が揃っていなければなりません。ひとりだけ別に入ったり出たりは固く禁じられております。

入るときだけでなく出るときも日が定められておりますし、薩摩組全員が揃っていなければなりません。

以前にも申し上げましたが、越中富山から薩摩までは三十五日前後の道のり。薩摩藩内での行商期間は五日から七日でございます。往復約八十日の片時も気の抜けない行商の旅ということになります。

ですから、とりわけ薩摩組の出立の朝は、行商人の家族たちも、薬種問屋や廻船問屋の者たちもほとんど笑顔がございません。

高麗屋の店と道ひとつ挟んだ賄い所に集合いたしまして、行商人たちは高麗屋からの心づくし赤飯を頂戴し、道中の無事を祈って、旅立っていくのでございます。

その日、わたくしは店座敷でのご用を免じられて、旦那様と一緒に西岩瀬まで薩摩組の方々をお見送りいたしました。

わたくしは、やがてお仕えすることになる富蔵様ばかり見ておりました。田圃（たんぼ）で農具を曳く牛をなだめている農家のとっつぁんのような顔立ちで、わたくしと目が合うと、そっと笑みを向けて下さいました。

神通川の渡し舟の乗り橋のところから薩摩組の衆の姿が見えなくなるまで立ち、最後のひとりの「越中売薬行商」と背に白く染め抜かれた藍色の半纏が視界から消えたとき、わたくしは背後に人の気配を感じて振り返りました。

美濃屋の寺田幹兵衛様と、わたくしよりも二、三歳年長かと思える背の高い、鼻の大きさが際立つ、剃りたての月代が青々と凜々しい青年が立っておりました。その方が、のちに高麗屋を継ぐ半兵衛様でございました。

高麗屋の跡取りである半兵衛様は、十五のときに大坂道修町の薬種問屋「大淀屋」に奉公にあがっておりましたが、きのうの夕刻に富山に帰国して、昨晩は美濃屋さんにご挨拶をしたあと、そのまま美濃屋さんの二階にお泊りになったそうでございました。

高麗屋の梅本家には四人のお子様が生まれていらっしゃいます。一番上がお絹様で、すでに嫁いでいらっしゃいます。二番目もお嬢様ですが、三つのときに亡くなられました。三番目が半兵衛様、末っ子が新兵衛様で、この方はおととし京の油小路の薬種屋の老舗「一貫堂」に奉公にあがられて、まだいちども富山には帰っていないということでございました。

旦那様と幹兵衛様は小声で話をしながら神通川の広い河口から岩瀬の町へとつづく道を歩きだしました。どうやら美濃屋さんに寄っていくようだなと思い、わたくしは、三人から少し遅れてついて行きました。

「弥一のことはお父さんから手紙で教えてもらったよ」

と半兵衛様はわたくしの横に来て、並んで歩きながら話しかけてこられました。

「幾つだい？」

「十七になりました」

「俺は二十歳になった。二十歳になるまでって約束で大坂に奉公に行ったから、二十歳になってさっさと帰って来たんだ。あんなとこにはいられないよ。江戸の人間は『口より手が早い』って言うけど大坂の商人は『手より口が早い』。俺が三つ言うあいだに十も二十もまくしたてる。そのうえ、確かにけちだ。美濃屋さんに勧められて敦賀から北前船に乗せてもらって富山に帰って来たけど、船に酔って、岩瀬浜に着いたときには自力で伝馬船に乗れないありさまで、それできのうは美濃屋さんに泊めてもらう始末だ」

そして半兵衛様は、歩調を緩め、先を行くふたりと距離をとると、

「百五十日も廊下の奥に坐らされたんだって？」

と訊きました。

わたくしは、半兵衛様の表情や口調に稚気が溢れていたので、

「百五十六日でございます」

と答えましたが、なぜか自分でもおかしくなり、笑ってしまったのでございます。

「お父さんもひどいことをするもんだ。俺には、逆立ちしても弥一の真似は出来ないよ。弥一は、俺には出来ないことを十六でやってしまったんだなあ」

と言って、半兵衛様はわたくしの顔を穴があくほど見入られました。

それが、わたくしと半兵衛様の、生死をともにした長い長い年月の始まりだったのでございます。

第六章　秘密

　わたくしと半兵衛様は、神通川の西側の畑の横を歩いて美濃屋へと戻って行きました。海が見え、河口に近い神通川には渡し船が右岸から左岸へ、左岸から右岸へと行き来しております。手拭いで鉢巻をした船頭たちが櫓（ろ）と竿（さお）を使い分けながら、伝馬船から移した荷を上流へと運んで行きます。一町ほどのぼった川岸に美濃屋の蔵が並んでいて、荷降ろしの若い衆たちが待ち受けております。

　沖には美濃屋の神徳丸（しんとくまる）が錨を下ろして停泊しております。夥しい海鳥が河口の中州や神徳丸の周辺に群れていて、薄曇りの空と、さほど高くない波がしらがいやに白くて、なんだかのどかな景色でございました。

　前を歩く高麗屋の旦那様と美濃屋の寺田幹兵衛様との話し声に「差留め」とか「ずしょ」という言葉が聞こえました。おふたりは、ゆったりと歩いておりましたが、そのいかにも越中富山の金蔵を双肩に担う大商人らしいうしろ姿とは趣（おもむき）を異にする用心深そうな喋り方が、なにか大事が生じたらしいことを感じさせたのでございます。

「ずしょ」が薩摩藩の家老・調所笑左衛門広郷のことであるとわたくしが知ったのは、美濃屋の店座敷で旦那様を待ちながら、半兵衛様と話しているときでございました。

わたくしは、薩摩藩のことはまだほとんど知識を持っておりませんでした。いまは帳場の勉強に専念するだけで、川上弥一がやがて薩摩組の一員として薩摩へ行くことは秘匿されていたのでございます。

知っているのは、わたくしの家族以外には旦那様と大番頭の伊兵衛さん、薩摩組の富蔵様、そして藩の御重職のどなたかと反魂丹役所の緒方喜重郎様だけでございますが、美濃屋の寺田幹兵衛様も承知なさっていたと思われます。

わたくしすら、薩摩組の一員としてなにをするのかがわかっておりません。しかし、いずれは高麗屋を継ぐ半兵衛様は、ある程度のことは教えられていたのでございましょう。

「調所ならやりそうなことだよ」

と小声でわたくしに言い、畳の上に指で「調所笑左衛門広郷」と書きました。さらに薩摩の薬種問屋兼製薬商である満井屋彦次郎の名も小声で教えてくれたのでございます。

美濃屋の店先では多くの奉公人がせわしげに働いておりますし、気を遣った女中が半兵衛様に茶を運んで来たり、五人もいる番頭さんたちが大坂や京のことを訊きたそうにしております。

それで、半兵衛様は、わたくしを外に連れだして、岩瀬浜の東へと歩いて行き、神徳丸が近くに見えるところで海に目をやりながら、薩摩藩の五百万両という借金について話してくれたのでございます。

「調所広郷は初めは茶道職として出仕したんだ。だけど、その才を前の藩主の重豪公に見込まれて登用された。いまや家老だ。この調所は、天保六年（一八三五）に、薩摩藩に金を貸している京大坂の商人たちを薩摩屋敷に呼んで、借金は二百五十年の分割払いで返すが、利子は払わないって言ったんだよ。商人たちは驚いたなんてもんじゃないよ。そんなのは、借金を帳消しにしろって言ってるのとおんなじだからな。だけど、隣りの部屋にも廊下にも、いまにも刀の柄に手をかけそうな侍が数十人坐ってたそうだよ。いやだと断ったら斬られる。生きてこの屋敷からは出られない。商人たちはそう思ったんだ。わかりました、そのようにさせていただきますと返事をするしかなかったんだ。とんでもないと断ってたら、間違いなく全員の首がすっ飛んでただろうな。調所はそのつもりだったに違いないって噂だよ。だけど、調所は居合わせた商人のうちの何人かに儲け話を持ちかけた。そのうちのひとりが薩摩の満井屋じゃないかって俺は思うんだ。満井屋は薬種問屋だし、自前の薬を売りたい。それは薩摩藩にとっても儲けになる。だけど、越中売薬に勝てそうにない。越中売薬の商いのやり方を真似するのは難しい。だから、何年も前に、薬を作って売るということはあきらめたんだ。だけど、去年から唐薬種の仕入れ量が増えた。もういちど、薬の製造と販売を薩摩独自でやってみたい。そう目論んでの差留めがあるかもしれないって思ってたけど、やっぱりその動きが出て来たんだ」

「差留めというのは、どういうことですか？」

「薩摩藩領内での越中売薬の行商はまかりならぬ、だ。差留めはこれまでにも何回かあったよ」

半兵衛様は、大坂道修町の大店・大淀屋での修業で、全国の薬屋の動向を知っていたのでございます。大淀屋に出入りする薬種屋や製薬業者とも知遇を得て、全国の薬業者に関しての知識も豊富でございました。それが、十五歳からの大坂道修町での修業の本当の目的であったのでございます。

さらに半兵衛様は、米相場の勉強もなさっておりました。大坂の淀川（堂島川（どうじまがわ））には大小の米問屋がひしめいていて、すでに米の先物取引きなるものも行なわれておりました。

大坂で決まる米の値段は、他のあらゆる物の値段に影響してまいりますから、米相場の駆け引きは、全国約三百藩を商圏とする越中富山の売薬業者にとっては、つねに耳目（じもく）をそばだてておかなければならない重要事だったのでございます。

わたくしの頭には、薩摩藩の家老・調所広郷と満井屋彦次郎の名が刻まれました。

小僧さんが呼びに来たので、わたくしと半兵衛様が急いで美濃屋の前に戻りますと駕籠が着いていて、

「弥一はわたしについておいで。半兵衛は早く帰ってお母（つか）様に顔を見せてやりな」

と旦那様は言って、お城近くの反魂丹役所へと向かわれたのでございます。わたくしは、旦那様の風呂敷包みを持って、駕籠のあとからついて行きました。

反魂丹役所の門を入ったところに小さな中庭がございまして、わたくしはそこで控えて旦那様のご用が済むのを待ちました。

どなたとどのようなお話をなさっていたのかわかりませんが、一刻以上も待ちました。

駕籠屋も門の脇で待ちつづけております。

旦那様が役所の侍に見送られて屋敷から出て来たのはちょうど昼九つ（正午）時分でございました。

町の西側から蛇行してきた神通川が再び蛇行して海のほうへとまっすぐ流れていくその曲がり角に「越乃屋」という蕎麦屋がございます。

旦那様は駕籠を停めさせて、わたくしに蕎麦を食べていこうと言って手招きをなさいました。

「ここは茸蕎麦が名物なんだが、いまは茸の時季じゃないな」

旦那様はそう仰いましたが、秋に採って乾燥させた茸があると蕎麦屋の主人に勧められて、それを註文なさり、

「帳簿付けのだいたいは覚えたらしいな。なにかわからないことはあるか?」

と質問なさいました。

わたくしは不審に思っていることを正直に話しました。

旦那様は、わたくしがその疑問を口にすることを待っていたかのように笑みを浮かべて頷いて、去年の弘化四年（一八四七）に正式に取り結んだ薩摩藩との密約を明かされたのでございます。

薩摩藩は蝦夷地での干し昆布の代金、五百両を美濃屋を筆頭とする富山の廻船問屋に渡す。そこには北前船の手間賃も含まれている。

船は西廻り航路を下り、松前藩の役人を通して干し昆布七万五千斤、干し鮑二万四千斤等を買い付けて、そのまま、また西廻り航路を上り薩摩へと向かう。

決して知られてはならない品なので、坊津という入り組んだ海岸線の沖合で満井屋の伝馬船に引き渡す。そして満井屋から牛黄や人参や丁子や鹿茸や麝香などの、日本では手に入らない唐薬種を大量に買う。

干し昆布を蝦夷地から運んできた北前船はせいぜい砂糖や薩摩芋を積む程度で、ほとんど空船

で富山へと戻るが、満井屋で仕入れた唐薬種は別の船で薩摩の東側の湊から瀬戸内海に入り、大坂で荷を降ろして、陸路で富山へと運ぶ。

その際、大坂道修町の薬種問屋でも必要な薬種を購入するが、それは目くらましだ。薩摩の満井屋から買った唐薬種を知られないためで、道中で詮議を受けた際には、すべては大坂で買ったと言い逃れることになっている。そのために、大坂の薬種問屋とも話がついている。彼らも唐薬種が欲しい。我々が薩摩で内密に購入した唐薬種のほんの一部は、大坂道修町の薬種問屋への袖の下となる。

そうやって富山に運んだ唐薬種は店の帳簿には記載できないが、幾つかの廻船問屋や薬種問屋の蔵に分散されて、べつの帳簿に符丁で書き付けられる。

この薩摩藩との秘密の取引きはいまに始まったことではない。寛永（一六二四～四四）の昔からも行なわれていたが、組織立ったものではなかった。

ときには幕府の隠密によって発覚したこともあるし、船が難破して表沙汰になったこともあった。

しかし、これが密貿易と抜け荷という幕府を欺く大罪であるにもかかわらず、越中富山の売薬業者たちも薩摩藩も危険を冒してまでもやりつづけなければならなかったのは、両者のそれぞれの事情による。いや、両者だけでなく、清国もまた干し昆布がなければならないのだ。

清国は、長大な海岸線を持っているが、潮の流れ、潮の温度、海底の形状が海藻の生育に適していない。

シナの人々には喉の腫れる風土病が多いのだが、とりわけ干し昆布は、その病気の特効薬として顕著な効き目がある。だからそのために、どうしても日本の干し昆布が欲しい。

薩摩藩は、宝暦の治水事業（一七五四～五五）につづく重豪公の「蘭癖（らんぺき）」による浪費で五百万両もの借金を作ってしまった。これはもう藩そのものが破産したのと同じで、商人なら店も家もなにもかも借金取りに取り上げられて夜逃げしなければならない状態なのだ。これをなんとしても立て直さなければならない。

だが、薩摩という国には琉球がある。琉球と清国とは昔から交易が行なわれていた。薩摩はそこに目をつけた。琉球は清国との密貿易にはお誂えむきの地にある。

越中富山の売薬業者が、蝦夷地から大量の干し昆布を隠密裏に薩摩に運んでまでも唐薬種を手に入れたい理由はもうわかるだろう。

清国、薩摩藩、越中富山、蝦夷地を所領とする松前藩。これらの利害が一致しての去年の密約成立なのだ。

だが、まだ一年もたっていないのに、薩摩藩では越中売薬の行商差留めという動きが出てきた。満井屋の策略なのか、家老の調所広郷の藩内でのさらなる実権掌握に向けての計画によるものなのか、いまはまだ読めないのだ……。

干し茸の香りがする蕎麦を食べ終えると、旦那様は、なにか訊きたいことはあるかといった表情でわたくしの目を見ました。

わたくしは、干し昆布と唐薬種とは交換するのかどうかを訊きました。

「いや、唐薬種は満井屋の言い値で買うのだ。干し昆布は越中富山の廻船問屋や薬種問屋からの献上品ということになる。こちらは昆布を運んでも、手間賃程度にしかならんな。満井屋も、たいした儲けにはならんだろう。受け取った代金の七割近くは薩摩藩に納めるはずだからな」

なるほど、それでもなお越中富山の薬売りにとっては、薩摩藩の密貿易で入ってくる唐薬種なしでは商いができないのだなとわたくしは合点いたしました。

次にわたくしが質問したのは、薩摩の満井屋は薩摩藩と富山藩、そして越中の廻船問屋などの仲介をすることでなにを得るのかということでございます。唐薬種の代金の七割を薩摩藩に納めるとなると、満井屋はいわばただ働き同然としか考えられないのですから。

「清国の船が積んでくるのは唐薬種だけじゃないぞ。朱、鮫皮、絹織物、西洋の珍品、陶磁器。それ以外にも、日本人が目にしたこともないような珍しい器械もある。それらも薩摩藩は内密に売るが、満井屋を通してだ。そのほうが満井屋には儲けが多い。美濃屋さんも、ただで船を出すのではない。空船で帰国すると見せて、薩摩藩が奄美で得た砂糖を大量に買うのだ。薩摩藩にとっては砂糖も藩をあげての商いだから、喜んで売ってくれる。どっちにしても、満井屋はまだ製薬販売をあきらめきれないいさ。商人というものはそういうもんだよ。これまでも何度も薬業をひとりじめにしようとしてあの手この手を尽くしてきたが、越中富山の行商には勝てなかった。『先用後利』という越中売薬の商法はどうしても真似できないからだ。この、どうしてもかなわないということが、満井屋ほどの商人には我慢できんのだ。満井屋も薩摩藩も、越中富山の売薬業者が薩摩での行商ができなくなっても、びくともしないことは知っているよ。去年の密約で、越中富山は唐薬種を手に入れる権利を得たのだから、薩摩藩での商売を捨てても文句は言うまい。だから薩摩藩でも自前の薬を作って売るという積年の計画を練り直そう。薬の製造販売は儲かる。それも満井屋、そのほうでやれ。まあ、だいたいそんなところだろうというのが、わたしと美濃屋さんの一致した読みだ」

まだまだ訊きたいことはございましたが、すぐには考えがまとまらず、

「あしたは関東組と九州組が出立いたします。わたくしもお見送りにまいりましょうか」

とわたくしは旦那様に言いました。

「関東組の江戸脚の若い衆として半兵衛を行かせる。あいつは江戸へ行くのは初めてだから物見遊山気分ではしゃいでいるが、江戸の仲間組の上縮は与七郎（よしちろう）だ。高麗屋の跡取りだからと容赦はせんぞ」

「えっ、きのう大坂から帰って来て、もうあした江戸へ行かれるのですか？」

「可愛い子には旅をさせよ、だ」

「薩摩組の富蔵様は、差留めの動きのことをご存知なのでしょうか」

「きのう耳に入れておいたよ」

そう言って、旦那様は蕎麦屋から出て、待たせておいた駕籠に乗る前に、

「わたしは弥一を店座敷の隅に坐らせておけと言ったのに、手代の新助はなにを勘違いしたのか、廊下の突き当たりに坐らせた。いや、そこではない、こっちだと言うのも間が抜けるので、そのままにしといたが、百五十六日も坐りつづけるとはな」

と言って笑いました。

旦那様は、新助さんが勘違いであそこに坐るよう指示したのではないことまでちゃんとわかっていたのだと知って、わたくしは嬉しさで体中に鳥肌が立ったのをいまでも鮮明に思い出すことができます。

ですが、その数倍もの嬉しさが、駕籠かきの速い足取りに懸命についていくわたくしを包んでおりました。

旦那様は、まだ十七歳のわたくしに、最も内密にすべき薩摩藩との取引きを、まるで世間話のように事もなげに語ってくれたのでございます。

あえて世間話のように話されたのだとわかって、わたくしは今後なにが起ころうが、「冥途の飛脚」として薩摩との商いを続行させるために命を捨てようと覚悟を定めたのでございます。その商いには、唐薬種をつねに得ることも含まれておりました。

＊

江戸からの早飛脚の書状で、調所笑左衛門広郷の自害を知ったのは、その年の十二月でございます。

調所広郷は、江戸の薩摩藩上屋敷芝藩邸において急死したが、毒をあおって自害したという噂は真実のようだ。幕府の密偵の探査によるものだという説もある。島津斉興公の後継として久光様を据えたい調所はかつての藩主・重豪と気性の似る斉彬を排除する画策をしていたが、斉彬は調所広郷の失脚を図り、幕府老中・阿部正弘様に薩摩藩の密貿易の一端を漏らしたという説もある。

阿部様は調所が江戸出府の際、そのことを厳しく糾問したらしい。調所の急死はそれから間もなくのことで、現藩主である斉興公にも責任が及ぶのを防ぐためであったと推測するのが妥当と思われる……。

江戸からの書状にはそう書かれてありました。

わたくしは、調所が死んだとなれば、満井屋の思惑も頓挫するしかなく、越中富山の売薬行商に対する差留めは行なわれないのではないかと思いました。

しかし、その日から二年がたちました嘉永三年(一八五〇)、わたくしが十九歳になりました年に、薩摩藩は越中売薬の差留めを通達してまいりました。

そのころには、島津斉彬様が幕府老中に漏らしたかもしれない密貿易の一件のなかには、越中富山の廻船問屋が蝦夷地から隠密裏に運んで来る大量の干し昆布のことだけは含まれていなかったということがわかってきておりました。斉彬様は、漏らさなかったのか、あるいは詳しくは知っていなかったのか、そこのところは推測するしかありません。

いずれにしても薩摩藩の次の藩主になるかもしれない人物の口から出た密貿易の事実は、幕府にさらなる疑惑を与えてしまい、越中売薬の薩摩藩内への入国は差し控えさせたほうが賢明だと判断したのかもしれません。

あるいは、薩摩藩内や周辺の国々で幕府の隠密の動きがさらに頻繁となっているという状況に置かれていたとも考えられます。

富山藩は、藩内の廻船問屋には密貿易と抜け荷を固く禁じる由の通達を出していて、そのことは江戸幕府にも報じておりました。しかし、それもまた、したたかな欺瞞でございます。

薬種問屋の高麗屋と廻船問屋で両替商も営んでいる美濃屋とは、干し昆布と唐薬種という環のなかでの切っても切れない間柄でもあり、富山藩にとりましても、藩の財政と藩民の生活を一手に担う二大商人でもあるのです。そして藩の秘密を共有する薬種問屋たちと廻船問屋たちの二大棟梁でもあるので、両家の関係はつねに良好でなければ困るのでございます。

そのために、高麗屋の長男・半兵衛様と美濃屋のご長女・お袖様との婚儀が嘉永三年の夏に急遽決まりました。お袖様が高麗屋の跡取りに嫁ぐように口利きをしたのは、藩の重臣であり、反魂丹役所の筆頭奉行でもある榊原芳正様でございます。

弘化四年のあの雪の日、父が反魂丹役所でお目通りした際、わたくしの高麗屋での奉公を命じたのも、この方であったと知ったのはそのときでございます。

藩が町人に、いわば政略婚を示唆したわけで、両家にとっては思いがけないことでございましたが、半兵衛様もお袖様も子どものころから何度か顔を合わせていた間柄で、おふたりに異存はございませんでした。

婚儀はさまざまな事情が重なって秋の吉日と決まりました。高麗屋の梅本家と美濃屋の寺田家は親戚となるのでございます。

わたくしは美濃屋で主に薬種のご用を務める又次郎さんのもとで勉強するために岩瀬浜の二階屋に移っておりましたがそれは口実で、わたくしはいわゆる裏帳簿の正確な掌握を任じられたのでございます。

美濃屋からさほど離れていない「万代屋」という廻船問屋の、七棟もある土蔵のなかに、裏帳簿は隠されておりました。

万代屋栄治郎様は美濃屋で長年奉公なさったのちに自分の店を持った方でございます。

符丁が多くて、その意味がわからない者には、肝心な個所は判読できないようになっておりました。

わたくしが裏帳簿に符丁で記された数量と値段を別の独自の符丁に書き換えてしまいますと、

すぐに元帳は焼き捨てることになっております。

その内容はお話しするわけにはまいりません。世の中がどう変わろうが、秘匿しておくべきは秘匿しておかなければならないと思っているのでございます。

わたくしが二十歳になった年、越中富山に田植えの時期がやってきたころ、万代屋の敷地内のいちばん奥の土蔵に薩摩組上縮の富蔵様が訪ねてまいりました。嘉永四年（一八五一）でございます。

富蔵様は木綿の鰹縞（かつおじま）の着物に小倉の帯を締めて、帯には自慢の煙草入れを差しておりました。富蔵様は四十五歳。奥様とふたりのお嬢様がいらっしゃいますが、おふたりとも売薬行商人に嫁いでいて、高麗屋の南側に所帯を持っております。

「世の中、ごたつき始めたな」

富蔵様は蔵の前に立ったままそう言って、なかに入ろうとはしませんでした。世の中というのが薩摩藩のことであることは、すぐにわかりました。

しかしそのころ、のちに天璋院篤姫（てんしょういんあつひめ）様となるお方が島津家から徳川将軍の正室としてお輿（こし）入れする話が起こっていたことなどは、わたくしも富蔵様も知る由がございません。

「弥一、そろそろ出番だな」

蔵と蔵とのあいだの小さな築山の石に腰を降ろし、江戸の名高い職人がつくったという煙管（きせる）に国分の葉を詰めて、富蔵様はうまそうに一服なさいました。

煙草道具に凝るのが富蔵様のたったひとつの道楽なのでございます。

「ここに来る前に高麗屋に寄ったら半兵衛様がいたよ。ご縁談のお祝いを言ったら、もうこれで江戸での行商には行りなくなるって残念そうだったよ」

わたくしは帳簿類や算盤を長持ちのなかにしまい、富蔵様の横に腰掛けました。

「わたくしの出番……。わたくしが役に立ちましょうか」

「旦那様と俺の伴をして薩摩に行くんだ」

「旦那様も？」

「たぶん暑い盛りが過ぎてからになるだろうが、いまからそのつもりでいてくれ」

「行商じゃないんですね？　差留めはまだ解かれておりませんし、解かれる兆しもないと旦那様が仰っておりました」

「ああ、行商じゃないよ。斬り結びに行くんだ。あのおっそろしい示現流とな。干し昆布だけ献上させて薬の行商をさせないなんて、それでも薩摩隼人かって、弥一、お前が猿叫にけんかを売るんだ」

猿叫というのは薩摩示現流への揶揄の言葉でございます。裂帛の気合いというよりも絶叫に近い声をあげながら斬り込んでいくので「猿叫」と呼ばれるそうですが、わたくしはそのときはまだ示現流の剣士のすさまじい声を聞いたことはありませんでした。

概して、越中富山の人間は冗談が下手でございます。生真面目過ぎるところがあり、貧しく雪深い小藩のなかで地味に生きてきた藩民としてのひけ目のせいではないかと思います。

草鞋を夜なべ仕事で器用に編んでいる百姓のような風情ではございますが、わたくしは、ときに洒脱な冗談を言う富蔵様の、冷静で腹の据わった人間そのものに惹かれておりましたので、

「大筒でも引っ張って行かないと勝てませんね」

と言って笑みを浮かべました。

「ああ、大筒になってもらうよ」

と富蔵様も笑いました。

わたくしは、なぜそうまでして薩摩藩での売薬行商をしなければならないのかと訊きました。干し昆布を薩摩藩に献上して唐薬種を購入するという約束事は履行されているのだから、商圏薩摩藩一藩を失っても、痛くも痒くもあるまいにと思ったからでございます。

煙草道具につねに入れてあるこよりで煙管の掃除をしながら、

「薩摩にも越中富山の薬を待っている貧しい百姓がたくさんいるんだ」

と富蔵様は答えました。

一般の者たちは、日光東照宮や伊勢神宮などの参拝という目的以外では遠国（おんごく）への旅が出来ませんでした。行商で他藩に行くときは、商いの許可を得れば藩外に出ることは認められますが、それ以外の自由な旅は容易に許されていなかったのでございます。

わたくしは、越中売薬行商の手形なしで、どうやって薩摩までの関所を越えるのかと富蔵様に訊きました。

「満井屋にはもう手紙を送ってある。満井屋が薩摩藩に取り次ぐだろうよ」

それから富蔵様は、長吉が逢いたがっているから、たまには富山城下に顔を見せてやったらどうかと言って帰って行きました。

先日、神徳丸による買い積みを終えて帰国した北前船の船頭・万治（まんじ）さんと賄い方の栄四郎（えいしろう）さんと会うということでございました。

そのころには、わたくしは美濃屋だけでなく他の廻船問屋の船員たちとも懇意になっておりました。

あなたさまにはご説明する必要はないのでございますが、富山から江戸までは十一泊の旅でございます。

わたくしは一度は江戸を見たいと思い、半兵衛様に幾度も江戸の様子を訊いたり、その道中について質問したりして、ひとりで江戸の町を想像しておりました。

富山藩の参勤交代の旅は十三泊。加賀藩の場合は十二泊と逆に少なくなります。これは加賀藩の参勤交代が大人数で荷物も多いことから、宿泊地も通行する道も若干異なるためでございます。ですが、どちらも板橋の宿から江戸の町に入って行きます。

一般の旅人も越中売薬の関東組も、北陸街道の上街道と呼ばれる道を選ぶことが多いのでございます。季節や天候にもよりますが、だいたいは岩瀬を出立して滑川の宿で足を休め、魚津の宿で泊まるのが通例でございます。

そのまま海沿いに黒部川を渡るのが下街道。黒部川の手前を山側まで行き、愛本村に架けられた愛本橋という橋を渡って舟見の宿で泊まるのが上街道。

この上街道は下街道よりも四里ほどの遠廻りとなりますが、黒部川はあまりに流れが急で、よほど水嵩の浅いときしか渡れません。そして、そんなときは一年にかぞえるほどしかないのでございます。

三日市から舟見を通り、泊で一泊。三日目は再び海沿いに出て越後へ入ります。その際、親不知という断崖の細道を越える難所を通らなくてはなりません。そのまま越後の海沿いに進んで糸魚川(いといがわ)で一泊。

ちなみに、北国街道は北陸街道の一部でございまして、高岡から以東を北陸街道と呼んでおります。越後に入りますと、どのあたりからまた北国街道になるのか、わたくしはよく存じません。北国街道は海に沿って奥州へとつづいておりますが、江戸を目指す旅人は糸魚川の次に泊まります高田(たかだ)の宿から内陸部へと方向を転じます。

高田の宿から柏原(かしわばら)の宿までは峠を越える九里半の道中で、ここもまた険難だということでございます。

柏原、善光寺、矢代(やしろ)の宿で一泊。戸倉(とぐら)、上田から小諸(こもろ)で一泊。そして中山道に入ります。追分の近くから道は中山道にと入っておりますが地元の人たちはいまでも東山道(とうさんどう)と呼んでおります。

翌日は、追分、沓掛(くつかけ)、軽井沢とのぼり道を越え、碓氷(うすい)峠を下って、坂本の宿で一泊。

そこからは平坦な道がつづきます。安中、高崎、倉賀野(くらがの)の宿。

翌日は本庄、深谷、熊谷の宿。その翌日は大宮の宿で一泊。そして浦和、蕨(わらび)を過ぎて板橋の宿にやっと到着。江戸はもう目と鼻の先でございます。

お笑い下さいますな。行ったこともないのに、もう何度も江戸と富山とを往復しているような講釈を、東京からお越しになったお客様にお聞かせしたのですから、我ながらおかしくなってまいります。

こんなに江戸までの旅程を諳(そらん)じてしまうほどに、わたくしの江戸への憧れは強かったのでございます。

*

わたくしがあの深山の娘に起こったことを知ったのは、高麗屋での奉公が始まって三年あまりがたったときでございます。

たったの五里ではございますが、久しぶりに越中八尾の実家に弥一が帰って来るというので、野積の源左さん一家が川上屋に訪ねてまいりました。

越中八尾の祭りはその前日から始まっておりましたが、源左さん一家は「越中おわら節」に合わせて若い女たちが踊りつづける祭り見物をいちにち遅らせて、川上弥一に逢いに来てくれたのでございます。

胡桃の香りのする御幣餅を囲炉裏の火で焼いていたとき、源左さんのおかみさんが、

「そうそう、あの子は売られていきましたよ」

と言いました。

わたくしは、あの子と聞いた瞬間に、朝霧の向こうに立っていた娘のことだとわかりましたが、

「あの子って誰です?」

と、とぼけました。

「山の奥の娘ですよ。ほら、川の向こう岸にいた……。金沢から来た女衒が買って、江戸へ連れていったそうですよ。江戸へ連れていくなんて、よっぽどの高値で売れたんでしょうね」

「若いお方につまらないことを言うな」

おかみさんは、源左さんに睨まれて慌てて口をつぐみました。

源左さんの怒った目をわたくしは初めて見ました。

二日間を実家で過ごして、高麗屋に戻ってから、わたくしは折を見て、半兵衛様に、女衒に買われた娘が江戸に連れて行かれると、どこでどんな奉公をするのかと訊いたのでございます。

「そりゃあ廓だ。よっぽどきれいな娘なんだろうよ。きっと吉原だろうな」

と半兵衛様は言いました。

廓というところがあり、そこではどんなことをするのかを聞きかじってはおりましたが、ほとんど山育ちと言ってもいい二十歳のわたくしは、その「どんなこと」の詳細はまるでわかっていなかったのでございます。

第七章　地球絵図

若かったころの心の内のことをお話しするのはじつに恥ずかしいのでございますが、すでにそのころ、あの深い山の奥で生まれ育った娘は、わたくしのなかで少し勝気な気性を持つ生身の女として生きておりました。

またあの娘と逢いたい。親しく言葉を交わしてみたい。そんな願望がわたくしのなかで育ちつづけて、いつのまにか越中富山から江戸の吉原というところまでの百何十里もの道中を急ぐ自分を創り上げてしまっておりました。黄表紙本の戯作(げさく)にするさえ愚かで幼稚な妄想とでも申しましょうか。

あしたは倉賀野の宿から熊谷。あさっては大宮から板橋へ。あの娘もきっと弥一はいまどこの宿泊りかと気もそぞろだ。

板橋を出れば江戸の吉原までは昼には着く。手紙でしらせておいた約束の場所であの娘は待っていて、人目も憚(はば)からずに駆け寄ってくる……。

そんな夢想にひたりきるための呼び水としては、わたくしには富山から江戸までの道中絵図の鮮やかな色彩以上のものはなかったのでございます。

*

富蔵様から薩摩行きの話を聞いた日、わたくしは昼七つ（午後四時頃）までにご用を済まして高麗屋へと急ぎました。

長吉が逢いたがっているという富蔵様の言葉が気にかかっていたのでございます。

わたくしが特別なご用を務めていることは長吉も知っておりますし、長吉は長吉で高麗屋の所有する「脚（きゃく）」の若い衆になるための修業に入っていて、やがては若い衆から一人前の行商人になるという目標に向かって本気で歩み始めておりました。その年の九月には五畿内組のなかの京洛内向寄の若い衆として初めての売薬行商に出立することも決まっておりました。

お互いに忙しくて、もう二月（ふたつき）も逢っておりません。なにか話したいことがあるのだとわたくしは思い、海沿いの北陸街道を東へと早足で歩いて行きました。

左側は松林、右側は田畑がつづく道でございます。加賀藩の参勤交代の道中では多いときには三千人もの行列がつづく街道でもございます。

旅人のためのお小休み茶屋、草鞋（わらじ）屋、旅笠屋などが松林の前に点々と店を出しております。つねに荷を載せた牛や馬も行き来しております。

わたくしが高麗屋の裏手にある長屋の戸をあけるなり、

「弥一、戸を閉めろ。内緒のものを見せてやるよ」

と長吉が声を潜めて言いました。

　田植えの季節になっているとはいえ、建て付けの悪い戸を閉めて、六畳の座敷にあがると部屋のなかはもう暗くて、長吉が押し入れの柳行李（やなぎごうり）から出した紙に描かれてあるものがよく見えませんでした。

　行灯（あんどん）に火を灯（とも）し、それを二尺四方ほどの紙の近くに引き寄せて、

「長崎のオランダ人に見せてもらった地図を弥平次さんが描き写してきたのを、俺がまた描き写したんだ。世界の地図だぜ。これが世界だよ」

　と長吉はささやきました。

「世界？」

　わたくしは行灯をさらに引き寄せて、細筆で描かれた幾つもの線に見入りました。

　真ん中の広大な楕円形が欧州で、そこには長吉の字で「オランダ」「プロシア」「フランス」「エゲレス」「イスパニア」などと書かれてあります。

「これはなんだい？」

「海だ」

「日本はどこだい？」

　長吉は地図の最も右側の小さな島を指差しました。

「越中富山はどこだい？」

　わたくしの問いに、長吉は、矢立（やたて）の筆では描けないほど小さいと答えて、自分の顎（あご）を突き出しました。ゴマ粒大のほくろがあるのでございます。

　長吉は、たぶんこのあたりだと地図を指差しながら、

「俺のほくろよりも小さいよ」

と言いました。

「ここは？」

「オロシア」

「ここは？」

「清国」

「ここは？」

「北アメリカ」

初めて目にした世界地図は、わたくしの心のなかで肥大しつづけて、眩暈（めまい）に似た衝動をもたらしてきたのでございます。

「日本てのは、こんなに小さくて端っこにあるのかい？」

「これはドイツ人が作った地図なんだ。だから自分の国を中心に描いてるから日本は端っこになるんだそうだぜ。この地図をこうやって丸めて、日本を中心に置いたら、こうなるんだ」

長吉は紙を筒状に丸めて、わたくしの顔の前に突き出しました。わたくしはそれを両手で掲げて行灯の明かりに透かし、ときどき回しながらオランダという国はこんなところに位置しているとか、エゲレスやポルトガルはここにあるとかを頭に刷り込もうとしました。

「俺たちの国は島じゃないか。国とは言えないよ」

わたくしは、丸めた地図を畳に置き、いささか誇りを傷つけられたといった表情で長吉にそう言いました。清国の西側の、ルソンと総称される諸国のどれもが日本よりも大きいことに驚いておりました。

このドイツ人が作製した世界地図を長崎出島の居留地に暮らすオランダ人が所有していることでわかるように、オランダ人のなかにはドイツ語に通じている者もあり、フランス語やエゲレス語を自在に操る者がいる。

それは他の国々の人々も同じで、アメリカ人がフランス語やオロシア語やオランダ語を駆使し、フランス語で書かれた書物はエゲレス語に書き改められて新たな書物となり、オランダ語で書かれた書物も、各国語に翻訳されている。

元禄三年（一六九〇）、五代将軍綱吉の時代にオランダ商館長のアウトホールンという人とともに日本にやって来て、二年ほどをこの国で過ごしたケンペルは蘭医だが、克明な旅行記を残した。日本の主要各地の事情を偏見のない目で観察してあって、それはエゲレス語にもオロシア語にもフランス語にも翻訳されて、各国の交易に従事する者たちに読まれてきた。つまり、南蛮人たちは日本のことをよく知っているのだ。

だが、日本では幕府も朝廷も、オランダのこともフランスのこともエゲレスやアメリカのことも、その内地の事情はほとんど知らない。彼らが極めて理に聡く、優れた医学や器械学や軍学や天文学に通じているということくらいしか知らないのだ。

江戸には幕府によって開設された蛮書和解御用という役所があって、長崎から入ってくるオランダ語の書物を翻訳しているそうだが、いかんせん通詞が少ない。

エゲレス語やフランス語の書物となると、長崎のオランダ人にオランダ語に翻訳してもらって、それを蘭語を学んだ者たちにさらに日本語に翻訳させるという悠長な作業を行なうそうだが、いかんせんオランダと清国以外の異国とは交渉を絶っているので、数少ない通詞は肩身が狭くて、エゲレス語もフランス語もおおっぴらに学び難いのだ。

長吉はそう言いました。九州組の弥平次さんから教えてもらったそうでございます。

「弥平次さんは、そのことを仲間組の上縮（うわしまり）には話すだろう？　上縮は自分の薬種を仕入れる高麗屋とか大峰屋とか上州屋とかの旦那衆の耳には入れるだろう？」

とわたくしは訊きました。

「そりゃそうだよ。売薬行商人と薬種問屋と廻船問屋、それに藩の反魂丹役所とは大きなくくりのなかの仲間だよ。反魂丹役所は藩の重臣を通してお殿様とつながってる。越中富山の薬売りは富山藩の命脈を握ってるんだぜ。藩と売薬業に関わる人たちのすべてが固い絆で結ばれてるんだ。売薬行商人、薬種問屋、廻船問屋。この三つが納める税と、それ以外の上納金が富山藩を支えてるんだからな。あ、それに八尾の紙と生糸も」

「うん、八尾の紙業者も、これまで何十回も藩の無理を聞いてきたよ。業者の総代が集まって、川上屋さんとこでは二百両、平野屋（ひらのや）さんとこでは百両っていうふうにして藩の無心に応じてきたんだ。八尾の紙屋すべてからそうやって集めたら幾らになると思う？　そのご褒美に、天保六年（一八三五）に川上屋は永代苗字帯刀を許されたんだけど、うちのお父（とっ）さんはいちども刀なんか差したことがないよ」

わたくしは長吉にこの地図を描き写させてくれと頼みました。翌日は、売薬用の紙を買い付けに行く袋屋と八尾に行くことになっておりました。柿渋を塗った薬用の袋を商っている「小嶋屋（こじまや）」に行くので、実家に寄って、汚れたり縁がちぎれたりして売り物にはならなくなった半紙を貰おうと考えたのでございます。

その小嶋屋が跡取りを亡くしたとき、慶応二年（一八六六）に、わたくしの弟の弥三郎が薬袋業者の株を買って、川上屋に組み入れたのでございます。

「誰にも見られないようにしろよ。この小さな富山藩にだって蛮夷に染まると狂死するなんて言う連中がいるんだぜ」

長吉はそう言って、地図を柳行李にしまい、わたくしと一緒に晩の御膳をいただくために高麗屋の賄い所へ行きました。

すると、わたくしが来ていることを女中から聞いた大番頭の伊兵衛さんが、戸口から手招きをいたしました。

すでにその年の二月に斉彬公が薩摩藩の新しい藩主になっておりましたが、これまで表に出なかったお家騒動の概略が薩摩の小間物商「千鳥屋（ちどりや）」からの書状で明らかになってきていて、伊兵衛さんは富蔵様を店に呼んでいるそうでございました。

わたくしは店へと急ぎました。店の奥座敷を襖（ふすま）で仕切った部屋で、わたくしは富蔵様と並んで坐り、旦那様と伊兵衛さんから早飛脚で届いた書状の内容を聞きました。

のちに「お由良（ゆら）騒動」と呼ばれることになる薩摩藩の、何人かの死人を出したお家騒動の大方のところを知ったのでございます。その何人かの死人のなかには調所笑左衛門広郷という図抜けた知恵者も含まれております。

調所は、先々代の藩主・重豪公に気性の似た斉彬公が薩摩藩主となることを危ぶんでおりました。蘭癖、つまり異国の品々を惜し気もなく買ってしまう気性によって薩摩藩の五百万両という借金を作る発端となった豪放さ、言い換えれば先を考えない放埒さと浪費癖が、斉彬公にもあると見て、調所は斉興公の愛妾・お由良の方の子・久光様を擁立するために画策いたしました。斉彬公にとっては異母弟に当たります。

調所広郷は薩摩藩では絶大な権力を有しております。清国との密貿易を進めたのも調所。五百万両の借金を力ずくで無に等しくさせたのも調所。

薩摩藩にとっては大功労者でございますが、茶道職から出世した人物らしい性癖を消すことはできなかったようだと千鳥屋栄助は書いておりました。

女に甘言と奸計を弄して、大奥から政事を動かそうとするのは茶道職の習わしであり、あまたの功績もその一事によってついえたのはまさに「川育ちは川で果てる」の言葉どおりと思われる、と。

それを阻止しようとした斉彬公派はお由良の方と久光様の暗殺を企てましたが、事前に発覚して、調所によって死罪や遠島や謹慎の処分を受けたというのでございます。

この騒動の仲裁に入ったのは斉興公の叔父である筑前福岡藩主・黒田斉溥様で、斉彬公と懇意な関係であった幕府老中・阿部正弘様や越前福井藩主・松平慶永様（春嶽）、伊予宇和島藩主・伊達宗城様に頼んで事態を収めようと働きかけました。

黒田斉溥様にすれば、調所は確かに薩摩藩の大功労者ではあっても、所詮は茶道職の出。それがお世継ぎ問題までも支配することは許さないと出たのでございましょう。五百万両の借金が片づいたことで調所広郷の役目も終わった。このへんで消えてくれれば都合がいいという考えであったとしか思えません。

幕府の老中にまで周旋を依頼したのですから、調所の失脚と斉彬公の藩主就任とを目的にしたと考えるべきでありましょう。幕府に対してなにを引き換えとしたのか、そこまではわからないものの、これらが調所広郷の自害へとつながっていくらしいのでございます。

薩摩の小間物商・千鳥屋からの符丁混じりの書状で、越中売薬差留めの理由がはっきりいたしました。ですが騒動の詳しいいきさつはいまはまだ分明ではないと千鳥屋は最後に書いておりました。

薩摩藩では事件の後始末に時間がかかるはずでございます。調所派の粛清を終えるまでは他藩の人間は入れたくないに違いありませんし、そのなかではとりわけ越中売薬行商を差留めておきたいのであろうことは容易に察しがつきます。

調所広郷の自害で、幕府の密偵も町人に姿を変えて薩摩領内に入り込んでいると考えられます。

「猿叫と刺し違えなくてもよくなったな。薩摩の示現流は恐ろしい剣法だぜ。抜いたら死ぬか生きるか、どっちかしかない。そういう剣だ。相打ち覚悟。薩摩の侍は子どものときからそんな剣法を修めていくんだ」

高麗屋の店を出て、まだ掛けたままの軒行灯の火に顔だけを明るくさせた富蔵様がわたくしにそう言いました。

わたくしも命拾いした心持ちで、まだ食べてはいない晩の御膳を頂戴するために賄い所に戻ったのでございます。

きょうはこのあたりで休憩とさせていただきましょう。

霧が出てまいりましたね。早朝に散歩いたしましたとき、蕎麦屋の「井筒屋」の主(あるじ)と少し立ちで、遅い昼食をご馳走させていただこうと思いますが、いかがでございましょうか。

話をいたしました。早採りの山菜が入って、いまがうちの山菜蕎麦の旬だと申しておりましたの

＊

おとといの午後に弟夫婦と八尾をお発ちになり、きのうはいちにち富山の町を見物なさったそうでございますが、岩瀬浜にも高麗屋にもお立ち寄りになれましたでしょうか。

ご紹介いたしました宿屋の食事はお口に合うかどうか家内と案じておりました。

いまにも大雨が来そうな空模様でしたが、八尾にお帰りになるまでは降らず、今朝はこんなに晴れております。桜が三分咲きでございますね。

お城の東側にあるあの宿屋は天保元年（一八三〇）開業でございます。わたくしの曾祖父、祖父、父が商用で富山町に出向くときは、いつもあの「わらび屋」に泊まっておりましたし、別棟の料理屋は薬種問屋や廻船問屋の寄合に使っていたのでございます。

東京や横浜では盛んに牛鍋が食されているそうですが、まだ富山に牛鍋屋はございません。あのわらび屋の料理屋のほうでは、雪の季節に入る前には、頼んでおきますと猪鍋を出してくれます。

雪の降る前に、「深山の民」が猪を捕り、その肉を八尾に売りにまいります。それを仲買人が買って、わらび屋に届けるのでございますが、註文は飛脚を使いました。「鍵銀」というのが富山では最も雇い人を有する飛脚屋で、信用も篤く、全国の飛脚屋とのつながりも強いのでございますが、郵便が出来たので商売替えをせざるを得ません。

いまは運送業へと切り換えるための模索をしていると聞きました。

この鍵銀の現在の当主はわたくしと同い年で、鍵川万之助（かぎかわまんのすけ）と申します。嘉永四年（一八五一）十月にわたくしが高麗屋金兵衛様と富蔵様のお伴をして京と大坂へ参ります少し前に、鍵銀の跡を継ぐ者として店の帳場に坐るようになりました。わたくしとはそれ以来の気心の通じ合った友だちでございます。

＊

嘉永四年に富蔵様から話のあった薩摩行きは、おとといお話しした事情によって見合わせることになりましたが、薩摩藩の勘定奉行から満井屋と話をせよというお達しが届きました。勘定方の徒目付（かちめつけ）名での書状でしたが差出人は満井屋でございました。

公用で京の薩摩屋敷に逗留することになった新しい勘定奉行は、差留め中の越中売薬の元締めを薩摩に来させるわけにはいかないので、京で満井屋と会うようにとの指示を徒目付に下されたのでございます。

それから高麗屋金兵衛様と薩摩の満井屋との書状のやりとりがあり、十月六日に京の蛸薬師（たこやくし）の料亭で会うことが決まりました。

わたくしは、裏帳簿に書かれた品目や金額をすべて頭に刻み込んだあとは、富蔵様の家で薬の「ル直し」を学んでおりました。

ル直しというのは古くなったために各家庭から回収した薬を直すことでございます。

生薬（きぐすり）や唐薬種によって作られた薬は腐りませんし、古くなったからといって効力が劣るようなことはございませんが、黴（かび）が付いたり、薬袋の彩色や柿渋に染まって変色いたしますと、使う人にいかにも粗悪になったような気を起こさせてしまいます。

ですから、いわば薬の修繕をいたしまして薬袋も新しいのに入れ替えて、再び置き薬として使えるようにするためのル直しなのでございます。

通常は行商先から富山に帰って行なう作業でございますが、行った先で薬が足りなくなりますと、宿に帰ってル直しを急がなくてはなりません。行商人にとっては特殊な技量を要する大事な作業なのでございます。

飛脚屋の鍵銀は、高麗屋や大峰屋などの薬種問屋と美濃屋や和泉屋(いずみや)や万代屋などの廻船問屋、さらには各仲間組の上縮たちが送る手紙、届く手紙の重要なことも秘密扱いをしなければならないことをも承知いたしております。

薩摩の東側の湊や浦から瀬戸内海を経て大坂で陸に上がり、さらに川船で伏見に届いて、琵琶湖を縦断し、そこで飛脚屋に託される荷がいかに貴重なものであるかも熟知いたしております。

飛脚屋は何軒かあっても越中売薬にたずさわる店は鍵銀以外にはないのでございます。その鍵銀の代々の主や番頭や飛脚頭を年に二回招いて、日頃の労をねぎらうのもわらび屋の別棟の料理屋でございました。

頻繁に薩摩の満井屋から書状が届いていたころ、わたくしは富蔵様に頼まれて薩摩の小間物商・千鳥屋栄助への手紙を鍵銀に持って行きました。それが万之助と初めて言葉を交わした日でございます。

ここで千鳥屋栄助についてお話ししておかなければなりません。

栄助さんは富蔵様と幼馴染で越中富山の小間物の行商人でございました。遠く防府(ほうふ)や長州の萩(はぎ)までも足を延ばし、富山や京で仕入れた小間物を売って歩いておりました。やがて九州にまでも販路を拡げ、筑前福岡で知り合ったお夏さんという女と好き同士になりました。

お夏さんは薩摩の千鳥屋という小間物屋の長女で、薩摩藩の重臣の娘が福岡藩の郡奉行に輿入れする際に請われて、身の周りを世話する女中として付いて行くことになりました。

詳しいいきさつは存じませんが、ふたりがお互いに憎からず思い始めたころ、千鳥屋の長男が亡くなりました。長男はまだ独り身で、千鳥屋には子どもはふたりしかおりませんでしたので、親はお夏さんに薩摩に帰って婿を取り、店を継いでくれるようにと説得いたしました。

婿には栄助さんをと娘は譲らない。

とんでもない。越中富山の小間物の行商人などに千鳥屋を取られるわけにはいかないと親御さんも首を縦に振らない。

すったもんだのあげく、お夏さんの親は栄助さんを娘の婿として迎えたのでございます。薩摩藩の重臣に願い出て、事情を説明し、お側付き女中のお務めを解いていただくことで、晴れて夫婦となりました。

この栄助さんは働き者で商才に長けていて、鶴丸城のあります城山の裾に並ぶ上町、下町の奥方たちやお女中衆をお得意様にしていきました。

けれども越中富山の人間でございます。薩摩藩が最も忌み嫌う一向宗に染め上げられた者として同業者たちから村八分のような扱いを受けました。

栄助さんは富山人ですが、じつは浄土真宗への信仰心は希薄でございます。

町方の役人たちからも町年寄たちからも、なにやかやといじめられたそうでございますが、その多くが調所派の息がかかった者ばかりで、そのために栄助さんは筋金入りの調所派嫌いとなり、城下での商いをあきらめて農村に暮らす郷士の妻女や娘たちをお得意様にしていきました。

薩摩の郷士についてはまたあらためてお話をいたしましょう。

栄助さんは、薩摩藩で何かが起こると、富蔵様に手紙で伝えてくれるようになりました。越中富山の売薬業にとって薩摩藩がいかに重要であるかを知っているからでございます。

のちに栄助さんは薩摩藩と廻船問屋と越中売薬業者との密約を知ることになりますが、義俠心と気骨に溢れた人で、子どもたちにも妻女にも生涯語らないまま明治二年（一八六九）に亡くなりました。

このころ、まだペリー提督による黒船は日本に来ておりませんが、我が国にはやがて訪れる大きな変化の予兆のようなものが生まれつつありました。百姓の生活は困窮し、大大名に至るまでが財政の苦しみを抱えておりました。その元凶は参勤交代制度でございます。

二百数十年間にわたって江戸幕府そのものの安泰を警護する重要な政策ではありましたが、それはつねに全国約三百藩の大名に莫大な出費を重ねつづけさせました。

参勤交代のための交通路にある宿場の近郊で暮らす百姓には助郷（すけごう）という役目が課せられておりました。

これは、宿場から宿場へと行列の荷物等を運ぶ役でございます。大名が江戸へ上るときも国許に帰るときも、百姓は助郷として駆り出されます。

とにかくたくさんの荷物でございまして、お泊りの宿であろうとお小休みの宿であろうと、昼食のための宿であろうと、助郷の人馬が荷を運ばされるのでございます。

槍や鉄砲や衣類や身の周りの品を入れた重い長持ちは二十棹や三十棹ではききません。助郷を課せられた百姓たちは、そのたびに田圃や畑での仕事を後回しにして、馬とともに行列を手伝います。

助郷を課せられるのは参勤交代の行列だけではなく、公用で急遽江戸へ行く、あるいは国許に帰参する大名方の重臣一行が通行するときなどにも郷村から人馬が集められます。

深い山中の峠を越えなければならない地域では、あまりの苦役で行き倒れになる百姓も出るのでございます。疲労のために道で息絶える馬が出ることもございます。

これが田植えや稲刈りや、農作物の収穫のときに重なりますと、百姓の生活が成り立ちません。大名衆は、百姓の事情など斟酌してはくれません。自分たちの参勤交代のためのつつがない旅のことだけで精一杯なのでございます。

これが下は百姓から上は大大名までを疲弊させつづけて、嘉永年代（一八四八～五四）に入りますと一気に参勤交代制度への不満は頂点に達しようとしておりました。

話が横道に逸れそうでございますね。わたくしの越中売薬薩摩組としての最初の旅へと進ませていただきましょう。

薩摩組の若い衆という身分ではございましたが、初めての旅は薩摩ではなく京であったという理由はご理解いただけたと存じます。

越中富山から京までは七泊の道。

富山城下を出まして今石動宿で一泊。翌日は倶利伽羅峠を越えます。なかなかの難所でございます。加賀藩領に入り、野々市宿で一泊。翌日は大聖寺宿で一泊。

越前に入り、上鯖江宿で一泊。翌日は脇本宿を過ぎて今庄宿で一泊。翌日は栃ノ木峠を越えて近江国に入り、木之本宿で一泊。翌日、長浜から船で琵琶湖を縦断し大津宿で一泊。翌日は川船に乗り換えて伏見で降り、京の町へと入るのでございます。

高麗屋金兵衛様と富蔵様、そしてわたくしは九月二十八日に富山を出立いたしました。

その二、三日前、薩摩の千鳥屋栄助さんから手紙で、篤姫様の将軍家へのお輿入れのことが書かれてありました。

まだ噂に過ぎず、武家のお女中衆のひそひそ話に出る程度だが、次の将軍継嗣と決まっている家定公は極めて虚弱な体質で、幕府は健康で聡明である篤姫様を継室に迎えて、丈夫なお世継ぎを授かりたい意向を指宿の今和泉島津家の当主・島津忠剛様に打診したというのは、ただの流言とは思えない。

千鳥屋栄助さんはそう書いておりました。

出立した日はいいお天気で、高岡宿の茶店で足を休めながら手拭いで汗を拭いていたとき、

「指宿の今和泉島津家と徳川将軍家とでは格が違い過ぎますね」

と富蔵様が旦那様にささやきました。

「うん、確かにそうだが、瓢箪から駒が出たら、どうなる？　今和泉島津家の当主は斉彬公の叔父だ。家定公の祖父の家斉公の御台所は島津重豪公の三女。薩摩藩は将軍家との親戚関係がさらに深くなる」

「御老中阿部様の狙いはそこでしたかねえ」

「斉彬公も、どうして鷹揚な貴公子じゃあなかったな。だけど、この御婚儀は簡単には決まらな

いよ。幕府の重臣には異を唱える者が多いだろう。確かに格が違い過ぎるね。それに薩摩藩の密貿易の疑いは生きつづけてるんだ」

「もし瓢簞から駒が出たら、どうなりましょう」

その富蔵様の問いに旦那様はしばらく考え込み、

「越中富山にもありがたい御婚儀だ」

と言いましたが、表情には険しいものがありました。

途中、越前領内で雨に見舞われましたが道中に支障はなく、わたくしたちは予定どおりに長浜から船に乗りました。

船の右手には比良の山々、左手には近江平野が霞んでいるのどかな風景ではございましたが、生まれて初めて船に乗ったわたくしはひどい船酔いになり、大津に着いたときはひとりで桟橋を渡れないありさまで、船着き場の松の木の下で休むしかございませんでした。

「弥一、富山に帰ったら北前船に乗って蝦夷地へでも行ってみるんだな。こんな波の静かな湖で酔ってたら馬関から日向灘を越えて九州には渡れないぞ」

と富蔵様は冗談なのか本気なのかわからない顔で言いました。

「船に酔いやすい人間は、ちょっとやそっとでは慣れないよ」

と旦那様は笑っておりました。

その日は大津宿の旅籠に泊まり、翌日、川船で伏見に行きましたが、またわたくしは酔ってしまったのでございます。

「こりゃあほんとに岩瀬浜から蝦夷地へ五、六回往復させて鍛えにゃあならんなあ」

と旦那様は冗談とは思えない表情で言いながらも、わたくしの吐き気が治まるまで、川べりの船宿が並ぶ一角にある茶店で茶を飲みながら待っていてくれたのでございます。

第八章　京への旅

いっときも早く船酔いによる不快感が去ってくれるようにと神仏にすがる思いで松の木の側に坐りながらも、わたくしは茶店で一服している旦那様の横顔を見ました。

弘化四年（一八四七）における薩摩藩との密約は、他に漏らせば命がないというほどの秘匿事項であるのにもかかわらず、まだ十七歳の小僧同然のわたくしに、富山城下の蕎麦屋で世間話をするかのように語った旦那様の顔を思い浮かべたのでございます。

この人はどのような器量をお持ちなのであろうか。大事をあまり大事と受け取らないおおらかな、言い方を換えれば隙（すき）だらけのお人なのであろうか。そうでなければ、まだ十七歳の小僧にあんなことを喋ってしまうものか。

わたくしはいったんはそう考えてみましたが、いや、そんなはずはない、高麗屋金兵衛というお方は、薩摩藩との密約以上の何かを念慮に入れて動いているのだと思いました。

越中売薬行商人が各地で実際に目にし、耳にしてくるものは、各藩が危惧したり、世間全般が勘ぐっているものよりもはるかに核心に迫っております。

一葉落ちて天下の秋を知る、でございまして、たとえば奥州の小藩で起こった呉服屋の主人の斬殺事件が、どう考えても夜盗や恨みを抱く者の仕業ではなく、評定役も下手人探しに熱心ではないとなると、殺された男は幕府の密偵で、殺したのはその藩の暗殺者という推論が成り立ちます。

ということは、幕府の密偵は、藩内で商人としての信用を得るまでに身分を偽りつづけるだけでなく、その国の人間になりきって商いに精を出しつづけなければなりません。

そうまでして僻地の四万石か五万石程度の藩を探索しなければならない事情とはなんなのか。その藩で行商する売薬人には、さまざまな噂話や流言や風説が入ってまいります。それらを集約し、取捨選択しているうちにおのずと真実が見えてくるのでございます。

薩摩組が差留めとなっていても、九州組は行商をいたしております。薩摩で起こっていることは、肥後熊本藩に伝わるでございましょうし、長崎でも佐賀でも、久留米や福岡でも、なんらかの流言に乗って来るとすれば、九州組の行商人を通じて、高麗屋金兵衛様の耳には斉彬公が新藩主となられたあとの薩摩でなにが起こっているかは、ある程度聞こえているに違いないのでございます。

もしかしたら、俺の薩摩組としての御用は、蝦夷地から干し昆布を内密裏に薩摩藩に送ることで生じる幾多の難関を乗り越えるだけではないのかもしれないとわたくしは思いました。漠然とではございますが、そんな気がしたのですが、

「顔色が良くなったな。行こうか」

と富蔵様に声をかけられて、わたくしはふたつの行李を背負って立ちあがりました。

伏見街道から東山連峰の南側を市中へと入りましたが、大きくひらけた景色は、わたくしが想像していた京とはまったく異なるものでございました。

王城の地、千年の都、天皇の座する朝廷の厳たる場所。わたくしはそれらの言葉から華やかで賑やかで雅な街並みを想像しておりましたが、軒の低い町屋の瓦屋根が黒く鈍く光っているばかりで、寺の塔が点々と寂しげに突っ立つ、がらんどうの、碁石のない碁盤といった閑散とした趣だったのでございます。

鴨川の西側を行き、錦小路の旅籠の上がり框で足を洗って二階の部屋に案内されたのは昼八つ（午後二時頃）でございました。

旦那様は着物の上に羽織を着て、山家風の、飛驒や木曾地方の庄屋たちが身につける木綿の軽衫を穿いておりました。富蔵様とわたくしは手甲に膝下までの股引。三人とも合羽を持っておりますが、それはわたくしが担ぎます行李のなかに入れております。

わたくしは旦那様の部屋で、着替えを手伝って、軽衫を畳み、あすの満井屋との会食に備えた着物と羽織を出しながら、

「お疲れではございませんか。きょうは少しゆっくりとお休み下さい」

と言いました。

「それはわたしが弥一に言う言葉だ」

と旦那様は軽く笑いながら言いました。

女中が茶を運んで来て、干菓子という小さな薄紅色の菓子も置いていきました。

「気分が良くなったんなら、京見物に出かけるがいいよ。薩摩の京屋敷はすぐ近くだ。薩摩の侍の面構え（つらがま）を見ておくんだな。弥一がどういう印象を持ったかをあとで聞かせてくれ」

わたくしは、階下の坪庭に面した六畳の部屋に行きました。そこがわたくしと富蔵様の部屋でございました。

「たちばな屋」というのが旅籠の屋号ですが、洛中に脚（きゃく）を持つ越中売薬行商人が泊まる定宿ではございません。

たちばな屋の奥庭にある井戸で顔を洗ってきた富蔵様は、座敷にあぐらをかくと、十日前に薩摩の千鳥屋栄助さんと逢ったことを教えてくれました。

千鳥屋栄助さんの実家は岩瀬浜から東南に少し行ったところにある魚屋でございまして、栄助さんはその家の三男。

父親は十数年前に亡くなっておりますが、九月に母親が死んだため、五年ぶりに妻女を伴って帰郷して墓参りを済ませたあと、富山町の富蔵様を訪ねてきたのでございます。

俺は調所広郷をちょっと悪者にし過ぎたようだと千鳥屋栄助さんは言って、話を始めたそうでございます。

——薩摩藩の跡目争いの暗闘のすさまじさがかなりわかってきた。斉彬公を藩主にしたいという一派は正義派という。妾腹の久光様を擁立しようとする一派は久光様擁立派で、これを調所派と呼んでいたが、黒幕はお由良の方だ。お由良派だ。久光様はお由良の方の子だ。

お由良の方は江戸の町家の娘で、斉彬公の父・斉興公の愛妾となった。

斉彬公には五男三女の子女があったが、ほとんどが早逝した。残っている男児はたったのひとり。虎寿丸（とらじゅ）という五男で、まだ幼い。

五人の男児のうち四人までが若くして病没するということは尋常ではない。人の寿命は推し量り難いといっても、そこには黒い疑惑を感じずにはいられない。正義派もおなじ疑惑を抱いた。斉彬公の四人の男児はお由良派によって毒殺されたか、呪い殺されたのではないのか。

これは藩内において等しく噂された。

お由良の方が自分の子・久光様を次の藩主にしたいという願望が強くて、斉彬公がまだ家督を相続していないあいだにその男児たちの暗殺を実行したと考えることは、あながち間違っていないのではないのか。

その疑惑がとりわけ正義派から飛び交い始めて、「お由良の方の仕業」とあちこちでささやかれ始めると、お由良派は強硬手段に出た。藩内の不始末というぬれぎぬを正義派にかぶせて、その一派の壊滅を謀（はか）ったのだ。斬首、切腹、入牢、遠島流罪……。その数は定かではないが、相当の人数にのぼる。かろうじて藩外に脱出した藩士が斉興公の叔父に助けを求めて老中阿部様の知るところとなった。

調所広郷の自害によってお由良派は退くしかなく、斉彬公が藩主とはなったが、薩摩藩の傷は深い。お由良派への憎悪は煮えたぎっている。

しかし、斉彬公はお由良の方を処断することなく、久光様には以前どおりの親密さで接している。この異母弟を高く評価しているのだ。久光様は、いわゆる「お由良騒動」には関与していない。彼の知らないところで起こっていたに過ぎないことははっきりしているのだ。

斉彬公は藩主就任後、優秀な若い藩士を長崎に留学させて、蘭語、シナ語、エゲレス語、フランス語を学ばせ、またべつの藩士には、蘭医学、器械学、軍学、砲術の習得に努めさせているようだ。長崎出島に居留するオランダ人には、エゲレス語やフランス語やオロシア語に堪能な者が多い。それらのオランダ人の、いわば門弟となって西洋各国の言語を習得するよう励ませている。

さらに斉彬公は、いったいこれはなんのための建物であろうと首をかしげるような物を建て始めてもいる。一気に洋学とそれによる洋化を進め始めたとしか思えない。

いずれにしても、このお由良騒動は、薩摩藩士の多くに禍根を残したに違いなく、やがてなんらかの形となって火を噴くという気がする。薩摩隼人という独特の武士精神を血肉とする「もののふ」たちが、これほどの悪逆を水に流すはずがないからだ。薩摩藩を壊滅させるほどの弊害とならなければいいが。——

これが千鳥屋栄助さんが語ったという話の概略ですが、その危惧どおりにお由良騒動は、明治新政府樹立から西南戦争へとつづく曲がりくねった道の敷石の一つどころか、二つ、三つ、四っつとなっていくのでございます。

なぜなら、安政五年（一八五八）、斉彬公は藩主就任後わずか七年にして急死し、お由良の方が熱望したとおりに久光様が実質的な藩主となるからでございます。その斉彬公の急死にも、いまでも疑惑が残っております。

健康であった斉彬公がなぜ城下の天保山（てんぽざん）における藩士の練兵観閲後に、にわかに体調を崩し、烈（はげ）しい腹痛と下痢と高熱で八日間も苦しんで五十年の生涯を閉じたのか。

毒を盛られたと考える藩士がたくさんいたであろうことは想像に難（かた）くありません。

わたくしは井戸で顔を洗ったあと、旦那様が薩摩の京屋敷を見てくるがいいと言ったことを富蔵様に伝えました。

すぐそこだ、俺が案内してやろうと富蔵様は言って、わたくしたちは旅籠を出ました。たちばな屋の宿泊客には、東本願寺や西本願寺を参拝するために京へやって来た門徒の人たちも多くて、夫婦連れや親子連れ、講中連などがしょっちゅう出入りいたしておりました。

旅籠のふたつ東側の大通りに出て左へ曲がり、まっすぐに歩いて行きますと、すぐに薩摩藩邸が見えてまいりました。藩邸の前は空き地で、痩せた木の周りにまだ穂をつけていない芒が群生しております。

丸に十字の紋を染めた半纏を着た門番が長い樫の六尺棒を持って立っていなければ薩摩藩京屋敷とは思えない静けさで、瓦を載せた長い白塀が美しくて、わたくしには敷地の広い古刹に見えました。

塀の向こうには下級武士たちの起居する門長屋が並んでおります。

わたくしは薩摩の侍を見たことがございませんでした。

ひとりかふたりでもいい、その面構えを見たいものだと思いましたが、用もないのに門前で立っているわけにもいかず、富蔵様と並んで塀に沿って歩いて行きました。

「薩摩の島津家はなぁ、徳川家よりも長い歴史を持つ家柄だ。だから腹の底には、徳川家なにするものぞっていう思いがある。そのうえ、勇猛果敢で逸材も多い。城下士も郷士もつねに剣技を磨いてる。島津に暗君なしと言われてきたとおり、どの時代の藩主も聡明で英邁で容姿も立派だ。見た目が貧相で狡猾そうな藩主はひとりもいなかったんだ。俺はまだ三十代の斉彬公をいちど見たことがあるが、道に平伏してこそっと顔をあげて見ただけでも六尺以上はある偉丈夫で、じつに立派なお顔だった。春風駘蕩というのはこういう風情を言うんだなと感じ入ったよ」

薩摩藩の京屋敷を通り過ぎてから、富蔵様はそう言って、さらに話をつづけました。

――薩摩藩には城下士と郷士がある。城下士がどんなに下級でも、郷士がどんなに秀才で武芸に通じていようとも、同じ武士でありながら城下士は郷士を虫けら扱いする。この身分の違いは絶対で、郷士は城下士からどんなに侮蔑されようとさからわない。

薩摩隼人は百姓や町人に無理難題をふっかけて困らせることはない。それどころか、とりわけ体の弱い者にも老人や婦女子や貧しい者たちにも慈愛をもって接する。これは他藩では見られないことだ。

それなのに、城下士は郷士を侮蔑して、いじめて、よってたかって川に放り込むという無慈悲な乱暴を働く。

薩摩武士の大事な心構えは、弱いものいじめをしないことだ。

その教えと矛盾する城下士と郷士の身分関係というものがどうにも理解できない。

親の使いで城下に来た郷士の子を、数人の城下士の子が取り囲んで、こづいたり罵倒したあげく川に投げ込むのを見たことがある。郷士の子はまったくさからわず、されるままになっていた。

薩摩はよくわからない国だ。

徳川家康公にとっても薩摩島津家は得体の知れないところがあった。この日本でなにかが起こるとしたら薩摩からだという懸念があって、隣国の肥後熊本藩に五十四万石という石高を与えた。法外な石高で、これはあきらかに薩摩藩への威嚇だ。幕府への謀反の気配があれば、まず隣国の熊本藩が先駆けて攻めるぞという脅しだ。熊本藩は隣国の薩摩武士がどれほど強者ぞろいかを知っている。

関ケ原の合戦のあと、肥後熊本を領した加藤清正は天守閣が二つもある熊本城を築城した。敵に囲まれて籠城するために築かれた城で、防御を主眼とした難攻不落の備えになっている。城内に井戸を百二十個所も掘ったことで、熊本城が籠城のためのあらゆる工夫を凝らして築かれたものだとわかる。

薩摩の島津家もつねに幕府への備えを怠らなかった。

うわべは恭順の意を捧げながらも、潰すというなら潰してみよという覚悟を藩士たちに抱かせつづけている。

薩摩にしてみれば、家康公が江戸に幕府を置いてからずっと仮想の敵として遇されてきたという思いがある。

薩摩藩に潜入して生きて出られた幕府の密偵は稀（まれ）だ。密偵であるかぎりは殺されても幕府は手が出せない。密偵は見つけ次第ひとり残らず斬るのだ。

この島津家に対して同情の心を寄せたのは水戸藩のいまの御隠居で、他藩からも慕われる徳川斉昭（なりあき）だ。

斉昭公は島津斉彬公がまだ家督を相続する前、江戸屋敷詰めであったころに、その英邁さを高く買い、自分がこれと目をつけた藩主たちと引き合わせた。斉彬公は水戸の御隠居のお陰で各地の藩主との交友を深めた。そのなかにはお由良騒動の最中に斉彬派を助けた宇和島藩主や越前福井藩主がいる。——

わたくしたちはいつのまにか鴨川の上流まで来ておりました。川を渡ったところに一服するのにちょうどよさそうな木立がありましたので、そこに腰掛けて、富蔵様は煙管に国分の煙草を詰めてゆっくりと吸いました。

小路に軒をつらねております町家はみな、なんらかの商売をしているようですが、目立つような看板をあげておりません。人通りも少なく、痩せた野良犬までがひどく寂しげに見えます。東山の麓あたりで寺の鐘楼がかすんでおりました。

わたくしはこの時期の京のわびしい風景をいまでも思いだします。この翌々年にペリー提督率いる米国軍艦四隻の浦賀沖への来航を引き金として、朝廷のある京は騒然としていき、碁石のない碁盤のような町は突如収まりきらないほどの浪士や志士や、幕府方の武士たちで溢れかえっていくのでございます。

ですが、嘉永四年（一八五一）の秋の京は、遠くの寺の鐘楼の鐘の音が殷々と響くだけの静かな古都でしかありませんでした。

薩摩の豪商・満井屋彦次郎との会食は翌日の暮六つ（午後六時頃）からでございました。旦那様はその前に油小路の薬種屋・一貫堂に挨拶に寄られました。ご次男の新兵衛様を預かって商いを学ばせてくれていることへのお礼の気持ちをあらわすとともに、数年ぶりにご次男の顔も見ていこうと思われたのでございます。

わたくしがお供をして一貫堂に参りました。富蔵様は満井屋への手土産を用意するためにどこかに出かけて行きましたが、七つ（午後四時頃）前に一貫堂の近くで待っていることになっております。

一貫堂の店先にも富山の高麗屋と同じように生薬の匂いが漂っておりますが、高麗屋よりもはるかに間口が狭くて、あまり流行らない道具屋かと思うほどに地味な店構えですが、一歩店に入りますと、どこまで奥につづくのかとつい首を伸ばして覗き込みそうになるほどの奥行きを持っておりました。

京の商家はみな似たような造りで、それは越中八尾の紙問屋も同じでございます。間口の広さで税が定められますので、出来るだけ間口を狭く、その代わりに奥に長い「鰻の寝床」のような造りにするのでございましょう。

わたくしは下男として供をしてまいりましたので、店のうしろにある板の間の上がり框に腰掛けて旦那様のご用が終わるのを待ちながら店で行き交う京言葉を聞いておりました。

小半刻ほどで旦那様は一貫堂のご主人と新兵衛様と一緒に出て来ました。

お宿まで送ってあげたらどうかと一貫堂のご主人は新兵衛様にことさらに大きな声で言いました。他の店の者たちに遠慮せずに数年ぶりに逢った親子ふたりの時間を持たせてやろうという配慮でございました。

新兵衛様はお兄様の半兵衛様とはまったく印象の異なる青年で、うりざね顔の唇の薄い、目の細長い癇のきつそうな十九歳の青年でございます。

小路を出て歩きだしますと、旦那様は五、六歩うしろを歩いておりますわたくしを振り返って、

「これが川上弥一だ。大津から伏見までの川船でも酔う薩摩組だ」

と新兵衛様に言いました。

新兵衛様はかすかに笑みを浮かべ、

「船に弱い『冥途の飛脚』ですね」

と言って、わたくしに小さく会釈をしました。

わたくしは、さらに五、六歩の間隔をあけて、おふたりのあとをついていきました。富蔵様はまだ来ておりません。行き違いになってはいけないと思い、わたくしは一貫堂から半町ほどのところで待ちました。

柳並木の陰に富蔵様が立っていて、わたくしを手招きいたしました。疎水とも言えず小川と言うには細すぎる流れがあり、その畔（ほとり）には柳並木がつづいております。

「たぶん、そこの角を曲がったところにある団子屋でしばらくふたりで話をなさるだろうよ」

と富蔵様は言って、わしらはここで待とうと煙管を出しました。

「一貫堂は新兵衛様を養子に欲しがってるんだ。一貫堂は娘ばかり三人。長女は十五。その娘が十七になったら新兵衛様を婿養子として迎えたいそうだよ。だけど、旦那様のほうが乗り気じゃないんだ。一貫堂は二条城の御典医方とつきあいが深いからだ」

二条城は将軍が上洛の際にお入りになるところでございます。江戸幕府の将軍が起居する城に詰める御典医方が調合する薬の材料は、一貫堂が提供していることになります。

そんな薬種屋に越中富山の高麗屋の子息が婿に行くと、蝦夷地、薩摩、琉球、清国という干し昆布の密貿易が、どこでどんなふうに漏れるかしれません。それにもし発覚した場合、一貫堂にも大（おお）いなる詮議が及ぶ危険があるのでございます。いや、必ず及ぶことでしょう。

けれども、親同士が決めた婚儀を子どもは拒否できません。高麗屋金兵衛様がお受けすれば、この婚儀は決まってしまいます。断れば、一貫堂に恥をかかせ、恩義にそむくことになります。

わたくしは、干し昆布のことは新兵衛様はご存知なのかと富蔵様に訊きました。

「まったく知らないはずだ。旦那様はご長男様にも、弟にはまだ決して話してはならないって念押しをしてるからな」

わたくしは、旦那様が義理や恩義を捨ててもこの縁談をお受けしないだろうと思いました。それは一貫堂のためでもあるのです。

薩摩藩への干し昆布の献納は越中富山全体の盛衰がかかっております。そのための命懸けの昆布輸送でございます。廻船問屋の三つや四つが潰れようが、薬種問屋の四つや五つが潰れようが、そんなことは小事であって、大事なのは越中富山の薬を必要とする全国三百諸藩の民に届けることなのでございます。

飢饉で米が作れなかった百姓が、下り腹がつづいて死にかけている子のために越中富山の反魂丹を求めて庄屋の家に駆け込んだとき、薬がなければ打つ手がありません。反魂丹で命を救われた子はたくさんいるのでございます。

越中富山の薬を守ることは、薬さえあれば助かったであろう多くの命を守ることでもあるのです。

高麗屋に奉公にあがってまだ四年ほどではあっても、わたくしは越中富山の薬に誇りを持つようになっておりました。

全国を行商して帰国した売薬人たちから、この薬で町家の幼い娘が死なずにすんだとか、起きられなかった禄高たったの十五石の下級武士のご隠居が自力で厠に行けるようになったとか、さまざまな事例を誇るように語るのを聞いているうちに、なにがあっても薬を全国津々浦々に届けなければならないという強い使命を感じるようになっておりました。

そしてそのためには、薩摩への干し昆布輸送をやめるわけにはいかないのでございます。清国からの唐薬種がなんとしても必要なのでございます。それ以外は小事。わたくしはそのように考えるようになっておりました。

ですが、わたくしはそんな自分の考えは口にはいたしませんでした。

小半刻ほどして、新兵衛様が戻ってまいりました。柳の木の下にいる富蔵様を見ると、屈託のない笑顔になり、

「五年振りだな。息災でなによりだよ」

と言いました。

「新兵衛様も立派な若衆におなりで。半兵衛様よりも背が高くなったんじゃございませんか？」

「兄さんには力でかなわないよ。兄さんはどうしてあんなに馬鹿力なのかなあ」

たぶん、新兵衛様は人見知りする性分なのでございましょう。無表情のときは怜悧な印象を与えますが、なにか喋りだすと頬に大きな皺ができて、細い目が垂れて、愛嬌に溢れた顔つきに一変するのでございます。

通りには旦那様が立っておりました。ここから「喜よ志」という料亭まではわずか一町。約束の刻限が近づいておりましたので、わたくしたちは喜よ志へと急ぎました。

その道々、紋付の羽織の袖に両手を入れて、

「相手はまだ十五だが、お前はその娘をどう思うんだいって訊いたら、可愛い子だなあと見惚れるときがあるんだって言いやがって」

と旦那様は怒ったような表情で足元を見つめました。

わたくしと富蔵様はそっと顔を見合わせただけで料亭へと急ぎました。

喜よ志の玄関に着いたとき、ちょうど逆方向から駕籠（かご）が来て、満井屋彦次郎が降りました。供をつれておりませんでした。履物を揃えている駕籠屋に駄賃を払い、

「富蔵さんもご一緒か」

と言って、駕籠から出て立ちあがりましたが、六尺近い大男で、眉と唇が太くて、異様なほどに頬骨の出た面貌に、これが薩摩人かとわたくしは少々驚きました。

「わたくしどもはここで失礼いたします。頃合いの時刻に駕籠でお迎えにあがりますが、お気になさらずにごゆっくりとなさって下さい」

富蔵様はそう言って、旦那様と満井屋彦次郎が料亭のなかに入るのを見届けてから、わたくしとたちばな屋に戻りました。

たちばな屋では、客は階下の台所の横の板の間で食事をとることになっておりました。わたくしと富蔵様は向かい合って晩の御膳をいただきました。東本願寺の講中連が食事を終えて雑談しておりました。

昆布巻き、高野豆腐の煮〆、京名物の蕪（かぶら）漬けがその夜の膳に並んでおります。見たこともない茶色の漬物のようなものが小皿に載せてあったので、これはなんですかと訊きますと、奈良漬だと富蔵様は教えてくれました。

「おいしいですね。これだけでご飯が三膳くらい食べられます」

わたくしの言葉に笑みを浮かべ、

「弥平次のことは聞いたか？」

と富蔵様は言いました。弥平次さんは九州組の行商人で、長吉に長崎出島で見聞したことを話してくれる人でございます。

「長吉とはもう三か月ほど逢っておりませんので」

とわたくしは答えました。

「弥平次は親から受け継いだ脚をひとつ持ってたんだが、自分で稼いだ金でおととし長崎にもう一脚買ったんだ。その二脚を売って、長崎で蘭薬の勉強をしたいって言い出してな。本気らしいよ。オランダ人の医者が調合する薬を自分も作れるようになれば、越中富山の薬の良さと蘭医学の良さとが合わさって、もっといろんな病気を治せるようになるって考えたんだな。でもそのためには蘭語の習得から始めなきゃならない。ちょっとやそっとじゃあ身につかないよ。五年は勉学に励まなきゃあな。弥平次には女房と男の子がふたりいるんだ。二脚を売った金は長崎での勉学に要（い）る。食い扶持（ぶち）なしで、女房子どもはどうやって富山で生きていくんだ」

「脚の買い手はいくらでもいるんでしょう?」

「ああ、越中富山売薬行商人の脚は、喉から手が出るほど欲しがられるよ」

それから富蔵様は正座している体を前に突き出すようにして、

「弥一、お前が買わないか?」

と言いました。

「長崎の脚をですか?」

「薩摩組の新八（しんぱち）を知ってるな?　あいつは来年で四十五になる。薩摩での行商がつらくなってきたんだ。膝に持病があるうえに子無しだ。薩摩組は差留めが多い。お前が弥平次の長崎脚を買って、それを新八の脚と交換したら、新八は新しく長崎で商売ができる。体は長崎のほうがうんとらくだ。越中八尾の紙問屋・川上屋なら脚のひとつくらい買えるだろう。売り値は三十両だ」

わたくしはまだいちども薩摩での行商を経験しておりません。それが脚だけ所有して行商の資格を得たところで、すぐに商いができるとは思えませんでした。

ですが、富蔵様が持ち出したからには旦那様にもこの話は通じていることになります。父は一も二もなく三十両を出してくれることでしょう。

新八さんの行商区域は阿久根郷でございます。わたくしがその脚を買えば、阿久根郷でしか行商できなくなります。高麗屋の若い衆であるかぎりは、城下であろうが国分郷であろうが、高麗屋所有の脚で動けます。げんに富蔵様の持ち脚は国分郷ですが、薩摩組の頭ゆえに城下への出入りが許されております。

わたくしが、阿久根郷の脚を買ってしまえば、わたくしの役目に不都合が生じるのではないのか。

富蔵様は、そんなわたくしの憂慮に対して、高麗屋はいつでも弥一の阿久根郷の脚を買うだろうとだけ答えました。

わたくしは晩ご飯を食べ終わって部屋で時刻を待ち、駕籠を呼んで喜よ志へと行きました。空駕籠で、わたくしは歩きました。

満井屋が呼んだ駕籠は喜よ志の前で待っておりました。

同じ小路に並ぶ町家や商家はどれも軒行灯を家のなかにしまっていて、柳並木からは幽霊が出てきそうな不気味さでございました。

旦那様は満井屋と一緒に小路に出て来て、そのまま無言で駕籠に乗り、宿に帰り着くと二階の部屋にあがり、わたくしに硯と墨を用意するようにと言いました。

書いた書状は二通。一通は美濃屋の寺田幹兵衛様宛て。もう一通は反魂丹役所の緒方喜重郎様宛てでございます。

「早飛脚で」

急ぐようにと指示なさいまして、わたくしは宿の者に場所を訊くと、提灯を借りて飛脚屋へ走りました。

ことしの十一月に予定されている二回目の干し昆布輸送は北前船二隻、と満井屋は譲らなかったのでございます。弘化四年からずっと一隻だったのが突然二隻に増えたことになります。

二隻の北前船に満載する干し昆布の価格は一万二千両から一万五千両。満井屋はそのうちの三百両しか負担いたしません。いや、満井屋ではなく薩摩藩と申すほうが正しいのでございましょう。

「斉彬公は父君や調所広郷が案じたとおりの性分。蘭癖も蘭癖、とんでもない蘭癖だそうだよ。薩摩はそのために金が要る。満井屋はただそう言うばかりだ。一万五千両の干し昆布は清国には五万両で売れる。いや八万両かな。斉彬公がどんなに外国の品々を欲しがっても、朱や鮫皮やビードロに八万両も使えんだろう」

首を小刻みに振りながら、旦那様は溜め息混りに言いましたが、斉彬公が清国を通じて買おうとしているものは唐薬種や朱や鮫皮だけではなく、もっと大きなものだと見当をつけられていたのでございます。

満井屋彦次郎が薩摩藩の御製薬掛から預かってきた用向きはもうひとつございました。

来年の春あたりに、越中売薬行商人の薩摩組のなかから十五、六人を集めて、薩摩か、薩摩藩の大坂屋敷、あるいは京屋敷で御製薬掛の者の相談に乗ってもらいたいというのでございます。

「場所をどこにするかは、追ってしらせるそうだ。現場の行商人に相談に乗ってもらいたいとは、あの薩摩藩がまた下手に出たもんだが、干し昆布のことではもう薩摩藩も越中の廻船問屋も薬種問屋も薩摩組も一蓮托生だ。薩摩藩もそれは充分にわかってるということだよ」

と旦那様は言いました。

斉彬公は、行商以外の用向きで越中富山からわざわざ訪れてくれるのだから、丁重に取り扱うようにと御製薬掛の重臣に命じたそうでございます。

「その話の途中で、満井屋はわたしに薩摩藩内には何軒くらいの戸数があると思いますかって訊いたよ。それでわしは、御城下も含めて五万軒ほどだと思っておりますが、琉球へと連なる島々や、山のなかや深い谷の奥の村々は、薩摩組の行商が許されておりませんので、藩全体となりますと正確な数はわかりかねますと答えておいた。すると、満井屋は六万八千七百戸と教えてくれた。それだけ言って、あとは黙っている。薩摩の武士も大店（おおだな）の商人も口が重い。満井屋はその口の重い薩摩人のなかでもとびきりの男だ。六万八千七百という数をあえて口にしたというのは、越中売薬が届かない家々一万八千七百戸には薩摩の薬を売ると仄（ほの）めかしたんだ。ということは薩摩組の差留めが解かれるのもそんなに先ではないってことだな。わたしは、差留め解除は来年か再来年と読んだよ。ただし、ちょっとからくりがありそうだな」

「わたしは城下の重臣方も僻村の百姓も含めて全部で六万軒弱と踏んでおりました。一万八千七百軒の家の人たちは薬が欲しくても手に入れようがなかったってことですね」

その富蔵様の言葉に、

「斉彬公はとびきりの名君かもしれないな」

と旦那様は言い、気疲れしたので伏見のうまい酒も楽しめなかったと笑いました。

わたくしは階下へ行き、旅籠の下女に酒を二本頼みました。

その薩摩の御製薬掛との会合にどうしても加わりたくて、そのためには新八さんの阿久根郷の脚を買うべく、いっときも早く父にお金を貸してくれるよう頼もうとわたくしは思ったのでございます。

第九章　新しい仲間

旦那様が御酒を楽しまれて、床につきますと、わたくしは行灯の火を消し、階下の自分の部屋に戻り、矢立を出すと父への手紙をしたためました。要件だけを書いた簡略なものでございます。弥平次さんの長崎の行商脚を買い、それを薩摩の阿久根郷の脚と交換する。火急を要する。三十両、なにとぞご用立て下さりたく伏してお願いする。帰富は十月二十日。

わたくしがそれを富蔵様に見せますと、富蔵様も自分の矢立を出して弥平次さんと新八さんへの二通の手紙を書いてくれました。

あした、起きたらすぐに飛脚屋に行けと言って、富蔵様は床につき目を閉じましたが、しばらくすると今回の差留めは、じつは薩摩藩からのお達しだけとも言えないのだと話を始めました。

薩摩藩の製薬掛は満井屋を使って自藩で領内での売薬行商をやり始めた。嘉永三年（一八五〇）からだ。その動きは三、四年前からあったが、干し昆布を蝦夷地から薩摩に秘密裏に運ぶという大仕事に気をとられて、高麗屋を筆頭とする薬種問屋も富山の薩摩仲間組も、さして大問題とは捉えなかった。どうせ出来まいとたかをくくっていたこともある。

だが、薩摩が実際に薩摩領内で売薬行商を始めると、越中売薬行商は遠慮せざるを得ない。商売敵としてあつかましく薩摩藩に入って行けない。むこうから差留めの通達が来る前に、こちらから行商を控えさせていただきますと申し入れたほうが、のちのちの心証がいいと旦那様も他の薬種問屋も考えたのだ。

理不尽な話だが、薩摩には薩摩の事情がある。お由良騒動の後始末も他藩には知られたくないだろうが、いま薩摩は斉彬公が藩主となって、はっきり言えば、やたらと金儲けに狂奔している。俺らの頭では、大量の干し昆布を琉球経由で清国に売るだけで充分ではないかと思うのだが、鬼界ヶ島（硫黄島）の硫黄も藩内で作られる硝石（しょうせき）も清国に売っている。買うのは主にエゲレスだという。清国の貿易商人から半ばただ同然で買っているらしい。

さらには、これはどの藩も同じなのだが、自藩内の金銀が他藩へ流出することを極端に嫌う。薩摩は自藩で売薬行商をやって儲けると同時に、藩内の金銀の流出を防ぐためには、越中売薬行商人が目の上のたんこぶになってきた。

しかし、越中富山の売薬業者は蝦夷地から干し昆布を運んでくれる大切な仲間だ。ここはなんらかの折衷案を提示しなければならない。

今夜、満井屋が薩摩藩領内の戸数をほぼ正確に口にしたのは、その折衷案を打診するための布石だ。

旦那様はお前にも俺にも口にはしないが、差留めがつづくと、越中売薬行商の薩摩組は困窮する。行商は請負い制だから、行商人たちは生活していけない。全国の仲間組の互助精神は固いといっても、それには限度がある。

それと、これも旦那様は内緒にしていたが、去年の冬、干し昆布を積んだ「佐々屋」の船が八丈島の近くで難破して、大きな損害を出した。

なぜ日本海の西廻り航路で薩摩を目指した佐々屋の広海丸が八丈島で難破したのか。

津軽海峡で折からの大風に抗し切れずに東の海に流され始めたとき帆柱が折れたのだ。

幸い、積んでいた干し昆布のほとんども流されて抜け荷の証拠は消えたが、買った代金の一万両も消えたことになる。

旦那様がそれを口外しないのは、これ以上、薩摩組の行商人たちを動揺させないためだ。

旦那様は、この難破事件を薩摩の満井屋には知らせて、いかに越中売薬に関わる者たちが困窮しているかを訴えて、新たな昆布輸送に必要な金子を融通してくれるように頼んだ。きょうの京での会食は、それらを含めての今後の打ち合わせだ。

満井屋は薩摩の御用商人のなかでは棟梁格で、薩摩藩とは直接つながっている。越中売薬業者や廻船問屋と薩摩藩との仲介人で、長いつきあいがある。昆布の密貿易では長年苦労をともにしてきた間柄だ。越中売薬行商人の困窮もよくわかっている。

満井屋は満井屋で、薩摩藩と越中売薬人たちが双方成り立つ名案を模索しているのだろうが、まだ考えがまとまらないのだと思う。

薩摩藩を失えば、日本の三百諸藩を行商するための唐薬種のほとんどを失う。そうなれば、富山の売薬行商人とその家族は路頭に迷い、十万石の富山藩もたちまち財政が破綻する。さて、ここをどう凌ぐか。

それとは話が変わるが、西国に脚を持つ売薬行商人たちが持ち帰る各地の情勢から推し量ると、いま清国は阿片戦争以後、エゲレスに支配されているのと同様の状態で、貿易とは名ばかりの、いわば収奪されつづける惨めな国になっているという。

もはや清国の皇帝に実権はないに等しい。シナの東南側の香港という島は、すでにエゲレスの統治下にあり、実質的にはエゲレスの領地となった。シナという巨大な国が、阿片戦争でいかに多くを失ったかが、このことからだけでもわかるではないか。

その香港島から台湾を経て琉球に渡って来たシナ人が、唐人船で朝鮮を目指したが、船が小さかったうえにあまりに旧式で、伊予の宇和島から近い御荘という浦に命からがら辿り着いた。なんのために朝鮮に行こうとしたのかは知らない。

しばらく御荘の奉行所預かりとなっていた際に、自分が見たり聞いたりした清国におけるエゲレスの所業や、東亜細亜と南シナ海における貿易を巡っての西洋各国、とりわけ、アメリカ、エゲレス、フランス、オランダの四国による権益争いの熾烈さを話したという。驚くべきことに、オランダはこの列強四国のなかでは最も弱小な小国となってしまっているという。

「小国？　オランダが西洋においては最も弱小な小国と申すか」

と調べに当たった奉行所の役人が驚いて訊き糺して、まるで信用しなかったそうだ。するとそのシナ人は、急ぎ防備を固めなければ、この日本にも西洋列強の英米仏蘭四国とそこにオロシアが加わって、桁外れの武力で押し寄せて来るのは時間の問題だと断言したという。

「去年の四月、四国組と九州組の帰国をねぎらう席で、この話を五人の行商人から聞いてた旦那様と美濃屋幹兵衛様の目は、怖いほどに鋭かったよ。俺は高麗屋金兵衛様とも美濃屋幹兵衛様とも長いおつきあいだが、おふたりが同時にあんなに鋭い目をしたのを見たのは初めてだったよ。うちの旦那様が薩摩への考え方を変えて、どんな理不尽にも耐えようとなさったのは、あのときからだと俺は思うんだ。もっと多くの干し昆布を運べっていう要求は去年もあった。あと五万斤くらい欲しいそうだ。薩摩藩は五百両貸し付ける。一万斤は越中売薬からの献納で、あとの四万斤は満井屋が仕入れ値で買うってことになってる。そこに船をもう一隻増やせってことになると廻船問屋も頭をかかえるだろうよ」

そこで富蔵様は話を終えて、しばらくすると寝息をたて始めました。

わたくしも床に入りましたが、目が冴えて眠れません。長吉が九州仲間組の弥平次さんから描き写させてもらい、それをさらにわたくしが描き写した世界の絵図は、毎夜、穴があくほど見入ってきて、すでにそれを見ないでも正確に思い描くことができるようになっております。

長吉が描き写した地図の寸尺の比率が間違っていないとすれば、世界で最も大きな国はオロシアということになります。次が北アメリカですが、エゲレス領カナダとアメリカに分れております。

シナもまた巨大な国でございますし、天竺もさらに大きな国ということになります。

蒲団に横になったまま、わたくしは頭のなかで日本を中心とした地図を描いてみました。日本海の北には朝鮮。そこから地つづきでシナ、オロシアがさらに北方へと伸びております。もしオロシアが朝鮮に踏み込んでくれば、巨大なオロシアとシナ国がせめぎ合う格好で日本に覆いかぶさる形となります。

あいだに海があるとはいえ、船の発達がこの狭い海峡など無きに等しくさせております。

地図の西に目を転じますと、天竺やルソンの国々があって、もうそこでは西洋列強の交易が盛んで、その権益争いは日本人の知らないうちに熾烈を極めていたことになります。日本だけがいまのところ泰平の世にいるのでございます。

富蔵様の話から察するに、その権益の多くはひとまずはエゲレスが制していると考えたほうがよさそうなのです。

わたくしは、長吉から聞いた話を思い浮かべました。弘化元年（一八四四）にオランダ国王の特使が幕府に提出した開国勧告の内容でございます。

――近いうちにアメリカが砲艦で来襲し、軍力によって強硬な行動に出るであろう。それを阻止するためには日本が鎖国をやめて開国の道を選ぶしかない。――

オランダの国王がエゲレスに注意するようにと勧告したのではなく、アメリカと名指ししたのは、エゲレスよりももっと強硬で有無を言わさぬやり方で他国を支配下においてきたからではないだろうかとわたくしは考えました。

長吉の話にはつづきがございました。

――アメリカの本心、つまりアメリカが力ずくで欲しがっているのは鯨だ。鯨油なのだ。日本近海の鯨を捕って、その油を搾（しぼ）り取りたいのだ。――

わたくしはその後、九州組の弥平次さんと話す機会があった際に、大量の鯨油をなにに使うのかと訊きました。

機械を円滑に作動させ、かつ錆（さび）を防ぐには鯨油が最も優良な役割を担うそうだと弥平次さんは教えてくれました。

つまり、アメリカという国では、ありとあらゆるものを機械で動かす技術が発達して、その機械によって多大な産業生産を行ない、それらを外国に売ることで国家としての財政を成り立たせている。成り立たせているどころではない。大儲けをしているのだ。

いまアメリカでは朝から晩まで機械が動いているそうだ。一台や二台の機械ではない。何十万台、何百万台もの織物機、製鉄機、石炭を掘る掘削機、銃器製造のための旋盤機等々、これまで人間の手でやっていたことの多くは機械が取って替わりつつあるという。

この機械のために鯨油が要る。エゲレスもフランスも機械による産業の発達をアメリカに追い越されまいとして、鯨を世界の海で捕りつづけている。彼らは鯨を食べない。ただその水のような液体の良質な油が欲しいのだ。

弥平次さんは、これを長崎出島に着任したオランダの医師からも貿易商人たちからも聞いたと言います。

日本人は「出島」という扇状に海に突き出た五千坪弱の埋立地に入ることは禁じられているが、「唐通事」と「蘭通詞」は出入りできる。

遊女も唐人を相手とする者とオランダ人を相手にする者とに明確に分けられている。遊廓にオランダ人も唐人も行けない代わりに、遊女たちが出島におもむくのだ。その遊女たちが客との寝物語で耳にする清国や西洋諸国の話は、自然に漏れて伝わる。

長崎には片言のオランダ語を耳で理解できて、自分でも少しは話せるという遊女もいるのだ。長崎にはオランダ人との二百数十年にわたるつきあいがあるからだ。……

わたくしは、眠れないまま、もしアメリカやエゲレスの要求を聞き入れて、日本が鎖国を解き、開国したら、と考えました。それは想像するだに恐ろしくはあったのですが、ふと、そうなれば越中富山の薬は世界で行商できるかもしれないと思ったのでございます。

わたくしは弥平次さんに、蘭方医術に使う薬のことも質問したことがあるのですが、我が国の漢方医学で使う薬種と大きな違いはなくて、異なるのは外科手術についての考え方とその技術力だということでございました。

大きな切り傷などは細い糸で縫い、腫物は切って膿を出す。折れた骨を接ぐ技は、蘭医による手当のほうが治りが早く、後々の回復状態も良い。お産も蘭医の助けを得たほうが母子ともに負担が少なくて、日本の産婆が立ち会うよりも死産が少ないようだ。……

弥平次さんはそう説明してくれました。

越中富山の薬も、オランダの薬も、さして違いがないというのなら、俺たちは西洋にでもシナにでも天竺にでもルソンにでも出かけて行って、行商できることになる。

危険な密貿易に加担しなくても、シナで薬種は自由に買うことができるから、行った先の国で薬を作り、越中売薬得意の親切で誠実な商法でお得意先をひろげていけば、世界の越中富山の薬となる。

わたくしはそう考え始めると、なんだか興奮してまいりまして、あとさきを忘れて、

「開国だ。早く開国したほうがいいんだ」

と胸のなかでつぶやきました。本気でそう思ったのでございます。

あしたは大坂だ。道修町の「扇屋」にご挨拶に行き、そのあと大坂見物をさせていただけるのだ。もう寝なければと目を閉じたとき、川船でも船酔いする俺が、海を渡ってシナや西洋で行商

だって？　と気づきました。世界の越中売薬というつかのまの夢はいっぺんに萎(しな)びてしまいました。

伏見から大坂の川口(かわぐち)というところまでの三十石船では、わたくしは酔いませんでした。淀川は思いのほか広く深く、流れも速いのでございますが、それは下り船の場合で、上り船は逆流ですので、岸辺の男たちが綱で引っ張っていきます。綱は五本。男たちは十人以上。掛け声を揃えながら綱を曳きます。追い風が吹くと帆を張りますが、船が進めるほどの力はございません。

途中の船着き場ごとに何組かに交代するのですが、褌(ふんどし)ひとつの男たちの赤銅(しゃくどう)色の裸体に盛り上がる筋肉にはただ見惚れるしかございません。北前船の水夫たちとは別種の、一切の夾雑物(きょうざつぶつ)を剝ぎ取った筋骨だけで作りあげられた男たちの美しさというしかございません。

伏見から川口までのあいだに三隻の上り船とすれ違いました。川船を曳く男たちの汗まみれの裸体と掛け声に感動して、きっとわたくしは船酔いをするかもという不安を忘れてしまったのかもしれません。

さらには、淀川の両岸にひろがる摂津平野の美しさがそのまま田園の豊かさを伝えるような風景にも魅了されていたのでございます。

大坂の町に入りますと、淀川は幾筋かに分かれますが、わたくしたちの船は土佐堀川(とさぼりがわ)に入って、何十という蔵の並ぶ川口の船着き場に着きました。

「おお、酔わなかったな」

と富蔵様に言われ、

「いちど酔わずに船から降りられたら、二度と船酔いはしないんだ」

そう旦那様からも笑顔で声をかけられました。わたくしは嬉しくて、よし、これでオランダにもエゲレスにもルソンにもシナにも行けると胸を張りたい気分でございました。

旦那様の言葉どおり、それ以来、いちども船酔いをせずに今日に至っております。

大坂では、まず道修町の扇屋にご挨拶に行き、そのあと堂島・北浜界隈の川筋に並ぶ名だたる両替商のたたずまいと賑わいを見学したあと、米相場を決める取引場にも足を向けました。

「天下の台所」と呼ばれる大坂の活気にじかに触れることができて、道を行き交う町屋の人々の浪速（なにわ）言葉にも聞き耳を立て、わたくしはまたその夜も長堀川（ながほりがわ）の畔の旅籠で明け方近くまで眠れませんでした。

帰路は、今庄の手前から強い雨に見舞われ、道が崩れて道止めとなり、今庄の宿で三泊せざるを得ませんでしたが、それが旦那様にはかえっていい休養となりまして、十月二十二日に三人元気に帰富いたしました。

高麗屋の店座敷で道中の路銀を覚え帳に書いておりますと、大番頭の伊兵衛さんが、お前のお父さんから預かったと言って、三十両を包んだ袱紗（ふくさ）をそっと手渡してくれました。

「八尾の川上屋さんと初めてお会いしたが、たいした貫禄なのに腰が低くて、何度も何度もこのわたしよりも低くお辞儀をなさるんだ。いいお父さんだなあ。足をくじいたそうで、歩くのが難儀のようだったから膏薬（こうやく）と練り薬を差し上げたら、今朝、お礼にって上等の奉書と半紙を一束ずつ届けて下さったよ。お店の若い衆がわざわざ持って来てくれたんだ。わたしには勿体（もったい）ない紙だけど、大事に使わせてもらうよ」

と伊兵衛さんは言いました。

その数日後から、わたくしは薬の調合を習い始めました。富蔵様が付きっ切りで教えてくれたのでございます。

半兵衛様も富蔵様の家に早朝から通って、一緒に学びました。

薬研や乳鉢の使い分け。丸薬の作り方。大小さまざまな秤の用い方。十四種の薬の調合法等々。通常は習得するのに早い人でも三、四年はかかるのですが、わたくしも半兵衛様も半年足らずでそれらすべてを我が物としなければならなくなったのでございます。

わたくしどもが京大坂の旅から帰ってまもなく薩摩の満井屋彦次郎からの書状を持つ早飛脚が着きました。越中売薬薩摩組から十六名を人選して来年の春に薩摩に来るようにという呼び出しでございます。

満井屋の手紙には、富蔵様が語った折衷案のあらましが書かれてありました。

――薩摩藩領では満井屋が薬を作って販売する。しかし、それによる越中売薬人の困窮は薩摩藩とて心苦しく思っている。

越中売薬に落度があってのこのたびのお達しではない。薬は、薩摩の満井屋で作るが、藩内の売薬行商は越中売薬人たちに委託したい。

その売り上げから歩合で各行商人に賃金を払う。それらについて詳細な打ち合わせが必要と考えるので、行商脚の配置図、各脚の商い高、薬の種類などを直接ご教示願いたい。

併せて、越中売薬独自の薬の調合法、「先用後利」の肝要な商法の詳細について学ばせていただければ幸甚だ。――

文面は丁寧な依頼ではございましたが、求めていることはあまりにもむしが良すぎていて、理不尽を通り越して横暴としか受け取れません。

満井屋が作った薬を薩摩藩内で越中売薬人たちに売らせて、その上がりの一部をくれてやるから、薬の調合法や商いのやり方をすべて教えろというわけでございます。

満井屋彦次郎の考えとは到底思えません。薩摩藩の重臣と製薬掛奉行が思いついた手前勝手な案なのでしょうが、お受けいたしかねますと断れない事情が越中売薬業者にはございます。

旦那様は他の薬種問屋とも話し合い、とりあえず十六人の行商人を選び、薩摩藩御製薬掛のお呼び出しに応じることにいたしました。

その書状が届いて十日ほどのちに再び満井屋彦次郎は手紙を送ってまいりました。

文面の三分の一が符丁で埋まっております。梵字に似た字が混じっていて、それを読めるのは旦那様と半兵衛様だけでございます。

――今回のお呼び出し並びに薩摩藩内でのお務めをお受けする代わりに、越中売薬薩摩組を代表する三名が以前どおりの商いに戻してくれるよう嘆願するために二、三年滞留してはどうか。……――

満井屋彦次郎個人による提案となっておりますが、あの薩摩藩が、仮に最も通じ合っている仲介人のたっての願いだとしても、そんなことを許すはずがございません。

わずか十日ほどの行商期間でも、藩内に入る日と出る日を一日の猶予もなく厳守させるというのに、差留め解除の嘆願のために二年も三年も越中売薬人三名を薩摩城下に滞留させるわけがないのです。

「生き血を吸おうというわけか」

旦那様はそう言って、腕組みをして考えていらっしゃいました。

越中の薬の製法を、満井屋の売薬人、つまりは薩摩藩の製薬掛に習得させるには、少なくとも二、三年はかかるであろうから、越中売薬人の代表三名に薩摩藩内に滞留させて教えさせようという肚だと読んだのでございます。

「その代わり、こっちも薩摩の生き血をちょっとは吸わせてもらおう」

旦那様はそう決めて、自分の名代として半兵衛様を、薬の調合法の熟練者として富蔵様を、「先用後利」という複雑な売掛帳とその仕組みを習得した川上弥一を、薩摩に滞留させることにしたのでございます。

そのために、わたくしと半兵衛様は必死で薬の調合法を学び始めたわけですが、主に薩摩組の差留めに関わる幾つかの事案によって延び延びになっている半兵衛様と美濃屋のご長女・お袖様との婚儀を急ぐことになりました。

すでにその年の初秋には、美濃屋の寺田家から輿入れのための品々が紅白の幕に包まれた幾棹もの長持ちで高麗屋の梅本家に運ばれて来ておりました。

両家は急遽相談して婚儀を十二月八日と決めました。来年の春には、半兵衛様も十六名とともに薩摩へと行かなければならなくなったからでございます。

ここでひとりの風変わりな男についてお話ししておかなければなりません。

才児という名の竹職人の家の次男で、この年（嘉永四年）には十八でございました。

売薬にたずさわる仕事をしたいということで城下の学問所に入り、十七歳のとき、薬種問屋の大峰屋に奉公にあがりました。

その名のとおりの才児で、とび抜けた知恵者でございます。あいつの頭のなかはどうなっているのかと不気味に感じるほどの記憶力で、いちど聞いたことは決して忘れませんし、物事のつながりを自分流に組み合わせて、これがこれと合わさってこうなったのだから、あれとこれを組み合わせればああなる、と推量するその仕方が感嘆するほどに精妙かつ的確でございます。

けれども、人や世間とのつきあいにおけるありきたりな決まり事、たとえば挨拶とか世間話とか上下関係における礼儀とかが、常人とは思えないほどに不得手で、そのために大峰屋で働く人たちに疎んじられて、半年ほどで実家に帰されました。

お使いに行くと帰ってこない。わけを訊くと、見たこともない蝶が飛んでいたので、それを捕まえようとしたが、はて、この蝶は今夜はどこで寝るのかを知りたくなり、田圃に入り、畑を踏み荒らし、川の堤を這い上がり、ひたすらあとを追っているうちにご用を忘れてしまい、気がつくと日が落ちていた、とか、薬種の入った袋を大八車で運んでいるうちに、千粒の反魂丹を作るのに熊の胆が十五匁要るとすれば、三百六十二粒を作るときは何匁かを頭のなかで計算していると、その算術を応用する際のもっと簡単な方法に気づいて、お店へ帰る道がわからなくなった、とか。

とにかく、突拍子のないことばかりで、朝の御膳をいただくとき、手代の方々に「おはようございます」のひとことも言わず、客に「いらっしゃいませ」とも言わず、やっと春らしくなったなあと話しかけられても、はい、そりゃあ秋ではありませんからと応じるのでございます。腹を立てた相手に何度殴られたかしれません。

背が低くて、骨組みも華奢で、そのくせ顔が大きくて、金壺眼とはこんなのを言うのかと見入るほどに大きい洞窟のような目と太い角材に似た顎の持ち主で、はっきり言えば異相なのですが、たまに笑うと、男なのに笑窪が出来て、別人のように可愛らしくなります。

このオ児はいったんは実家に帰っていたのですが、半兵衛様がその噂を聞いて会いに行き、帰るなり、わたくしに言いました。

「弥一、あいつの並外れた頭を使い物になるように磨いてみないか？　あんなとびきりの頭脳を持ってるやつは、江戸にも大坂にもいないぜ。気じるしとすれすれのところにいるけど、あいつは狂ってやしないよ。つまり、ああいう人間なんだ。それさえこっちがわきまえておけば、俺たちの商売にいつかきっと役に立つぜ。あの細かい字でびっしりと符丁混じりで書いてある売掛の帳簿を見せて、それを閉じてから、いま見せた帳簿に書かれてあったのを諳じてみろって言ったら、一字一句間違えないで口にしたよ。俺はびっくりしたなんてもんじゃないよ。それで俺は、じゃあ美濃屋から払ってもらうのは幾らだって訊いたら、才児は、いいえ、高麗屋が美濃屋に二両三分払わないといけないいんですって言うんだ。計算したら、たしかにそのとおりだ。俺は空恐ろしくなったよ」

その半兵衛様の口ぶりからは、弥一、お前に預けるから仕込んでみろという意が汲み取れましたが、わたくしはすぐには返事ができませんでした。

わたくしもまだ二十歳で、人を育てるなどという分際ではございません。

まっとうに世間のしきたりをわきまえた小僧でさえ、わたくしには荷が重いのに、あの才児を預かるなど御免蒙りたいのですが、半兵衛様はすでにその気になっておりますし、自分などが到底及ばない桁外れの頭脳というものとつねに接していたいという思いも生まれて、二か月だけと期限を切って引き受けてしまいました。

旦那様は半兵衛様が所帯を持てば、店のほとんどを任せてしまい、自分は隠居とまでは身を退いてしまわずに、相談役のようなかたちで息子の後見を務めようという腹づもりだったのですが、才児の件にだけは首をひねって、すぐには賛同なさいませんでした。

どんなに頭が良くても、人間の社会と足並みを揃えられない者は道から外れて行かざるを得ない。とりわけ商人は、目から鼻へ抜ける才覚よりも、愚鈍ではあっても周囲との協調の精神と思いやり、そして誠実さのほうが重要だと思うが、半兵衛はどう思う？　と訊いたそうでございます。

それでも半兵衛様は、二か月だけ弥一に預けてみたいと頼み、旦那様の承諾を得ました。

才児が高麗屋にやって来たのは、わたくしどもが京大坂から帰った二日後でございます。

わたくしは富蔵様の家で暮らすようになっておりましたので、才児を長屋の長吉の住まいで寝泊まりさせることにいたしました。

「冗談言うなよ。あの金壺眼と一つ屋根の下で寝起きするなんて、俺はいやだ。ほかにもこの長屋に住んでる小僧や若い衆がいるだろう？　どうしてよりによってこの俺なんだよ」

と長吉は断固とした口調で拒否いたしました。

「よりによったから長吉にしたんだよ。長吉が才児にはいちばん合うんだ」

「どうしてそう思うんだよ」

「なんとなくそんな気がするんだ」

「なんとなく？　お前のそんないい加減な勘であんな変なやつと暮らしたくはないよ」

「とにかく、礼儀の初歩を教えてやってくれよ。俺は、どんなに納得できなくても長吉の言うことだけは聞けって口が酸っぱくなるほど言い聞かせといたから。才児は、はい、長吉さんの言うとおりにしますって約束したんだ」

才児がなにか事を起こしたら、二か月どころか、三日で追い出す。長吉はそう言って、不承不承、わたくしの頼みをきいてくれました。

才児は乱暴な人間ではございません。けんかなどはしたことがなく、幼いころは腕力に勝る子どもたちにいじめられてばかりで、ひとりで遊んでいることのほうが多かったそうで、大峰屋で奉公した半年間、腹を立てた先輩たちに殴られても、決して歯向かおうとせず、殴られた頭や頬をさすっているだけだったそうでございます。

睨み返すこともないので、相手は余計に気味悪がって、あいつには普通の神経はかよっていないとさえ言われておりました。

才児が長吉と一緒に暮らすようになりましたころに、先程お話しした満井屋の書状が届き、思いがけない薩摩行きが決まりました。それも十日間の行商ではございません。三年間もの薩摩藩内での滞留なのです。

わたくしも半兵衛様も、薬の調合法の習得に血眼になっております。

才児のことどころではなくなってしまったのですが、顔を合わせるたびに、おはようございます、いらっしゃいませ、お先に御膳を頂戴いたします、って言ってるかい？　と訊きました。

「はい、長吉さんに教えられたとおりにしています」

才児は不愛想に応じます。

「その不愛想な顔もなんとかしなきゃいけないなあ」

とわたくしが笑いながら言いますと、才児は眉間にかすかに皺を寄せて、不思議そうに考え込むだけでございます。

あしたが半兵衛様の祝言だという日の夜、雪が二尺ばかり積もりました。その雪に膝の上まで埋めながら長吉が駆けて来て、富蔵様の家の戸を叩きました。

「弥一、才児は化け物だよ」

その長吉の言葉で、わたくしは、才児がなにか事を起こしたのだと思い、もうあいつのことはあきらめるしかないと覚悟したのでございます。

第十章　薩摩へ

「才児はなにをやらかしたんだい？」

わたくしは長吉の雪まみれの藁沓（わらぐつ）に視線を落として訊きました。

「とんでもないものをこしらえやがって、長屋の俺の家は寝る場所もないよ。弥一、とにかく見てみろよ」

わたくしも藁沓を履き、長吉のあとから長屋へ駆けていきました。雪は夕方にやんで、月が出ておりました。月明かりは雪明かりを強くさせますが、路地へと曲がるとき、わたくしは高麗屋の南角の壁にぶつかりました。よほどの勢いでぶつかったらしく、屋根の雪が頭の上に落ちました。

もう一尺も積もっていれば、わたくしの首の骨は折れていたことでしょう。

「それでも越中八尾の男かよお」

あきれ顔で長吉は言って、わたくしの首をうしろから揉んでくれました。

鰯の絞り油の生臭い匂いが長吉の家から漏れておりました。菜種油は高価なので、長吉の行灯は鰯油を使っていて、その煤すすまでが隙間の多い引き戸から流れ出ております。

家に入り、狭い土間に立って部屋の障子をあけたあと、わたくしはしばらく茫然と六畳の畳敷きの部屋の中央に置かれてあるものを見つめました。隙間なく紙を貼った径三尺ほどもある球体でございます。

その横に坐った才児は、ちらっとわたくしを見て、

「こんばんは」

と挨拶しましたが、目はすぐに畳の上に散乱している小さな将棋の駒の形をした木切れに移りました。

「才児、これはなんだ?」

と訊きましたが、暗い行灯の灯に慣れるとすぐに、紙を貼った大きな球体に描かれてあるものがなんであるかを知りました。世界の地図でございます。

竹を編んで笊ざるをふたつ作り、それを球体になるように合わせて、全体を紙で貼りつけた、つまり才児手製の地球儀でございます。

紙は梅本家の新夫婦のために高麗屋の住居を増築した際に張り替えた襖の裏打ち紙で、表具屋に頼んで剝がさせてもらい、それを笊に貼ってから、長吉が弥平次さんのものを筆写したのを描き写したのでございます。

将棋の駒のようなものは、船だということでした。

その大きな地球儀の上で船を動かしているとき、もしアメリカやエゲレスが攻めてきても勝て

るという結論を得て、才児は算術の難問が解けたときのように、

「よし、勝てる」

と大声をあげたものですから、先に蒲団にもぐりこんで寝ていた長吉は驚いて目を醒まし、三尺もの球体の出現に肝を冷やし、その陰に隠れてしまっていた才児の、行灯の光で隈（くま）どられて陰影を刻んでいる不気味な顔に腰を抜かしそうになったというわけだったのでございます。

「凄いものを作ったなあ。笊をこんなに見事に丸く編めるなんて熟練の笊職人でも難しいよ」

と言いながら、わたくしは藁沓を脱いで座敷にあがり、丹念に筆写された世界地図に見入りました。

わたくしが長吉に描き写させてもらった地図はおおまかなものでございますし、平面図ですが、才児のそれは微細な個所までが細い筆で正確に描かれた球面図なのです。オロシアの領地であるカムサツカのしっぽのような島々まで描かれております。そこがいかに蝦夷地から近いかまでもが一目瞭然なのです。

いま思えば、当時の日本にある地球儀のなかでは最も大きなものであったに違いございません。

「夜中になにかやってやがるなあって思ってたんだ。こんなものを町役人にでも見つかってみろよ、才児、お前、打ち首だぜ。俺まで道連れだ。どうするんだよ、こんなでかいもの。押し入れにも隠せないぞ」

と長吉は声を忍ばせて言いました。

わたくしは、アメリカやエゲレスが攻めてきても日本は勝てるというのはどうしてなのかと訊きました。

才児は薄い木切れで作った船を幾つも手に持ち、廻船問屋の美濃屋に使いに行ったとき、北前船の船頭の仙六さんに、人だけなら何人乗せられるかと訊いてみた。仙六さんの北前船は五百石だ。

仙六さんは、荷と人とは同じにはいかないが、百人も乗れば船底で坐って脚を伸ばせないだろうと教えてくれた。

長崎に交易品を積んで入港するオランダの商船は二千石くらいではないかと弥平次さんは言った。

ということは人だけなら四百人しか乗せられない。アメリカやエゲレスの船がもっと大きいとしても、一隻で千人もの兵を運べない。一万人の兵を送るとして十隻以上。五万人なら五十隻以上。いや八十隻は要るはずだ。

いくらなんでも、アメリカもエゲレスも、戦争のために兵を送る船を八十隻も持っているとは思えない。

日本には江戸に旗本八万騎。譜代大名と外様大名合わせておよそ三百藩。役に立つ兵力は十五万人くらいとしたら、陸地の奥におびき寄せたら勝てる。西洋の兵には地の利がない。こちらには地の利があるのだ。山や谷に引きずり込むのだ。敵ひとりに、こちらは十人が襲いかかる。

西洋はいちどに十五万人の兵を送り込むことはできない。せいぜい二千人だとすれば、どんな強力な武器を持っていようが日本中のすべての武士軍団に勝てるわけがない。だから日本が勝つ。

才児はそう説明しました。わたくしと長吉は顔を見合わせるだけで、言葉が出てきませんでした。

才児の言葉にはなんだか確信があるのです。そのうえ、欧米列強と戦争をやりたがっているかのようでした。

「とにかくこの地球儀をなんとかしよう。惜しいけど、壊してしまわないと厄介なことになるよ」

とわたくしは言いました。

「そうだよ。なあ才児、こんなものを町人が持ってたらほんとに打ち首だぞ。お前が打ち首にでもなったら、お母さんが泣くぜ。お前のお母さんは兄弟のなかではお前がいちばん可愛いんだからな」

長吉のその言葉が終わらないうちに、才児の目に涙が溢れてきました。潮が一気に満ちるような溢れ方で、それはたちまち頰と顎を伝ってこぼれ落ちました。

わたくしは富蔵様の家へと帰りましたが、ついて来た長吉は、

「あいつに言うことをきかせるには、お母さんが泣くぞってひとことでいいんだ」

と苦笑交りに教えてくれたのでございます。

ご用を言いつかって岩瀬浜に行ったとき、またどこかをうろついて帰りが遅くなった才児に、長吉は匙を投げてしまって、そんなことしてたらお母さんが泣くぜと言ったそうでございます。

すると、さっきのように金壺眼に涙を溢れさせて、

「はい、これからはご用が済んだら、すぐにお店に帰るようにします」

とうなだれて約束し、それ以後いちども寄り道をせずに帰って来るようになったのだそうでございます。

「言った俺のほうがびっくりしたよ。それからは、ときどき、お母さんが泣くぜって殺し文句を使うんだ。あいつ、そう言われると必ず泣くんだ。あんまりしょっちゅう使っちゃいけない手だけど、そうやって約束したことは必ず守るんだ。日常の挨拶も、時候の挨拶も、お客様への笑顔も、それでできるようになったんだ」

そうか、才児は、お母さんを悲しませることだけはしてはならないという誓いのようなものを自分に課しているのかもしれない。わたくしはそう思い、才児の母親を見てみたくなりました。

富蔵様ご夫婦はすでに家の二階で寝ております。わたくしは階下の土間から小さな囲炉裏のある板敷きの部屋にあがり、炭をふたつ継ぎ足すと、才児が作った地球儀を脳裏に描き、

「あいつ、どうしてあんなことを考えたんだろうな」

そう小声で長吉に言いました。

「俺が、弥平次さんから聞いた阿片戦争のことを話したからだよ。弥平次さんは長崎の蘭学者からのまた聞きだ。俺のは、そのまた聞きだ。だけど、才児は、もうあしたにでもアメリカやエゲレスやオロシアが攻めてくると思い込んだんだな。どうしてオロシアは樺太(からふと)を自分の国にしてしまわないのかって訊くから、千島列島のほうが鯨が多いんだろうって答えたら、才児は、いや、自分がオロシアなら樺太を獲るって言いやがった。それからだよ、竹で笊を編みだしたのは。でもまさかあんなものを作ってたなんてなあ」

もう暮四つ(午後十時)ごろでしたので、長吉は炭の火で手をあぶるとすぐに長屋に帰って行きました。わたくしは蒲団に入ってからも、才児が作った径三尺もの地球儀が心から消えませんでした。越中富山の売薬業という巨大な商業網のなかにいなければ、一介の町人が軍学者の目で

世界を見ることはなかったことでございましょう。

わたくしは軍学というものがいかなる学問であるのか、そのときは知りませんでしたが、才児が考えたことはまさしく軍学に則(のっと)ったものであり、その場しのぎの戦術ではなく広い視野に立った戦略であったと後年気づくことになるのでございます。

きょうはこのあたりで休ませていただきましょう。あなた様は今夜から諏訪町(すわまち)の「いと屋」にお泊りになるそうでございますね。わたくしどもは、東京にお帰りになるまで当家にご滞在下さってもいっこうに差し支えないのですが、他人の家ではくつろげないものでございます。家内とも相談いたしまして、あえてお引き留めしないことにいたしました。残り三日間、この越中八尾の町をお楽しみ下さいませ。

＊

おはようございます。いと屋ではよくお休みになれましたでしょうか。あのいと屋は昔から生糸や紙の仲買人で賑わった商人宿でございますが、東側の山から流れて来て八尾の町に張り巡らされた疎水に注ぐ水路の入口で、その流れの音が最も大きく聞こえるところに建っております。耳障りで眠れないという人もいるのですが、疎水の流れの響きが心地良くて起きるのがつらかったという人も多いのでございます。

きょうはいいお天気で雲ひとつございません。

さて、わたくしの初めての薩摩行きについてお話をさせていただくことにいたしましょう。

年が明けて、十六名の薩摩組と若い衆五人、それにわたくしども三名は準備を始めました。出立は三月十五日と決まりました。

半兵衛様は高麗屋金兵衛様の名代。富蔵様は薩摩組の頭。わたくしはおふたりのこまごまとしたご用を務める若い衆。これが薩摩藩に入るための身分でございますが、三人に課せられた役割は、越中の薬の調合と「先用後利」の帳簿の付け方を教えることでございます。差留め解除を嘆願するためというのは口実に過ぎません。

今回からは薩摩藩製薬掛が作った薬を越中富山の行商人が売り、その売り上げの一部を頂戴することになっております。

旦那様が、こっちも生き血を吸わせてもらおうと言った意味は、薩摩藩のために行商し、薬の調合等を教える代わりに、これまでよりも多量の唐薬種を売ってもらおうというものでございました。

弘化四年（一八四七）の密約以来、富山の薬種業者は全国に販売するために必要な唐薬種を充分に得ることができるようになっております。これ以上は備蓄するだけで、さして必要ではないのですが、唐薬種の値の高騰、量目の不足は、大坂の薬種問屋にとっては喫緊の問題となってきております。

旦那様は余った唐薬種を大坂の薬種問屋に売ることで、薩摩組の儲けの不足分を補塡するだけでなく、それ以上の儲けを得ようと考えたのでございます。廻船問屋の美濃屋とも密な打ち合わせを重ねてきました。

唐薬種を欲しがっているのは大坂の商人だけではありません。全国の薬種問屋が喉から手が出るほどに求めておりますが、なにぶん清国からでないと我が国には入ってまいりませんし、その港は幕府の天領である長崎だけなのでございます。

薩摩藩は密貿易の当事者で、過去に幾度も抜け荷の船が難破する事故によって江戸幕府から睨まれていて、藩独自に唐薬種を売ることはあまりに危険でございます。

半兵衛様、富蔵様は、行商差留めの解除を嘆願しつつ、唐薬種の量目を増やす交渉をするという難しい役目を果たさねばなりません。

こちらのその意向は、すでに薩摩の満井屋には書状で伝えておりますので、頃合いを見て、満井屋が薩摩藩の製薬掛だけでなく、琉球交易にたずさわる重臣とも交渉しているはずなのでございます。

薩摩藩は、越中売薬薩摩組の困窮をよく承知いたしております。今回の差留めと、それに伴う十六人の薩摩行き、さらには、わたくしども三人の長期滞留という御下命の理不尽さもわかっていることでございましょう。

――議を言うな。

――卑怯で臆病な振る舞いをするな。

――弱いものいじめをするな。

薩摩の武士が幼いころから植えつけられる三つの心得は、武士だけでなく、百姓町人たちのなかにも気骨として培（つちか）われております。

富山の薬業にたずさわる者たちの総意としての懇願を無下（むげ）にはすまいと思われるのでございます。

富山から薩摩の城下までは三十五日ほどの旅。

出立の朝、若い衆五名を含めて二十四名は高麗屋の奥座敷で朱塗りの盃に御酒をいただき、そのあと梅本家が総代を務める浄土真宗の寺の住職の唱導で道中の無事を祈願する仏事を行ないました。

半兵衛様のお嫁様となってまだ四月目（よつき）のお袖様は眉だけ剃り落として、歯は染めておりませんでした。ですが、次の高麗屋の当主となる夫との長の別れに泣くまいと気丈に振る舞う姿が、居合わせた多くの人をいやに無口にさせておりました。

わたくしたちは岩瀬浜の美濃屋に寄り、出立の挨拶をして、美濃屋の寺田幹兵衛様たちに見送られて、曇り空の下を旅立ったのでございます。

旅の心得は、以前に京大坂に行きました際に、富蔵様から厳しく教えられております。

草鞋は上等のものを履け。新しい草鞋はよく揉んだり叩いたりして柔らかくしてから履け。紐はしっかり結べ。宿場では目立たない振る舞いをせよ。風呂の順番は宿の者に従え。宿で気に入らないことがあっても決して文句を言うな。他の泊り客が碁や将棋をしていても覗くな。水には注意せよ。水は嚙んで飲め。虫除けのために龍脳（りゅうのう）や樟脳（しょうのう）などの匂いの強いものを袋に入れて懐に収めておけ。宿屋には蚤（のみ）がいるので寝るときに蒲団に蓼（たで）の葉を敷け。茶店で休むときには草鞋を脱ぎ、台に正座して坐れば疲れが取れる。宿屋で長湯はするな。湯に当たったら冷水を顔に吹きかけろ。

他にもたくさんありますが、越中売薬人たちは旅慣れていて、すでに心得ております。

なぜ荷だけ先に北前船で運んで、行商人たちは陸路を行くのか。荷と一緒に船で行けば、早いうえにらくではないかというご質問でございますが、急ぎの用がある場合や、到着日を守らねばならないときには、船では予定がたたないのでございます。

大風、大波、舵や帆の不具合などで、船はときとして津や浦や湊で何日も停泊しなければならない事態が起こりやすいのです。

もし難破して沈んだりいたしましても、荷だけならあきらめもつきますが、たくさんの人間を失えば取り返しがつきません。

そのためにあえて陸路を選ぶのでございます。

一人前の越中富山の売薬人を育てるのに、いったいどれほどの年月が必要か。人品骨柄が良くて、必要な知識を習得していて、知力と体力に秀（ひい）でて、行商先での信用も得ている売薬行商人をひとり失うことがどれほどの損失か。

ですから、日本海を上り下りする西廻り航路の北前船に乗せるわけにはいかないのでございます。

わたくしどもの旅は予定どおり三月二十五日に大坂に着きました。翌日の朝、堂島から船に乗り、淡路島の南を進み、瀬戸内海に入りました。

途中、船中で二泊して馬関（下関）に着いたのは三月二十八日。

長浜からの琵琶湖を縦断する船ではなんともなかったのですが、すさまじい船酔いに襲われました。わたくしではございません。半兵衛様でございます。

波も風も静かな瀬戸内海であっても湖や川の船ではございません。海を進む船の揺れはゆったりとうねるので、その不快さは譬（たと）えようがないほどで、よくもわたくしは酔わなかったものと不思議でなりません。

半兵衛様は、吐くだけ吐き、死んだように舷（ふなばた）に凭（もた）れて、富蔵様が用意してきた薬を飲みました。

半夏、陳皮、茯苓を調合した酔い止めの薬でございます。

「ほんの少しの水で飲むんですよ。たくさん水を飲んだら死にますよ」

　富蔵様の言葉に、

「死んだほうがましだよ」

と半兵衛様は両目を掌で押さえながら言いました。目の奥が痛くてたまらないのだそうです。

「船を止めてもらってくれよ」

「冗談言っちゃいけません。そんなことを言ったら、海に放り投げられます」

「そのほうがいいよ。死んだららくになるだろう？」

冗談を言えるような状態ではなかったのですから、半兵衛様はあのときは本気だったのでございましょう。

　乗り合わせた他の船客の何人かも苦しんでおりました。伊勢の大神宮に参詣して、大坂見物を楽しみ、豊前中津に帰るという中年の夫婦もひどい苦しみようで、薩摩組の行商人が薬を分けてあげました。

　わたくしは半兵衛様の介抱で、初めて見る瀬戸内海の島影を楽しむどころではございません。

「お袖には黙っておくれよ。俺は薩摩の侍と斬り合って死んだってことにしといてくれ」

半兵衛様の言葉に、わたくしは笑ってはいけないと思いながらも笑いを抑えられませんでした。

「これが荒れる海だとどうなるんでしょう」

　わたくしの問いに、

「そういうときは案外酔わないもんなんだ」

と富蔵様は答えました。

馬関の宿で一泊し、翌朝、別の船に乗り換えて豊後を目指しました。豊予海峡を横切るのでございます。いいお天気であったことが幸いでございます。

瀬戸内海よりも波は荒く、潮の流れも速いのですが、半兵衛様の酔いは、きのうとおといほどではありませんでした。それでも二回吐いたそうでございますが。

船頭は臼杵の浦に船を入れたかったらしいのですが、南からの潮が速く、干潮による潮の引きも速くて、豊後の府内（大分）の浦へと方向を転じ、日が西へ傾きかけたころに、わたくしどもは船から降りて九州の地を踏むことができました。

船が府内に着いたときにいつも越中売薬行商人が泊まる宿へと入り、わたくしどもはその日の一番風呂につかることができました。

「きょうは風呂はいけません」

と富蔵様に言われるまでもなく、半兵衛様は旅籠の二階の部屋で横になったままで、晩の御膳もほとんど口になさいませんでした。しかし、翌朝には元気を取り戻し、わたくしが目を醒ますと、府内から薩摩の城下までの地図に見入っておられました。

日向街道を薩摩では東目筋とも呼んでおります。九州での第一日目は大塔の宿を目指しました。わたくしのそのときの覚え帳には三月三十日となっております。行程の後半はほとんど山道で、約四里。すでに富山において、船旅の疲れを考慮しての宿選びをしておいたのでございます。

左側は日向灘がひろがってはいても、海が見えるのはところどころで、雑木や竹藪に挟まれるような道でございました。

府内の宿ですでに九州という地の暖かさに驚いたのですが、それでも海沿いの風には冷たいものも混じっておりました。ですが、中戸次(なかへつぎ)の宿を過ぎて、臼杵藩領の低い山並みのあいだに入りますと、着物の背が汗で湿るほどの暖かさとなりました。

四月一日は市場(いちば)の宿を経て宇目(うめ)の宿で泊まります。約五里の上り下りの多い道でございます。

四月二日は宇目の宿から長井(ながい)の宿を経て延岡(のべおか)藩七万石の城下町・延岡で一泊。

三日は海を見ながらの道になります。高鍋(たかなべ)藩領美々津(みみつ)は津や浦を持つ海沿いの湊町で、木材を運ぶ船が出入りして賑わっております。

このあたり一帯は森林に恵まれていて、川も多いので、二万五千石や五万石ほどの小さな藩が幾つか隣り合っておりますが、どの藩にとっても木材が財政を支える重要な産物なのでございます。海があり、伐(き)り出した木材を運ぶ川に恵まれていてこその産業ということになります。

延岡の宿までは上り下りの多い山間(やまあい)の道でございましたので、行商人たちの疲れが出てくるころで、富蔵様は他の上縮とも相談して、あしたは美々津の宿で泊まる予定をたてておりました。

延岡から美々津の宿までは七里ほどで、海沿いの平坦な道でございます。

そうやって、わたくしどもは大過なく四月三日に美々津の宿に着きましたが、その夕刻から強い雨が降りだしました。

どの宿にも二十四名もの客が泊まれる旅籠はございませんので、三軒の旅籠に分かれて泊まりましたが、わたくしの旅籠にはその夜は越中売薬行商人以外の客はおりませんでした。

旅籠の壁は薄く、どんな客が廊下で立ち聞きをしているかわかりませんので、わたくしどもは宿では世間話以外はいたしません。行商先の藩の事情とか、商いに関することは道中の道々に小声で話すことになっております。

しかし、その夜は旅籠には仲間たちばかりでございます。夜の御膳は、ほとんどの旅籠では台所の板の間でいただきますが、飯を盛ってくれる下女が三人立ち働いていて、わたくしどもは静かに食べ終えました。ですが、二階の部屋に戻りますと、蒲生郷に脚を持つ義助(ぎすけ)さんがぽつりぽつりと話し始めました。

東国の他藩がまったく知らないだけで、西国の藩では弘化（一八四四～四八）の時代からずっと異国の動向に耳目を傾けつづけているというのでございます。

とりわけ、薩摩藩、肥後熊本藩、肥前佐賀藩、筑前福岡藩、そして長州藩、土佐藩、伊予宇和島藩などは、清国における阿片戦争以後、エゲレスやフランスやアメリカやオロシアがこれから日本に対してどう動くかに神経を尖らせて、長崎でその情勢の収集をしているというのでございます。

弘化三年（一八四六）に琉球にエゲレス船が来て、切支丹の宣教師の一家を居留させ、その直後にはフランスの軍艦が来て宣教師を置いていった。幕府は驚いて、江戸住まいであった薩摩藩世子(せいし)の島津斉彬様を国許に帰した。琉球の異国船に対処するよう命じたのだ。

斉彬様は、すでに数年前から外国の事情を収集していたし、それをふまえて幕府に五百石以上の船を禁じることの愚を提言していたらしい。

廻船問屋がじつは千石や千五百石もの船を造って日本沿岸を活発に動いているが、それを幕府が公(おおやけ)に咎(とが)めないのは、厳重な取り締まりの結果、日本中の物産が江戸に届きにくく、大坂に商品と金銀が集中するようになったからだ。

大きな船ならば東廻りでも遭難しにくい。それに航海術も近年発達してきて、紀州から外洋に出て熊野灘や遠州灘を下る航路には幾つかの新しい津や浦ができて、以前は大坂で止まっていた物産を江戸に運送する船が多くなった。

だが、幕府がそのことに目をつむっているのは、五百石以上の船がみな商いのための船だからだ。千石もの軍船となると幕府には脅威となる。大名たちが幕府に反旗を翻し、いっせいに軍船で江戸に押し寄せることを警戒している。その警戒は徳川家康公の時代からまったく変わっていない。

斉彬様が進言したのはエゲレスやフランスなどと同じ大きさの軍船を造れということなのだ。長州の馬関（下関）にせよ萩にせよ、海に面して立つと、目の前には外国が迫っていることが実感としてわかる。九州の西側諸藩とて同じだ。欧米列強がいまどこを目指しているのかが日々肌で感じられる。殊に薩摩藩は、日本列島の南に位置していて、異国船にとっては停泊するための多くの島々が琉球から連なっている玄関口なのだ。

外国の船がなんのために、どこを目指すか。それは日本だ。大洋とシナをつなぐ中継地として日本ほど適した国はない。世界地図を見ればそれがわかる。

日本は燃料や食料を補給するための基地としての価値だけでなく、交易相手としてはじつにうま味のある国だという。なぜなら上質の金銀が豊富に産出されるからだ。

これは、唐人船でシナの福州から琉球経由で長崎に来た商人が酒に酔ってうっかり漏らした話だ。たとえば清国の銀は質が悪いが一匁の値段は日本の銀の二匁、いや三匁で取引きされる。すでに長崎ではそんな大損をつづけてきている。

そのことも薩摩の斉彬様は知っていて、自藩の銀を他藩に出さないようにしたらしい。この銀を藩外に持ち出すのが越中売薬業者だということになる。今回の差留め理由はそんなところにあるのかもしれない。

大坂は銀目取引きが主流だが、これは極めて危険だということになる。すでに大坂で手にした銀が商人を通して長崎からオランダや清国に大量に流れているからだ。

水戸の御隠居の仲立ちで、斉彬様は越前福井藩や肥前佐賀藩、伊予宇和島藩などの藩主と知遇を得て親交を結んでいる。どなたも英邁で固陋（ころう）なところのない方々だという。

斉彬様はそれらの方々とも対外政策について話し合っているそうだ。

いずれにしても、箱根から東側の大名のほとんどは日本が置かれている状況を知らない。彼らの神経は北の海の彼方に注がれている。奥州の各藩にとって異国とはオロシアだけだが、それも無理はない。地理が彼らの目を西の海の向こうに向けさせないのだ。……

「オランダの特使が、アメリカには気をつけろって言ってきてから、もう何年たつんだ？　でもアメリカはいっこうに来ないよ」

と城下向寄の上縮の福松（ふくまつ）さんが言いました。

「いや、わたしは来ると思いますよ。オランダは日本とは長いつきあいですからね。日本という国を大事にしてます。そのオランダの国王からの忠告なんですからね。オランダにしてみれば、自分たちの縄張りをエゲレスやフランスに荒らされたくないでしょうよ」

そう言ったのは都城（みやこのじょう）に脚を持つ善次郎（ぜんじろう）さんでございます。

「またいやに暢気（のんき）な言い方だなあ。アメリカが来たら、さあなにが起こるんだ？　暢気にしてる場合じゃなくなるぜ。オランダの特使は、アメリカは強力な武力で押し寄せるって伝えたんだろう？　そしたらこの国は清国みたいになるんだぜ」

福松さんの言葉に、善次郎さんは、うーんと考え込んだだけで、なにも言い返しませんでした。

このような会話は、当時はおそらく越中富山の薬売りのなかでも西国を行商する者たちだけのあいだで交わされていたに過ぎないでしょう。

ですが、東廻り航路の、大河の急流のように押し寄せる黒潮がいかに恐ろしいかとか、各地の産物、たとえば薩摩の砂糖とかつお節、四国の瀬戸内の木綿、防長の蠟、淡路島の菜種油と瓦、播州の塩、下総の醤油、羽州秋田の杉、出羽最上川流域の紅花、神戸灘の酒、紀州の醤油や木材などを江戸に届ける廻船問屋の株組織の堅牢さとか、京で仕入れた古着を足場にして近江商人が全国にひろげた商いへの勇敢さと貪欲さとかを、わたくしは売薬行商人の世間話によって知っていったのでございます。

北前船の船乗りたちは、日本の海を行き来することで物の動きも知り、それによって世の中の動きも知っております。富山の売薬人も全国津々浦々を歩くことで日本全体の事情につねに接していることになります。このふたつが越中富山では否応なく交り合って、世情についての知識や予測や判断力を鋭敏にさせていたのでございます。

おそらく、異国の脅威というものを、江戸の幕閣や旗本たちとは比較にならないほどに早い段階で感じていたはずでございます。

春の嵐は明け方にはさらに強くなり、旅籠の筋向いの町家の屋根の一部が飛んで、それがわたくしの部屋の雨戸に当たりました。よほどの突風が吹いたのでございましょう。明け六つ（午前六時）ごろに、美々津の湊には半鐘が鳴り始めました。避難してくる船を見逃さずに無事に湊に曳き船することを促す半鐘だということでございました。

第十一章　山あいの宿場

海が荒れ始めたのはきのうの夕刻からで、日が落ちたころには旅籠の部屋での会話も聞こえないほどの猛烈な風が休みなく吹きつづけておりますので、馬関（下関）から響灘を越えて日向灘を渡ってくる船などあろうはずがございませんが、何らかの事情で嵐に巻き込まれた船がないともかぎりません。

わたくしは障子と雨戸をわずかにあけて耳川の河口と湊を見ました。藁蓑を着た船乗りたちが横殴りの雨のなかで沖を見つめておりました。耳川の河口には幾つかの白壁の蔵が並んでおります。

耳川は日向国の西につらなる山々から幾つかの支流に分かれて流れてくるのですが、この川のお陰で美々津という宿場町は九州の東側における重要な交易港として知られているのでございます。

さほど大きくもない美々津の宿場町には九軒の廻船問屋がそれぞれ立派な店構えで商いをして

おります。そのなかで最も大きいのは「近江屋」で、木炭、木材、椎茸などを上方や江戸に廻漕していて、とりわけ大坂では木炭といえば日向と高い評価を受けております。

わたくしどもが泊まっておりますす旅籠の北側の二筋向こうにその近江屋の瓦屋根が見えておりました。さらに北側には耳川と海とが接する砂州があるのですが、満潮と嵐とが重なって、立ち並ぶ蔵がつかるのではないかと案じてしまうほどでございました。

町家と町家のあいだから見える海は、北陸の海とはまったく異なる荒れ方でした。富山の海が嵐に見舞われると、鋭い刃物状の波が空と海とを切り裂くかに思えますが、日向灘の海は恐ろしいほどに膨れあがって、海が海を包み込んでしまうように高く低くうねりつづけております。

北前船にとってはいったいどっちが恐ろしいのであろうとわたくしが考えているとき、旅籠の主人が階段を駆けのぼってまいりました。

美々津の宿から次の都農の宿までで道止めが二か所、川止めが二か所。都農の宿から高鍋の城下町までのあいだで道止めが三か所、川止めが一か所。助郷人足が駆り出されて修理を急いでいるが、嵐はまだつづきそうで、いつ通行が許可されるかわからない。

主人はそう言って、とにかくきょうはゆっくりなさるしかありますまいと気楽な笑いを浮かべて、朝の御膳を勧めました。

そこは越中売薬行商人の薩摩組が美々津の宿に泊まりますときの定宿で、富蔵様とはもう三十年のつきあいだそうでございます。富蔵様が十七歳で若い衆として初めて薩摩へと向かったときには、主人は二十三歳ですでにふたりの子の父親だったということでした。

富蔵様は、他の行商人には勧めませんが、わたくしと半兵衛様には精米されていない米を食するようにと忠告しておりました。他の定宿では客には白米を用意していて、たったのふたりや三人のために別の米を炊いてくれなどとは頼めませんが、この美々津の「足柄屋（あしがらや）」では主人のほうから、

「富蔵さんは黄色いお米でございますね」

　と昨夜も心得顔で用意してくれておりました。

　長い行商生活で得た知恵なのであろうと思って、わたくしも半兵衛様も富蔵様の言うとおりにしておりましたが、まだ若かった富蔵様に精米されていない米を食するほうが脚の筋肉が疲れないと教えてくれたのは反魂丹役所の緒方喜重郎様なのでございます。緒方様は藩の薬草園を預かる製薬方の先輩から教えられたことをみずから実践してみて、その教えがどうやら正しいことに気づいたそうですが、白米のうまさを知る人たちは、笑ってとりあわなかったのでございます。

　朝の御膳をすませたころには風雨がさらに烈しくなりました。

「去川（さるかわ）の関所を越えて最初の宿場は高城（たかじょう）で、もちろん薩摩藩内だけど、ここは養蚕以外にも金儲けの特産品があるんだ。なんだと思う?」

　と富蔵様は二階の部屋に戻るとわたくしに訊きました。

「山国ですから紙でしょうか。越中八尾と同じように紙も作るんでしょうか」

　わたくしの言葉に、

「櫓（ろ）だ」

　と富蔵様は笑みを浮かべて答えました。

「櫓?　船を漕ぐあの櫓ですか?」

「うん、とくに房総の漁師が欲しがるんだ。『一位樫の五の櫓木』って言ってな、五寸ほどの樫の木を金矢で縦に割るんだ。割り口を鉋で削っちゃあいけないんだ。割り口がぎざぎざのままにして、船頭が自分の手に合わせて摑みやすいように持ち手のところだけを削る。この櫓は水をよく捕まえて、空漕ぎしにくいらしいよ。ただ他の櫓と比べると重いから、房総の力自慢の漁師でなきゃあ使えないそうだが」

「その藩その藩で、いろんな商いの品があるんですねえ」

「俺たちの知らないものがいっぱいあるんだよ。蝦夷地で仕入れる俵物が、京や大坂や江戸で食べられてるなんて思ったら大間違いだ。いりこも干し鰊も、肥料として使われてる。とくに干し鰊は木綿の木の肥料としては最高で、これがなきゃあ長州や瀬戸内の北側の木綿畑ではいい綿を出せないんだ。その綿が糸に紡がれて大坂や京で着物に織られて日本中に売られる。蝦夷で獲れた鰯や鰊が着物や羽織に化けて、この国の人間すべてに衣服をもたらす。房総の海を漕いで魚を獲る漁師の櫓が薩摩の高城で作られる。おもしろいじゃないか」

わたくしは、その富蔵様の言葉の裏にあるものを感知できました。日本という小さな島国でさえ、思いも寄らない仕組みのなかで人と物と金子が音をたてて動いているのだから、その範囲が異国にも拡がれば、もっと大きな商いが生まれるに違いないと富蔵様は暗に仄めかしたのでございます。

現に越中富山の売薬と廻船問屋が手を組んで、蝦夷地、富山、薩摩、琉球、清国という秘密の交易路が出来あがっております。これをさらに拡げることが可能ならば、わたくしどもが誇りとする富山の薬を異国の多数の人々に届けることが出来るのでございます。

「蘭医の調合する薬も、富山の薬も大きな差はないと聞きましたが、それは本当でございましょうか」

とわたくしは富蔵様に訊きました。

「変わりはないらしいよ」

畳にあお向けになって目を閉じていた半兵衛様が言いました。

「江戸の浅草橋の近くで蘭方医術を教えてる人がいて、大坂の緒方洪庵の適塾で六年間学んだんだ。蘭方医術で使う薬の材料は、日本の本草学と大差はないんだ。ただ俺たちの国のは漢方が土台になってる。陰陽五行に則った考え方で、これは蘭方医術とはまったく違う。人間の病気に関する考え方が根本から違うんだ。でも、病気を癒すために使う薬草とか鉱物とかは同じだ。麝香や牛黄なんかの動物から採るものは、蘭方では使わないらしい。でも、水銀や阿片は使うんだぜ。異国人の医者は、舎密（化学）と窮理（物理）に秀でてる。たとえば腫物なんかは悪い膿を出してしまうことが治療の肝要だ。だけど、腫物といったって小さなおでき程度のものから背中全体に及ぶものもあるだろう？　大きな腫物から膿を出すには医者の技量が重要になる。切って膿を出したままにはしとけない。その傷口をどうふさぐかには舎密が必要な場合もあれば窮理との応用を考える場合もある。この技量は蘭医のほうが優れてるそうだよ」

「詳しいですねえ」

富蔵様は驚き顔で言いました。

「その浅草橋の蘭医が越中富山の薬の調合法を教えてくれって言うから、その代わりに蘭方医術と漢方医術の違いを、この俺にもわかるように教えてくれって交換条件を出したんだ。反魂丹の調合法を教えてやったよ。べつに秘密じゃないからな。それぞれの薬種を決まった分量で調合するといっても、誰でも薬効のある反魂丹が作れるわけじゃない。ひとつの薬草の十分の一匁の違いで、なんの効き目もないただの丸薬になる。だから、薩摩の御製薬掛が自分たちで作ろうとしたって無駄なんだ。越中富山の薬がここまでになるには百五十年以上もの経験の積み重ねがあるんだぜ」

富蔵様はかすかな笑みをわたくしに向けました。さすがは高麗屋の跡取りだといった表情でございました。

その日は体を休める日と決めて、わたくしも畳に横たわりました。すると、旅籠の主人がやって来て、

「ご退屈でございましょう」

と声をかけて茶の用意を始めました。しかしそれは内緒話をわたくしたちに聞かせたかったからでございました。

他の行商人たちも若い衆たちも階下の大部屋で足袋(たび)を繕ったり懸場帳(かけばちょう)の点検をしたりで、二階の六畳にはわたくしたち三人しかおりませんでした。

小柄で小太りの、色黒の主人は、正面から見るとなんだか狸の置物に似ております。

――昨年の嘉永四年（一八五一）になってすぐに琉球の南に奇妙な男三人が上陸した。村の人たちは異国人と思い、すぐに役人にしらせた。だが、彼らの言葉はどうやら日本語のようだし、器用に箸も使える。

それでも村人たちは清国人だと思った。ところがしらせを受けてやって来た薩摩の役人は、い

ちばん年少の男の言葉が土佐訛りであることに気づき、漂流民として遇した。薩摩藩主・島津斉彬公は、漂流民に対しての過酷な扱いを禁じていたからだ。

彼らが日本人となれば、天領である長崎の奉行に引き渡さなければならないが、その前に薩摩藩による取り調べがある。

年少の男は土佐幡多郡中の浜の漁師で万次郎であると名乗った。十五歳のとき漁に出て、足摺岬の沖で嵐に遭い漂流し、辿り着いた島で生活しているときアメリカの鯨獲り船に助けられて、ハワイイという島に連れていかれたあと、アメリカに行き、鯨漁の船長の養子となって、捕鯨船で船員をしながらアメリカの教育を受けたという。仲間数人はハワイイに残った。

日本に帰りたいという望郷の念は募りつづけて、船長も周りのアメリカ人も同情し、漂流してから十年目の一昨年暮れに清国へ行く船を買って、年が改まった昨年の正月に琉球に着いた。

この土佐・中の浜の万次郎は、日本ではなんの教育も受けていない漁師であったが極めて頭が良くて、アメリカではアメリカ人が通う学校で勉学に励み、成績は優秀で、アメリカ人と同じ英語を話すという。

琉球から薩摩の山川湊へ入津した万次郎たちは藩主・斉彬公に拝謁した。斉彬公がそれを求めたのだ。薩州侯はそこでアメリカの国情をつぶさに下問された。

万次郎たちは去年の初夏まで薩摩に滞留して、斉彬公にアメリカのさまざまな事柄を詳しく説明するという日々を送っていたらしい。万次郎の語ることを筆写する書き役が三人、朝から夕刻まで筆を走らせつづけた。――

「十年もアメリカにいたんですか。アメリカの学校に通って成績優秀だったなんて、万次郎ってのはほんとに漁師の倅ですか？」

富蔵様はそう訊きました。

「風説や単なる噂や法螺話じゃありません。出所は明かせませんがね、わたしの家内の弟が薩摩の城下町で古着屋をやってまして、上屋敷や中屋敷なんかにはよく商売で出入りしてるんです。お女中衆のひそひそ話は本当のことが多いんですよ」

と足柄屋の主人は言いました。

「その万次郎って人は打ち首になるんですか？」

と半兵衛様は訊きました。

「さあ、薩州侯はそうならないように手をお打ちになるはずです。あの殿様はそういうお方ですよ。斉彬公の万次郎への接し方は、取り調べとか御下問なんてものじゃなくて、教えを請うという感じだったそうです」

茶を振る舞ってくれた足柄屋の主人が帳場に下りて行ったあと、富蔵様はわたくしと半兵衛様に、このことは誰にも喋らないほうがいいと小声で言い含めました。

「もう鎖国なんて言ってる場合じゃないなあ」

そうつぶやいて、半兵衛様は押し入れから蒲団をだすと寝てしまいました。

「さっき起きて飯を食ったのに、またすぐに眠れるもんかねえ」

富蔵様は煙管に煙草を詰めながら少しあけたままになっている雨戸を閉めました。

「船酔いの疲れが残っているんでしょうね」

そう言いながら、わたくしはなぜか緒方喜重郎様の風采のあがらない容姿を思い浮かべておりました。起きたときに富蔵様の口から緒方様の名前が出たからであろうと思いましたが、同時に弘化四年（一八四七）の冬の緒方様の言葉が甦ってきました。

弥一に求められておるのは才ではない。あのとき緒方様はそう言ってから、しばらく間を置いて、

「弥一に求められておるのは大きな心だ」

と断定したかのような強い口調で教えてくれたのですが、わたくしは日々のご奉公に心血を注いできましたので、大きな心とはどのような心なのかを深く考える余裕がなかったのでございます。

きょうはいちにち天候の回復を待つだけで、なにもすることはない。繕い物もきのうの夜に片づけた。越中八尾のいなか町で生まれ育ち、十六歳で富山町の高麗屋という薬種問屋兼売薬商のもとに奉公にあがった俺にとっては、この日向灘に面した美々津という湊は異国のようなものだ。大きな心とはいかなるものであるのかについて考えてみよう。

わたくしはそう思いました。

富山藩の反魂丹役所を監察する重臣と高麗屋金兵衛様とのあいだでこの川上弥一が選ばれたのでございます。ですから、越中売薬行商人として培わねばならない「大きな心」であるはずでございます。

阿片戦争による清国の屈辱、オランダの特使による警告、アメリカの捕鯨船の日本周辺での活発な操業、オロシアの脅威、たったいま聞いたばかりの、土佐の万次郎という青年のアメリカからの帰国、売薬仲間組から得る全国三百諸藩のそれぞれの事情……。

わたくしは日本という国の足元から地鳴りが聞こえ始めていると感じざるを得ませんでした。もしエゲレスやアメリカやフランスやオロシアが日本を清国と同じようにしようと攻めてきたら、越中売薬がどうなるのかなどという話ではない。日本そのものが滅びてしまうのと同じなのだ。

そのときどうするのか。それをいまから考えておくのが大きな心なのか？　とんでもない。一介の売薬行商人が天下国家の存亡に関われるはずがない。

大きな心？　どんな苦労も悩みも引き受けて、それらに打ち勝つ心か？　いや、そうでもなさそうだ。

心とはなんだ？　俺の心は俺のどこにある？　どんな形をしている？　どんな色をしている？　どんな力がある？　心を動かしているのはなんだ？　自分か？　そうすると心とは自分だということになる。自分を川上弥一として生かしているものはなんだ？　命か？

命はどこにある？　命はどんな形をしている？　命はどんな色をしている？　命は人間だけが持っているのではないぞ。蚊にも蚤にもある。花や木にもある。

わたくしは愚にもつかない自問を際限なくつづけていくうちに頭がこんがらがってきました。

あの緒方喜重郎という昼行灯がおかしなことを言ったもんだから、普通に考えればわかることが、いやに難しくなったのだ。

あの昼行灯は、弥一に求められておるのは才ではないと言ったあと、それならばなにかという答えを与えなければならなくなり、それは大きな心だと適当な言葉をつづけたのだ。たぶんそうに違いない。

そんな言葉を大事に胸にしまって、心とはなにかなどと考えるなんてやめた。

わたくしはそう思って、半兵衛様の横に寝転び、半刻ほど寝入ってしまったのでございます。

＊

橋が流れたということで、わたくしたち一行は足柄屋で三泊して、四月六日に都農の宿から日向高鍋藩の城下町を目指しました。

道には倒木や流石が散乱していて七里の道がひどく長く感じられました。

各宿場で足止めされていた旅人たちも北へ行く者、南へ行く者がせわしげにすれ違っております。損料屋の荷を乗せた荷車を牛が曳いて行き、赤いちゃんちゃんこを着せられた猿を肩に乗せた猿回しの一家や金剛杖を持つ山伏たちもおります。

この道の西側は豊かな穀倉地帯ですが、高鍋を南に二里ほど行くと山側へと方向を転じます。わたくしたちは高鍋の城下で一泊し、薩摩藩の支藩とされている佐土原(さどわら)藩二万七千石の城下へと急ぎました。

高鍋から佐土原までは四里でございますが、佐土原から薩摩の関所である去川(さるかわ)の関を越えて次の宿場の高城までは約八里の曲がりくねった山道でございますので、途中本庄(ほんじょう)の宿で一泊しなければなりません。本庄の宿は山のなかでございます。

富蔵様の話では、高城の宿では薩摩藩御製薬掛の役人が迎えに来てくれているということでございました。

「薩摩の侍が迎えに来るなんて、こんなことは初めてだ」

と富蔵様は佐土原城下の旅籠に着くなり言い、夕の御膳を済ませると薩摩の満井屋と高城の庄屋宛てに手紙を書きました。美々津からの道止め、川止めで予定よりも二日遅れていることを薩摩藩の御製薬掛にしらせるためでございます。

佐土原は小さな藩で、幾重もの低い山並みに包み込まれておりますが、土地は肥えて、山野にもどこか優しい風情があり、野焼きの煙があちこちで初夏の風になびいておりました。

薩摩への関所が近づいてきたせいでしょうか、仲間組の者たちの口数はにわかに少なくなっておりました。

「薩摩藩が琉球産物方に御製薬掛を設けたのは弘化元年（一八四四）だ。そこで調合した薬を安価に病人に売ることにしたんだ。だけど効き目のある薬をなかなか作れなかった。やっと他の薬屋に対抗できる薬が作れるようになったのは嘉永元年（一八四八）で、そのときに越中富山の薬の代わりに配薬させていた京の道正庵（どうしょうあん）とか英彦山（ひこさん）山伏とかの合薬（ごうやく）屋の出入りを差留めた。越中の薩摩仲間組は満井屋を介して差留め解除を願い出て、満井屋の忠告どおりに極上熊胆（ゆうたん）や白越後（しろえちご）縮（ちぢみ）なんかを薩摩藩に献上したんだ。だけど差留めはつづいたよ。そのあたりの高麗屋の旦那様や廻船問屋の美濃屋さんたちの苦労は口には尽くせないよ。薩摩藩の御製薬掛で作る薬に関しての悪口は一切禁じられてたから、旦那様も他の薬種問屋も廻船問屋も、このことは口外できなかったんだ」

佐土原の旅籠で、富蔵様は初めてそれをわたくしと半兵衛様に明かしました。

――去年も、いろいろな折衷案を申し出て、薩摩仲間組の窮状を救う手立てを講じたが、薩摩藩は冷たかった。薩摩仲間組には酷な条件ばかり突きつけてきた。越中売薬薩摩組の窮状を知っている満井屋彦次郎は、せめて薩摩藩領の半分だけでも越中売薬に商いをさせてやってはくれないかと御製薬掛の重臣に願い出てくれたがお許しにはならなかった。

薩摩藩はよほど金が要る事態になっているのか、あるいは領内には他藩に漏れては困るものがあるのか、そこのところは皆目わからない。

しかし、今回、薩摩仲間組三人に薩摩城下での滞留を勧めたことの裏には、状況の変化が起こりつつあるという満井屋の読みがあるはずだ。――

その富蔵様の言葉で、わたくしは昨年の京大坂の旅の最中には高麗屋金兵衛様と満井屋彦次郎、美濃屋の寺田幹兵衛様、さらには薩摩藩御製薬掛と富山藩反魂丹役所の重臣による水面下での熾烈な交渉がつづいていたことを知ったのでございます。

「叩けば埃の出る体、って言葉があるけど、薩摩藩と越中売薬業者からはまだまだ秘密が出てきそうだなあ」

半兵衛様はふくらはぎを揉みながら、いたずらっぽい表情で言いました。

「ええ、もう忘れてしまうほどにたくさんございますよ」

富蔵様は苦笑交りに言って、旅籠から出ると夕日に照らされている畑や田圃のなかの一本道へと出て行き、木の古株に坐って煙管をくわえました。旅籠の二階の部屋からは真っ赤に染まった富蔵様の全身が大きな炎のように見えていたことを、わたくしはいまでもよく思いだすのでございます。

翌日の本庄の宿場までの道はなだらかであってもずーっとのぼり道で、日除けの笠をかぶっていても汗が目に伝い流れてきましたが、なるほどこれが南国の日差しかと、わたくしは富山や八尾では目にしたことのない樹木を眺めて楽しんでおりました。

昨夜、寝床に入ってから、わたくしは「大きな心」の持ち主になるためには、まず「陰で苦労して働く人間」になることから始めなければならないのではないかと考えたのでございます。筋道立って考えついたのではございません。ふいに湧いてきた思いでした。

誰が見ていようがいまいが、人のいやがる仕事を陰で黙々とこなしつづけることによって、わたくしのなかで育っていくものがあるのを信じるしかあるまい。言葉にすれば、そういうことになりましょうか。

山々にはもう花の散ってしまった山桜が新芽を出しておりました。越中八尾でも葉桜のころですが、九州の南なのに新芽が残っているのです。山の天気が不順な冬だったのかもしれません。

その夜は、こぢんまりとした本庄の宿場に泊まり、翌日、いよいよ薩摩への関所を目指しました。山道は曲がりくねって、いつのまにか右側に幅広い川があらわれました。大淀川(おおよどがわ)でございます。

水量の豊かな大淀川は右にくねり左にくねり、日向街道にまとわりつくように流れておりますが、流れは穏やかで、遠くの山と山のあいだから散った野の花びらを浮かべて運びながら淡い藍色に輝いておりました。

日向街道は薩摩の国分の城下町の先までつづくのでございます。

道が細くなり、右側の大淀川がかなりの眼下にあり、左側の山々が大きく迫ってくるところに去川の関所が待ち受けております。深い川と山に挟まれた袋小路のような場所に、旅人を「冥途の飛脚」にさせるお調べの厳しい関所があるのですが、仲間組の誰かが、

「さあ、関所だ。通行手形を出しとくんだぞ。売薬行商の手形も忘れるなよ」

と教えてくれなかったら、わたくしも半兵衛様もいささか風変わりな茶店に入っていくような気分であったと思います。

そうか、ここから生きて出られないと覚悟しなきゃあいけないのか。わたくしはそう思いましたが、関所の門の手前に咲いている芙蓉に似た花があまりに美しくて、そっちに目が行ってしまい、気がついたら手形改め吟味役の役人の前に坐っておりました。

生国、名前、職業、入国の目的を型どおりに訊かれ、二枚の手形を差し出しましたが、吟味役の隣りに正座していた四十過ぎの武士が、富蔵様に大声で、

「美々津で三日足止めか。ご苦労であったな。御城下までまだ道中がつづくが高城からは警衛の者たちが付くぞ」

と旧知の間柄のように言いました。

わたくしはいまあなたさまにわかるように言いましたが、その役人の言葉は薩摩訛りで、独特の抑揚があって、そのときは意味がまったく解せないほどでございました。

わたくしたちは平伏してお礼を述べてから、関所を無事に越えることができたのでございます。

「帰りに、ばさあっと斬られるんだ。行きはよいよい、帰りは怖い、だ」

福松さんはわざとしょんぼりとした言い方で脅したのですが、薩摩から出る者は去川の関所を越えて本庄の宿へ行く途中で斬られるのでございます。

薩摩藩の刺客は、幕府の密偵をあえて去川の関所から出しておいて、途中の街道で待ち伏せるという噂は本当だと、わたくしはそれ以後何人もの旅人の口から聞かされたものでございます。

「わたしたちは今回はお客様ですかねえ」

と善次郎さんが首をひねりながら富蔵様に訊きました。

「そりゃあ、薩摩藩の御製薬掛が作った薬を売るんだからな。行商人はその売り上げの一割をいただくんだ。御製薬掛に代わって売ってあげるんだから、お客様とはいかないにしても、そう邪険には扱わないだろうよ」

　そう言って、富蔵様は大淀川が大きく蛇行するところに咲いている芙蓉に似た花の前で足を止めました。

「久しぶりだな。ことしもきれいに咲いてくれた。この芙蓉が去川の関の近くではいちばん見事なんだ。去年の秋にはもうこいつに逢えないかもって思ったよ」

　いくら九州の南でも、いまごろ芙蓉が咲きますか？

　わたくしの問いに富蔵様は、これは俺にとっては芙蓉なのだと答えました。違っていてもいいのだ、と。富蔵様にとっては芙蓉なのだから芙蓉でいいのだとわたくしは思いました。

　桃色にわずかに紫を混ぜたような色も南国ならではの芙蓉でございましょうが、咲く時期も早くて、花の大きさも雪国富山では決して見られないものでございました。

　芙蓉の花とはこんなにも美しいものであったのかとわたくしも見入りました。しかし、わたくしは九州の地を踏んでからずっと、北国では見られない数々の美しい樹木や花々や景色や蝶に心を奪われつづけておりました。

　街道で遊ぶ子どもたちの可愛らしさも、荷車を曳く牛たちも、馬子につれられていく馬たちも、越中とは異なる溌剌（はつらつ）とした稚気を漂わせているように感じて、わたくしは美々津の宿に近づいたころには南九州のなにもかもが好きになっていたのでございます。

「冥途の飛脚」として薩摩へ行くことは、もとより覚悟の上でございますので、去川の関所でもさして緊張することもなくて門の近くに咲く白い芙蓉に見惚れたのでございましょう。

高城の宿に近づくにつれて樹木に包まれた街道はゆるやかな下り道となりました。いったいどのあたりから桜島が見えるようになるのかと、わたくしはその瞬間を楽しみに待ちながら、富蔵様と半兵衛様の荷物も肩に背負って、行商人たちのいちばん最後尾を歩いて行きました。

そうやって若い衆を含めて二十数名のうしろ姿に見入りますと、このなかに我儘（わがまま）な人間がひとりとしていないことがなにか神々（こうごう）しく感じられます。精神のどこかに尖ったものを隠している者もひとりもいないことが奇跡のように思われてきます。

みな越中富山の薬売りに憧れて、町人でありながら幼少からそのための学問所で学び、小僧から若い衆へと修業の段階を積み重ねて、行商人として不適格な者は落とされていくなかで頭脳、体力、忍耐力、性格等を吟味されて選ばれたのち、とりわけ薩摩仲間組という最も困難な地域で実際にさまざまな経験を経てきた薬売りたちなのでございます。

奄美、日向の一部、それに薩摩、大隅を含めて七十七万石の大大名で、一説には外様大名でありながら四万五千人を擁すると言われる薩摩藩の雄渾（ゆうこん）な武士軍団に劣らない胆力と処世術を内に秘めた二十数名の町人たちが、いま一歩一歩と鹿児島の城下を目指していて、自分もそのひとりなのだと思うと、わたくしは声をあげて叫びたくなってまいりました。

その仲間組たちの周りを白や黄色や紫の蝶が舞うさまは、わたくしの乏しい言葉ではどうにも表現できないほどに美しく厳（おごそ）かなものでございました。

高城の宿に着いたのは昼の八つ刻（午後二時頃）で、庄屋の住まいの離れで薩摩藩御製薬掛の役人ふたりが待っていて、にこりともせずに迎えてくれました。

富蔵様と半兵衛様だけが控えの間に正座し、行商人たちと若い衆たちは庭で平伏してご挨拶をいたしました。

型どおりに越中からの長い道中をねぎらう言葉を述べてから、上役の河村竹乃丞（かわむらたけのじょう）様が御製薬奉行の書状を読みあげました。

これまで越中売薬人の脚が及ばなかった僻村の困窮する領民を救済するための差留めであるから、当藩の調合薬を薩摩組のこれまでの脚どおりに販売してもらいたいという内容でございます。河村竹乃丞様は島津斉彬公が藩主となられてすぐに小姓務めから御製薬掛に役替えになったそうで、歳は三十三。百五十石取りでございます。

五尺七寸の無駄な肉は付いていないと思わせる偉丈夫で、目の光が強くてこめかみのところに深い傷跡があります。

もうひとりは園田矢之助（そのだやのすけ）様で二十四歳。御製薬掛目付と名乗りましたが、つまり今回の越中売薬行商人の行動を見張る役に任じられたお侍でございます。

おおまかな心得を話されて、一同が割り当てられた宿所に移ろうとしたとき、河村竹乃丞様が、

「福松という行商人はどこか」

と訊きました。元小姓掛にしては可愛げのない鋭い目つきのままでしたので、みなはそっと顔を見合わせました。

「事前の届け出状に福松という名があったはずだが、どこにおる」

その声は庄屋陣屋の高い天井に響くほどでございました。

「福松は手前でございます」

と福松さんは寝ていても笑っているように見えるという顔を襟から突きだして顔をあげました。

「そのほうが福松か」

河村様はじっと福松さんを見つめ、隣りに坐っている下役の園田矢之助様に目をやりました。

頑丈な臼に似た園田様の顎のあたりが緩みました。

「福松どんは大層縁起の良い男だそうだな」

河村様の表情は一変して、人なつこそうな笑みが浮かびました。

「これまで何回、城下で『高砂』を謡った?」

「へっ?『高砂』でございますか。他国からの行商人なのだからと、そのたびに再三お断りいたしたのでございますが、お前さんの『高砂』でないと駄目なのだと頼まれつづけ、致し方なく祝言で四海波静かに謡い納めましたのが十二回でございます。その祝言に仏式を交えたことは断じてございません」

「わかっておる。『高砂』を謡って仏事を交える祝言があるはずがない。城下の町人の祝言で福松という越中の売薬行商人が仲を介して『高砂』を謡い、晴れて夫婦となると、元気な子宝に恵まれて、商いも繁盛するようになるという噂だ。このたびも、お前を待っている者たちがおるぞ。そのときは、事前にこの園田の耳に入れておけ」

「へい、そのようにいたします。満井屋様にはそのつどご報告いたしてまいりましたが、もし今回も頼まれましたら園田様に必ずご相談いたします」

福松さんは庭の土に額をすりつけるようにしてそう言いました。

「満井屋彦次郎も、福松どんの『高砂』はほんとに霊験あらたかなのでございますと申しておったぞ」

と河村竹乃丞様はおかしそうに言いました。

高城の宿では、二か所に分かれて泊まる手はずが調っておりました。

わたくしたち二人と福松さん、善乃助さんと義助さん、それにそれぞれの若い衆たちは、庄屋の隠居所として建てられた別棟に泊まることになりました。他の者たちは定宿となっております宿場のはずれの旅籠でございます。

越中売薬行商人は、薩摩藩に許可された地域と宿所以外には立ち入ってはならないのですから、どんなに懇願されても福松さんの仲人という行為はお咎めを受けるはずで、そのたびに満井屋さんに相談をしていたのだそうでございます。

満井屋さんは、そのあたりは鷹揚で、福松どんの「高砂」で新夫婦が福に恵まれるのだから結構なことだと笑って、御製薬掛に届けることもなかったのだそうです。

「去川の関から薩摩に入ってひとつめの宿場で斬られるのかと思いましたよ。噂とは逆の殺され方もあるのかって慌てましたねえ」

と言いましたが、福松さんは何事もなかったように飄々（ひょうひょう）としておりました。

――高砂や　この浦舟に帆を上げて　この浦舟に帆を上げて　月もろともに出潮（いでしお）の　波の淡路の島影や　遠く鳴尾（なるお）の沖過ぎて　はや住吉（すみのえ）に着きにけり　四海波静かにて　国も治まる時つ風　枝を鳴らさぬ御代なれや　あひに相生（あいおい）の　松こそめでたかりけれ　げにや仰ぎても　事も疎（おろ）かや

かかる代に　住める民とて豊かなる　君の恵みぞありがたき　君の恵みぞありがたき——

世阿弥による「高砂」という能で謡われる謡曲は夫婦和合と不老長寿を願って祝言では欠かせないのでございますが、わたくしは越中八尾での祝言でしばしば仲人を頼まれる祖父が稽古しているのを聴いておりましたので、すっかり諳じてしまっておりました。祝言では「出潮」を「入潮」に、「遠く」を「近く」にと変えるのでございます。

福松さんの柔和な顔を見ながら、わたくしは祖父を思いだしておりました。

そのとき、わたくしども越中売薬行商人はがんじがらめの厳しい縛りが課せられてはいても、薩摩の武士も鷹揚で、細かいことには拘泥しない藩風なのだなとわたくしは思ったのでございます。

議を言うな。卑怯で臆病な振る舞いをするな。弱いものいじめをするな。

いまでも鎌倉武士か戦国武士のような気風を保っているという薩摩藩士が幼少のときから叩きこまれる三つの教えは、薩摩にいかなる人々を作りあげているのか。わたくしは早く肌身で知りたいと思ったのでございます。

第十二章　荒治療

その夜、高城の宿の一室で、わたくしと半兵衛様は、これまで旦那様も富蔵様も黙して明かさなかった秘密を知ることになりました。

行灯の灯を小さくして、富蔵様は話し始めたのでございます。薩摩藩領内に入ったら、半兵衛と弥一に明かせと旦那様に告げられていたそうでございます。

——薩摩藩が満井屋を仲介者として自藩で調合した薬を領民に売るのはここ数年に始まったことではなく、文化文政年間（一八〇四～三一）に遡り、越中富山の薬売りはそのたびに売薬業の許可を求めてありとあらゆる誠意を尽くしてきた。

薩摩藩はなにもいやがらせで越中売薬への圧力をつづけたのではない。藩の財政の困窮を脱するためには、自藩による効率の高い商いを興すしかなかったのだ。売薬業は儲かる。越中売薬を真似て藩内だけではなく六十余州に商いを展開すれば、奄美大島の砂糖の専売制と併せて財政の立て直しが可能になる。

だが、どうやっても薩摩藩の売薬業はうまくいかない。薬の効能の問題もあるが、行商人の育成がままならないのだ。

そうしているうちに、越中富山の廻船問屋にまかせた蝦夷地からの大量の干し昆布廻漕が船の難破で幕府に知られるところとなり、それを口実に新潟の湊は幕府の直轄とされてしまった。

調所広郷が財政改革主任に抜擢されたのは文政十年（一八二八）だ。調所は一気に藩の立て直し策を実行した。砂糖の惣買い入れ制の実施で三島（奄美大島、鬼界ヶ島、徳之島）の砂糖の販売を独占するためにそれぞれ新任代官を派遣して一手に握った。

薬種の作付け改良、薬種大量栽培のための薬草園の充実、琉球を中継しての唐物の密貿易等々。そのなかに最も重要な清国への干し昆布密輸がある。

幕府の調査を防ぐために山川（やまがわ）や指宿の湊に台場を築き、家老になってからは一向宗への弾圧を強めた。さらに年貢米の取り立てを強化して錦江湾に天保山を築いて防御を固める工事を始めた。主に大坂や京の豪商からの借金を無利子の二百五十年払いにさせたのは天保六年（一八三五）のことだ。

弘化二年（一八四五）には新田開発に着手して、弘化四年には富山岩瀬浜の美濃屋の寺田幹兵衛様を中心とする廻船問屋との密約を成立させた。

さまざまな風聞があるにせよ、調所広郷という辣腕家がいなければ薩摩藩はどうなっていたかわからない。調所笑左衛門広郷は薩摩藩の最大の功労者なのだ。

その調所でさえも自藩による薬の販売を確固たる商いに育てることはできなかった。それほどに人材の育成は難事だということになる。

薩摩の満井屋彦次郎はつねに間に立って苦労を重ねてくれた。彼は越中売薬業者がいかに信頼できるかを知ってくれている。

富山の廻船問屋と薬種問屋に課せられたものは干し昆布やいりこや干し鰊の回漕だけではない。一万斤の昆布、綿七十八万斤、焔硝(えんしょう)二百貫余の献納、そして六十余州の事情提供だ。それらは薩摩藩のための御奉公なのだ。

津軽藩ではなにが起こっているか。松前藩では？　会津藩では？　江戸では？　駿河では？　越前福井では？　京では？　大坂では？　芸州広島では？　防長二州では？　阿波徳島では？

これらの情報は廻船問屋の美濃屋から書状で満井屋に送られるし、美濃屋幹兵衛が江戸や京や大坂の薩摩屋敷に出向いて報告することになっている。美濃屋でも高麗屋でも満井屋でも、これを「隠密御用」と呼んでいる。

巷間、越中富山の薬売りは幕府の御庭番でもあると噂されているが、当たらずといえども遠からずだ。ただ相手が違うだけだ。薩摩組の場合は薩摩藩の御庭番ということになる。といっても、各藩で起こっていることをすべて報告するのではない。薩摩藩がそのときどきで知りたいことだけを教える。いかに六十余州に行商人がおもむいていても、知り得ることとそうでないことがある。

我々は蝦夷地の干し昆布を一万斤献納する。しかし、他の数万斤に対しては相場価格で買ってもらう。その金で薩摩藩から清国渡りの唐薬種を買う。だから薩摩の金銀は藩外にはほとんど出ないことになる。

おそらく、薩摩藩は五百万両の借金から自由になり、いまでは二百万両以上の財を築いたに違いない。いや、三百万両を超えたかもしれない。

去年、調所派の製薬奉行が役替えとなり、新しい奉行が就任した。この人は満井屋を通じて、いずれ元のとおりになるように努力すると伝えてきた。弥一がお供した京の料亭で満井屋がそう伝えたのだ。ただし、もっと干し昆布を運べという条件付きだ。

いずれだから、来年かもしれないし再来年かもしれない。

しかし、我々薩摩組は誠意を示しつづけなければならない。平伏して差留め解除を嘆願しつづけるのだ。越中売薬業者たちがどれほど薩摩藩を大切に思っているかを行動で示しつづけなければならない。清国からの唐薬種が滞れば、越中富山の売薬業はつぶれるのだ。今回の行商も薩摩藩への御奉公であって、我々三人は、ただ嘆願のために富山から足を運んで、滞留中はひたすら誠意を示しつづけることが仕事だ。ことしの秋も来る。来年の春も来る。越中売薬業者たちがどれほど忍耐強く、どれほど信頼するに足るかを行動で示すのだ。——

富蔵様は煙管の煙草に火をつけて、障子を細くあけました。月も星もない闇夜で、富山では四月半ばくらいの暖かい空気が重い湿り気を含んでおりました。

「俺は薩摩仲間組の上縮になってもう十数年がたつけど、この薩摩藩ていうのは商いが根っから好きなんじゃないかって思うよ。商売上手なんだ。どこかの大名が藩自前の商売を始めても、ほとんど成功した例がない。結局は商人に丸投げして、その儲けを上納金や献納金として差し出させることになる。だけど、薩摩藩は藩直轄の商いをことごとく成功させるんだ。うまくいかないのは薬だけだ。戦国時代やその前の室町、鎌倉初期からの島津氏の血が、いまも薩摩藩士の体に流れてるとしか思えないな。室町期、戦国期には大坂堺の商人だけでなく島津氏の領民もポルトガルやイスパニアの船乗りの向こうを張ってシナどころかルソンの国々まで出かけていって商売をして、あちこらに日本人町を作ることに手を貸したんだからな。徳川幕府になって鎖国令を敷いて、異国との交易は長崎の出島だけにしてしまってから、日本という国はなにもかもが遅れた。造船や航海術までが進歩を止めた。でも船で出かけていって商売をしてたころに手に入れた羅針盤や六分儀や海図や天体観測術なんかは工夫を加えつづけた。北前船が西廻りでもなんとか航海できるのはそのお陰だ。これは美濃屋の船頭からの受け売りだよ」

そう言って、富蔵様は煙管の雁首を灰吹きに打ちつけて吸殻を捨て、障子を閉めると行灯を消しました。わたくしが寝入ったのは夜の四つ（午後十時）ごろであったと思います。

馬のいななきで目を醒ましますと夜明け時の宿場は霧に包まれておりました。馬乗り袴をからげた河村竹乃丞様が馬上にあって、庄屋の家の前では園田矢之助様が見送っております。河村様のたづなさばきはゆったりとしてはいても颯爽とした武者振りで、その姿だけでも富山藩の侍とはまるで異なっておりました。

河村竹乃丞様がさほど急ぐでもなく日向街道の朝霧のなかを鹿児島のほうへと去って行きますと、園田様は庄屋の家に戻りかけて、二階のわたくしに気づき歩を止めました。

「おはようございます」

盗み見をしていたように思われまいと、わたくしは声を張り上げて挨拶いたしました。

「きょうは雨だな」

園田様は達磨に似た顔でそう言い、宿場の周囲を囲むように連なっている杉林を指差しました。霧はその木立のなかから湧いてくるようでございました。このあたりも木材の産地で、いずれは伐採されて船で江戸や大坂に運ばれるのだなとわたくしは思いました。

ところが、園田様はそのわたくしの思ったことを透視したかのように、

「いや、この杉は城下で使うのだ」

と言ってコの字形の庄屋の家の裏手に廻る植込みのほうへと歩を運びました。

そこには顔や体を洗うための井戸があります。飲料用の水は母屋の裏にあるのでございます。水質が異なるのかもしれません。

わたくしが手拭いを持って井戸端へと行きますと、園田様は桶に水を汲み、そこに足首をひたしておりました。

顔を洗ってから、わたくしは、どうしたのかと訊いて園田様の足首を見ました。くるぶしから足首にかけて腫れております。

三日ほど前から痒くなり、きのうの夜になって腫れてきたのだと園田様は言いました。

蚋に嚙まれたのだということは、ひとめでわかりました。何度も強く掻きむしったために毒が廻って腫れあがってしまい、熱まで持ってしまったのでございます。たかが蚋といっても侮れない毒を持っております。足の甲を刺されても脚全体が丸太ほどに腫れあがる場合もございます。

「腫れは足首のところで止まっておりますから、これ以上腫れはいたしませんが、手前どもの膏薬を持ってまいりましょう」

わたくしが部屋に戻り、荷物箱から膏薬を出しておりますと富蔵様も半兵衛様も手拭いを持って井戸端へと行き、腫物に効く富山の薬を園田様に勧めました。毒消しの服用薬でございます。あまりにも苦いので丸薬にしてあります。

「痒くてたまらないでしょうが、掻いちゃいけません。掻けば掻くほど腫れていきます」

富蔵様は言って丸薬を手渡し、わたくしは膏薬を貼ってさしあげました。

子どものころ、遊んでいると蚋の群れが周りで飛び始めた。友だちもみな数か所噛まれたが、みなたいしたことにはならなかった。しかし、自分だけは脚も手も棒のように腫れて、夜には熱が出た。

その園田様の言葉に、富蔵様は、蚋の毒に弱い体質なのであろうと言いました。すると、園田様は井戸端に腰を降ろし、不興気な顔でくるぶしに見入り、

「痒い」

と、ひとこと言って庄屋の家に入って行きました。

その日は都城の宿を経てその次の深川宿泊りでございます。高城から都城までは五里。高千穂の峰や霧島連山を望む美しい景色の道でございますが、出発して二里も行かないうちに園田様が遅れ始めました。

森林に挟まれた山道の切り株に坐り、

「この膏薬は効かんな。薩摩の膏薬よりも効かん」

と園田様はわたくしに当たりました。足の腫れは、膏薬を貼ったわたくしのせいだと言わんばかりでございます。

「弥一、お前、園田様のお世話をしてさしあげろ。どこかで馬を調達するがいいよ」

富蔵様はそう言って先を急ぎました。

「馬？　このへんの百姓の馬に乗れるか。人を乗せるようには調練されておらん」

がき大将が駄々をこねているようでございましたが、その園田様のどことなく情けなさそうな表情に愛嬌があって、達磨が途方に暮れたらこんな顔になると思うと、わたくしは腹が立つどころか、俺がなんとかして日が落ちるまでに深川の宿に連れて行くぞと決めました。

おぶっていこうかとも思いましたが、園田様は背は五尺二、三寸であっても広くて厚い肩や胸や腰の持ち主で、とてもわたくしには無理でございます。

近くに林道があり、そこに荷車の轍(わだち)の跡が残っておりました。

そうだ荷車を借りよう。木材用の杉がこれほど豊かに茂っているのだから、木こりの住む集落があるに違いない。伐採した木を川に運ぶには荷車を使うはずだ。

わたくしはその考えを園田様に言いました。それとも、わたくしが都城の宿まで急いで、駕籠を頼もうか、とも。

「駕籠はいかん」

ひとこと言って、園田様はくるぶしのあたりを掻きむしりました。癇癪(かんしゃく)を起こしてしまっております。

わたくしが園田様の足を見ますと、蚋に嚙まれたほうではなく、そうではないほうの足が痛むのだとわかりました。蚋で腫れた足をかばって歩いているうちに無事なほうに負担がかかり過ぎて、膝を痛めてしまったのでございましょう。

「蚋にやられますと、みなこうなります。だから旅の途中では誰にとっても蚋は大敵なのでございます」

わたくしはそう言いました。蚋などは蚊のようなものではないか。その蚋如きで歩けなくなって町人に荷車で運んでもらうなどとは、そのほうはそれでも武士か。情けないとは思わんのか。なんのために目付として高城まで行ったのだ。恥をかくためか。

もし上司や同輩からそんなことを言われたら、この園田矢之助という薩摩藩の薄禄の、城下士としては下級の武士は腹を切るのではないかと案じてしまったからでございます。

鎌倉時代の初期から薩摩、大隅、日向三か国を本拠に九州の雄として権勢を誇った戦国大名の島津氏は、抜きん出た武威で恐れられましたが、天正十五年（一五八七）の豊臣秀吉による九州征伐で豊臣家に服属いたしました。

歴史においては徳川家よりも古く、鎌倉、戦国の世からずっと西国の要所を治めていた勇将の家柄ということになります。

しかし、慶長五年（一六〇〇）、関ケ原における天下分け目の戦いで西軍の豊臣側についたことで、かなりの領地を失いかけました。徳川家で島津氏に肩入れする人があって、おおむね元の領地を許され、外様大名として今日に至りましたが、徳川将軍家からはつねに謀反の野望を隠す藩として危険視されてまいりました。家康公がなぜ島津氏を滅ぼしてしまわなかったのか。それは関ケ原を頂点とする戦乱で疲弊した徳川家には、さらに島津氏を攻める余力がなかったからでもありますが、西国に閉じ込めて懐柔策を取り、やがて骨抜きにするほうが得策と考えたのだという説もございます。

ですが、徳川将軍家にとっては薩摩の島津家は目の上のたんこぶのような存在でありつづけました。

江戸幕府からは仮想敵とみなされつづけていることは薩摩藩も充分に知っております。地理においても江戸からは遠く、幕府の目は届きにくい。武術の鍛錬を怠らない五万近くもの武士団が関ケ原の合戦での怨みを胸奥に秘めて、幕府の密偵はひとり残らず生きては帰さない。他国の人間は商人や大道芸人すら領内に入れたがらない。

日本という鎖国の国にあって、内側にもうひとつ薩摩という鎖国の国があると言っても過言ではないのでございます。

わたくしは武士の世界はわかりませんが、越中富山売薬薩摩組の先輩方から薩摩藩士の気風を聞くたびに、その心構えの根にあるものが、おぼろげにわかる気がいたしました。

反魂丹役所の学問所では頼山陽の『日本外史』を学びました。三百各藩のそれぞれの来歴を知っておかなければならないからでございます。

だからこそ、園田様のことを案じました。歩けなくなったことを恥と感じさせてはいけないという思いがせりあがってきました。

「癇癪を起こさずにここで待っていて下さい。きっと荷車をみつけてまいりますので」

わたくしは轍の跡を追って林道に入りました。朝、園田様が予想したとおりに雨が降ってまいりました。

森林は意外なほどに深くて、行けども行けども民家どころか木こりの小屋のようなものすらありません。

雨のせいでしょうか、うるさいほどだった野鳥の声も消えてしまい、川の支流の支流といった細い流れは次第にわたくしのいるところよりも低地へと遠ざかっていきます。

この荷車の轍の跡は民家や木こり小屋へ向かっているのではなく、もっと山奥の杉の木の伐採場に突き当たってしまうのではないかと、わたくしは途方に暮れて立ち止まりました。

注連縄（しめなわ）が巻かれた巨木と巨木のあいだから煙が見えました。しかし、それが薪の煙なのか雨煙なのかわかりませんでした。

あたりは暗くなり、森林に降り注ぐ雨音も山蛭（やまびる）が落ちてくるような気味悪さで、気づくとわたくしは自分がどっちから来たのかがわからなくなっておりました。

ええい、あれは民家から立ちのぼる煙だと決めて、わたくしは急な斜面を下りました。

何度かぬかるみに足をとられて転び、「越中売薬行商」と背に白く染め抜かれた藍色の半纏も、草鞋も股引も泥だらけにして、粗末な小屋に飛び込んだのでございます。

褌だけを身につけた初老の男が小屋のなかで薪をくべていて、木の皮で覆ったような低い屋根の下には同じ年格好の女が横たわっておりました。

まずい場面に転がり込んできたのだろうかと思いながら、わたくしは事情を説明しました。富山弁と薩摩弁のやりとりは通じません。それでも木こりはやっと越中売薬行商人が荷車を借りたいと訴えていることと、その理由がわかったようで、斧（おの）の上に掛けてあった半纏を着て、小屋のうしろにある荷車を出してくれました。

そして、わたくしが転がり落ちた斜面ではなく、小屋からさらに下につづく坂道を下りました。街道につながる木こり用の道がありました。

木こりは、わたくしが越中売薬行商人であることは知っておりました。たとえまったく字が読めなくても、わたくしの身なりでそれとわかるのでございます。

園田様が待つ街道へと急ぎながら、木こりは、女の脇の下に腫物ができて痛がっていると言いました。きのうの夜はただの腫物だったのだが、朝から急に大きくなったと。どのくらいの大きさの腫物かと訊きますと、両手の指で径五寸ほどの円を作りました。それほどの大きな腫物は放置すれば命にかかわります。塗り薬など役に立ちません。切って膿を出すしかありません。

薩摩仲間組の義助さんは腫物治療が得意でございます。下手な医者にかかると死ぬが、義助さんに治療してもらえば助かる。わたくしども売薬業者のあいだでもそう言われているのでございます。

「早く治療したほうがよろしゅうございます。都城まで行けば仲間が待っております。おかみさんを一緒に連れていきましょう。わたくしはいまは薬を持っておりません」

わたくしの言葉で木こりは雨のなかを走って戻って行きました。仲間組の者たちは都城の庄屋の家で休息することになっていたのです。

園田様はずぶ濡れになったまま昂然(こうぜん)と立って、雨で煙る日向街道の南のほうを眺めておりました。わたくしは、自分の合羽を園田様に渡し、大きな油紙を身に巻きつけながら、事情を説明いたしました。

「これだけ濡れたんだ。もう合羽はいらん」

言われてみれば確かにそのとおりで、油紙も合羽も木こりの女房に着せたほうがいいのでございます。腫物が径五寸にもなりますと熱が高いはずで、わたくしは合羽と油紙を持って木こり用の道まで戻りました。

女房をおぶった木こりが戻って来ると、わたくしは荷車に運び、着ている股引を脱がせました。

つぎはぎだらけの半纏も脱がして合羽をかぶせるとき女房の熱が高そうなので、

「急ぎましょう」

と園田様に言いました。

「行け」

そう言って、園田様は歩き始めたのでございます。

「おふたりで乗って下さい。わたくしどもはふたりで荷車を引きますから」

ああそうかい。木こりの女房と一緒に荷車に乗るのはいやだと言うのかい。どうせ一里も歩けないんだ。動けなくなって夜通し雨に濡れてろ。俺は木こりの女房を都城の宿まで運んで義助さんに手当してもらうよ。

「女は病人だ。わしは患ってはおらん」

わたくしはそう胸のなかで言いながら園田様を見つめました。きっときつい目をしているのであろうと思いましたが、いまそんなつまらない駄々をこねられては困るのです。

すると、園田様はわたくしを睨み返し、

「乗る」

と言って、木こりの女房の隣りにあぐらをかいて坐ったのでございます。わたくしは園田様の草鞋を荷車の梶棒に結び、木こりの亭主の調子に合わせて都城の宿場に急ぎました。高麗屋の店先から北陸街道を岩瀬浜の美濃屋まで三日にいちど荷車で往復したことが薩摩藩領内の山道で役に立とうとはと思いました。

「この女の腫物は厄介だな。熱があるようだぞ」

途中、園田様は荷車の上で四つん這いになってわたくしに体を近づけ、小声でささやきました。

都城の手前二里のところで富蔵様が手配してくれた駕籠に出会いました。木こりの女房をその駕籠に乗せ、亭主に、越中売薬人の義助さんに頼めと弥一に言われたと伝えるようにと言って、わたくしは園田様を荷車で運びました。

「義助さんは医者ではございません。それが腫物を剃刀(かみそり)で切って膿を出すという治療をしてもお咎めはないでしょうか」

わたくしは足が空回りしそうなほどのぬかるみの登り道でいったん休んだとき、そう訊きました。

「医者というのは、自分が医者だと言えば医者なのだ。公儀のお墨付きを必要とはせん。きのうまで百姓だったのに、きょうからは医者の看板をあげたというやつが江戸にはたくさんおるぞ」

「園田様は江戸をご存知でございますか」

「去年、藩の御用で行った。三月(みつき)ほど滞留した」

日向街道の山道はやっと畑のある地域に入り、農家が点々と姿をあらわしたころには、わたくしは気息奄々(えんえん)で脚が動かなくなってしまいました。それでも、なんとか都城の宿場の近くまでたどり着き、駕籠かきから事情を聞いて迎えに来てくれた薩摩組の若い衆たちと交代することができたのでございます。

都城は日向と大隅との境にあって、商家も多く、活気がありました。

すでに庄屋の家には義助さんが来ていて、火鉢に炭をおこして何枚もの晒(さら)し木綿を乾かしておりました。火鉢の傍らには剃刀が用意してあります。

囲炉裏のある板の間には木こりの女房が横たえられ、竈の近くでは亭主が貸してもらった寝間着に着替えて立ちつくしております。

庄屋とその息子が、このままでは風邪をひくので、風呂に入って体を温めてくれと勧めましたが、園田様は、女が治療を無事に終えるのを見届けずに自分だけが風呂に入るわけにはいかんと言って、頑として動こうとはいたしません。

庄屋の息子が自分の寝巻を持って来て、わたくしに着替えるようにと言ってくれました。

木こりの女房の枕元にいた庄屋のお内儀が、殿御衆は隣りの部屋にお移り下さいと言いました。わたくしも園田様も、女を木こりの女房とばかり思っていたのですが、じつはまだ十七の娘だったのでございます。櫛で梳いたこともなさそうな、鳥の巣のような髪と、腫物で苦しむ青い顔、さらには日に焼けた艶のない肌で、亭主とさして歳の違わない女房とばかり思い込んでしまっておりました。

「もっともっと晒し木綿を火であぶって乾かして下さい。よく乾いていないと役にたちませんのでね」

襖で隔てられた隣りの板の間にも囲炉裏が切ってあり、薪が燃えておりました。その火を囲むように坐ったわたくしどもに、義助さんの落ち着いた声が聞こえました。

都城の庄屋は山家とは言えませんし、晒し木綿が手に入りにくい土地でもありません。ですが、絹織物ほどではないにしても、やはり高価な布で、とても木こりが買える品ではないのでございます。

義助さんの腫物治療にはたくさんのよく乾いた晒し木綿が必要で、腫物を切って膿を出したあとに使います。出し切れなかった膿や悪液を晒し木綿に吸わせて、こまめに取り替えなければなりません。

「わたしの手を握っていなさい」

と庄屋のお内儀が娘に言いました。それと同時に娘の呻き声が聞こえました。

「ここからが痛いよ」

と義助さんは言いました。

娘が歯を食いしばっているのが見えるような気がいたしました。

「十七の娘だったとはな」

園田様は言って、足首の腫れをさすりました。

いやに静かになったので、隣りの板の間のほうに耳を澄ましたとき、娘の絶叫が響きました。

義助さんが、剃刀で切開した傷口に焼酎を注いだのでございます。

「奥様、もっと乾かして下さい」

「これ以上あぶったら燃えてしまいます」

そんなやりとりのあと、膿で汚れた晒し木綿を下女が裏庭へと持って行きました。

「乾かした晒し木綿をどうするんだ?」

と園田様はわたくしに訊きましたが、半兵衛様が、あの治療法は義助さんが蘭医から学んだそうですと答えました。

腫物は膿を出し切ってしまうしかない。しかし、切開しても人力ではすべてを出し切れない。残った膿と毒が全身に巡ると死ぬ。

晒し木綿をよく乾かして、それを傷口に密着させることで、布が膿や悪液を吸ってくれる。何回も何回も乾いた晒し木綿を替えて吸わせつづけるのだ。あれほどに大きくなった腫物は、それ以外に手立てがない。

半兵衛様の説明を聞いていた園田様は、

「蘭方医術か。越中の売薬人は蘭方医術の心得もあるのか」

と感心したように言いました。

「いえ、腫物は蘭医だと聞いて、義助さんは大坂の緒方洪庵先生の門人だった人に治療法を教えてもらいに行ったんです。農村では腫物で死ぬ子どもが多いんです」

「大坂までか？」

「越前大野までです。越前大野藩は蘭学が盛んでございまして、大坂の適塾で学んだ蘭医もなんにんかいらっしゃいます」

施術を終えた義助さんがわたくしたちのいるところに戻って来て、富蔵様に国分の煙草を一服吸わせてくれと頼みました。

「ああ、いいよ。好きなだけ吸ってくれ。ご苦労だったなあ。どうだい、治りそうかい」

富蔵様は自慢の煙草入れを渡しながら、そう訊きました。

「晒し木綿がどれだけうまく仕事をしてくれるかですね。よりによってこの雨ですので、晒しが乾きにくくて。今晩一晩が勝負でしょう。娘の親父さんに、晒し木綿の替え方を教えておきました。あの親子は今晩はここでお世話になるしかありませんね」

富蔵様は懐から財布を出し、天保銭を何枚か義助さんの若い衆に渡し、いますぐにこれで新しい晒し木綿を買ってきてくれと言いました。

「あの娘が助かったら、園田様の足を嚙んだ蚋のお陰だってことになりますよ」

その義助さんの言葉で、園田様は脇に置いてあった大刀を摑んで立ちあがり、

「せっかくの好意だ。風呂に入ってくる。わしが出たら、弥一も入れ。お前がいちばん冷えたはずだ」

と怒ったように言って黒光りする廊下へ出て行きました。

「ああ、びっくりしたあ」

と義助さんの若い衆である竜助は言って、晒し木綿を買うために草鞋を履き合羽をかぶりました。

今夜泊まる深川の宿までは二里でございます。他の仲間組は先に深川宿まで行くことにして、わたくしどもは都城の庄屋の家に泊めてもらうことになりました。

雨はやみそうになく、今晩一晩は、こまめに晒し木綿を取り替えなければなりません。乗りかかった船というやつで、義助さんも木こりの娘を置いて行けなかったのでございます。それに園田様の足も、雨中での二里は無理のようだと思われました。

「あした、竜助とわたしはみなさんの跡を追いかけますので、富蔵さんたちは先に行って下さい」

と義助さんは言いましたが、越中富山の売薬行商人が関わったかぎりは、あの娘の無事を見届けなければならないと富蔵様は譲りませんでした。

風呂で体を温めた園田様が事情をしたため、その短い文面の書状を宿場の定飛脚に託して囲炉

裏端に坐り、

「どうだ、晒し木綿はちゃんと仕事をしておるか。あの娘は助かるか？」

と訊きました。

義助さんは隣りの板の間に行き、晒し木綿を取り替えて、患部に密着させていた四枚重ねの布を持って戻って来ました。そして布が吸った大量の膿を見せ、

「あの娘を元気にしてやれなかったら越中富山の薬売りの名がすたりますよ」

と笑みを浮かべて言いました。血膿と悪液の量で、義助さんには娘が助かるとわかったそうでございます。

傷口によく乾いた晒し木綿を隙間なく密着させるには道具が要ります。どこかにわずかでも隙間があれば布は膿や悪液を吸いません。夜の御膳を食べたあと、義助さんは竹を削って、隙間を埋めるための道具を作りました。園田様は、好奇心を剝きだしにした子どもが竹細工作りに見入るような顔つきでそれを眺めつづけておりました。

買ってきた新しい晒し木綿は、一尺の長さに切って、わたくしと竜助で火鉢の火で乾かしつづけました。それを四枚重ねにして傷口に密着させるのは義助さんで、夜が明けるまでに五回取り替えました。雨は暁八つ半（午前三時）ごろにやみました。

園田様のために庄屋夫婦は奥の隠居所に蒲団を敷いたのですが、わしはここのほうがいいと言って、火のない囲炉裏の横でいびきをかいておりました。

わたくしも荷車を曳きつづけた疲れで雨がやんだころには寝入ってしまい、庄屋のお内儀の声で目を醒ますと、囲炉裏部屋にはだれもおりません。

隣りの板の間がいやに賑やかで、木こりの娘は蒲団の上に正座して唐芋（薩摩芋）入りの粥を食べております。たぶん庄屋のお内儀が櫛で髪を梳き、手拭いで顔もぬぐってやったのでございましょう。脇の下からぐるりと胸や背に晒し木綿が何重にも巻きつけられております。

わたくしは、やっと乾いた自分の股引や着物を着て、井戸端に行って顔を洗い、口をすすぎました。手拭いで顔を拭いていると、いつのまに来たのか、うしろから園田様が話しかけてきました。

「熱もひいて毒も抜けて、顔の汚れもぬぐって、ちょっとは器量もましになるかと思ったが、あれは女の達磨じゃ。達磨そっくりじゃ。弥一、木こりの娘の面を見てこい。女の達磨としか言いようがないぞ」

わたくしは井戸の水を汲み、もういちど顔を洗いました。そうしないと笑ってしまって、園田様にその理由を説明しなければならなくなるからでございます。しかし、笑いをこらえるためには肩や背の震えがさらに大きくなってしまいます。

園田様は、わたくしが泣いていると思ったらしく、

「弥一、よかったなあ。お前の機転であの相撲取りのような娘は命拾いをした。まあ、わしも世話になったが」

と言いながら、肩や背を撫でてくれました。わたくしは両手で顔を覆って泣きつづけているふりをするしか仕方がなかったのでございます。

第十三章　大洋

きのうは大雨で視界は煙っておりましたし、荷車を曳いてぬかるみの道を進むのに懸命でございましたので、都城の町に入ったことはわかってもこの城下町のたたずまいなどがわかろうはずはありませんでした。

豊後から日向街道を南下する各宿場や城下町のなかでは美々津が最も大きくて賑わっておりましたが、都城はその比ではございません。南北朝の時代には北郷(ほんごう)島津氏の本拠地であったのですから、三方を山に囲まれてはおりましても、人々の着るものなども他の地域よりも洗練されていて、町家の数も多く、酒屋、醬油屋、古着屋、豆腐屋、道具屋、油屋、金物屋、荒物屋、米屋等々が軒を並べております。

わたくしどもは朝食をとるとすぐに庄屋の家を辞し、先に行った者たちを追いかけるようにして深川の宿へと急ぎました。

木こりの娘は、まだ自力で坐りつづけることはできませんでしたが、熱はひいておりました。

庄屋のお内儀の好意で、もういちにち囲炉裏のある板の間で世話になることになったと聞いて、義助さんはあと五回乾いた晒し木綿を腫物の傷跡にあてがうようにと父親に念押しをいたしました。

越中富山には消炎の効果のあるいい薬があり、それを少量持参してきているのですが、木こりの親子には渡しませんでした。今回は薩摩の薬を売りに来ているので、都城の庄屋の家にもそれが置いてあります。

御製薬掛の御家来である園田矢之助様の手前、そっちよりも富山の薬のほうが効くとは言えないのでございます。

深川の宿で他の行商人たちと合流し、牧之原（まきのはら）の宿を目指しました。深川宿から牧之原宿までは四里半。

途中は山林のなかの道でしたが、街道はやがて農村のなかを縫うように錦江湾のほうへと伸びていきました。途中で農家の茅葺き屋根に囲まれるようにして、瓦屋根の小さくても武家屋敷様式の家々があらわれました。

郷士の家々だと園田様は教えてくれました。郷士にも家格の差があり、各郷には郷士頭（がしら）がいるそうでございます。

門を構えた家は家格が高く、その郷全体を監察する役目を担っているし、郷中教育（ごじゅう）を行なう場所でもあると言って、園田様は家々が並ぶ静かな道で歩を止めました。

わたくしがなにか言おうとすると、黙って耳を澄ますようにと身振りで示しました。

五、六軒先の、ひときわ大きな松が庭から突き出ている郷士の家からふいに、

「きえーい」

という叫び声が聞こえました。それを皮切りに、次から次へと同じ叫び声がつづきました。ほとんど絶叫と言ってもいいほどの掛け声でございます。

わたくしはこれが猿叫かと思いましたが、薩摩の武士は示現流独特の気合いを猿叫と呼ばれることを嫌うと聞いておりましたので、

「剣術の稽古でございますか？」

と訊きました。

「そうだ。郷士の稚児たちが二才に稽古をつけられておる。薩摩芋の植え付けが終わったから、二才もしばらくは暇だ。暇でなくても郷中の二才の誰かが毎日稚児たちに剣術と学問を教えるんだ」

そして園田様は、六、七歳から十歳までを小稚児、十一歳から十四、五歳までを長稚児、十四、五歳から二十四、五歳までを二才、それ以上の年齢の者を長老と呼ぶのは城下士も郷士も同じだと説明してくれました。

「明け六つ（午前六時頃）から一刻は四書五経などの学問を学んで、そのあと神社の境内で相撲をとったり駆けっこをして体を鍛える。それから朝に学んだ学問のおさらいをして、昼からは山とか川で遊ぶ。夕七つ（午後四時頃）から暮れ六つ（午後六時頃）までは剣術の稽古。それぞれの家に帰ったら夜五つ（午後八時頃）以後はたいてい外出禁止。それが薩摩の武士の子のいちにちだ。ときには剣術の稽古のあと、薩摩の武士の心得を学んだりもする」

「毎日でございますか？」

「郷中の教育係によほどの御用がないかぎり正月三が日以外は毎日行なう」

「六、七歳から？」

「そうだ。二才と呼ばれる二十四、五までな」

子どもとはいえ、いったいどこから出るのかと思えるほどのすさまじい気合いの声とともに木で木を打つ音がつづきました。

「腰を沈めろ。腰で打て。相手の太刀よりも一瞬でも早く打ち込め」

稽古をつけている郷士の二才の声は、稽古とは思えない厳しさでございました。

「ユスの木を木剣にみたてて、十歳になるといちにちに三千回は打てるようになる。弥一、ユスの木でユスの木の束を三千回打ちつづけてみろ。お前の二の腕も腰も太腿もいまの倍以上の太さになるぞ。そうならなければ、敵の脳天からふぐりまでを断ち切ることはできん。きょうは稽古をつける二才の都合で、朝から剣術ということになったのだろう」

わたくしは、脳天からふぐりまでを断ち切るほどの太刀筋というものが想像できないまま、園田様とその場を離れました。

郷の周辺には無言で鋤をふるっている郷士の妻女が種芋を植えております。なにかの事情で種芋の植え付けが遅れたのかもしれません。

尻を覆う程度の半纏に似た着物に袴のようなものを穿いて、頭には手拭いをかぶっておりますが、武家の妻女だけが持つ矜持といったものが慣れた農具の使い方にあらわれているのを感じました。

ですが、袴に似た仕事着は何枚もの端切れを継ぎ足して縫ったものでございます。

越中富山でも八尾でも、百姓に限らず、貧しい町人の女たちは端切れを縫い合わせて半纏や腰巻を作ったりいたします。肩から足首まである長着物を着られるのは、限られた女たちだけでございます。武家の婦人は、たとえ最も低い禄を食んでおりましても、さすがに端切れで縫った腰巻の上に前掛け、という身なりはできません。

ですが、腰巻を縫えるだけの枚数の端切れを買うための金子でも、貧しい女たちには大金でございます。

わたくしが、武士とはいえ、郷士の妻女とはつつましいものなのだなと思って、失礼にならないようにお辞儀をいたしますと、三十二、三歳に見えるその婦人もお辞儀を返してくれました。越中売薬行商人たちが城勤めの藩士と仲良く並んで歩いていることを珍しく思ったのか、笑みを浮かべております。眉を落とし、歯を黒く染めていて、造りの大きな目鼻立ちは、なるほどこれが南国の容貌かと見入ってしまいそうで、わたくしは慌てて歩を速めました。

「郷士は武士ではないという城下士がおる」

と園田様は小声で言いました。

薩摩藩の郷士は、古くから島津氏に仕えた領民に過ぎず、外城を守る見返りとして士分に取り立てられただけのことだ。もとは百姓なのだ。郷士という身分を与えられた百姓なのだから武士扱いをすることはない。

城下にはそう公言して憚らぬ連中もいるが、わしはそうは思っていない。郷士は、はるか昔から、薩摩を守るために身を捨てて百姓仕事を引き受けた雄渾な隼人であると祖父から教えられた。薩摩や島津家の来歴を知るにつけてその祖父の教えが正しいとわかるようになった。園田家は城下士だが代々薄禄の馬廻り役で父の代に取り立てられ、斉彬公が藩主に就任してすぐに倅のわしが御製薬掛勤めを命じられたのだ。

園田様は早足で歩きながらそう言いましたが、

「わしは議を言っておるな」

と苦笑して口を閉じてしまいました。

また雲が西から空を覆いましたが雨にはなりませんでした。しかし、黒くて厚い雲は増えつづけていきました。

その夜、牧之原の宿の旅籠で、わたくしは生まれて初めて豚汁を食したのでございます。木の椀に盛られた味噌汁には地元では「しまでこん」と呼ばれる桜島大根を薄く切って、干瓢のように干したものと、それと同じ大きさに切った豚肉がたくさん入っておりました。ささがきにした春牛蒡が豚肉の獣臭さを消すだけでなく、豚汁そのものに深い滋味をもたらしていて、わたくしはあまりのおいしさに感嘆の声をあげてしまいました。

都城の庄屋の台所で頂戴したご飯は、白米が六・麦三・一寸四方に切った薩摩芋が一の割合で炊かれておりまして、その塩梅の妙に感心いたしましたが、その夜の牧之原宿の旅籠でも同じご飯が出ました。

「これが薩摩売薬仲間組の楽しみですよ」

と富蔵様は箸で豚肉を摘まんで半兵衛様に言いました。

「あと十日ほどできびなごがたくさん獲れるようになる。さっと塩茹でしたきびなごはうまいぞ。わしは九つのとき、茹でたきびなご五尾で飯を五膳食べて、母と姉に叱られた。あのころは三十五石五人扶持の家禄なのに、両親と祖父と祖母、それに姉と弟ふたりだったからな。わしも入れて八人。麦と稗と薩摩芋を混ぜた飯でも、ひとりが五膳も食べたら、他の七人の分が減る。弟は、上は十二で死んだし、下は九歳で死んだ。あのとき、わしが弟の分まで食べたせいだといまでも思うときがある」

園田様は、わたくしたちと一緒に台所の板の間で晩の御膳を食べておりました。藩の御用で泊まる武士は旅籠の客室で食べるのですが、園田様はそれを断って台所に坐ったのでございます。

「足はいかがでございますか」

と福松さんの若い衆が訊きました。越中売薬行商人たちは、いつのまにか園田矢之助という達磨にそっくりの御製薬掛目付に親しみ以上のものを抱くようになっていたのでございます。

「まだ少し痒いがな、足首は元どおりに動くようになった」

「絶対に掻いちゃいけません。また腫れてきますからねえ」

義助さんは優しい笑みを浮かべて言いましたが、目は眠そうにしばたたいております。昨夜はほとんど寝ておりませんし、きょうは都城から深川宿を経て、遅れた分を取り戻すように牧之原宿までの六里を急ぎましたので無理はございません。

わたくしも荷車を曳いた疲れが出て、夜五つ（午後八時頃）には蒲団に横になって寝てしまいました。

翌日の四月十一日は牧之原の宿からわずか二里半の国分宿泊りでございます。

国分、小浜、加治木、重富と薩摩街道には宿場がございますが、加治木から鹿児島城下町までの六里半は途中の重富の宿には泊まらずに一気に行ってしまいますので、昔から旅の終盤とも言える国分と小浜で体を休めておくというのが決まりごとになっているそうなのでございます。城下町に着き、それから各々の地域に散って行き、行商を開始するのですから、行商人の仕事はまだ始まっておりません。その前に疲れてしまってはなんのための行商かということになります。

ですから、無駄なようでも、半日もかからない国分の宿と小浜の宿であえて休息をとるのでございましょう。

牧之原の宿からは街道は西へと方向を変えますが、国分に近くなるころに霧島連山のほうへと少し北側へ登ります。

その日は上天気で、雲ひとつなく、南国の日差しの強さは肌を刺すようでございました。登り道のてっぺんにさしかかったとき、わたくしは雑木林を過ぎた地点で思わず立ち止まり、かぶっていた笠を取りました。眼前に深緑色の海があり、それを鏡面として桜島が映り込み、大小さまざまな船がゆっくりと行き交っております。

わたくしは、鹿児島湾がなぜ錦江湾と呼ばれるかをそのとき得心いたしました。斑点のように緑と青と藍とが入り混じる海の色。そこに映る桜島の木々の色。それはまさしく湾内に織られた「錦」でございました。

「やっと辿り着いたぞ」

とわたくしは思いました。わたくしはまだなにひとつとして使命を果たしてはおりませんが、弘化四年（一八四七）の師走の雪の日、旦那様から越中売薬薩摩仲間組となるようにと命を受けて、胴震いどころか全身を震わせた日から約五年にして薩摩にやっと辿り着いた。俺の命を捨てる地はこんなにも美しい海の国だったのか。

見ろ、あの錦のような遠くの海を。噴火口から白い煙を吐き出している桜島と、その麓の家々を見ろ。ここは俺にとっては異国だ。富山湾の、あるときは黒く、あるときは鉛色の海はここにはない。行き止まりのない美しい大洋の入口だ。あの鮮やかな明るい海の色を見ろ。

わたくしは、そこにいつまでも立ち止まって、呆けたように海と桜島に見入っていたかったのですが、半兵衛様が不審げに振り返ったので笠をかぶり直して歩き始めました。

出逢いというものは人と人とのあいだにだけ起こり得るものではないということを、わたくしは後日気づくのでございますが、もしその日、天気が悪くて、風景のことごとくが陰鬱で、錦江湾が半分に割れてくすんだ銅貨にしか見えなかったとしたら、

「俺の命を捨てる地はこんなにも美しい海の国だったのか」

などという言葉は、わたくしの心には浮かばなかったことでありましょう。錦江湾を、

「行き止まりのない美しい大洋の入口だ」

とも感じなかったでありましょう。

小半刻でも早いか遅いかしたら、別の風景と出会っていて、異なった感慨を抱きつづけたことでありましょう。

わたくしは、その瞬間から、なぜこの越中八尾の紙問屋の倅の川上弥一が、富山藩の反魂丹役所の命を受けたのか。高麗屋金兵衛様がなぜまだ十六歳の川上弥一を売薬行商人として育てようとしたのかを深く思考し始めたのでございます。

そしてその深い含意を美濃屋幹兵衛様も知っている。

富蔵様も知っているかもしれないが、薩摩仲間組の頭という役目以上の知り方ではないのかもしれない。半兵衛様はまだよくわかっていないのであろう。

わたくしは野鳥が鳴き、蝶が舞う日盛りの街道に黙然と歩を進めながら、そんなことを考え始めました。

それまでも、わたくしがなぜ薩摩仲間組に加えられたのかをなんども考えてまいりましたが、わたくしの思考領域は狭くて小さ過ぎたのではないのかと思い直し、もっと大きな視野で己の使命を捉えなければならないと根本から考え方を変えたのでございます。

するとごく自然に、

「大きな心」

という緒方喜重郎様の言葉が頭や胸のなか一杯に拡がってきました。

また街道は桜島と錦江湾が見渡せる場所にさしかかりました。伝馬船、魚釣り船、小型の帆船、客船、底曳き漁船、藩船……。それらはみな豆粒ほどでしたし、船を操る船頭の姿も目には見えません。しかし、その日その日食べるために海で働く者たちの逞しさが見えるようでございました。

ですが、わたくしの視界一杯の錦江湾とはいえ、東シナ海や日本海や北のオホーツクの海や大洋と比較すれば小さな池にも満たないどころか、樋(とい)から滴(したた)り落ちたわずかな水溜りほどでさえないのです。

途轍(とてつ)もなく広い海が宇内(うだい)を巡っている。宇内を「世界」と名づけたのは誰だったろう。北前船の熟練の船頭である美濃屋の仙六さんは、すでに何年も前から宇内という言葉は使わなくなった。

彼の口からは自然に世界という言葉が出る。

俺も世界という言葉を使おう。

その世界のあちこちから、たとえ他国を奪う算段であろうとも、交易で一旗あげようと目論む強欲な商人であろうとも、帆を操り、舵を切り、荒れ狂う海を渡ってくるのだ。目的はなんであれ、その勇気と冒険心と屈強な体力と意志には驚嘆するしかない。彼らは、すでにこの島国を取り囲むようにしてやって来つつある。碁に譬えるなら「四丁囲い」だ。四つの黒石に囲まれて白石は死のうとしている。いや、まだ四つ目の黒石は打たれていないが、時間の問題なのだ。白石が生きるためには活路を見つけなければならない。

越中売薬行商の薩摩組が、薩摩藩からのさまざまな無理難題を引き受け、あまつさえ「隠密御用」の役まで応じたのには裏がありはしまいか。俺はまずここから考えることにしよう。

わたくしがそういう考えに落ち着いたころ、街道は南に曲がりながら下り道となりました。つかのま、桜島も錦江湾も消えて、農家の茅葺き屋根がつづく村が左右に並び始めました。

畑のほとんどは薩摩芋の植え付けが終わったばかりでございましたが、菜っ葉の種を播く農民と郷士の家族たちが交って野良仕事をしております。春牛蒡を穫り入れる者たちもおります。

しかし、食用の野菜を作る畑よりも煙草の葉を栽培する畑のほうがはるかに多いのでございます。

「花は霧島、煙草は国分」

という俗曲の文句がございますが、国分の煙草は日本一という折り紙がついて、煙草好きの人たちには最も人気があるのでございます。

富蔵様は、煙草畑の西側の神社を指差し、あの裏に吉左という老人がいると小声で言いました。園田様には聞かれたくはなかったのです。

国分の煙草も薩摩藩の重要な産物ですので、収穫した葉は煙草奉行所の管理のもとで大坂、京、江戸へと出荷されます。吉左さんは煙草の葉二、三十枚ほどを刻んで、それを隠しておいて、秋の行商を終えて帰路につく富蔵様にこっそりと売るのだそうでございます。

「まあ、煙草農家はどこでもやってることなんだ。奉行所の連中も知っていて、袖の下にちょいと国分の刻みを紙に包んで入れてもらうってわけだ。吉左さんが安く売ってくれなきゃあ、俺が国分の煙草を吸えるわけがないよ。刻み煙草は針ほどに細いから、葉が青々としてるときにしか切れないだろう？　剃刀で丹念に切るんだが、吉左さんの技はたぶん江戸の煙草職人以上だよ」

富蔵様は、そう言って神社のほうを見ておりました。吉左さんの姿はないようでしたが、富蔵様に気づいた子どもが走って来ました。吉左さんの孫ということでした。

その子は越中売薬行商人が土産として持って来る紙風船や錦絵が欲しいのでございます。

「じいちゃんは元気かい？」

富蔵様の問いに無言で頷き、紙風船をくれとねだりました。

そのうち、あちこちからたくさんの子どもたちが集まってきました。十五、六の娘も恥ずかしそうに行商人たちを取り囲んでおります。

薩摩様の薬を売るために来たので、今回は風船も錦絵もないのだと若い衆たちが説明しました。薩摩藩の御製薬掛は、商いは満井屋に委託しております。困窮している僻村にまで薬を配布するという名分ですので、薬売りが子どもたちのための土産を用意するということまで斟酌してはいないのでございます。

いつから越中さんの薬を売るのかと、子どものひとりが不満そうに訊きました。

「さあねえ、わたしたちにはわからないねえ」

富蔵様はそう答えるしかなく、子どもたちに手を振って歩を速めました。

全国の子どもたちが楽しみにしている越中売薬の土産は、重要な宣伝の役割を担っていて、ただ単純な土産ではございません。子どもたちがそれらを持って帰りますと、街道から遠く離れた集落にも売薬行商人がやって来たことがわかります。そして口から口へと伝わって、病人をかかえる貧しい百姓は里へ下りてきて、薬を預かる郷頭（ごうがしら）か庄屋の家に駆け込みます。

百姓には現金収入がほとんどありません。しかし、越中の薬は「先用後利」。いま払えなくても、来年まで待ってくれます。百姓は、夜なべ仕事で籠や笊（ざる）や草鞋（わらじ）を編み、月に一度、あるいは四度の市でそれを売って現金を得て、それで薬代を作るのでございます。

幾つかの祭りの日も、百姓が現金を得るための機会を与える役割を果たしております。

手内職の工芸品、深い山でなければ採れない茸や山菜や果実や木の実などを茣蓙（ござ）に並べて売りますが、そのようないわば縁日には、差配する香具師（やし）の頭が貧しい百姓からも上前をはねます。ですから、その市ではさらに香具師を監督する町役の人柄が百姓たちのささやかな収入を左右することになります。

百姓がいなければわたくしたちは生きていくことができません。士農工商という身分制度は、士は士で、農は農で、それぞれがさらに細かい階層に分けられて、身動きができないほどの掟に縛られております。それらはよくよく考えてみれば、ひとえに徳川将軍家の安泰のための網の目のような細工であるということがわかってくるのでございます。

「武士は実にごくつぶしにて候。無駄に大小を差すのみにて何等作り得ず。米一粒、麦一粒作れず候。ただ使い尽くすのみの役立たず也」

去年の花見どき、江戸両国の高札場にそう書かれた紙が貼ってあったと半兵衛様が話されたことがあります。その書付が奉行所の役人の手で剝がされるまでの一刻あまり、取り囲んだ町人たちの喝采はつづいたということでした。

薩摩の薬売りも、越中売薬人のように子どもたちへの土産を作ったらいかがでございましょうと、わたくしは園田様に言いたくてたまらなくなりましたが、かろうじて胸にしまいました。

国分の宿場ではゆっくりと休息をとり、翌日は小浜の庄屋の家に泊まりました。小浜からは錦江湾と桜島はほとんど目の前にあるかに思えました。花畑が延々と城下のほうへとつづいていて、黄色というよりも紅色に輝いております。しかし紅花ではありません。何の花かわからないまま、わたくしはその花畑を通り過ぎていきました。

翌日の小浜から加治木までの一里半は生ぬるい風の吹く曇天の道でしたが、錦江湾に沿っておりますし、行き交う人々の数も多くて、城下町が近づいていることがよくわかる街道筋でございました。加治木の宿に着いたのは昼前で、午後から行商のための準備を始めました。

わたくしと富蔵様と半兵衛様は、行商には加わりませんので、手持ちぶさたで、同じように手持ちぶさたな園田様も時間を持て余しておりました。

「弥一、少し道を登ったところに神社がある。そこからの景色は雄大だぞ。大隅の向こうに大洋がひらけておる。お前、江戸から南へ二百五十里のところに小笠原という島々があるのを知っておるか」

と園田様は話しかけてきました。富蔵様は、そういう島があって、それはひとつではなく幾つもの島から成っていることだけは知っておりました。

「二百五十里も南でございますか？」

わたくしには、二百五十里もの海の向こうにある島々というものを想像できませんでした。

「そうだ、三百里と言う者もおる。北前船だと何日くらいかかるのか、見当もつかんが、そこには『此島大日本之内也』という碑が立っているそうだ。つまり、我が国の人間がそこにすでに行って碑を建てたわけだ。百人くらいの人間が住んでおるそうだが、半分は日本人ではないらしい。イスパニア人もおる。捕鯨船員だったアメリカ人もおる。ハワイイという島から移り住んだ者もおる。それゆえに、日本人と婚姻して、紅毛碧眼の混血も生まれておるそうだ」

園田様は、御製薬掛に役替えになってから、小笠原島というものが日本の領地であることを知ったそうでございます。

「河村竹乃丞様は琉球奉行の官吏として琉球に二年滞留したから、そういうことにお詳しい。その島を見つけたのは紀州の蜜柑船だ。寛文十年（一六七〇）にその島に漂着して、八丈島から伊豆の下田に帰り着いて、下田奉行所にそのことを報告したから、幕府は島の存在を知った。肥前佐賀の松浦党の者たちを派遣して、その小笠原を探索させた。そこは島だがきれいな真水が豊富に湧き出ていて島内に川を作っておる。気候温暖で内地では繁殖せん植物や果実も生るらしい。そこで幕府は八丈島の住人のなかから希望する者三十数名を小笠原島に移り住まわせた。それらの者たちと、すでに小笠原島で暮らしていた者たちが婚姻して、村を作っているそうだ」

園田様は、わたくしと半兵衛様について来るようにと促し、庄屋の家を出て、街道筋から油屋の角を曲がり、神社の長い石段を登って行きました。

石段を登り切ったところからは城下も錦江湾も桜島もその東側の大隅国も見渡すことができました。

「その小笠原島は日本なのでございますか？」

と半兵衛様は訊きました。

「幕府はそう考えておる。しかし、異国のほうはそうは言わんだろう。その小笠原島の周辺には年に四百隻ものアメリカの捕鯨船が群がり集まって鯨を獲りまくっておる。獲り過ぎて、鯨が減ってしまったので、大洋の北へ北へと漁場を変えるしかない。そうなると、大洋の北の果てでオロシアとアメリカがぶつかることになる。オホーツクとかカムサツカというあたりだ。小笠原島は、真水が豊富だから、捕鯨船にはなくてはならない寄港地だ。長い航海では、飲用水や食料や薪を補給する寄港地が絶対に必要だからな」

「小笠原はどこの藩の領地でございますか？」

と、また半兵衛様は訊きました。

「幕府直轄だ」

「天領でございますか」

「まあそうだが、幕府にとってはなんの得にもならん島だ」

園田様の立場としてはいささか詳し過ぎるとわたくしは思いました。そのうえ、越中の薬売りに不用意に喋り過ぎる、と。薩摩人の口の重さはよく知られております。町人でさえそうなのに、武士にはあるまじき口の軽さではないか。

これはなにかの餌なのだ。

そう用心しつつも、わたくしは琉球の南に帰り着いたという土佐の万次郎のことが頭をよぎりました。

万次郎は、アメリカの捕鯨船に助けられ、のちには捕鯨船の乗組員として働いたという。そして、日本に帰国後は長崎奉行所に送られる前に薩摩で最初の尋問を受けた。島津斉彬公じきじきにだ。

園田様が直接に万次郎から話を聞いたわけではあるまいが、河村竹乃丞様なら尋問に同席する立場にあったかもしれない。

わたくしは、土佐の万次郎について知りたかったのでございますが、それについても懸命に抑えつづけました。

「半兵衛は親父殿の跡を継ぐそうだが、いつと決まっておるのか」

と園田様に訊かれて、

「まだまだ先でございます。江戸組の若い衆を務めましたが、越中売薬行商の仕事は並大抵のことでは務まりません。まして高麗屋を預かるとなりますと、現場だけでなく二千人の行商人の立つ瀬に直接関わることになります。あと十年は修業が必要だと思っております。父も同じ思いでございましょう」

半兵衛様はそう答えました。

「越中富山の売薬行商人たちはみな人として優れておるな。わしは短い期間旅を共にして、そのことだけはわかった。これだけの人の養成は一朝一夕では成るまい」

と園田様は視線を桜島の左側へと移して、そう言いました。

わたくしが、この最初の薩摩への旅を長々と述べてまいりましたのは、じつにそのことをあなたさまに知っていただきたかったからでございます。

富山の岩瀬浜を出立いたしまして今日まで、若い衆も含めて、越中売薬薩摩仲間組は統制された行ないからわずかでも逸脱することはありませんでした。

それぞれは個人としての悩み事や心配事をかかえているかもしれません。ですが、長い道中、誰ひとりとしてそれをおくびにも出さず、周りに感じさせもせず、淡々と一歩一歩力強く歩きつづけて自分の仕事に邁進していくのでございます。

その姿を、わたくしは三十数日間、とりわけ九州へ入ってから、南国の明るい海と山並みに沿う道中において見つめつづけたことになります。

どうすれば、このような人間集団が形成されるのか。

わたくしは統制という言葉を使ってしまいましたが、規則や命令で培われるものではございません。貧しくて厳しい豪雪の地で辛抱というものを自然に学んだ人間たちが、人の苦しみを救う薬を売ることで家族を養える道を得た。その歓びをつねに嚙みしめているからこその自己統制なのでございます。

無論、売薬人それぞれの本来の性格が基礎となっているのは当然でございましょう。それを見極めるための反魂丹役所の学問所であり、薬種問屋での奉公であり、若い衆としての修業なのでございます。

わたくしは決して生意気にならないように言葉を慎重に選びながら、その自分の考えを園田様に話しました。

「そうか」

とだけ応じて、園田様は大隅国のさらに東南の海を見つめておりました。

わたくしどもはしばらく無言でおりましたが、石段を駆けのぼって来る義助さんの声で、何事かと三人同時に腰を浮かしました。

義助さんは、いま届いたという都城からの書状を持っておりました。園田様宛ての庄屋の息子からの手紙でしたので、わたくしは、あの木こりの娘の手当はやはり手遅れだったのだと思いました。

しかし、手紙を一読するなり、

「あの娘は、元気になって、親父の曳く荷車できのうの昼に帰って行ったそうだ。使わなかった晒し木綿が一反残ったが、薬屋さんが帰国するときにお渡しするので寄ってほしいと書いてあるぞ」

と園田様は言いました。

「わたしは、じつはあの子の腫物を見たとき、ああ、これは厄介な腫物で、手当は無駄だろうって思ったんですよ。腫れが外に出るだけじゃなくて、なかにも拡がってましたからねえ。子どもが死ぬのはみな、あのての腫物なんです。外へどんどん腫れて膨れていくのは治せるんです。庄屋のお内儀が汗だくになって晒し木綿を乾かしつづけてくれたお陰ですよ。あれでなかに拡がった悪いものが吸い出されたんですねえ。晒し木綿はお内儀に差し上げますよ」

義助さんは笑顔で言って、石段に腰を降ろし、わたくしたちが見入っていた景色に目をやりました。晴れ間が広がって、城下の武家屋敷の瓦屋根の居並びを見ることができました。

義助さんはわたくしのほうを振り返り、今夜の御膳は炒り豚だそうだと、ひやかすように教えてくれました。わたくしが豚肉料理に夢中になってしまったことに気づいていたらしいのでございます。

第十四章　異国

鹿児島の町は、北から南へと大きくは上町（かんまち）、中町（なかまち）、下町（しもまち）に分けられております。その西側に鶴丸城の大奥御本丸や二の丸や厩（うまや）屋敷や城中での御用を務める幾つかの役所が建ち並んでいて、北側の稲荷川（いなりがわ）と南側の甲突川（こうつきがわ）が、いわば城の外堀の役割を果たしているように見えます。

上町の南半分、中町、下町の北半分は武家屋敷で、鶴丸城から海へと向かって上屋敷、中屋敷、下屋敷と整然と区分されて錦江湾の手前までつづいておりますが、下級武士の家などはせいぜい十坪ほどの庭を持つ質素な造りで、家老職などの上級武士の屋敷は邸内に鳥居を持つ広大なものもございます。

わたくしどもは、加治木の宿からほぼまっすぐに錦江湾に沿って南へと下り、鹿児島城下の北側へと入りました。

神社と百姓家ばかりの街道は、錦江湾の浜辺に近いあたりからは商家が多くなりました。浜辺と言いましても、波止（はと）と名づけられた石積みの横長な台場が北から南へと築かれて城下を海から護っております。防塁だけの石積みの台も浜から十間ほど向こうの海中に築かれて、新しい台場を造る作業も行なわれていました。

九州も四国も紀州あたりも盆を過ぎたころから秋の終わりくらいまでは大風の通り道となりますので、そのためのものと思うのですが、充分な高さと厚みを持つ石積みの堅牢な波止は外からの敵を迎え撃つことを眼目としているのではないかと思えるほどでございます。

わたくしが街道の、海に最も近いところに足を踏み入れたときは夕の七つ（午後四時）ごろで夕日が錦江湾と桜島を照らしていて、多くの便船、伝馬船、小型の帆船、漁船も朱色に染まって、船乗りのすべてが揃いの赤褌（あかふんどし）を締めているのかと思いました。

夕日に照らされた海、赤銅（しゃくどう）色に日焼けした船乗りの肌、そして赤褌。なんと明るい土地柄であろう。わたくしはそう思いましたが、目が慣れてくると船乗りがすべて赤い褌で揃えているのではないと気づきました。白い褌もありますし、藍色のもあります。山というよりも高い丘と言ったほうがよさそうな城山のほうから錦江湾のすべてを朱色で照らす夕日のせいでございました。

松林があり、祠（ほこら）があり、鐘楼があり、醤油屋があり飯屋があり、野菜売りが天秤棒を担いで通り過ぎ、鰻や泥鰌（どじょう）を入れた笊を道に置いて売っている老人がいて、町屋の子どもたちが棒切れを振り回して遊んでおります。藩用で街道を北や南へ早足で歩いて行く武士たちも多く見受けられました。

すでに姶良（あいら）という地域を過ぎたころから、「磯の別邸」と呼ばれる大きな建物が見え隠れしておりました。藩主の別邸で、桜島を借景とした庭が見事だそうだと園田矢之助様は教えてくれましたが、そのさぞや美しいのであろう庭は街道からは雑木林で覆われた丘に遮られて一部しか見えません。

もう城下に入っておりますので、わたくしが、あれはなんですか、これはなんですかと園田様に訊くことは憚られました。訊かれて答えることは出来ても、町人が武士にこちらからなにかを質問するのは無礼であると定められているのでございます。

あの「相撲取りのような娘」の一件で、わたくしは園田様と親しくなったつもりでおりますが、町人には町人の分がございます。ここから先は、越中売薬行商人と御製薬掛目付という身分をわきまえなければならないと自分を戒めました。

薩摩の薬を売る行商人たちは、下町の満井屋彦次郎の店に近い曹洞宗の寺の別棟に集合することになっておりました。

みなは一旦そこに集合して、それぞれの郷へと散って行き、行商を終えるとまた寺へと戻り、集金した金子を精算し、取り替えた薬や余った薬を返すことになっております。

城下脚（きやく）のほとんどは高麗屋の所有ではございますが、それは満井屋の薬屋が行商いたします。薩摩藩は、城下、とりわけ武家屋敷での行商を嫌うからで、それは差留めになる前も同じでございました。

ただ今回は、たとえば東北の加治木郷とか西南の知覧（ちらん）郷とかの遠隔地の郷を廻る行商人たちは城下の寺に戻ってこなくてもいいとされました。行って帰る労を考慮してくれたのです。

それらの郷に脚を持つ行商人たちとは都城で落ち合うことになりました。

わたくしと富蔵様と半兵衛様は、上町の北側寄りにある御製薬掛の調薬所に泊まることに決まっておりましたが、とりあえず満井屋にご挨拶をと下町へ急ぎました。

城下の中心部は静かで、中間（ちゅうげん）や足軽たちの姿はあるものの、町人とはちらほらとしか出会いませんでした。武家屋敷に用がある呉服屋とか太物屋、八百屋、魚屋、小間物屋などだけでございます。

甲突川を渡るとき、もうすぐそこは海だという場所で、

「わしの家はすぐそこだ」

と園田様は城下に入ってから初めて口を開きました。

甲突川を南に渡ったあたりにも武家屋敷はつづいておりますが、海側には漁師の家々もちらほらと建っていて、それらはさらに南に行くほど増えていくようでございました。

「甲突川の畔（ほとり）を少し行くと左に曲がる道がある。そこを西南に歩いて一町ほどだ。わしの家の隣りからは、もう畑だ。その先を二町ほど行くと広い堆肥場（たいひば）がある。わしも父も祖父も、その父も祖父も、生まれてからずっと堆肥の匂いを嗅いで育ったんだ。沸いて熱くなった牛や馬の糞（くそ）の匂いだ」

と園田様は言いました。そして、甲突川の南をさらに足早に歩きだしました。

わたくしはすれ違う城下の人々の容貌をそれとなく観察いたしましたが、格別に南国の顔立ちの人はいないようでございました。

富山人とさして変わりはありません。牧之原宿で見た郷士の妻女のような造りの大きな目鼻立ちの人々ばかりが行き交っているのであろうと思っておりましたので、なんだか拍子抜けいたしましたが、海のほうから歩いて来た三人の男たちは、髷（まげ）の形も目鼻立ちも体格も異なっていて、

着物も帯も異国風でございます。背丈は低いのですが、骨組みが太く、眉が濃いという共通の特徴が目につきました。

三人が甲突川のほうへと去って行きますと、あれは琉球人だと園田様は教えてくれました。

甲突川の北側に琉球館という建物がある。交易船で薩摩にやって来た琉球人は、みなその琉球館に泊まることに定められている。彼らはずっと昔から、あの広い海を行き来して明国や清国と交易してきた。シナでは豚肉料理が好まれているので、琉球でも古くからそれを学んで、自分たちの口に合わせて琉球風の豚肉料理を作った。薩摩人はそれを真似て、豚肉を食べるようになったのだ。弥一、きのうの加治木の旅籠での炒り豚はうまかったか。

その園田様の言葉に、

「御膳がいくらでもいただけます。半兵衛様は、俺はこの脂は駄目だと仰いましたが、わたくしは平気どころか、脂のところがおいしいと思いました」

とわたくしは答えました。

下町の禅寺の別棟は、茅葺き屋根の、板の間だけのだだっぴろい建物で、仏具はすべて片づけられて、廊下には損料屋から借りたらしい蒲団が積み上げてありました。ここは集合場所で、行商人たちの宿所ではないはずなのにとわたくしは不審に感じましたが、あしたから行商を始める二十数人の今夜の宿所として薩摩藩が用意してくれていたのでございます。

御製薬掛の侍が三人、退屈そうに庭の灯籠の横で袴の裾をたくし上げて腰を降ろしておりました。ひとりは顔も体も将棋の駒のようないかつさで、園田様と最も親しそうな武士は背が高くて細面で、もうひとりは色黒で目つきが鋭く、行商人たちの名と顔を覚えようとするかのように名簿に目を走らせております。

園田様とその三人のお侍との薩摩弁での会話は、わたくしにはまったくわかりません。

「半兵衛、富蔵、弥一も、ここに泊まる。満井屋に近いほうがなにかと便利であろうと河村竹乃丞様のおはからいだ。賄いの婆さんも来るし、その手伝いの女どもと下男もひとりつけてある」

「ご住職様にご挨拶をいたしたく思いますが」

富蔵様の言葉に、

「住職は二月ほど前に卒中で倒れて臥したままだ。もう立てんだろうという噂だ」

と園田様は言って、境内から出て行きました。

河村竹乃丞様が満井屋の番頭と一緒にやって来たのは暮れ六つ（午後六時頃）より少し前でございます。広い板の間に坐っている行商人たちに、あしたからの行商をよろしく頼むとだけ言って、あとは満井屋の番頭にすべてをまかせたといった表情でした。

満井屋の三番番頭という源太さんは初めて見る顔だと富蔵様はわたくしにささやきました。

城下の行商は、上町と下町の一角だけ越中の人たちにまかせたいと源太さんは言い、その一角という地域を描いた地図を見せました。

「ここは福松さん。ここは栄治さん、ここは鶴助さん、ここは……」

行商人たちは源太さんの言葉を帳面に描き写していきました。

御製薬掛のお侍たちは誰ひとりとして、わたくしたちを緊張させるような言動をとりません。

なんとなく、もう家に帰って酒でも飲みたいといった、のんびりとした風情が感じられます。

目つきの鋭い武士は野村幸蔵という名でございますが、この人だけがどことなく不気味で、のんびりと濡れ縁の近くをぶらつきながらも、ときおり行商人ではなくその若い衆たちを観察しているようでございました。わたくしとも二、三回目が合いました。

園田様と仲が良さそうなお侍は池上長四郎、将棋の駒のようなお侍は海老原由之助でございます。明治十三年（一八八〇）のいま生存しているのはこの海老原様だけでございます。

賄いの婆さんたちが、下男の曳く大八車をうしろから押しながらやって来たころには、打ち合わせというものも終わってしまい、河村竹乃丞様は濡れ縁に坐って煙草を吸っておりました。

「それではみなさん、あしたからなにとぞよろしくお願い申し上げます。主人の彦次郎が、行商中つつがなきようにお祈りいたします、とのことでございました」

源太さんは丁寧にお辞儀をしてそう言い、賄いの婆さんたちが晩の御膳の用意を始めた庫裡のほうへ行って、そのまま本堂の横を通って帰って行きました。

河村竹乃丞様たちも引き揚げて行きました。遠くから近くから暮れ六つの時を打つ鐘の音が城下すべてに響き始めました。

園田様は着替えをしたいのでと言って家へと帰られましたが、寺の山門まで送った富蔵様に、満井屋への挨拶はあすの朝にしろと耳打ちしたそうでございます。

「差留め解除は早そうだな」

濡れ縁に腰を降ろして煙草を吸いながら、富蔵様はそう言いました。

「俺たち三人は、満井屋への挨拶が済んだら帰ってもいいそうだよ」

「帰る……。どこへでございますか？」

とわたくしは訊きました。

「富山だ」

「えっ？　いま鹿児島の城下に着いたばかりですよ。あした帰ってもいいんですか？　滞留するんじゃないんですか？」

「これが高麗屋金兵衛一行の滞留だ。いたかったら二、三泊してもいいらしいが、俺たちがいると園田様の御用が終わらないからな」

そうか、富山から三十五日ほどかけて薩摩にやって来て、差留め解除をお願いするという行動それ自体が滞留なのか。

わたくしはそう気づきました。富蔵様も禅寺の山門のところで、園田様にあした帰国してもいいと言われて、初めて滞留の意味を知ったのでございます。

他の行商人たちも、あるいはそうかもしれないと予想していたようで、

「二、三泊していきなさいよ」

とか、

「指宿の温泉で休んでいけよ」

とか言いました。

それならば、どこかの郷の若い衆として働かせてもらえないものかとわたくしは思いました。わたくしはまだ一度も行商の現場に出たことはないのです。たとえ売る薬が越中富山のものではないにせよ、わたくしはどんな僻村であろうと自分の足を運び、各家を訪ねて薬を売りたかったのでございます。

「それはできないよ」

と半兵衛様は言いました。

「あの凄い目つきの侍、野村幸助様は越中売薬行商人の若い衆たちの動きに気を配ってる。これまでに何回も薩摩に来た行商人は信用できるが、新たに薩摩組に配された若い衆のなかには幕府の密偵がいるかもしれないからな」

「高麗屋がそんな者を薩摩に行かせるわけがないじゃありませんか」

「弥一、幕府の隠密ってのは、来年は富山の薬売りのふりをして薩摩を探索しろと命じられて、それから富山に行って薬売りの若い衆になるとでも思ってるのか？　もし弥一が幕府の隠密だとして、高麗屋に奉公してたとしたら、お前のおじいさんやお父(とっ)さんの代から越中八尾に住みついて、富山人になりきって、誰も疑いもしなくなるのをじっと待ちつづけてたんだ。越中八尾で紙問屋を興し、女房を貰い、子をもうけて、ひたすら時を待つ。幕府の隠密ってのは、そういうふうに生きていくんだよ」

半兵衛様は他の者に聞こえないように言いました。

「じゃあ、いまこの鹿児島の城下にも、何代も前から薩摩人になりすまし、ひそかに幕府の御用を務めている隠密がいるんでしょうか」

わたくしも声を潜めて半兵衛様に訊きました。

「いるだろうな。幕府から密命を帯びて、代々生粋(きっすい)の薩摩商人でありながら、密偵の務めを担っているというやつもいるはずだ。薩摩藩というのは、それほどに徳川将軍家にとったら油断ならない恐ろしい藩なんだ」

「ということは千鳥屋の栄助さんはいまだに信用はされていないということでございますか？」

「だろうな」

半兵衛様がそうささやいたとき、賄いの手伝いをしていた下男が、遅くなったが湯が沸いたので、まずは着替えてくれと告げに来ました。みなは手拭いや股引の着替えを持って庫裡の裏側のほうへと行きました。

それと入れ替わるように園田矢之助様が着物も袴も着替えて寺へと戻って来ました。

「わたくしども三人は、あしたは満井屋さんにご挨拶に伺いましたら、上町の千鳥屋さんに立ち寄って、それから加治木の宿へ行こうと思いますが、よろしゅうございますか」

と富蔵様は訊きました。

「千鳥屋栄助か。きょうの昼過ぎにここに来たそうだ。宿所がここに変わったことは満井屋に聞いたらしい。塩茹でしたきびなごをたくさん持って来てくれたそうだぞ。まだ旬には早いが、それにしてはよく育ったきびなごだと満井屋の番頭が言っておった。大きな笊に山盛りだそうだ。ここは禅寺で『葷酒山門に入るを許さず』だが、住職は中気で臥しておる。黙っておけばかまわん。わしもお相伴にあずかるぞ」

園田様はそう言って、大刀を腰から取り、それを濡れ縁に置きました。

「そんなにたくさん……。園田様、奥様とお子様に丼に一、二杯お届けになったらいかがでございますか。弥一に持たせましょう」

富蔵様はそう言うなり立ちあがり、園田様が断るのもかまわずに庫裡の裏へと小走りで行き、丼鉢に二杯のきびなごを持って来ました。

「お前らに届いたものを、わしが貰って、妻や子に持って行くわけにはいかん」

「ですから、弥一に持って行かせますので。飯が炊けるのは、遅くなりましょう。さっき用意を始めたばかりですからね」

わたくしは道中用の担ぎ行李に丼鉢を入れ、倒れないよう周りに布を詰めて、園田様をせかせました。

「ここからだと近道がある」

山門を出ると、園田様は寺の裏の道を甲突川のほうへと歩きだしました。

町人の家が並び、小さな神社の北には畑がつづいております。海側の道よりも高い場所らしく、帆をいっぱいに張った三十石ほどの船が湾外へと出て行くのが見えました。

「あれは満井屋の手前船だ。坊津のほうに行くのだろう」

坊津は薩摩半島の西南端に位置する入り組んだ入り江だらけの、奇岩の突き出た地域だそうで、その沖合で干し昆布を大量に積んだ北前船から琉球の船に荷を積み換えるので、その周辺には藩外の者は誰も近づくことが禁じられているのでございます。

何十もの深い入り江には隠し浦があり、村民のなかからは藩に選ばれて、家に密輸品を隠す役目を担っている者たちがおります。坊ノ岬から野間岬にかけての津や浦の庄屋は藩の金子も預かりますので、重要な役目を務める者として扱われているのでございます。

この海岸線と周辺の郷には、越中売薬行商人も立ち入ることはできません。細い山道にも海岸の道にも薩摩藩の役人が配されて厳重な警固をしていると富蔵様から聞いておりました。

暗くなりかけた道に堆肥の匂いが漂ってまいりまして、その堆肥場を通り過ぎて二町ほど行った左側に五軒の武士の家が並んでおりました。門がないので下級武士の家とわかります。

いちばん手前の家が園田家でございました。園田様は、わたくしから担ぎ行李を受け取り、十坪ほどの庭を横切って、家へと入りました。飼っている鶏の鳴き声が響きました。すぐにたすきを外しながら、奥様が庭に出てこられまして、わたくしに丁寧に礼を述べられました。

「頂き物をお届けして無礼なこととは存じますが、どうぞお召し上がり下さいませ」

とわたくしは深くお辞儀を返しました。

夕日も赤黒くて、それも沈みかけておりましたので、奥様の顔ははっきりとは見えなかったのですが、くっきりとした二重瞼（ふたえまぶた）の、なんだかおきゃんな町娘といった風情で、笑顔の可愛らしさが心に残りました。

寺へと戻りながら、

「お美しい奥様ですね」

わたくしが言うと、

「もう、ばばあだ」

と園田様はつっけんどんに答えました。二十五歳だということでございました。お子様は男の子がふたり。上は五歳、下は三歳。最初の子は女で、生まれて三日目に亡くなったそうでございます。

おそらく下町の海に近い禅寺に泊まることは朝に決まったのでございましょう。賄いの婆さんもにわかに御用を受けて準備の時間がなかったのか、晩の御膳が調ったのは夜の五つ（午後八時）ごろでした。

賽（さい）の目に切った豆腐入りの味噌汁、大根と菜っ葉の漬物、薩摩芋を混ぜた半搗（つ）き米、それに、千鳥屋栄助さんが届けてくれたきびなごの塩茹でが各自の小さな箱膳に載っておりました。園田様は手伝いの者たちと庫裡の裏で御膳を囲んだそうでございます。

あすの用意をして、三十枚近い雨戸を閉め、わたくしどもが板の間に敷いた蒲団に横になったのは夜の四つ（午後十時頃）でございます。

「行灯の灯を落としますよ」

と福松さんの若い衆が言って、すべての明かりが消えますと、それが合図のように枕辺に波音が迫ってきました。

東側の錦江湾までは二町ほどありますが、まるで歩いて五、六歩のところからの波音のように感じました。その波の音までが暖かいのでございます。目を閉じていると、ぬるめの湯に長々と横になってつかっているような心地よさを感じました。

わたくしは、薩摩という地が好きなのではないかと思いました。好きという言葉が正確な表現ではないとしたら、自分の心身に合っていて居心地がいいと言い換えてもいいようでございます。目を閉じればたちまち眠りに落ちていくほどに疲れておりましたが、わたくしは波音に心を漂わせていたくて、しばらく暗闇を見つめつづけました。

ひさしぶりに、「深山の民」の娘があらわれました。源左さんの家の裏から野積川を挟んだ七、八尺向こうの対岸に立って、わたくしを見ていた娘でございます。

江戸の吉原に売られたに違いないということでしたが、それはあくまでも推量で、半兵衛様も同じ考えでしたが、江戸へ行ったという確証はないのでございます。

吉原は「遊女三千人御免の場所」と言われているそうですが、三千人はいささか誇張気味であるにせよ、そのなかのひとりの遊女として、あの娘は毎夜客の慰みものになっているのであろうか。

　わたくしはまだ女というものを知りませんでしたので、苦界(くがい)での勤めがいかなるものなのかも知りません。売られた女たちの深い悲哀ばかりが想像できて、吉原という広大な遊廓を取り囲んでいるという田圃が、黒々とした寂しい富山の冬の海のように心に広がっていきました。

あの娘と、薩摩の海の音を夜通し聴いていたいとわたくしは思いました。すると野積川の朝霧の青さが胸のなかに漂い始めて、わたくしは眠ってしまいました。

　翌朝、行商人たちは御膳を食べると、まだ明けきっていない鹿児島の城下をそれぞれの郷へと発(た)っていき、富蔵様と半兵衛様は富山から持参した羽織と着物に着替えました。わたくしは満井屋の店先で待たせてもらうつもりでしたので、「越中売薬行商」と白く染め抜かれた藍色の半纏姿のままでございます。

　朝の五つ半（午前九時頃）に帰り支度も整えて、賄いの婆さんや手伝いの女たちに心付けを渡し、寺を出ようといたしますと、園田様がかなり慌てた様子でやって来ました。昨夜は、御膳を頂いたあと家に帰られたことを、わたくしはそのとき知りました。

「わしは行商人の出立を見届けなければならんのに遅れた。家中の者みなが揃って寝坊をしたのだ。七十四の祖母までが寝坊した。まことにだらしないことだ。みんな、きびなごをおかずに飯を食い過ぎた」

　園田様は正直にそう言って、きまり悪そうに境内を歩き廻っております。

「わたくしどもを高城の宿までお迎えに来て下さって、そのあと一緒に城下までご同行下さったのですから、それはお疲れも出ましょう」

富蔵様は笑顔で言って、満井屋でのご挨拶のあとは上町の千鳥屋に寄りたいと許可を求めました。しかし、どういうわけか、千鳥屋栄助に会う許しは得られませんでした。園田様は、また次の機会にせよとだけ答えて、理由は説明しませんでした。

満井屋は半町ほど海側の商店が並ぶ通りにあり、向かいの太物屋と質屋とのあいだにある細道からは錦江湾を行き来するたくさんの船が見える場所でした。

店先で満井屋彦次郎様と跡取りの雅右衛門（まさえもん）様が出迎えて下さって、さあ奥へと案内されかけたとき、

「わしはここで別れる。帰りの道中、気をつけてまいれ」

と園田様は言って、あとも振り返らず鶴丸城のほうへと早足で去って行きました。

行商人姿のわたくしは店先の框（かまち）に坐らせていただくつもりでしたが、ぜひにと勧められて奥の間の庭に面した縁側に正座いたしました。広い庭には手入れの行き届いた椿の古木が生垣かと思うほどに白壁に沿って植えられております。

半兵衛様がお父様の名代（みょうだい）として、お土産を渡し、ひととおりの挨拶が済むと、もうじき参勤交代で斉彬公は国許に帰って来るので、そのための下準備で道中奉行役の武士ばかりではなく、他役の侍までもが駆り出されていると満井屋彦次郎様は説明しました。

京で逢ったときには、その体格の立派さと大きな顔の造りが印象に残ったのですが、高麗屋よりも質素な店構えのなかの奥の間に坐っている満井屋彦次郎様は、切れ長な目とそげた頰が突き出た漢学者のような雰囲気で、そのあまりの違いに、わたくしはどこか患いがあるのではないか

と感じました。

「ことしの六月に御製薬掛の御重臣が京へ行きます。わたしも大坂の俵物問屋との商談があって上方へ行きますので、そのときに御重臣への贈り物をお届け下さいませんか。わたしがお取次ぎいたします」

そう言ったのは三十五、六歳かと思える跡取りの雅右衛門様でした。

贈り物のなかには当然かなりの額の金子が含まれます。それは国家老から斉彬公に報告されるとのことでございました。

「薬は難しい。越中さんにおまかせしたほうが藩も満井屋も得でしょうね」

それも雅右衛門様が半兵衛様に言った言葉で、彦次郎様は庭の奥に設けた小さな祠に目をやったままでした。

「ただ、これまでに要した費用は大きいですし、各家々に配置した薬を焼却するのはあまりに勿体ないし、手前どもが雇った行商人の身の振り方も考えなければなりません。それの後片付けだけに二年は頂戴したいのです。つまりあと二年は越中売薬さんにお手伝いをお願いしたいということなのです。しかし、決めるのは御製薬掛、そしてお殿様ですので……」

「承知いたしております。わたくしどもは満井屋さんのご指示どおりにいたします」

と半兵衛様は言って畳に額をすりつけてお辞儀いたしました。

それから雑談に移りましたが、その話のなかで、斉彬公が藩主となったものの、その父君の斉興公はまだすべてを新藩主にまかせたのではないということが、それとなく明かされました。

「自藩で作った薬を自藩の行商人に売らせるというのは、斉興公の積年の望みだったのです。それを強く進言しつづけたのは調所笑左衛門広郷様。そのためにたくさんの金を使いました。投げ出してしまったら父君としての面子が立たない。斉彬様ではなく妾腹の久光様を次の藩主にと望んで、藩内に凄惨な騒動を起こしておいて、いまさら薬はやめたとは言えませんでしょうね。ですが、隠居には隠居の出処進退がある。幕府老中も、もういい加減に藩政から退けという意味の言葉を斉興公にそれとなく口にしております」

雅右衛門様はほのかな微笑を浮かべてそう言いました。

「薩摩から江戸まで四百四十里。四十日から六十日の参勤交代の旅。天候によっては七十日もかかるときもあります。お供の侍たち、お女中方、中間、足軽、人足、合わせて千九百人。その費用は幾らだと思います?」

それまでほとんど喋らなかった彦次郎様が半兵衛様に訊きました。

「費用でございますか。見当もつきません」

加賀百万石の一年おきの参勤交代にかかる費用を知っているのに、半兵衛様はそう答えました。

「一万七千両。往復で三万四千両。それだけの金を貧しい百姓や漁師に均等に分けてやれば、どれほど暮らしに役立つことか……」

満井屋彦次郎様は喉の奥で笑い、また庭の祠へと目を転じました。

わたくしどもは、一刻ほどで満井屋を辞し、上町の団子屋で昼食代わりの団子を食べました。

「満井屋さんが藩政への批判がましいことを口にするのは初めてだよ。それにこの半年ほどでいやにお痩せになったなあ。あんなに陰気な人じゃあなかったはずだがなあ」

団子屋の主人に頼んで店の奥の小座敷で羽織と着物を脱ぎ、もとの半纏股引、手甲脚絆の旅姿に戻りながら、富蔵様はそう言いました。

「俺は、雅右衛門さんの言葉がいやに胸に残ってるよ。薩摩藩のお家騒動は凄惨なものだったってことだな。だけど、俺はあの雅右衛門という人はどうも苦手だ」

半兵衛様はそう言って、自分の羽織を畳みました。

「お由良騒動」とも「高崎崩れ」とも呼ばれた藩内の闘争については詳しいことはまだそのときはわかりませんでしたが、斉興公に見初められた江戸高輪の町家の娘が、我が子を藩主に据えるためにそれほどの機略を巡らすだろうかという疑問は抱きました。お由良の方という名を利用されただけではないのか。

利用されておかなければ我が身が危険であったということもあるかもしれないと、わたくしは思いました。江戸の町娘が藩主の愛妾として薩摩で生きるためには、よほどの矜持を身に纏わねばならなかったはずでございます。参勤交代制度では正室の子は江戸生まれの江戸育ちになってしまいますが、妾腹の子は、よほどの事情がないかぎりは薩摩で生まれて育ちます。つまり斉彬公は江戸という最も賑わう町で育ったのに対して妾腹の久光様は薩摩しか知らないということになります。理由をつけて何度か江戸へ行ったことはあるかもしれませんが。

藩内の騒動にはたいてい世継ぎ争いが絡んでおります。世継ぎ問題が高じると、血で血を洗うほどの争いが生じて藩そのものを破滅させかねません。斉興公の愛妾として久光様を産み、薩摩で生きるしかなかったお由良の方の本心は調所笑左衛門広郷の自害によって闇のなかに押し込められたということなのかもしれません。

しかし、その調所広郷がいなければ薩摩藩はとっくにつぶれていたに違いございません。越中かったことでございましょう。

　わたくしどもは日が落ちないうちに加治木の宿に着こうと焦っておりました。早足で団子屋を出て、越中富山目指して帰路についたのでございます。

　日が落ちるのが早いか、加治木の宿に着くのが早いかと案じだしたころ、菜の花が左右につづく街道を急ぎながら、わたくしはふと才児のことを思いました。長吉の言うことをきいてご奉公に努めているであろうかと案じつつも、才児が大きな笊を使って作成した地球儀の世界地図の幾つかの入り組んだ細い線が脳裏に浮かんだのでございます。

　その瞬間、前後の脈絡もなく、幕府に代わる新しい政体による新しい国にならなければこの日本国は滅びるという考えが、わたくしのなかに湧き起こったのでございます。

　文明の進んでいる諸外国と交際をしなければ滅びる。彼らは自国の私欲のために日本との交際を求めているが、それゆえに、この国の頑迷な国法をいつまでも悠長に許しつづけたりはしない。

　鎖国という言葉があったのかどうかはわからないが、異国との交際をオランダとシナとだけに限って、他の国々とはいっさい交わらないという国法を定めたのは徳川第三代将軍家光公であることは反魂丹役所の学問所で学んで知っている。だがそれを知らず、天照大神以来、我が国の地を夷国の人間には踏ませなかったという、あきれかえるような虚偽を信じている公家や武士たちがたくさんいる。

　我が国には正しい国史というものが編纂されなかったのだ。ひとつあったが火事で焼亡したと教えてくれたのは富山藩が江戸から招聘した漢学者だった。

その人は、頼山陽の『日本外史』は大雑把な史書に過ぎず、概略だけで細かな機微に欠けると評していた。

　この小さな島国の日本が諸外国との交際なしに平安を保てる時代は必ず終わる。しかし、江戸幕府はそれを国禁として、不慮の事故で漂流した船の船頭や水夫たちが異国へ流され、艱難辛苦を経て祖国に帰って来ても、その多くを死罪や牢送りに処してきた。そんな理不尽なことがあっていいものか。

　俺は高麗屋で修業をつづけてまだ五年だが、たったの五年のあいだに多くの廻船問屋や北前船の船頭たちと親しみ、彼らが見聞した海の世界のことを知った。全国三百諸藩の町から山村までを行商する越中売薬人からもたらされる風聞の量も膨大だ。

　それらを分析していけば、日本は異国と交際することで利を得ることを考えるべきだという結論に行きつくのだ。だがあくまでもそれを国禁としつづけるならば、そんな江戸幕府はつぶれればいい。

　わたくしはなにかの熱に浮かされるようにそう考えましたが、はるかに屈強な武力を持つ諸外国が、あたかも現在の清国におけるエゲレスのように、この国の人間をも奴隷化し、鞭をふるって牛馬のようにこき使うことからどう免れるかという最も重要な問題への解答などは、どうにも思案の外でございました。そうなったときのことを想像すると全身に恐怖が走るだけなのでございます。

　生意気な言い方をお許しいただくならば、ペリー来航から始まったのは開国への拒否論であって、攘夷論にまでは至っておりませんでした。

やがて激烈な攘夷論へと変質していきますが、それも異国への単純な恐怖によって日本中の武士だけでなく町人たちも等しく抱いた感情論だったとわたくしは思っております。まず初めに開国拒否、次に攘夷ありで、討幕による回天運動はそのあとにくっついて湧き起こりました。ですが、わたくしはまだ若造の分際でありながら、言葉にすれば「討幕」と言うしかない立場からアメリカのペリー艦隊来航を迎えたと言ってもいいかと思うのでございます。越中富山の売薬業を世界に拡げるという雲を摑むような野望によってでございます。

　高麗屋での奉公によって、わたくしは漢方医薬というものの無力を思い知るようになっておりました。蘭方の薬も五十歩百歩で、どちらも風邪ひとつ治せません。麻疹、脚気、梅毒、労咳となりますとまったく無力で、薬はただの気休めでございます。

　とりわけ漢方医術というものが、陰陽五行説という神がかった呪術に近いものに過ぎない気がしてきておりました。

　しかし、舎密（化学）と窮理（物理）に秀でる西洋医術は、絶えざる研究に余念がなくて、漢方医術よりもはるかに迅速に発達をつづけていることは、長崎で蘭学を学び始めた弥平次さんからの手紙で知っておりました。

　わたくしは、富山の薬に西洋の医術を加味させれば、いまは治せない病を治せる薬を作れるようになるのではないかと考えるようになっていたのでございます。無論、そんなわたくしの考えは誰にも口にはいたしませんでした。

　確固たる思想に裏打ちされたものではありません。幕府が他の政体に替われば、越中富山の薬を清国やルソンや天竺にも自由に売りに行けるというまことに青臭い大望が下敷きとしてあったのですが、無用な参勤交代で三百諸藩にそれぞれ何万両もの金を使わせる江戸幕府の二百五十年に及ぶ政事ひとつを取っても、幕府政治のあらゆる制度が老朽してしまっているとしか思えなかったのでございます。

それによってつねに塗炭の苦しみに沈むのは百姓ばかり。幕府のいったいどれだけの人間がその百姓の悲惨さを知っておりましょうか。

わたくしどもの生きるこの世の中は、幕府があり、藩があり、多くの武士がいて、士農工商というがんじがらめの身分制があるということが崩れざる絶対の国法として君臨してはおりますが、武士がいなくても百姓も漁師も生きていけます。ですが、武士たちは百姓や漁師がいないと生きていけません。物を作る職人がいなければ襖ひとつ、簞笥ひとつにも不自由いたします。

わたくしが高麗屋に奉公にあがって、多くの売薬行商人や廻船問屋の船乗りたちから耳にする奥州各藩の事情は、この数年の飢饉による百姓の苦しみばかりでございました。年貢の取り立ては苛烈で、藩の役人たちは御身大切で、百姓の飢えなど斟酌いたしません。会津藩、南部藩、津軽藩等々。百姓たちの怨嗟の声は地鳴りのように不気味に響きつづけております。

薩摩仲間組の福松さんが以前そっと漏らした言葉は、わたくしのなかに強い衝動をもたらしました。

「武士なんてものがいなくなってくれたら、みんなならくになるのになぁ」

高麗屋に奉公にあがるまでは、わたくしはそんなことは考えたこともなかったのでございます。道具も、古くなって寿命を迎えたものは部分を修繕するだけではどうにもなりません。思い切って新しい道具に替えるしかないのだと、加治木郷への街道を歩きながら、わたくしは思い込んでしまいました。ですから、畑仕事をしている薩摩の郷士たちが、みな好ましく感じられたのでございます。

満井屋さんの言葉どおり、その年の六月に、高麗屋金兵衛様と半兵衛様とわたくしは京へ行き、錦小路の薩摩藩邸で御製薬掛重臣に贈り物を届け、差留め解除の嘆願をいたしました。富蔵様の役を半兵衛様が務めることになったのでございます。

高麗屋の当主がさほど遠くない時期に半兵衛様に代わることも薩摩藩御製薬掛重臣に暗黙に伝えたことになります。

そしてその年の十月にも、わたくしと富蔵様と半兵衛様は再び行商人たちと薩摩へ行きました。翌年の嘉永六年（一八五三）の春にも行きました。

その二度とも高城の宿ではなく、加治木の宿で園田矢之助様は待っておりました。わたくしどもの滞留はいつもたったの二泊か三泊でございます。愚直なまでに誠意を尽くす。ただこれだけのための往復七十日の旅をつづけたことになります。

しかし、三度目の薩摩滞留から帰富いたしましてわずか一か月がたつかたたないかの嘉永六年六月三日にすべてが変わります。ペリー提督率いるアメリカ艦隊が浦賀沖にあらわれて、幕府に開国を強要したからでございます。わたくしは二十二歳になっておりました。

＊

きょうは昼に「井筒屋」から蕎麦を出前してもらって、そのあとはお話しせねばならないことは話し忘れ、語らずともよさそうなことばかり語り、なんとこんなに遅くなってしまいました。

わたくしはきっと健康を取り戻したのだなと、話しながら何度も喜びを感じておりましたが、あなたさまはさぞお疲れになったことでございましょう。

さっきから家内が、そろそろ話をやめてお客様に御酒をお勧めしろと目配せをつづけております。もう夜の五つ（午後八時頃）でございます。庭で鈴虫に似た虫の音が聞こえております。春に鳴く鈴虫などは物怪（もっけ）でございますね。名もわからぬ美声の虫が草の陰に隠れてこちらを見ているようです。

ペリー来航と、その傲岸不遜な恫喝（どうかつ）によって世の中がひっくり返ったさまも、その後の騒乱の日々も、富山の売薬人や廻船問屋たちがどのような視点で見つめていたかも、次にこの越中八尾にお越しになるまで取っておくことといたしましょう。

次はぜひお盆の時期にお越し下さい。越中八尾の、どこか切ないものを感じる盆祭りをぜひ味わっていただきたいと思っております。

それでは我が家の奥の間に席を移して、いなかの酒と山菜や朝掘りの筍（たけのこ）料理などをごゆるりとお楽しみ下さいませ。

第十五章　黒船

四月に東京にお帰りになってすぐにお心のこもったお礼状と珍しい西洋菓子をご恵送下さいまして、誠にありがとうございました。

東京や横浜でしか手に入れられないというビスケットという菓子のおいしさも、それがたくさん詰まっております美しい彩色の金属製の箱も、もうそれ自体が異国そのもので、家内は新庄の弥三郎夫婦と子どもたちに持って行ってやり、しばらくは食べずにみなで箱だけ眺めて楽しんでいたそうでございます。

食べるのは勿体ないといっても、せっかくのご好意なのだからと、まず弟夫婦が味見をさせていただき、それから子どもたち、店の使用人たちにも分けて、口に含むと香ばしくて濃厚な香りがひろがるビスケットを味わわせていただいたと喜んでおりました。

わたくしも、弟一家がたぶんいま時分ビスケットなるものを生まれて初めて食しているであろうという時間に、家内が奉書に大切に包んで置いていってくれた五枚を食べさせていただきました。台所の竈（かまど）で湯を沸かし、ひとりでいそいそと急須に茶葉を入れ、川上屋の店座敷に正座して、茶碗に茶を注ぎ、まるでひとり点前（てまえ）のように心を静かにさせてビスケットを口に入れたとき、鳥羽伏見の戦いで、あるいは上野寛永寺（かんえいじ）での彰義隊との戦いで、会津の戦いで、北越の役で、箱館五稜郭の戦いで、さらには西南戦争で死んだ薩摩藩士たちそれぞれのたくさんの顔が浮かびました。

とりわけその奥様やお子様の顔を見知っている園田矢之助様は、西南の役で西郷隆盛に殉じるようにして、最後の城山での攻防戦時に政府軍の銃弾に倒れました。明治十年（一八七七）九月二十六日の未明に息絶えたのであろうと聞いております。

どうもわたくしは西郷隆盛というと別の人であるような気がしてなりません。わたくしのなかでは「せごどん」、「吉之助（きちのすけ）どん」と親しまれたころの西郷吉之助がまだ生きているのでございます。

といって、わたくしは西郷吉之助様をいちども見たことはございません。

安政二年（一八五五）に行商差留めが解除になり、翌安政三年から従来どおりの売薬行商が再開されて、越中富山の売薬薩摩仲間組はその後の世の中が騒乱状態にある時期にも年に二回の行商は欠かしませんでした。

「せごどん」とか「吉之助どん」という名を薩摩藩内で耳にしたのは、安政三年に徳川十三代将軍家定公に嫁いで、のちに天璋院となられる島津斉彬公の従妹・篤姫様のお輿入れの準備一切を取り仕切った若い薩摩藩士としてでございます。

将軍家へ嫁ぐ女人の婚礼用の道具類は並大抵の量ではございません。嫁いだあとに一生にわたって必要な品々を持参するのですから、女人が生涯で必要なものをことごとく知っておかなければなりません。漏れがあっては島津家の恥となります。嫁ぐ相手は将軍。すべてはこの国における最高の品を揃えるのですから、箪笥、鏡台、化粧道具、履物、着物、簪（かんざし）、扇子等々、それぞれの専門家と綿密な打ち合わせが必要なはずでございます。

本来は、薩摩藩の奥女中、それも位の高い女人たちが数人、いや十数人で奔走するはずだと思うのですが、斉彬公はその差配を庭方役であった西郷吉之助にまかせたそうなのでございます。

扱いの難しい薩摩藩の奥女中どころか、江戸城で権勢を振るう大奥女中の最高位の女人とも昵（じっ）懇（こん）にならなければ務まるお役目ではなかったであろうと思われます。それをろくに江戸のこともわからない庭方役の藩士が滞（とどこお）りなく務めあげたというので、西郷吉之助様の名は、わたくしどもの耳にも入ってきたのでございます。

それが薩摩組の行商再開の年と重なりましたために、薩摩の町人たちがまるで自分の友だちのように親しく「せごどん」とか「吉之助どん」と呼んで噂するさまが強く印象に残ったものと思われます。

*

話が横道に逸れてしまいましたね。あなたさまはきのうの夜に東京から越中八尾にお着きになったばかりですのに、わたくしはせっかちにも、もう本題に入ろうとしております。まことに無粋なことで申し訳ございません。

八尾の盆祭りをご覧いただけなくて残念でしたが、六月にお兄様を亡くされて百日の喪に服しておられたとのこと、心からお悔やみ申し上げます。

前回お越しになったときは、ほとんどこのわたくしの家から八尾の町界隈でお話をさせていただきましたが、今回は野積村の紙漉き職人である源左さんの家の別棟をお借りしております。源左さんはお父さんが亡くなったあと、明治七年（一八七四）に雑木林を挟んで建っておりました隣家を買い、そこを修理改修いたしまして別棟として、二階を造った紙の収納用に使っております。

野積村の、夏でも手が凍りそうなほどの清流の畔で、ペリー来航からの、いったいどこから話せばいいのかわからないほどの出来事をお話しさせていただこうと、源左さんに頼んでその別棟を貸してもらいました。

朝の御膳を済ませたら、散策気分でゆっくりと秋の谷道を歩いて東京での忙しい日々で疲れた心身をほぐしていただければと思っております。お昼の弁当も用意ができたようですね。

源左さんの家には夕方までに着けばいいので、あっちの棚田でひと休み、こっちの川辺でひと休みと、のんびりとまいることといたしましょう。

きょうから十月でございますね。ことしの夏は日照りがつづき、どうなることかと案じましたが、稲はなんとか暑さをかいくぐって順調に生育したようで、ここから見渡せる八尾周辺の田圃では稲刈りが終わったところもあるようです。

いえいえ、この荷物はわたくしが天秤棒で担いで行きますので、どうかお気遣い下さいませんように。わたくしの体力を取り戻すための鍛錬でございます。

この行李には着替えや寝間着以外に、源左さん一家への土産が入っております。米、味噌、油、塩、砂糖、醤油、菓子。それ以外にも酒、何種類かの野菜……。

あなたさまが四月の初旬に東京へお帰りになって三日ほどのちに、わたくしは本気で足腰を鍛え始めました。八尾の町の急坂の登り降りから始めて、神通川沿いに岩瀬浜へと歩いたり、高麗屋を訪ねたり、富蔵様のお墓参りに行ったり。しかし、山と谷がつづく仁歩村や野積村への道を行くのは六年振りでございます。

三月にあなたさまと一緒にほんの途中までを歩きましたが、あれは道中のほんの十分の一ほどで、じつはたったあれだけの道のりでさえ、ふくらはぎが頼りなく痛んで攣りそうになりました。人が脚を伸ばして坐るには頃合いの大石を選んで話をさせていただいたのは、わたくしの脚が疲れてしまったからでございます。

ですが、この六か月ほどの鍛錬で、脚の筋肉はほとんど病気以前に戻りました。それとともに気力さえも若いころと遜色がないほどに回復いたしました。

家内は、そんなに張り切り過ぎるのはよくないと心配いたしましたが、いまではわたくしが岩瀬浜の美濃屋に行き、そのあと高麗屋に寄り、近くの弥三郎夫婦の家に泊まって、翌日の夕刻に帰宅しましても気にもいたしません。

まだ紅葉には早いとはいえ、山の上のほうではささやかに色づき始めている木もあります。源左さんの家の周りでは夜になると秋の虫がいっせいに鳴くことでございましょう。

夏草や　つわものどもが　夢のあと
田一枚　植えて立ち去る　柳かな

ひと月ほど前に、わたくしはやっと松尾芭蕉の『奥の細道』を手に入れました。東京に住む人に頼んでおいたのですが、やっと両国の本屋で見つけたと言って送ってくれました。五帖に分かれた本で、そのうちの二帖は父が生前に東京に行ったときに買ったのでございます。残りの三帖が手に入れられないまま、父は亡くなりました。優しい正直一筋の父でございました。わたくしは、父の怒った顔を見たことがございません。

「夏草を秋虫じゃあ駄目かねえ。田五枚（五反）じゃあ売られていく百姓の娘だなあ」

腕組みをしながら首をかしげていた父を思いだします。好きなわりには作句は上手とは言えないようです。

＊

江戸では大騒ぎが起こっているようだが、なにが起こったのかさっぱりわからない。

そんな噂が越中八尾の町に届いたのは、嘉永六年（一八五三）六月十日でございました。わたくしは薩摩滞留の旅を終えて富山に帰り着き、道中の路銀の精算やらを済ませて、五月末に八尾の実家に帰っておりました。

川上屋の手代である栄蔵さんが祖父の容態が悪いというしらせを持って来てくれて、わたくしは慌てて八尾へと帰ったのでございます。

祖父はその年の二月に軽い卒中で倒れて臥したままだったのですが、いちども起きられないいま意識が失くなってしまい、わたくしが八尾に着いたときには大きないびきをかいて、なにを呼びかけても反応してはくれませんでした。

水も飲めない、重湯も食べられない、では三日ももちません。祖父はわたくしが八尾に駆けつけた翌日の夜に息を引き取りました。

通夜、葬式、埋葬とつづいて、やっと家族だけになったときに、江戸での変事が聞こえてきたのでございます。

　わたくしは翌朝早くに富山町の高麗屋へと急ぎました。途中、飛脚屋の「鍵銀」に寄り、帳場に坐っている万之助に、江戸でなにが起こったのかを訊きました。

「わからないんだ。早飛脚でも江戸で起こったことがこっちに届くには八日はかかるぜ。駿河の飛脚が彦根の飛脚に繋げても、越前福井まで六日だ。新潟からのほうが早いと思うぜ。よほどのことなら幕府の早馬が新潟へ不眠不休で突っ走るだろう」

「じゃあ、なにか大事が起こったということはどうしてわかるんだ?」

「船だ。紀州の船が伊勢の船に伝えて、それが尾州経由の早飛脚でこっちに届いたんだ。事が起こったのは三日だって噂もあるし、四日だってのもあるけど、なにが起こったのか肝心なところはまるでわからないよ。さっきも美濃屋さんの手代が来たよ」

　万之助が予想したとおり、最初に詳しいことを伝えたのは新潟からの早馬でした。加賀藩への早馬でしたが途中で待っていた富山藩士に伝えたのでございます。

　アメリカの軍艦十隻浦賀沖に来航。大砲を江戸市中に向けて湾内を目指す。

　それが、わたくしが耳にした第一報ですが、三日後には十隻ではなく四隻だというものもあり、いや四十隻だというのもあって、大砲を品川の町に撃ち込んだとか、六十人ほどが死んだとか、死人は千人を下らないとか、とにかく錯綜(さくそう)しております。

　軍艦は蒸気で動く船で、その大きさは山のようだと伝える人もおります。人々は争って逃げてしまって、江戸は空っぽだという信じがたい話も交っております。

　どうやらこれが最も正確なしらせだと思えるものが江戸の「じんづう屋」扇助(せんすけ)さんからの書状

で届いたのは六月二十二日でございます。

――六月三日の夕、品川の宿を川越藩士三名が血相を変えて馬で走り過ぎた。道を歩いている年寄りも子どもも蹴殺さんばかりの勢いで馬までが目を血走らせていた。

そのあとすぐに南のほうから半鐘が響き始めたが、どこかで火の手があがっているというふうでもなかった。

家の二階から海を見たが、いつもと変わりはない。それなのに南側、つまり三浦半島のほうからの半鐘の音は増えつづけている。

やがて神奈川のほうから早飛脚が、それもひとりやふたりではなく、数人が宿場を走り過ぎた。

「なにがあったい？」

と訊くと、顔見知りの飛脚が走りながら、

「異国の船が押し寄せて来たぜ。一隻や二隻じゃねえ。十数隻もだ。みんな大砲をこっちに向けてやがる。江戸中に狙いを定めて押し寄せて来てるんだ。とにかく逃げろ。海沿いから離れろ」

と言う。

「異国って、どこだい？」

「メリケンらしいけど、よくわからねえよ。とにかくさっさと逃げろ」

「その船は、どこにいるんだ？」

「浦賀沖だ。でも、こっちへ近づいて来てるんだ」

これはとんでもないことになったと思い、階下に駆け降りると、女房や使用人たちに、着の身着のままで逃げろと命じた。家にある金子は三つの胴巻きに突っ込んで腹に巻き付け、海側から離れるとすれば目黒のほうに走ればいいと見当をつけた。

以前にうちで働いていた仁吉という男がいるから、そこに世話になろうと考えたのだ。

「じんづう屋」という看板もこれが見納めかと覚悟を決めて、十六の娘と十三の息子に大八車を曳かせて品川の宿から目黒へと向かったのは暮れ七つ半（午後五時頃）だった。そのころには品川の宿場は浦賀へと急ぐ旗本や各藩の侍たちでごった返して、身動きできないほどだった。

槍を持ち、甲冑具足に身を包んでいるのに、馬の轡を持って歩いている旗本のご隠居がいた。もう息も絶え絶えで、馬と一緒に倒れそうだった。二百数十年も屋敷のどこかにしまってあった甲冑具足を出してきて、埃を払う暇もなく身に着けて馬に乗ったのだろうが、日頃そんな調練を受けていない馬にも旗本のご隠居にも重すぎて、半町も行かないうちに落ちたらしい。

幕臣の若い侍たちも威勢のいい合戦支度だが、顔は青ざめて、体の動きもこわばって腰がひけている。

こりゃあ勝てっこないと情けなくなり、逃げた逃げた、目黒目指して逃げた。目黒の仁吉の家に着いたのは夜四つ（午後十時頃）だった。そのころには目黒にも浦賀沖の変事が伝わっていて、仁吉のかみさんは黒船という言葉を使った。

「船が黒い銅板で覆われてるそうですよ。幕府の大砲の弾なんか弾き返しそうだって。いちばん大きな船は長さが四十間ほどで、大砲が二十門も積まれてるんだそうです。ときどき浜のほうに撃ってるけど、弾は入れてないらしいんです。それでも、その音だけで浜近くの家はびりびり震えるって」

仁吉のかみさんは、それを浦賀の質屋に奉公している隣家の次男から聞いたという。その男も、主人に、とにかく逃げろと言われて一目散に小舟で実家に帰って来たらしい。

亜墨利加の黒船なるものが浦賀沖から江戸湾へと進んできたのは翌日だった。江戸湾内に大砲の音が響き渡った。威嚇のための空砲ではあったが、どでかい雷が落ちるようなすさまじい音は目黒にまで聞こえた。騒ぎが少しおさまったのは、黒船が江戸を攻撃することはなさそうだという噂がひろまったからだ。しかし、その噂には、どこから出たのか、将軍が薨去したというのも交っていた。第十二代将軍徳川家慶公が黒船の来た翌日に死んだというのだ。時勢が時勢だけにまだ秘密にされているというが、ただの流言とは思えない。

きのうの九日、亜墨利加艦隊のペリーという提督が久里浜で幕府の代表と会談した。とにかくきのうのことで、会談の中身はわからないが、相手側の要求が日本の開国であることはまず間違いないと思われる。

わたしたち家族は品川のじんづう屋に戻ってひと息ついているが、東海道には海岸防備を下知された諸藩の武士たちが連日浦賀方面へ下って行き、江戸湾のほうでは幕府側の大砲調練の轟音がつづいて、蜂の巣をつついたような騒ぎだ。上方のほうからも各藩が尾州、駿河などの警衛のために下って、一般の町人の通行は困難な状況らしい。そのあおりを食って、中山道も通行人で溢れているという。いまこの時点では、亜墨利加の黒船はまだ品川沖にいるようで、幕府との会談がどうなったのかわからないが、嘉永六年六月十日において知り得ることを急ぎ書き記した。

——

わたくしは、じんづう屋扇助さんからの手紙を拝見したあと、拝借してすぐに岩瀬浜へと急ぎました。美濃屋幹兵衛様にも読んでもらうためでございます。

富山の町人のなかには、この狭い藩での生活に見切りをつけて、江戸や京や大坂に新天地を求めた者がたくさんおります。

また、それらの人以外にも、以前にお話しした北前船の水夫たちが、松前や秋田や佐渡や新潟の商人に見込まれて婿養子となり、それぞれの地に根をおろしております。

能登、福井、三河、尾州、伊勢、土佐、阿波、伊予、姫路、芸州、防府、馬関、萩、小倉、福岡、豊後、長崎、肥前佐賀、熊本……。

日本中に、北前船で鍛えられた男たちが散っていったということになりますので、各地の情報はそれらの者たちによってもたらされるのでございます。江戸品川のじんづう屋扇助さんも、お父さんがわずかな蓄えを頼りに越中富山から出て行った人で、小金を貸すことでこつこつと利を稼ぎ、それを元手に闇の質屋を始めました。

質株を買って看板をあげたころに扇助さんが代を継ぎ、やがて売りに出た小さな旅籠を手に入れて、嘉永三年（一八五〇）にじんづう屋という宿屋を始めたのでございます。

このじんづう屋扇助さんは江戸府内の小間物屋に顔がききます。小間物屋には富山出身の者が多くて、みな扇助さんのお父さんには何らかの世話になっていたのでございます。

薩摩の千鳥屋栄助さんも小間物屋ですが、一向宗の門徒が多い富山には、それがために仏具屋も多くて、仏具の職人もまた多いために、その技法を使って簪とか女の飾り小物を内職で作るようになりました。

やがて、仏具よりも品物の動きが頻繁な飾り小物を本職とする者が増えていき、それらは京、大坂、江戸へと生きる地を求めました。それゆえに小間物商には富山人が多いのでございます。

小間物を商うということは女を相手にすることですから、得意先には大身の旗本や大名の腰元も多くて、長いつきあいのうちには心安くなっていきます。幕臣が家で語ること、大名屋敷での藩士たちのひそひそ話。それらは女どもの口から漏れることが少なくありません。

江戸では、品川のじんづう屋扇助さん、芝久保町の小間物屋・伏見屋甚五郎さん、日本橋小網町の祝い餅屋・越中屋香吉さん、親父橋の薬屋・万徳屋佐之助さんが、関八州で起きたことをしらせてくれる主な方々でございます。

名をあげていけばきりがないほどに越中富山とゆかりのある人たちが全国にいたのは、美濃屋を中心とした廻船問屋と越中売薬に不可欠な薬種を扱う薬種問屋の長年にわたる努力の賜物であったと言えるかもしれません。

美濃屋にも江戸から大坂から新潟から幾通かの書状が届いておりました。そのなかには、加賀藩江戸屋敷から送られたものの写しがありました。どこかの藩士が国許に送った急ぎの書状が簡略かつ意を尽くしていたので、一刻も早くと加賀藩士がそっくりそのまま筆写して金沢に送ったものだと美濃屋さんは説明してくれました。

このたびの異国からの大船来航のこと、江戸表では殊の外の驚きにて、東海道筋の民に限らず旗本大名の注進錯綜して大騒動が出来した。

松平越前守様、品川御殿山お堅め。細川越中守様、大森村お堅め。松平大膳大夫様、鉄砲州及び佃島お堅め等々。火急の警衛申しつけられて、異国船の防備を任じられた。

そのほかの要所にも重責の幕府重臣が任じられて、それぞれ警護を固めた。

さて、異国船に国名を尋ねたところ、北亜米利加と申すところにて、比類なき大船から大筒を打ち放し、海岸の人家を威嚇しつづけた。威嚇のみにて、民家の者ども妻子とともに逃げまどい、立ち退き、避難のありさま目を覆うばかりなり。

書状はさらにつづき、江戸の海岸べりの鳶や火消にまでお触れが出たことが切迫した筆致で書かれてありました。

「火付け強盗のやりくちだな」

と美濃屋幹兵衛様は煙管(きせる)の雁首で灰吹きの縁を軽く叩きながら言いました。

「公方(くぼう)様の御薨去のことに触れてる書状はわたしのところには一通もないよ。ただ、幕府がどれほどあたふたと狼狽(ろうばい)して、盗賊に匕首(あいくち)を突きつけられた娘のようにペリーの前で震えていたかを書いてるのがある。江戸幕府とはこれほど情けない連中だったのかと悔しさで涙がこぼれるほどだったとな」

美濃屋幹兵衛様は、じんづう屋扇助さんからの手紙をわたくしに返すと、普段と変わらないゆっくりとした口調で言いました。

「物事というのは重なって起こるものだな。家慶公の薨去が本当なら、江戸城内では将軍継嗣(けいし)の争いが始まるぞ。次の将軍様に誰がなるか。本来なら家定公だが、あまりにもお体が弱くて将軍職は務まらないだろうっていう人が多い。しかし、家定公にはお子様がいない。正室にも側室にも、子どもはなかった。男女の交わりができないほどにお体が弱いというんだ。正室もお体が弱くて、二十何歳かで亡くなられた。島津斉彬公のお従妹様を次の正室にと白羽の矢が立ったのは、なんとしてもお世継ぎをという老中の阿部様の懇請によるものだというが、外様大名の島津家と将軍家とではあまりに家格に違いがあり過ぎると反対する勢力が多いらしい。斉彬公がお従妹様を将軍家に嫁がせるのは、薩摩藩の江戸城での地位を強固にさせようという思惑があるからだという幕閣の反発も大きくなるだろうな。アメリカの軍艦の問答無用の来航と将軍継嗣問題とは車の両輪で動きだすかもしれないよ。薩摩をあの日本の南に閉じ込めてしまったら、清国からの唐薬種も動かなくなる。斉彬公がどんな手を打つか、こっちはしばらく見てるしかないな」

美濃屋幹兵衛様は団扇(うちわ)でせわしなく胸のあたりに風を送っておりました。もう梅雨は明けておりましたが、空は終日曇っており、雨粒はまったく落ちてこず、異常なほどに蒸し暑い日が三日もつづいて、わたくしの胸にも汗が伝い流れました。

この数年のあいだに売薬人の数も二百人近く増えて、二千二百人にもなろうとしております。去年の越中の薬の商い高は約二十万両。藩は毎年三万五千両余の上納金を売薬人に義務づけております。上納金は税でございますが、それ以外にも時に応じて上納金を求められます。仮に五万両を富山藩に納めても、十一万五千両の商い。それは薬だけであって、売薬業に必要なさまざまな備品を作る職人たちのあいだで動く金子も莫大な額にのぼります。まったく富山藩全体が売薬業で成り立っているのですが、それは薩摩からの唐薬種の大量仕入れが支えているのでございます。

「この十年くらいで、国学を熱心に学ぶ若い人たちが増えたな。薬種問屋ではどうだい?」

美濃屋幹兵衛様は話題を変えてそう訊きました。

「上州屋の若旦那は金沢や美濃方面に国学を学ぶ友人が多いそうです。八尾のわたくしの幼馴染は先月江戸で平田派の正式な門人となって誓詞(せいし)帳に名が加えられたと喜んでおりました。ですが、八尾ではその生糸問屋の跡取りだけのようです」

「どうも庄屋とか大店(おおだな)の跡取りが国学に走るらしいが、それはどうしてだと思う？」

「もっともっと勉学をしたいのでございましょう。いなかで生まれ育って、寺子屋で読み書きの基礎を学び、そのあとはほとんどいい師匠がいないまま独力で漢学を身につけるしかなかった若い人たちが、とにかく学問に飢えているときに、たまたま国学者と知遇を得て、一気にそこへ傾いていく気持ちは、わたくしにも多少は理解できます。ただ、わたくしは漢(から)ごころを排して仏教も否定し、古代の人の心に立ち戻って世の中を見つめ直せという平田派の説くことは空論のような気がして反発したくなります。戻れるはずがないからです」

「孔子の仁義礼智孝忠も、仏の道も、みんな否定して捨ててしまえってのかい？」

「この国のものではないからです。みな漢ごころであって、荷田春満(かだのあずままろ)、賀茂真淵(かものまぶち)、本居宣長(もとおりのりなが)、平田篤胤(あつたね)と受け継がれてきたこの国固有の精神を受け継ごうというのが、この十数年間の国学の流れになっていると、わたくしの幼馴染は身を乗り出すように語っておりました」

　首をかしげて、

「この国の固有の思想や学問てのは、いったいなんだい」

　と美濃屋幹兵衛様はさらに訊きました。

「『おのずから』に還ること、『もののあわれ』に立ち戻ることだそうですが、わたくしにもよくわかりません」

「俺たちはおのずからに還るから、お前たちも国に帰れってペリーに言っても、ああそうですかとはいかない。もののあわれでは飯は食えない」

　美濃屋幹兵衛様は笑みを浮かべましたが、なにか気にかかることがあるらしく、蚊遣りの煙を見つめておりました。

第十二代将軍徳川家慶公の御薨去が正式に伝えられましたのは七月の終わりごろで、その五日ほど前にはオロシアの船が長崎にやって来ました。

もうその時分になると、アメリカのペリー提督が幕府に要求したこともつぶさに富山に伝わっておりました。

越中売薬行商関東組の者が親しくしている浦賀の網元は、黒船が洋上に姿をあらわした瞬間を見ておりました。

――そのときたまたま海岸から二町ほど離れた小高い台地に立つ稲荷神社に用があって、そこの宮司と話をしているとき、ふいにこれまで目にしたことのないほどに大きな黒い船が波をまっぷたつに断ち割るようにしてやって来て速度を落とした。

浦賀奉行所の役人たちが驚き慌てて右往左往しているさまが神社からはっきりと見えた。

帆柱が三本。帆が三つ。船体の左右には水車のようなものが取り付けてある。その船がいちばん大きくて、海から山が湧いて出たといった威容だった。

浦賀奉行はこの海岸での応接を拒否して、長崎に行くようにと命じたが、相手はまったく意に介したふうもなく、ここで国書を受け取れないのならば我々はこのまま江戸へ行く、江戸で受け取らせるだけのことだと言って、江戸湾に向けて航行する素振りを見せた。

砲門は陸地に向けている。砲身の長さは幕府の大砲の五倍はありそうだった。

そのうち、大砲が発射された。神社全体が揺れて、神殿の裏に隠れたが、どうやら空砲らしいとわかるまで小半刻ほど床に身を伏せていた。

四隻のアメリカ船は江戸湾の内海に入ったが、それは示威行為だったようで、夜には浦賀沖に戻って来た。

翌朝から彼らは海岸線の測量を始めた。海のあちこちの深さを測った。我が物顔でしたい放題といった傲慢なやり方に、駆け付けた各藩の藩士のなかには悔し涙を流す者もいた。

六月九日に浦賀の久里浜（くりはま）で幕府代表は提督ペリーとの会談に臨んだ。日本には英語の通詞がいないので蘭語で行なわれたという。

まるで日本人を侮辱するのが目的で来航したかに思えるほどに、ペリー提督の態度は傲岸不遜だった。鉄砲の先に剣を刺した水兵も久里浜に上陸して、五千人もの各藩の藩士で固めた会談場所に整然と並んだ。

浦賀奉行は久里浜の一角に幕を張り、各藩の藩士に、軽挙妄動をつつしむようにと申し渡したが、彦根藩士のひとりは、いま斬り込めば勝つと進言して、実際にひとりで斬り込もうとしたそうだ。

船には少数の水夫が残っているだけだ。こちらは五千人。相手は二千人。味方がいるのだから相手は浜に向かって大砲は打てない。二千人を斬り殺して、船も奪う。そうすれば、この屈辱を晴らせるだけでなく、異国は懲りて二度と開国を求めてはこないだろう。

本気で周りの侍たちを扇動したのは水戸藩士だ。

だが、奉行はペリーとはひとことも言葉を交わさずに国書だけを受け取った。ペリーはそのあとも、あからさまに未開の野蛮人を見る目で各藩士たちを睨（にら）みまわし、日本があくまでも開国を拒否するなら武力に訴えてもその頑迷な態度を改めさせると言ったそうだ。

いま返事を貰おうとは思っていない。自分は五か月か六か月後にまた来るであろう。そのとき合戦に及ぶならアメリカは必ず勝ってみせる。そのときのために白旗二本をここに残していく。戦に負けて講和を求めるときにこの旗を使うがいい。

ペリーと二千人の水兵は船に戻り、それから小柴沖から羽田沖まで航行して軍容を示して去って行った。

彼らの一連の行動から推量すると、よほどの覚悟を固めてやって来たものらしい。これまでの交易を求めての柔らかな交渉とはまったく違う。もうあとには退かない。日本が聞き入れずにあくまでも通商拒否を主張するなら、我々は武力を行使するのみだ。そのつもりで覚悟しておけ……。

久里浜における会談の警衛に任じられた各藩の藩士たちの屈辱はいかほどであったかと一介の漁師の網元に過ぎない自分にも察しがつく。幕府の意見はいっこうにまとまらず、家慶公の薨去に伴うさまざまな問題とで紛糾がつづいているという。

ペリーはその言葉どおり五か月か六か月先には必ずこの浦賀沖に再びやってくると思われるが、それまでに幕府が開国にせよ鎖国にせよ、確固たる方針を下せるかどうか、おぼつかない。——

この書状が高麗屋に届き、日本中が家慶公の喪に服して鳴り物類の禁止令がつづいたあと家定公が第十三代征夷大将軍に就きました。

＊

この左側の棚田は去年に大豆を植えましたために、ことしは休ませているのでございましょう。大豆を植えた田には三年ほどは米は育ちません。

山と山のあいだに野積川が流れ、樫や楓や自生の椿などが伸び放題に伸びております。野積村までの道はまだ三分の一ほど来ただけですが、この休耕田で早めに昼の弁当をいかがでしょうか。

結び飯と実山椒の佃煮、大根の古漬け。焼いた秋茄子。我が妻の作りました弁当でございますが、なかなかおつな組み合わせかと思います。きっとどんな弁当を作ろうかとあれこれ考えたに違いありません。竹筒には冷ました茶が入っております。遠慮なくお好きなだけお飲み下さい。

秋はたしかに天が高うございますね。もう十月だというのに、不思議なことに遠くでひぐらしが一匹だけ弱々しく鳴いておりますね。はい、あれはたしかにひぐらし。みなよりも遅く生まれて遅く死ぬのでございましょうか。

ペリーが来航したのが嘉永六年（一八五三）。ことしは明治十三年（一八八〇）。たったの二十七年ほどしかたっておりません。西南戦争が終わった翌年の明治十一年には大久保利通が暗殺されました。大久保内務卿も、わたくしには「いちぞどん」でなければなりません。「せごどん」の幼馴染で生涯の盟友であるはずだった薩摩の「いちぞどん」なのでございます。

その大久保内務卿を斬ったのが元加賀藩士であったことには驚きました。加賀藩ほど幕府に恭順の意を示しつづけた藩はなかったからでございます。百万石を削られないために、つねに幕府の顔色を窺いつづけて、そのために武術や学問よりも工芸や料理などの分野に力を入れました。ですから、金沢は工芸品と料理が発展いたしました。

それにいたしましても、ペリー来航からの今日までの二十七年間でいったい何人の人間が死んだことでしょうか。将来のある有為な若い武士たちが物狂いに駆られるようにみずから刃のなかに飛び込み、弾丸に体当たりしていったさまを、わたくしはよく脳裏に思い浮かべてしまいます。風がそよぐたびに秋の雑木林の匂いがたちこめますね。このあたりは雑木林というよりも森でございますが。

このままながながと横になって昼寝でもしたくなります。

第十六章　せいさん

　この時期、野積村や仁歩村からもっと南の飛騨寄りの山々では、群がって飛来する小鳥をかすみ網で獲る猟師の稼ぎ時でございます。

　美濃、信州地方ではアトリと呼ばれる小鳥で、骨が柔らかくて、身もわずかに苦みを持ち、羽をむしって囲炉裏の火で焼くと香ばしくて美味なので、ときおり八尾の町にも売りにまいります。

　猟師の狙いは猪や鹿でございますが、犬をつれて山中に潜む前に、ここと見当をつけた木と木のあいだにかすみ網を仕掛けておきます。

　運が良ければ、その網にかかった百羽くらいのアトリを戦利品にすることができて、いい小遣い稼ぎになるそうで。

　野積村の源左さんの別棟に滞在するのは五日間の予定でございますので、その間には焼いた小粒な野鳥を骨ごと味わえるのではないかとわたくしも楽しみにいたしております。

　うしろの棚田は源左さんのおじいさんが造りました。そのうしろのは同じ野積村の養蚕農家のもので、その隣りは仁歩村のどなたかの田地でございましょう。

野積村も仁歩村も谷合にあって、周りは森林と川ですので、田地がなく、こんな遠くに棚田を耕さなければなりません。養蚕と紙作りという仕事を得なかったならば、村はとっくに人ひとり住まなくなっていたに違いありません。

*

嘉永六年（一八五三）の六月にペリーが浦賀沖にやってきたあと、わたくしは岩瀬浜の美濃屋さんに国学について訊かれたと申し上げましたが、その日からなにほどもたたないうちに、高麗屋に反魂丹役所の緒方喜重郎様がお越しになりました。いつもと同じように、ただふらっと寄ってみたという風情で、ペリーという提督の名も、アメリカという国名も口にせずに、

「弥一、薩摩には慣れたか」

と暢気（のんき）に声をかけてくれました。

わたくしは、この昼行灯のようなお侍に訊いても無駄であろうと思いながらも、国学だけでなく、儒学、朱子学、陽明学などについてもっと詳しく知りたくて、それら学問の概略だけでも教えていただきたいとお願いしてみました。

すると緒方様は即座に、尾田静櫓（おだせいろ）という人の名をあげました。旗本の三男坊で、学問好きで、大変に優秀であったので幕府の学問所である昌平黌（しょうへいこう）で学んでおりましたが、神田の古着屋の長女と恋仲になり、あっさりと武家を捨てて夫婦（めおと）になったのでございます。

そうなりますと昌平黌にはいられなくなり、しばらく女房の実家の古着屋を手伝っておったそうでございます。

その女房の祖父が富山の売薬行商人で、関東仲間組だったのですが、脚を傷めて行商ができなくなり、行商脚を売った金で江戸に新天地を求めました。江戸にはこれだけの人間が暮らしているのだ。富山ではそうはいかないが、江戸でなら道端で野菜を売ってでも食っていける。そう言って、文政五年（一八二二）に妻子とともに江戸へと出たそうでございます。

詳しいいきさつは存じませんが、その息子の代になって神田で古着屋を始めて、小さいながらも店を持てるようになりました。

旗本の次男坊、三男坊といえば、あなたさまもよくご存知でございましょう。家督を譲られる長男と違って、行き場所がありません。生き場所と言ってもいいかもしれません。剣術に長(た)けるか学問に秀でるかして、どこかの藩に召しかかえられるか、同じ旗本の養子になるか。

この尾田静櫓様は、そのどれをも捨てました。武士という身分を捨て、尾田参右衛門(さんえもん)という名も捨てて静櫓と号しました。

女房の名はお松(まつ)。神田の古着屋は弟が跡取りなので、お松さんは、なんと祖父の郷里である富山で古着屋を営もうと考えて、父親にその元手を借りたのでございます。

尾田静櫓様のほうにも、江戸にはいられない事情があったようでしたが、それがなんなのか、おつきあいが深まるごとになんとなくはわかってまいりましたが、わたくしのほうから詮索をしたことはありません。

緒方喜重郎様が尾田静櫓様を紹介してくれたときは、ふたりが富山のお城の近くで古着屋を開業して一年ほどがたっておりました。尾田静櫓様は三十二歳。お松さんは二十八歳でございます。

わたくしは嘉永六年の六月の末ごろに富山城の北側を二町ばかり行ったところにある古着屋「松屋（まつや）」を訪ねました。暑い暑い越中富山の真夏の昼下がりでございました。

そのあたりには商家が並んでおります。米屋、油屋、酒屋、呉服屋、太物屋、古着屋、質屋……。

どの店も丈の長い簾（すだれ）を立てて夏の日差しを防いでいて、二階の窓辺には風鈴が鳴っております。「松屋」も簾を立てかけてありましたが、店に吊るした古着が往来から見えるように、真ん中の葦簀（よしず）一枚だけ巻き上げられていました。

小暗い店のなかに先がささくれた団扇で胸元をあおいでいる男が坐っていて、わたくしを見るなり、

「来たね」

と笑みを向けました。元武家と感じさせるところはまったくなくて、町人髷の月代（さかやき）が青々とした、商人というよりも小粋な遊び人といった風情でございました。

わたくしが誰かすぐに見当をつけたようでしたが、薬種問屋高麗屋の弥一であると挨拶いたしますと、

「反魂丹役所の緒方様から聞いておりますよ」

と言って、店の横の板敷きの間に招いてくれました。

「女房はちょっとそこまで使いに出てましてね。あいつがいねえとどこになにがあるのか皆目わからねえんで、お茶もお出しできねえんですよ」

その小気味のいい江戸の町人言葉が尾田静櫓という名とそぐわなくて、わたくしは思わず笑っ

てしまいました。

「江戸ではお旗本も気風のいい言葉をお遣いになるのでございますね」

「お旗本といったって、父親は勘定方のただの算盤使いで、子どものころから近所の大工や左官の子らと泥まみれになって遊んでたんですよ。それに、いまはもう古着屋の親父です。せいさんと呼んでいただきたいですねえ」

「わたくしも弥一と呼んでいただくのが心やすうございます」

「そうですかい。じゃあ弥一、儒学、朱子学、陽明学、国学、それに水府の学までもを大雑把に説明するからお聞きなさい」

せいさんは、ささらになった団扇で胸元をせわしくあおぎながら話し始めました。せっかちな性分のようでございました。

目鼻立ちが整っていて、いい男なのですが、髪はたっぷりとあるのに額が異様に広くて、眉と目のあいだが狭く、なんだか油断のならない渡世人のようにも見えてきました。絶えずどこかに匕首を忍ばせている。そんな気配も漂わせているのでございます。

わたくしは反魂丹役所の学問所で儒学は学んでおります。四書五経から始まるのは寺子屋も同じでございますが、そこから朱子学へと進み、「理気二元論」へと入りますと、十二、三歳の子どもにはなにやら呪文を聞いているようで、先生の言葉が子守歌に変わっていきます。しかし、古着屋のせいさんこと尾田静櫓様の説明は簡潔明瞭でございました。

――これから話すのは、俺が学問を少々かじって、俺なりに考えて咀嚼したのであって、それが正解かどうかはわからないということを前提に聞いてくれ。俺は見てのとおりの口だけ達者な旗本崩れで、食うために学問の道に進んだが、剣術がものにならなかった落ちこぼれのにわか学問で、世に知られたあまたの学者には失笑を買う浅薄な解釈しかできないままなのだ。

儒教は、シナの春秋の時代に登場した孔子が、人間の道徳や正しい生き方、心の機微、為政者の心構え、国家の秩序と安寧の策などを多くの言葉や文章にして残した。それをまとめたものの代表が『論語』だ。

これらはやがて思想としてさまざまに発展していったが、それによって純化されたのではない。かえって煩雑になったと俺は思っている。

宋の時代に出た朱子が理論としての「性即理」、「理気二元論」を唱えて、やがて「大義名分論」、「華夷の別」という独自の解釈へと展開した。

朱子学において重要なのは「性即理」だ。

「理気二元論」から陰陽五行説が派生して生まれることになる。

孔子が人間にとって大切な道徳や守るべき秩序をどれほど並べようとも、それを行なう人間の心がねじ曲がっていて、悪心に満ちていれば、それらは意味を為さなくなる。

ではその心をただすにはどうすればいいのか。

朱子は心をふたつに分けた。「性」と「情」だ。「性」とは、その人間がもともと持っている本質だ。これは千変万化に動いている。この動きによって生じるのが「情」だ。ということは「情」の動きを制御することで「性」を正しく保つことができる。この場合の「情」とは、情が深いとか、情に通じるとかの情ではない。こころの動きそのものを指している。

すべては「気」という目に見えない原理によって生成変化するという思想から陰陽五行が生まれた。「気」という「原理」だから「理気」だ。「性即原理」となる。

「理気二元論」も万物の気と、それを構成する大本の原理とをふたつに分けている。

いずれにしても朱子は、法や秩序や礼儀や正しい行ないを、いかに人間に守らせるかについて「心」から入って「心とはなにか」を模索した。当然のことだと思う。

明の時代に出た王陽明は、朱子の「性即理」を否定して「心即理」を説いた。なぜ心を性と理に分けるのか。情はどうなった。情は心とは別のものなのかと朱子学に投げかけたと言える。「性」と「情」とが合体したものが「心」である。それが根本の原理と相呼応する。すなわち「心即理」である。

王陽明は「心即理」を「致良知」、「知行合一」と発展させて、思想の実践を説いたが、それは朱子の「格物致知」にまったく異なる解釈を下して否定したからだ。

格すとは「ただす」ことだと読み、物事や我が心をただして良知に致すために行動しなければならないと説いた。

朱子は人間が本来持っている道徳心を「理」とした。それぞれの性格や気質を超えるものとしたのだ。

王陽明は心を離れて「理」は存在しないとして「心即理」とした。

比較して単純に考えれば、朱子学は、既存の道徳や決め事に対してつねに従順であり、それをいかに守り抜くかということに重きがおかれる。陽明学は間違ったものをただし良知を求めて絶えず実践しようとする。

為政者にとってどっちが都合がいいか。幕府が陽明学を嫌うのは当然のことだ。

だが、朱子も王陽明も、政事の心構えについて己の思想を磨いたのではないと思う。「心とはなにか」について血を吐くほどの考察をつづけたのだ。「心」というものの正体を見つけようと心胆を砕いたのではないだろうか。

朱子の「性即理」、王陽明の「心即理」。この「即」を「すなわち」と解釈することが、多くの学者の思考を堂々巡りさせてしまっているのではないかという気がする。「即」に代わる言葉がきっとあるはずだが、人間はまだそれを見つけられない。

孔子は人智では及ばないものを「天」とした。極端に言えば、「天」はいつでも「神」と置き換えられそうだが、孔子の言う「天」は決して「神」ではない。「神」をも包摂する何物かなのだろう。

国学は、これらのシナの思想とは相反する場所に立っている。儒教や仏教が我が国に伝わる以前の日本古代の思想とはいかなるものであったかを研究して、その根源に戻るべきであるという思想だ。

日本人には古から独自の思想や精神や宗教があったのに、なぜに異国から伝来したものをありがたがるのか。我らは我らの古に学び、古来の精神に立ち返ろう。これが国学の基本だが、では日本の古とはいかなるものであったかを学ぶにはどうすればいいのか。『古事記』。『日本書紀』。『万葉集』。これらを学問として研究するしかない。そうすると神代の時代に遡って神道に戻らざるを得ない。

そこで元禄のころに歌学者契沖が出て、そのあとに伏見稲荷神官の荷田春満が出た。国学という言葉を使ったのはこの人だ。荷田春満の弟子の賀茂真淵がつづき、『万葉集』などの古書の研究を重ねて著作も編んだ。

伊勢松坂の本居宣長はこれら先人たちの研究を国学として大成させた人だ。四十四巻にのぼる『古事記伝』は誰もが優れた著作として讃嘆せざるを得ないし、『源氏物語』研究は他の追随を許さないと思う。

本居宣長につづく学者は天保年間（一八三〇～四四）の人、平田篤胤だ。篤胤は、先人たちよりもさらに神道に軸足を乗せて、『古史伝』をあらわし、あらゆる異国の思想や宗教を捨てて古に還ることを主張して古道学の観点から神秘神道へと進んだ。

それゆえに、各地に古くから伝わる神道による祭祀を尊ぶので、最近では地方の裕福な庄屋や商人たちが平田派の国学に傾倒するようになっている。異国からの圧力を有形無形に感じる時世もその後押しをしていると思われる。神道の尊崇は天皇への尊崇と直結する。国学の徒が尊王を大義とするのは必然だ。

さて、ここで水戸の「水府の学」について触れておかねばならない。

当今、学問に熱心な若い武士たちは、まるで競い合うように水府の学を学んでいる。

これは水戸の二代藩主徳川光圀（みつくに）公が興した『大日本史』編纂の過程で生まれざるを得なかった学問だ。

諸説あるが、光圀公は司馬遷の『史記』を超える史書を著わそうとして『大日本史』の編纂という大事業を開始した。光圀公死後もつづけられて、いまもつづいている。まだ完成していない。

これに費やされた費用で水戸藩の財政は困窮したというが、俺は水戸藩校の弘道館（こうどうかん）に行ったとき、この国にはなにか誤魔化しがあると感じた。水戸藩は徳川の御三家のひとつだが、かつては紀州徳川家、尾州徳川家と比べるとはるかに家格は低く二十五万石だった。俺が江戸の昌平黌で知り合った水戸藩士たちの多くは自藩の恥を語りたがらないが、藩の実力と表向きの石高に大きな乖離(かいり)があることは知っているようだ。

水戸藩に詳しい商人たち、主に江戸の米問屋たちに言わせると、かつて検地に巧妙な虚偽が行なわれたという。光圀公の時代だと言う人もいるし、それよりも後代の藩主のときだと言う者もいる。

いずれにしても、検地による田地の面積が実際とは大きく異なっているのは間違いがない。田地を実際よりも大きく届け出て、三十五万石を許されたが、じつは二十数万石の実力しかないのだという。凶作で十万石にも満たない年もあるはずだ。

なぜそんなことをしたのか。要するに検地をやり直させた藩主の見栄と自尊心なのだ。紀州家や尾州家よりも家格が低いことに我慢ならなかったのだ。

大名は石高によって守るべき格式が異なるので、なにもかもが三十五万石に見合ったものでなければならない。江戸屋敷の広さや建物の造り、行列の人数、藩用の贈答品、殿様や正室や側室や若様や姫君の着る物、持ち物……。それらは三十五万石にふさわしくなければならない。

御三家のなかでは水戸藩主だけが参勤交代をせずに江戸定府(じょうふ)だ。将軍の目付役という役を賜っているからだ。藩主が国許ではなく江戸で生活をつづけるほうが金がかかる。これだけでも実力二十五万石では賄い切れない。

そのうえ、藩是としての『大日本史』の編纂がある。これは神武天皇の世から南北朝の世までの歴史を明らかにして、この国の真の主従を示すというものだ。水戸は南朝こそが正統であるとする。楠木正成、正行を称える。

全国から優れた学者たちを水戸に招聘する費用は莫大だ。史学、算術学、暦学、兵学、神学、朱子学、陽明学、国学、天文学、測量学、文学……。

俺も御多分に漏れず、水府の学に惹かれて、藤田東湖の江戸の塾で聴講した。だが、そのうち藤田東湖そのものにいんちき臭さを感じるようになった。打てば響く舌鋒で、質問に関して答えに窮するということがない。気迫に満ち、該博な知識の宝庫のように見えるが、距離をとってその人物を観察すると、学者というよりも威勢と迫力で相手を呑む壮士でしかないように思えてきた。水府の学に、なにもかも一緒くたに煮た闇鍋ではないかという疑いを持ってしまって、聴講をやめた。

人民が求めているものは主従の確立ではない。さまざまな飢饉疫癘からどうやって我が身を守るか。どうやって幸福を築くか。それに尽きるはずだ。この国の権力の正統な証しについての歴史などどうでもいいのだ。

この国のありとあらゆる分野における学問の成り立ちの歴史を精査するためには、現存する文献をしらみつぶしに探さなくてはならない。その役を仰せつけられた多くの藩士は全国を旅して調べることになる。『大日本史』の完成にはあと十年はかかるという。

この費用がいかに膨大なものであるかは、少し想像してみればわかる。これが途中五十年くらいの中断を挟んでつづけられてきたのだ。

それはなぜか。水戸徳川家はみずからの系譜のなかに朝廷との深いつながりを見つけたからだと言う人がある。新田氏につながる系譜だというが真偽のほどはわからない。ということは、徳川将軍家の御三家であることよりも天皇の直臣の血筋としての水戸家に重きを置いたのだ。徳川御三家のひとつとしての恩恵を受けながら、朝廷が主、幕府が従の立場を取ったことになる。尊王論に正統性を持たせる以外にあるまい。水戸藩に自己矛盾が始まったことになるが、同時に京の公家たちとのつながりを深めていった。

だが、まがいものかも知れない系譜図を頭から信じるほど歴代の藩主も馬鹿ではなかろう。そこで、『大日本史』はその系譜の正統性を証明して、水戸徳川家こそが血統において天皇の直臣なのだから、全国三百諸藩の筆頭に輝くものであると知らしめるという方向へとねじ曲がっていった。

そうなると、この国の正統な権力は天皇にあり、幕府は政事をお預かりしてそれを遂行する行政者であることを明らかにしなければならなくなった。南朝支持もそのためだ。

さすがに幕府は見過ごしていられなくなり、天保十五年（一八四四）藩主交代を命じて水戸の徳川斉昭を隠居蟄居させた。しかし、同年の内に蟄居は解かれた。そのあたりの事情は俺にはわからない。

尊王という思想が水戸の学問の基本とならざるを得なかったのは、ひとえに『大日本史』編纂の過程での不測の事態だったと言ってもいいかもしれないし、初めからそのために編纂が企図されたのだと言っても過言ではないかもしれない。

近年、水戸藩には立原翠軒が出て、我が国における権力の正統をただしたが、その弟子の藤田幽谷はさらに過激な尊王主義と異国排斥を理論として水府の学に組み入れた。幽谷の弟子会沢正志斎の、尊王攘夷を理論体系として著わした『新論』はとりわけ西国の若い武士たちに熱烈に読まれている。他にも、水戸には戸田蓬軒、豊田天功がいる。

幽谷の子息の東湖は、『古事記』や『日本書紀』などの神話を依拠とした『弘道館記』でこの国固有の秩序を明らかにして、『回天詩史』を著わし「正気の歌」を作詩した。

俺は文学のことはわからないが、神話を史実とするならば、そこには妄想が生まれるという気がする。妄想は妄動を生む。窮乏すると人は妄想に酔いやすくなる。

俺も水戸で聴いたが、水戸藩士たちが太鼓を叩きながら歌う「正気の歌」は、その太鼓の静かな旋律に乗って、じつに勇壮で心地良く、なんともいえず鼓舞されるのを感じた。詩と音曲の持つ不思議な作用というものであろう。

しかし、水戸藩は二百年余にわたって困窮をつづけている。百姓はありもしない田地で米を作らされているのと同じだ。理屈では、米が穫れる田地は千坪しかないのに千四百坪分の租税を取られることになる。自分を大きく見せようとした藩主の誤魔化しの検地のためだ。

藩士たちの俸禄はまともに支給されたことがなく、武士もその家族たちもじつに質素な生活を余儀なくされつづけている。貧しさは人心を荒れさせる。ゆえに水戸藩内では藩士同士の争いが多く、長年にわたって百姓一揆も頻発してきた。

水府の学は危ない。世の中を壊す思想だ。世の中を壊したい者たちにとってはお誂え向きの思想だ。

水戸藩は、もう長年にわたって藩内が割れている。あくまでも我らは幕府を守ることを忠義とするという派。尊王を大義として国を守ろうとする派。その尊王派内でも、立原翠軒を師とする派。会沢正志斎派。藤田東湖派。これらは表向きは志を同じくする者としているが、内心では反目し合っているのだ。

ペリーの艦隊が浦賀沖から江戸湾にまで入って開港を迫るという事態が起こったが、これによって水府の学はさらに血気盛んな全国の武士たちの支柱となりかねない。

結論だ。俺はいまあげた多くの人物のなかでは、比べものにならないくらいに孔子がえらいと思う。孔子は己の言々句々に「学」を介在させなかった。その思想のなかに、すでに「心」が第一であると示してある。「心」を学問によって解析することの愚かさを知悉していたのだ。

水戸の学問には「心」が完全に欠落している。道徳を重視しながらも「心」を説かない。心の不思議を考えようともしない。俺が水府の学にまやかしを感じるのはそこだ。

俺がいま教えたことがすべて正しいなどとは思ってくれるな。俺は旗本として幕府の禄を食んできた家の子だ。そのことはどうしても俺という人間の魂から抜け落ちることはないはずなのだ。だが、弥一が知りたいことで、俺が答えられるものはすべて答えてやる。しかし、また後日ということにしてくれ。きょうは頭を使って話し込むには暑すぎる。――

なんだかいつまでもここに腰掛けてしまいそうでございますね。そろそろ野積村へと歩きだしたほうがよさそうです。いえいえ、荷物はわたくしにおまかせ下さい。

せいさんが話を終えて、団扇でせわしく首や顔に生ぬるい風を送りながら板の間に横になったので、わたくしも膝を崩してあぐらをかかせていただきました。

嘉永六年七月末の、古着屋・松屋の七坪ほどの店の横の板の間で、わたくしは強い衝動に襲われておりました。

「心の不思議」。「心とはなにか」。それこそ、高麗屋に奉公にあがって理由もわからぬまま百五十六日も廊下の隅に坐りつづけたあとに緒方喜重郎様から与えられた生涯の命題の解答を得る鍵であったからでございます。

「大きな心とは、どんな心なのでございましょう」

わたくしは、せいさんこと尾田静櫓様に問いかけてみたくてたまりませんでしたが、たしかに頭を使って話し込むにはあまりに暑すぎる日でございました。

自分にとっての重要な命題は自分の頭で思考して答えを導き出さなければならないのだと思い直し、わたくしはせいさんにお礼を述べました。

そのとき、奥さんのお松さんが裏口から店へと廻って来ながら、

「お茶も差し上げずに……。お客様がお留守で、お帰りを待ってたんです。寺社奉行所ではなかなかえらいお役人の奥様とお嬢様でしてね」

とわたくしに笑顔で言って担いでいた風呂敷包みを大事そうに置きました。無礼なことだと承知しながらも、わたくしは、せいさんの奥さんを見つめてしまいました。太っている婦人はおりますが、お松さんの太り方は錦絵に描かれた江戸の力士のようなのでございます。筋肉の瘤のない、指先で突けば水が出そうな力士……。

顎から首にかけての肉も盛りあがるようで、夏物の着物の下でたわんでいそうな胸から腰にかけてのたっぷりした肉づきまでもが想像できるほどなのに、醜さをまったく感じさせません。

色が白くて、雛人形に似た顔が正月の鏡餅の上に乗っているかのようで、豊かな肉づきのため

に細くなってしまったのであろう目は涼し気で、全身がはち切れそうで、つまり、独特の美しさを持つ婦人なのでございます。誰もお松さんを肥満した不細工な女とは言わないであろう。それどころか、その奇妙な美しさを愛でるであろうとわたくしは思いました。

「やかんでお茶を冷やしてあるのに、お客様にお出しもしないで」

とお松さんはせいさんを睨んでから、裏の井戸へ行き、冷たいお茶を運んでくれました。

「奥様のおじい様は富山の方だそうでございますね」

そのわたくしの言葉に、

「ええ、この近所には親戚が多いんですよ」

とお松さんは答えました。

「親戚が多いってのは、なにかと物入りだぜ。江戸にいたときにはうっちゃっときゃあいいけど、近くだと法事だ、祝い事だ、子どもたちの節句だっていうたびに、なにがしかを包まなきゃいけねえ。俺はこいつの親戚づきあいで疲れちまったよ。財布まで疲れて、空っぽさ」

せいさんは口ほどにはいやがってはいないようで、起きあがって茶を音をたてて飲み、薩摩とはどんなところかと訊きました。

「なにもかもが明るいところでございますね。行くたびに、これを南国というのかと感じ入りながらお天道様の強い光を浴びております。何年か前までは財政難で苦しんで、藩をあげて倹約に努めて、武家も町人も漁師も百姓も苦しんだなどとは思えません」

「薩摩藩はどうやって苦しい台所を立て直したんだい？　斉彬公だって蘭癖大名だっていうじゃないか」

「さあ、薩摩藩の政事のことには越中売薬の行商人はあえて目を向けないことになっておりますので」

「地図では薩摩の上に肥後熊本が位置してるだろう？　熊本藩には横井小楠て学者がいるよ。尊王攘夷論者のなかでは俺は横井小楠こそが第一の学者だと思ってるよ。学者としても思想家としても偏頗じゃない。薩摩の島津斉彬公は横井小楠と逢ったかな。逢えばいいのになあ」

そう言って、せいさんはわたくしを見て微笑を浮かべました。弥一、お前、そんなに用心しなくていいよと語りかけているようでございました。

ですが、わたくしは決して薩摩藩に関しては迂闊なことは口にしてはならないのでございます。

わたくしはお茶を頂戴してすぐに松屋を辞しましたが、横井小楠という名は胸に刻みました。

それよりももっと、せいさんとお松さんとのあいだに通う男女の繊細な機微が強く印象に残って、高麗屋へ戻る道すがら、その機微のなかに漂っていたのでございますが。

第十七章　天璋院篤姫

高麗屋の近くまで戻ってまいりますと、飛脚屋「鍵銀」の跡取り息子が裏長屋への路地のところで待っておりました。黒船が長崎に来たらしく、またペリー艦隊かと思ったがそうではなくオロシアの艦隊四隻だと判明した。鍵銀の万之助はそう教えてくれました。

「ペリーとはまったく違う態度で、礼を尽くして開港を求めてるってよ。長崎奉行だけでは交渉できないから江戸から幕吏が長崎に行くことになるらしいぜ。いまその人選を急いでるそうだ」

「そのオロシアの船はいつ来たんだい？」

「七月の十八日だ」

「万之助のところに早飛脚だとしても随分早いな」

「能登の廻船問屋の上り船が加賀藩に知らせたんだ。おっつけ高麗屋にも手紙が届くだろうよ。さっき、薩摩の千鳥屋栄助さんからの手紙を届けたから、ひょっとしたらそれを伝えてきたのかもしれないぜ」

万之助はそれだけ話すと急ぎ足で鍵銀へと戻っていきました。

高麗屋では大番頭の伊兵衛さんが待っていて、すぐに母屋の旦那様のところへ行くようにと耳打ちしました。

旦那様は着いたばかりの千鳥屋栄助さんからの書状を見せてくれました。それにはオロシア艦隊のことにはまったく触れず、今和泉島津家の姫君が三月に斉彬公の正式な養女となり、名を篤姫と改めて、六月五日に鹿児島の鶴丸城に入ったこと。斉彬公はそのときは参勤交代のための江戸勤めを終えて帰薩の途中であったこと。斉彬公は帰路、肥後の八代(やつしろ)でペリー艦隊についての重要な報告を琉球奉行から受けたらしいこと。きのうの六月二十二日に斉彬公が無事に鶴丸城に到着したこと等々がしたためられておりました。

「これは今和泉島津家のお姫様が江戸へお輿入れなさるための順序ってやつだな。老中の阿部正弘様は今和泉島津家の姫君を次の将軍の正室にすることに決めたが、薩摩藩の支族の今和泉家では家格が違い過ぎる。だからいったん斉彬公の養女にして、薩摩藩七十七万石の姫君が江戸城の大奥に入るという形式を踏ませたに違いないよ。この黒船騒ぎで江戸城はそれどころじゃあるまい。それに、いまはまだ前将軍様の喪中だ。篤姫様か……。まだ十八歳だが筋金入りの『薩摩おごじょ』だという噂だ。だけど、大奥というのは難儀なところらしい。この御婚儀で薩摩島津家の力が幕府に及ぶことを断じて阻止しようとする幕閣や諸藩の横槍が入るぞ。篤姫様は御苦労なさることだろうなあ」

わたくしはさっき鍵銀の万之助から聞いたオロシア艦隊のことを旦那様に話しました。北前船の船頭が加賀藩に報告したことですので、話してもいいと思ったのでございます。

旦那様はしばらく無言で庭の椿の木を眺めておりましたが、ペリー艦隊が去ったあとの東海道筋は海岸警衛を任じられた諸藩でごった返していて、それを避けて江戸出府や国許への公用で帰路を急ぐ武士たちも多くの商人たちも、東山道を選ぶようになったそうだと言いました。だから木曾街道六十九次などは人馬で溢れているというのでございます。

わたくしは、篤姫様の将軍家へのお輿入れがもし実現するとすれば、それが薩摩藩の越中売薬への差留め解除の引き金になるような気がいたしました。さしたる理由はありません。単なる勘に過ぎません。

わたくしの勘はほぼ当たりましたが、その時を迎えるにはまだ三年近くの歳月が必要だったのでございます。

＊

あまりの急流の音で驚かれたことでございましょう。源左さんが買って改築したこの別棟は隣りの源左さんの住まい兼仕事場よりも一間ほど高い場所にあり、野積川と家とのあいだは太い柊（ひいらぎ）や椎などの樹木に遮られていて、川の音はこれでも小さいのでございます。慣れない人はうるさくて眠れないのではないかと思うようですが、どうして、これほど人の心を落ち着かせる音はないようで、あなたさまはきっと不思議な安眠を体験なさることと思います。

川に面するように濡れ縁があり、六畳の間が並んでおります。わたくしは北側の六畳を使わせていただきます。二階は出来あがった紙の収納場で、そこには村道のほうから出入りいたしますので、一階はどちらの六畳もぽつんと放り置かれたように静かなのですが、ときに川霧が入り込んでまいります。お休みになるときは必ず雨戸をお閉め下さいますように。

あまり早く着いてしまって源左さんに気遣いをさせてはと思いまして、あれほどゆっくりと歩いたのにもかかわらず、まだ夕七つ（午後四時頃）で、風呂が沸くのにも、夕の御膳をいただくのにも一刻ほど時間がございますので、ここでおおまかに越中富山の薬売りが調合する薬についてご説明いたしましょう。

＊

富山の売薬行商人が覚えなければならない薬の基本は反魂丹で、全国のお得意様が最も求めるのも反魂丹でございます。

使う薬種は江戸期では二十三種。時代によって多少の改良を加えられてまいりました。わたくしが富蔵様から伝授されたときの調合は、龍脳五分、麝香一分、牽牛子、莪木、枳実各二分、胡黄連四分、丁子、黄芩、連翹、縮砂、乳香、陳皮、青皮、大黄、雄黄水飛、鶴虱、三稜、甘草各一分、熊胆二分、白丁香五分、木香一分、赤小豆五分。蕎麦粉。

これらの分量を厳密に量り、それぞれを決まった方法で練り合わせて、それから扇型の製丸器で同じ大きさの丸薬に仕上げます。蕎麦粉は主に丸薬に練るためのつなぎでございます。三十粒で反魂丹一包ということになります。

他の薬は、気つけ薬としての龍脳丸。胃腸薬の黒丸子。解毒薬の万金丹。婦人薬の神仙丹。子どもの薬の奇応丸。目薬の目洗薬。膏薬の万能膏。それ以外にも牛馬用の薬。虱取り。虫下し等々。

さらにはそれぞれの藩が求める薬も富山で調合いたします。かなりの種類がありますが、代表されるのは仙台藩では金粒丸。肥後熊本藩では黄連丸。昔からその藩で使われてきた薬でございます。

わたくしは富蔵様の家に住み込んだころから唐薬種や生薬の扱い方と調合法を学びましたので嘉永六年（一八五三）の夏にはそのほとんどを習得しておりました。行商の行李のなかに収める薬は、調合の細かな分量をも頭に刻み込んであったのでございます。

さて、世の中の動きでございます。新任の長崎奉行である水野（みずの）筑後守忠徳（ただのり）様がオロシアとの交渉の大任を帯びて長崎に向かったという報が届き、幕府における逸材と噂される川路聖謨（かわじとしあきら）様と筒井（つつい）政憲（まさのり）様もそれにつづきましたが、オロシア艦隊は交渉の途中で急遽出港して上海へ向かったということでした。

そのころにはオロシア艦隊の艦長がプチャーチンという名であることも、売薬行商人を辞めて長崎に蘭学を学びに行っている弥平次さんからの手紙で知りました。

妻も子もありながら行商脚を売って長崎に行った弥平次さんは、二年もたたないうちに生活が成り立たなくなりました。富山で暮らす弥平次さんの奥さんは高麗屋の賄い女として旦那様が雇ってあげて、弥平次さんは美濃屋の寺田幹兵衛様の周旋で出島から二町ほど南にある「平田屋（ひらたや）」という油問屋で働きながら勉学をつづけておりました。

しかし、蘭学を学ぶためには蘭語の習得が不可欠で、弥平次さんはそれにはまったくお手上げになってしまい、富山に戻るしかなくなったのでございます。

そこで、旦那様と美濃屋幹兵衛様とが話し合って、弥平次さんに薩摩以外の九州の情報をこまめに探索する役目を担わせました。

弥平次さんの仕事は、ペリー来航以来、長州、芸州、伊予、土佐へと及ぶようになっておりました。これは弥平次さんの独自の判断で、蘭語習得には降参するしかなかったものの、世情の動きへの勘の鋭さは、長崎出島という異国人の出入りの多い特異な地で暮らすことでさらに磨きがかかったのだと思われます。

平田屋では油だけでなく蠟も扱っておりましたが、商いの割合は油八に蠟二くらいでございました。弥平次さんはその二の株を平田屋から買い、嘉永六年の一月に長崎で自分の店を持ちました。「高美屋」という蠟燭問屋でございます。高麗屋の高と、美濃屋の美をとって高美屋。つまり、開店のための金子を出したのは高麗屋金兵衛様と美濃屋幹兵衛様だからでございます。

九州で蠟を商う商人たちはみな長州の馬関商人と昵懇にならなくてはなりません。「防長の四白」とも言われる特産物は米、紙、蠟、塩でございまして、どれも色が白いのでそう呼ばれました。

とりわけ櫨蠟は長州領内に植樹された櫨の木から産出いたします。長州藩は櫨の実や種子を藩外に持ちだすことを禁じております。

長州藩はある時期、財政難で苦しんでおりましたが、村田清風の改革によって立て直しを図り、さらにその遺志を継ぐ周布政之助の殖産興業によって藩の石高を大きく上回る収入を得るようになるのです。防長四白はその四大柱で、馬関商人によって北前船で主に大坂で売られ、そこから全国に届けられております。

長崎の弥平次さんが蠟燭問屋をひらいたのは、蠟で儲けようとしたからではございません。「蠟燭問屋の高美屋弥平次」でなければ、あの時代、町人が幾つかの藩内を怪しまれずに出入りすることはできなかったからなのです。

*

また話が横道に逸れそうでございますね。

越中売薬行商人の川上弥一の話へと戻ることといたしましょう。

薩摩藩への年に二回の滞留はそれからもつづきました。ペリーの浦賀への来航、それにつづくオロシアのプチャーチン来航後も薩摩藩内にはとりたてての変化はありませんでした。藩の城下士も郷士も、まだ南国のおおらかな気風を帯びたままで、浪士とか志士とかいった武士は表立っては登場していなかったと思われます。

篤姫様は嘉永六年の八月二十一日に鶴丸城を発ち江戸への長い道中へと旅立ちました。行列は出水（いずみ）筋を使って肥後熊本へ入り、そこから薩摩街道、豊前街道と九州の西側の海沿いを進み、長崎街道を東に北九州を横切って小倉の大里（だいり）の湊から馬関へと船で渡りました。

篤姫様の一行が船を使ったのは、大里と馬関を結ぶこの最も短い海峡だけでございます。その後は陸路で山陽道、東海道を使って十月二十三日に江戸の芝藩邸にお入りになりました。あるいはいちども船に乗ったことのない篤姫様に船酔いの苦しみを極力避けさせるために斉彬公があえて陸路を選んだのかもしれません。

途中、京では近衛（このえ）家に参上してご挨拶をなされ、鎌倉では鶴岡八幡宮に参拝されたということでした。

直前までは、草津から中山道という道筋に決まっていたそうですが、道々の安全を保証できたので東海道を選んだという説がございます。斉彬公のなんらかの思惑があったものと思われます。横道に逸れそうだとわかっていながらも、わたくしが篤姫様の通行路に触れましたのは、鶴丸城を発ち実家の今和泉島津家に立ち寄って別れを告げた篤姫様はそれ以後いちども薩摩に帰ることなく烈しい運命を毅然と受け入れて、徳川家の女人として生きたからでございます。いわば政争の具としての犠牲の人生を生きた「薩摩おごじょ」に、わたくしはなぜか肩入れをしてしまいます。

篤姫様が第十三代将軍家定公の正室となられるのは安政三年（一八五六）の暮れでございますが、結婚生活はわずか一年と八か月。母親となることもなく家定公の早逝によって二十三歳で未亡人となり、その後、天璋院として大奥で生き、明治新政府となっても故郷の鹿児島には帰っておりません。

世の中が国もろとも大きく動くときは、天変地異がこぞって起こると申しますが、あのころはまったくなにかの祟りのように大地震がたてつづけに襲いました。

嘉永七年（一八五四）の正月にはペリー艦隊が再び来航して、最初のときよりもさらに幕府を恫喝いたしました。黒船の数も七隻に増えておりました。

しかし、もうこの国は異国との交際を避けては存続できないということを心ある人々は感じていたのでございます。ですが、無礼な態度で武力を誇示して開国を迫るアメリカのならず者のようなやり方に屈してたまるかという猛烈な反発心が、武士だけでなく町人たちのなかにも憤然と湧き起こっておりました。

それはとりもなおさず幕府の狼狽と弱腰に対する憤懣でもありました。天下を治めて、ゆるぎない権威を誇る徳川幕府とは、じつはこれほどに情けない連中だったのか。なんだ、たいしたことはないではないか。

苦々しい嘲笑混じりの悪口が尾ひれ背びれをつけて全国津々浦々を駆け巡り始めたころ、幕府は日米和親条約を締結しました。嘉永七年三月三日でございます。さらに八月には日英和親条約が結ばれました。

幕府とペリーとのあいだで双方の通貨の基準を決める交渉がつづいていて幕府側は苦慮しているという噂が伝わってまいりました。アメリカの通貨はドルラルというそうで、その一ドルラルを日本の通貨のいくらに定めるか。一ドルラルは一両か。一分か。一朱か。

これは異国との交易においては極めて重要な事柄でございます。この問題における不平等は国を滅ぼします。不平等な通貨交換率を勝ち得た国は、それを飲まざるを得なかった国を、武力ではなく通貨によって隷属させることができると言っても過言ではありません。

ですから、通貨の交換の率は高度な算術が必要なだけでなく、世界各国の通貨価値と物価を知らなくてはなりません。

オランダ、清国、朝鮮だけしか知らない日本の幕閣に、その交渉をまとめる能力はあるのか。恫喝されてまた相手の言いなりになるのではないのか。

越中の廻船問屋も薬種問屋も売薬行商人たちも、開港開国がどうのというよりも通貨交換の率がどう定まるかを息を詰めて見つめている状況がつづきました。おそらく先の読める大商人たちはみなそうであったことでしょう。

四月には京の大火。禁裏からの出火で西陣あたりまでが焼失いたしました。

六月には伊賀上野を中心に地震があり、大きな被害が出て、それがひと息ついた十一月四日には紀州や志摩や尾張にとりわけ被害をもたらす大地震がありました。

これは甚大な被害を東海道筋にもたらし、多くの宿場に津波が襲い、流された家々は数知れず、亡くなった人々は数万人とも伝えられました。その翌々日には四国の西側でも地震がありました。嘉永から安政と改元されたのは十一月で、その安政元年（一八五四）の暮れには日露和親条約が締結。

安政二年二月には飛騨を中心とする地震が起こり、八月には陸前で地震、九月には遠州灘で。そしてあの安政二年の十月二日を迎えます。安政江戸大地震と呼ばれる未曾有の揺れは越中富山や加賀方面にも及びました。

わたくしども売薬行商人たちは、それぞれの地域に旅立つ準備に追われている最中で、揺れの中心がどこなのかもわからないまま、早飛脚の到着を待つしかありませんでした。

真っ先に江戸大地震を伝えたのは、最初のペリー艦隊の来航をいち早く知らせてくれた加賀藩の早馬でございます。言語に絶する大地震は江戸の大半の家を潰し、火の手は江戸を取り囲むようにひろがり、逃げ惑う人々を焼き尽くし、圧死者、焼死者は十万八千人と伝える早飛脚もおりました。

薩摩仲間組の出発の日には、およその正確な状況がもたらされましたが、そのなかには水戸の学問の大きな支柱である藤田東湖や戸田蓬軒の圧死を伝えるものもありました。

江戸に新天地を求めた越中出身の商人たちはどうなったのか。敦賀から京大坂への地域の道や川や橋はどんなありさまなのか。

薩摩仲間組は出立を三日遅らせて、状況を探りつづけたのでございます。

道崩れ、川崩れはところどころ残っているが、それは去年の東海道で起こった大地震によるもので、西国へ行く売薬行商人を立ち往生させるほどではない。その情報を得て、わたくしたちは薩摩へ向けて出立いたしました。十月十八日の早朝でございます。

そして半兵衛様、富蔵様、わたくしの三人は薩摩に到着した翌日に、満井屋さんから十二月に越中売薬行商差留めが解除されることを伝えられたのでございます。

つまり来年の四月には薩摩御製薬掛の調合した薬ではなく、越中売薬業者の作った薬を薩摩で売ることができるようになったのです。

富蔵様はすぐに高麗屋金兵衛様と美濃屋幹兵衛様に宛てて手紙を書き、飛脚屋にわたくしを走らせました。

薩摩仲間組たちの歓びを言葉に尽くすことはできません。

来年の春のことを満井屋さんと打ち合わせしたあと、住職が死んで空き家同然になった禅寺に帰ってまいりますと園田矢之助様が待っておりました。

「弥一、よかったなあ。お前らはたいしたやつらだ。地獄に落ちても、地獄で越中の薬を売っておるだろう。わしもお前らのように生きたい」

最後のひとことは半兵衛様にも富蔵様にも聞こえないようにわたくしの耳元で言ったのでございます。

*

いかがでございますか、この川の音。

途切れのない轟音なのに耳に優しく、心に静かに染み入ってまいりますね。芭蕉の句は蟬ですが、ここでは清らかなる急流。

源左さんが苦労して用意してくれた小鳥はアトリではなく鶫でございましたが、少し苦みのある滋味に満ちて、骨ごと嚙み砕くと口のなかにうまみが広がっていくようでございました。囲炉裏での焼き加減が上手なので皮がぱりぱりとしていて絶品の焼き鶫。なんだか元気が出てきたように感じられます。

あなたさまも覚えていらっしゃるでしょうが、ペリー艦隊来航、オロシア艦隊の来航、日米和親条約締結、日英和親条約締結、つづきにつづいた大地震、さらにきわめつきの江戸大地震のあとに来たのは、物価の異常な騰貴でございます。

江戸城の御金蔵が空っぽだという噂を信じる者はおりませんでしたが、いまから思うと、空っぽになってなんの不思議もございません。

海岸警衛の費用、江戸の町の復興、津波で流された東海道筋の修復。幕府はいくらお金があっても足りなかったことでございましょう。そしてそれぞれの任を帯びた諸藩の御金蔵も同じく小判や銀がなくなっていくというありさまでございました。

そのころから夷狄打つべしと息巻く各藩の、主に西国の浪士や志士たちが東海道筋を江戸へと下ったり、京へと上るようになりました。尊王攘夷という言葉が、国を憂える青年武士の口から出るようになったのでございます。

わたくしども越中売薬薩摩仲間組が本来の売薬行商人として薩摩入りした安政三年（一八五六）の暮れに、篤姫様はいったん京の近衛家の養女になるという手順を踏んで徳川第十三代征夷大将軍家定公にお輿入れいたしました。

京の朝廷に近い家柄の娘として将軍家へと嫁いだのでございます。斉彬公の思惑が、江戸幕府への親近だけではなく、朝廷との関係を強めることにも重きを置いていたことがこれでわかるのでございます。

篤姫様のお輿入れの行列は、先頭が江戸城に入っても、後方はまだ芝藩邸から出ていなかったそうで、いかに立派な行列であり、持参の品々の多さであったかを物語っております。

そしてこのお輿入れのための品々をすべて差配したのが、当時、斉彬公の庭方役であった西郷吉之助様でございます。

やがて江戸城無血開城をめぐってお互いが対峙する日が訪れようとは、そのときは誰も想像もつかなかったことでありましょう。

薩摩仲間組のすべての準備を終えた昼時分に、わたくしは五畿内組のなかの京洛内向寄の若い衆として三日後に出立する長吉を誘い、城下の古着屋せいさんを訪ねました。

古着屋せいさんこと尾田静櫓様の店には嘉永六年（一八五三）の夏に逢って以来、ふた月にいちどくらいの割合で訪ねて、わたくしの知らない学問について教えを受けておりました。

なにかの折に長吉の話をしたとき、せいさんが、越中売薬行商人の見た京の町の情勢を聞きたいと言ったことを思いだし、長吉をつれて行ったのでございます。

「幕府の密偵じゃないだろうな」

「松屋」の近くに来たとき、長吉はそう言いました。

「さあ、わからないよ。ひょっとしたらそうかもしれないな」

「なんだ、弥一も疑ってるのか？」

「疑ってみたけど、江戸の古着屋の娘と夫婦になって富山に住みついてまでも探索しなけりゃいけないことなんか、この越中売薬業者にはないよ」

「薩摩絡みならあるぜ」

「薩摩はどんなところだって訊かれて、こうこうこんなところですとは答えたけど、俺に訊かなくてもわかることばっかりだ。それに尾田静櫓様は緒方喜重郎様の紹介だ。緒方様は、うらなり瓢簞（ひょうたん）の昼行灯に見えるけど、あれは世を忍ぶ仮の姿ってやつだ。頭も切れるし、肚（はら）もある。とっくに古着屋せいさんのことを洗ってるさ」

　京洛内向寄の若い衆として四年半を務めてきた長吉も、持ち前の腰の軽さと飄逸（ひょういつ）さにさらに磨きがかかっております。行商人脚を買って一人前の売薬行商人になるために、少ない給金を貯めて、すでに十二両の蓄えができたのでございます。

　また太ったのではないのかと思えるお松さんが店座敷の隣りの部屋を笑顔で指差しました。せいさんは二年ほど前から、子ども相手ではなく、主に城下に店を持つ商家の主人や内儀たちに書を教えておりました。

　わたくしと長吉は店の上がり框に腰を降ろして、糸屋の夫婦と醬油屋の隠居の手習いが終わるのを待ちました。

　その人たちが筆箱をかかえて帰って行くと、

「待たせたね。こっちへおいでよ」

と、せいさんは屈託のない声で言いました。

　わたくしは長吉を紹介し、自分はあした、長吉は三日後に行商の途に就くことを話しました。

「そうかい、忙しいときに来てくれたんだなあ。まあ、ゆっくりしてってくれよ」

そのせいさんの言葉が終わらないうちに、

「京の町のなにをお話ししましょうか」

と長吉は剽軽な笑顔で口火を切りました。

「この開国騒ぎで、お公家衆に動きはあるかい？」

あまりに単刀直入な問いかけで、長吉はいささか面食らったようでした。

「朝廷でなにが起こってるのかなんて、売薬行商人にはわかるはずがありません」

「まあそうだろうけど、尊王攘夷の志を抱いて京へのぼった連中は自説を説くために貧乏公家に近づいてるって噂だぜ。いまの立場に不満を持ってる公家たちにとっても尊王攘夷論はありがたい。江戸の昌平黌で机を並べてた加賀藩の勘定方の侍が、こないだ帰藩の途中に寄って話してくれたよ。江戸幕府は、朝廷の勅許を得ないまま日米和親条約と日英和親条約を結んだんだ。これは朝廷をないがしろにする暴挙だって水戸の徳川斉昭が怒鳴り込んだ。夷狄に国を開けるなと諸藩も条約の破棄を迫ってる。今上天皇は大の異国嫌いだ。これから京は騒がしくなるんじゃないかって俺は思うのさ」

それから、せいさんは朝廷の勅許について教えてくれました。

――幕府が大きな政策を決定する場合は、必ず朝廷の勅許が必要だ。だが、幕府は長年のあいだ、それらはすべて事後承諾という形をとってきた。今回も、それでいいと老中たちは思っていた。

だが、朝廷と幕府という関係は、我が国の政事を幕府が朝廷からお預かりしたことになっている。朝廷に代わって幕府が政事を行なうのであって、権力の大元は朝廷にある。これは理論のうえでは正当な大義ということになる。しかし、朝廷に政事能力はない。五百年以上にわたって、朝廷は政事に直接関わってこなかったからだ。

幕府はペリーの脅しに焦って、朝廷との評議をあとまわしにした。これまでもそうだったし、それで天皇の怒りをかったこともなかったからだ。

だが、事が内政ではなく開国か鎖国かという異国との問題となると、この国の正統な権力である朝廷の勅許なしには決められない。尊王攘夷派はそこを突いてきたのだ。――

わたくしは、幕府がこの国の政事の大元だと思っておりましたので、せいさんの言葉に驚きました。幕府は朝廷から政事をお預かりしているだけで、江戸幕府開府以来、権力の正統は朝廷にあったのか。つまり、幕府は朝廷から委任された権力の遂行者に過ぎなかったのか。

たぶんあのころは、日本中のほとんどの民がわたくしと同じ思い込みのなかにいたことでございましょう。

「京の町人たちのなかには、いまのせいさんの言葉に似たことを口にする人もおりますが、わたしは京人（きょうびと）の誇りが言わせる言葉だとばかり思っておりました」

と長吉も驚き顔で言いました。

わたくしは初めてせいさんと逢ったときに教えてもらった国学や水戸の学問のことを思い浮かべました。

「俺の女房は稼いだ金のほとんどを餅に代えやがる。餅ばっかり食ってるんだ。また太りやがった。そんな贅沢をしてると罰（ばち）が当たるぜって言っても、私が稼いでるんだからいいでしょうって気にもしやがらねえ」

　そう言って、せいさんは話題を変えました。祇園ていうところも華やかだって噂だけど、長吉は行ったことがあるかい？」

「わたしの脚(きゃく)は京の町中(まちなか)でございますので、祇園は知っております。知っていると言っても客として店にあがったりはいたしません。島原のほうには足を向ける機会がございません」

「そうかい、自分の脚内以外には行っちゃあいけないのかい？」

「行商が済むと仲間組全員が揃って帰路につきますので。そういう決まりになっております」

　お松さんが茶を淹(い)れて運んでくれました。

　坐る立つという動きだけでも他の婦人の三倍ほど時間がかかるといった感じでした。

「いまアメリカとの通貨の交換率で交渉中だと噂されておりますが」

　とわたくしは訊きました。

「ああ、それだよ。老中首座の阿部正弘様に任じられて長崎奉行の水野忠徳、目付の岩瀬忠震(いわせただなり)、勘定奉行の川路聖謨っていうオロシアとの交渉にあたった幕臣の名が聞こえてきてるよ。アメリカ側はハリス。こいつがアメリカ領事として下田に赴任してきたんだ。まだ風聞だが、相手は一ドルラルは一両を主張してるそうだ。こんないい加減な通貨交換があるかい？　こっちも一だからそっちも一で取引きしろなんて子どもだましの数合わせさ。それなら一ドルラルは一文でいいだろう。あいつらは一両がどれほどの価値かを知ってるのさ。だけど水野や岩瀬たちも、オランダを通じて一ドルラルが日本のどのくらいの金子に相当するかを知ってる。この交渉は長引くだろうな。長引けば長引くほど、阿片戦争の恐怖が幕府を追い詰める。俺は先の目途が立たなかった食い詰め旗本の三男坊だが、先祖代々、徳川家の家臣として禄を食んできた家の子だ。ここは水野や岩瀬や川路に踏ん張ってもらいたいよ。みんなこれまでの幕閣と違って骨もあるし知恵者だ。侍だよ」

せいさんがそう言い終わったとき、古着を求める客が入ってきましたので、わたくしと長吉は松屋を辞しました。

第十八章　安心していなさい

安政三年（一八五六）春の、差留め解除になって初めての行商で、わたくしと半兵衛様、それに他の行商人の若い衆五人は、薩摩藩御製薬掛の特別の許可を得て、城下や各郷に置かれたままになっている古薬の回収に奔走いたしました。

御製薬掛の調合した薩摩の薬は、満井屋の行商人たちの手で配薬されたのですが、それらは一粒、一包たりとも残っていてはならないのでございます。これから売るものはすべて富山の薬でなくてはなりません。

そのために、回収役のわたくしども七人は他の行商人よりも十日先に薩摩入りいたしました。鹿児島城下に着いたのは例年よりも遅い五月三日でございました。

なにぶん七人の若い衆だけでの回収ですので、城下だけでも五日かかりました。その後、差留めとはならなかった日向と大隅以外の地を国分郷から始めて、西へ西へと各郷村の庄屋や郷頭の家々を訪ねて行ったのでございます。

阿久根、日置、市来、桜島という脚は長い線で結ばれていて、肥後の手前から鹿児島城下まで下り、船で桜島に渡ります。

宮之城、佐司（佐志）、黒木、鶴田、大村、蒲生の脚は薩摩のほぼ中央ではございますが、それだけに戸数が多く、古薬の回収だけといっても日数がかかります。

今和泉、指宿、伊集院、郡山も戸数が多く、内陸部の川辺、山田、知覧には郷士といっても格式の高そうな、小さいながらも立派な家が並んでおります。

湯之尾、馬越、大口、山野、羽月、須木、小林。

姶良、高山、内之浦。

牛根、恒吉、百引、市成、高隈、鹿屋、出水、野田、高尾野、長島。

坊、泊、久志、鹿籠。

頴娃、山川、喜入。

すべての郷村の地名は省略いたしますが、日向、大隅も入れますと全部で二十六脚。

農村もあり漁村もあり、人里離れた木こりの集落もあるすべての脚を廻り終えたときには、さすがに疲れ果てて、どこの山里で見た花は美しかったとか、どこの海岸から見えた桜島の噴煙は真っ白な雲のようであったとか、そんなことはきれいに忘れてしまって、これまで出来たこともない足の肉刺を、焼いた針でつぶすことさえ億劫になり、晩の御膳をいただくと、みな死んだように眠るばかりでございました。

　すでに鹿児島城下の禅寺に到着しておりました富蔵様や義助さんや福松さんたちは、わたくしども若い衆が回収を終えた脚へ、富山の新しい薬を配布するために出発しております。わたくしは翌日の夕方に蒲生八幡神社の境内で富蔵様と待ち合わせておりました。

わたくしの脚は蒲生を中心とした宮之城、佐司、黒木、鶴田、大村の六外城で、城下からはさして遠くはないのですが、この郷村の郷士も百姓も気位が高く扱いにくいと聞いておりました。薩摩の古薬回収と富山の薬の配薬というふたつの仕事をしなければならないということで、その春の行商期間はいつもよりも七日以上多い十四日と定められておりました。

翌朝は拝みたくなるほどの朝日が鹿児島城下を眩しく照らしていて、わたくしは蒲生よりも錦江湾に近い吉田、帖佐、山田、溝辺の四外城を受け持つ喜六さんの若い衆である米助とふたりで初めての行商へと出立したのでございます。わたくしは二十五歳になっておりました。

わたくしは重い行李をかつぎ、笠の紐を締め直して禅寺の石段を降りながら、弟の弥三郎はまだやっと十五かと思いました。父が商いを弥三郎にまかせて気楽に隠居できるようになるにはまだ十年はかかるな。俺は薬がいっぱい入った行李をかついで、いまやっと行商の一歩を踏み出したばかりだ、と。

米助はわたくしよりもふたつ下ですが、どう見ても三十以下とは思えません。大柄で寡黙ですが、越中人には珍しく、ときおり機知に富んだ冗談で周りをなごませます。頭も良くて、複雑な算術も算盤なしで過たずに計算が出来るのでございます。

ただ、感情を顔に出すときがあるので、仲間組の者たちはその点だけを注意するようにしておりました。

鶴丸城の東側の海に近いあたりは町家が並んでいて、おそらく夜明け前から準備をしていたのであろう小型の帆船や漁船が銅鑼や鐘を鳴らしながら錦江湾から出て行こうとしておりました。

そこからさらに北へ行ったところには集成館と名づけられることになる大きな建物の屋根が見えます。藩主の斉彬公が興した洋式工場で、長崎のオランダ人や蘭学者を招聘して洋式織機（しょっき）やギヤマンの工芸品などを作っているということでしたが、それには莫大な費用がかかるというので、また蘭癖の再来かとこころよく思わない家臣たちがたくさんいると噂されておりました。

そのことを最も苦々しく思っているのは隠居した実父の斉興公で、正室の子である斉彬公ではなく側室の子の久光様に跡を継がせたくてお由良派を動かしたのはほかならぬ斉興公なのだという風聞は、長崎や福岡や伊予宇和島のほうから聞こえてきておりました。

調所笑左衛門広郷の自害によってお由良派は一掃されたわけではございません。斉彬公はお由良派の家臣たちを粛清しませんでした。

そうすることは父である斉興公の非を責めることになり、再び藩内を二分して血で血を洗う闘争につながると判断されたのだと考える人もいたのでございます。

いわゆる正義派と呼ばれる斉彬派の、斬首されたり切腹を命じられたり遠島に処されたりした家臣たちの子弟を取り立てることで、お家騒動の幕を下ろさせようとしているのだというのが、最近の風聞の大勢なのでございます。

しかし、正義派は藩内では少数派で、依然としてお由良派の勢力のほうが多いのだそうでございます。

いずれにいたしましても、アメリカのペリー来航、オロシアのプチャーチン来航以後、エゲレスやフランスなども幕府に和親条約を求めてきて、それは通商条約締結のための前段階であることは誰にでもわかるのでございます。

薩摩の斉彬公は、とりわけアメリカ艦隊の軍艦の巨大さや、大砲や銃器の威力を目の当たりにして、いまの日本では到底対等に渡り合える相手ではないと悟りました。

それではどうするべきか。同じ威力の軍艦や兵器を得て、同等の交易力を身につけて、まず日本の国力を高めようとなさっておりました。集成館はそのための大きな試みであったのでございます。

幕府老中の阿部正弘様は、前年の安政二年（一八五五）に江戸に洋学所を開設し、幕府の優秀な者たちに洋式の器械学を学ばせることから始めました。

しかし、そこは江戸大地震で全壊焼失し、その翌年の安政三年二月に新たに九段坂下に蕃書調所と名称を改め、蘭語以外の外国語や軍学や器械学を学ぶ学問所を造り、これまで肩身狭く蘭学を学んでいた学者たちを教授として招聘したのでございます。それぞれが独自でこっそりと手に入れて内緒で翻訳されていた蘭書や英書などが、大手を振って蕃書調所に持ち込まれて、高く積まれるようになっております。

洋学者である古賀謹一郎、箕作阮甫、杉田成卿といった名が越中売薬業者に聞こえてくるようになっておりました。

老中の阿部正弘様と島津斉彬公とは昵懇の間柄でございます。斉彬公はすでに江戸詰めのころに、水戸から一橋家の養子となった一橋慶喜様、肥前佐賀藩主の鍋島閑叟（直正）様、伊予宇和島藩主の伊達宗城様、土佐藩主の山内容堂（豊信）様、越前福井藩主の松平春嶽（慶永）様といった大名との交友を深めておりました。

どなたも、のちに賢侯と称される方々でございますが、みな藩政に英邁な意見を持つ、優れた思想家を知恵袋として遇しております。

とりわけ福井藩の橋本左内はまだ弱冠二十三歳でございますが、その学問の深さ、思想の柔軟性、緻密な世情分析は他藩にも聞こえておりました。

誰が主導するにせよ、異国の強圧に取り囲まれた我が国が今後それをどう乗り越えていくかについては、これらの藩主のつながりが大きな力となるに違いない、とは富山の廻船問屋や薬種問屋だけでなく、大坂や近江や伊勢松坂、長崎、さらには馬関の大商人たちの口にのぼっていたのでございます。

わたくしと米助が鹿児島の上町から磯の洋式工場の近くまで歩いたころ、うしろから呼ばれました。

宿舎となっておりますかつての禅寺の作男が追って来て、わたくしに一通の書状を渡してくれました。わたくしと行き違いに届いた越中八尾からの早飛脚でございました。差出人は父でしたので、わたくしはいやな予感がして、作男に心付けを渡す手が震えました。

「先に行ってますよ」

米助はわたくしを気遣って、薩摩街道のほうへとゆっくりと歩きだしました。

——きのう、加賀の金沢へ商用で行った。弥三郎も連れて行った。紙問屋の「加賀屋」さんと商いの相談をしていると、隣家の扇子屋のご息女が父親と一緒に機織りの稽古に来た。ひいらぎ屋という扇子屋の次女で、十八だという。名は「登勢」。おとせさんだ。

娘の父親は加賀屋さんと碁を打ちに来たのだ。

初対面だったが、いろいろと世間話をしているうちに、おとせさんには八歳のときに親が約し合った許婚がいたが、相手は麻疹をこじらせて、おととし二十歳で亡くなったという。

涼しい目元の美しい娘で、どこか凛としたところがあって、弥一の嫁に貰いたいと思った。賢いことも気立てのいいことも、話していてすぐにわかった。

老舗の扇子屋の娘とあって、女ひととおりの躾も行き届いている。

おとせさんの父親には、わたしの思いを話した。越中八尾の川上屋さんの嫁が務まるかどうかはなはだおぼつかないが、当方にとってはありがたい話だということだった。加賀屋さんも、川上屋の弥一さんなら子どものころから知っている。これはいい夫婦になるだろうと口添えしてくれた。

お前が気に入りさえすれば、この縁談はすぐにまとまる。弥一が帰富したら金沢にご挨拶に行くと約束した。そのつもりで帰って来てくれ。——


父の手紙の最後には、「じつに美しき娘にて、うらやましく候」と書き加えてありました。

「お父さん、なにが『うらやましく候』だよ」

こんな用件は富山から薩摩までの早飛脚で届けなくてもいいだろうにと思い、わたくしは手紙を懐のなかに入れながら、そう声に出して言って薩摩街道のほうへと急ぎました。

わたくしの父は温厚で、怒るということのない人なのですが、とにかくせっかちなのでございます。

「いま」と言えば、言葉どおり「いま」でなければなりません。二階で用をしていても、誰かに呼ばれて、

「あいよ、いま行きますよ」

と応じたときには、もう箪笥梯子の真ん中まで降りてきております。

父が決めて、相手の親も承諾したとなれば、わたくしとその娘とが夫婦になることは決まってしまったのですが、あまりにも双方の好みが違っていてはうまくいかないので、見合いというほどではなく、気心を探り合う程度の挨拶を交わさせようと、互いの親たちは考えたのでございましょう。

西へとゆったりと曲がる道には畑が多くなり、野の花が真っ盛りで、半纏をもろ肌脱ぎにして、それを褌に絡めた百姓が、肥えたごを六つも牛車に乗せて運んでおります。

その少し前には、稗と粟を一俵ずつ背に乗せた馬が、お婆さんに曳かれて行きます。

その道々に、いつのまにか越中売薬行商人の姿を見つけた子どもたちが集まってまいりました。

わたくしは、行李のなかから、きれいに折りたたんだ紙風船を出して、子どもたちに与えました。

自分の脚以外では土産物を渡してはならないのですが、心が浮き立っていたわたくしは、つい禁を破ってしまいました。「お登勢」という金沢の扇子屋の十八の娘の容姿や風情を想像してしまったからでございます。

数百年どころか数千年にわたって堆積した桜島の火山灰が、薩摩の地に田地をもたらしてはくれませんでしたので、畑のほとんどは薩摩芋が植えられております。九州の南では唐芋、他の地では薩摩芋と呼ばれる芋は、痩せた土地でも旺盛な生命力を発揮して、人々の飢えを防いでまいりました。

三月の初めくらいに種芋を横にして植えますが、土に埋めるのは下半分だけ。なぜなら、十五、六日で、種芋から蔓が伸びてきて、それを切って畑の別の場所に差し込みますと、土に埋まった蔓の切り口から根が生まれ、新しい芋がたくさん増えていくからでございます。

青々とみずみずしい蔓が畑を覆っているさまは、薩摩で見るもののなかでもわたくしが好きな風景でございます。

しかし、風景とするには差し支えがあるかもしれませんが、上級武士から下級武士、野良仕事ばかりに従事する外城郷士、さらには町人、百姓、漁師に至るまで、その妻女や娘たちの独特のたたずまいこそが、わたくしの最も好きな風景と言っていいかと思われます。

「おごじょ」とは女のことなのですが、薩摩おごじょをそのまま薩摩女と解釈するのは短絡過ぎます。

南国ですので、抜けるような白い肌の婦人は珍しくて、健康な浅黒さなのですが、どちらかといえば武骨な薩摩の男たちとは正反対で、背筋がすっと伸びて、黒い目は青みがかって、その目の底に、なにがあっても負けない強さがひとつの意志として蔵されているように感じられます。

たしかに夫を立てて、忍従の日々を送っているかに見えますが、じつは薩摩おごじょはそんな弱い女たちではありません。

夫が二俵の俵をかつぐときに腰をふらつかせても、薩摩の女たちは何食わぬ顔で三俵をかついで、さりげなくうしろからついて行きます。

従いつつ従わせている。

幼いときから働きつづけておりますので、いつなんどき亭主の身に障り(さわ)が起ころうとも、女手ひとつで生きていく術(すべ)を持っております。その自負と自信が、薩摩おごじょの黒い目に涼やかな青みをもたらしているのだとわたくしは思っているのでございます。

薩摩の男どもも、人前では亭主関白として振る舞いはいたしますが、家のなかに入れば、じつは妻には従順で、言葉にこそしないまでも、体を気遣ったり、疲れているなと思えば薪を割ってやったり早く床につかせたりと、夫婦の機微への目配りをいたします。

これは我が国の夫婦というものには珍しい心のやりとりでございましょう。

ですから、奈良朝の上代からの薩摩隼人や熊襲(くまそ)の歴史を知るにつけ、わたくしは薩摩人は日本人ではないのかもしれないと考えるようになりました。

日本という国の西南端に薩摩という別の国があり、独立の気概と武勇を連綿と維持しつづけて今日に至った。

地理上で推測しても、薩摩人は南方から大海原を越えてこの日の本の国に渡って来た勇猛果敢な人々の末裔(まつえい)ではないのかと考えても不思議ではないような気がするのでございます。

武勇といえば、やはりあの薩摩示現流という恐ろしい剣法を語らないわけにはまいりません。

江戸詰めの藩士たちの多くは、大刀の鍔(つば)と鞘(さや)とを丈夫な紐か細い針金でつないでおります。それは、刀を抜かないため。

抜いたら必ず相手を斬る。一の太刀で相手の肩から袈裟(けさ)がけに叩っ斬る。二の太刀はない。一の太刀で勝負をつける。二の太刀を使わなければならないということは負けたのと同じだ。だから薩摩示現流に守りの型はない。

「泣くよか、ひっ飛べ」

六、七歳の稚児にそう怒鳴って剣術の稽古をさせている二才頭の情け容赦のない声を、わたくしは何度耳にしたことでしょうか。

この場合の「泣く」とは、臆するとか、守りに入ろうとするとか、体力を消耗しきって動きが緩慢になるとかを意味しております。

そんなときこそ、「チィエース」とも「チェストオ」とも聞こえる、喉が張り裂けそうなほどの掛け声とともに全身で打ち込んでいけというのが薩摩示現流なのでございます。

六、七歳の稚児は太くて重いユスの枝を木剣代わりに、庭の土に深く埋めた五、六寸の太さの堅木を裂帛（れっぱく）の掛け声で上段から打ち込みつづけます。朝に三千回、夕に八千回が稚児たちに課せられた稽古なのですから、十歳にもなりますと、二の腕も上腕も太い松の根のような瘤状の筋肉がついて、恐ろしいほどでございます。

柳生新陰流（やぎゅうしんかげ）の極意書には、たった一行が書かれてあるだけだと古着屋のせいさんから聞いたことがございます。

——極意とは相打ちにて候——

薩摩示現流はこの極意を五、六歳のときから徹底して修練しつづけているのですから、まことに恐ろしい剣法ということになります。

夜がふけてまいりました。もう五ツ半（午後九時）時分でしょうか。きょうはこのくらいにして、あすは薩摩の蒲生郷を中心とした初めての売薬行商における思い出を交えながら、安政の大獄前後の京におけるお務めと申しますか任務と申しますか、とにかく突然わたくしに命じられた京暮らしについてお話しさせていただきましょう。

雨戸はすべてわたくしが閉めておきます。どうかごゆるりとお休み下さいませ。

＊

夜明けごろには寒くて、家の周りは青い朝霧に包まれているであろうと思いましたが、日が昇りますと蒸し暑くなり、西北の空には黒雲が湧いてきました。

あの厚い雲は能登半島の先端あたりの上空でございましょう。たぶん、午後にはここいらも雨になるかと思われます。

野鳥の声がうるさいほどでございますが、それが野積川の急流の音と混じり合いますと、いやに静かな祠のなかにいるような心地がして、わたくしは、こんな朝は茶を点てたくなります。

茶の点前など見よう見真似の不調法者でございますが、隣りの六畳には茶道具などを用意しておりますし、半畳に切りました畳には茶室しつらえの囲炉裏もありまして、火はすでにおこっております。

床の間もなく掛け軸も花入れもない殺風景な六畳でございますが、いなか者の点てる濃茶でも味わっていただこうかと思います。いかがでございましょうか。

茶菓子は、きのう八尾から持参いたしました京の松風でございます。

＊

安政三年五月十日、わたくしは鹿児島城下で父からの手紙を読んだあと、米助を追って街道を霧島連山や高千穂の峰を望みながら急ぎました。

やっと追いついたのは、米助が担当する郷村への曲がり道のところでした。

「悪いしらせではないんですね」

米助はわたくしの顔を見るなり笑顔で言いました。俺も心の中身が顔に出るのかと情けなくなり、

「早飛脚だったからびっくりしたよ」

と言って、前任者から譲り受けた懸場帳（かけばちょう）を行李から出しました。

そこには、わたくしの脚におけるすべてが書き込まれております。懸場帳は、越中売薬行商人の命とも言っていい大切な帳面で、各郷村の得意客に関するあらゆる事柄が記載されていて、一冊三十両とか五十両とかで売ってくれと誘いがありますが、勿論、金子で売り渡す行商人はひとりもおりません。

――宮之城。△百姓　昭次四十二歳　妻イヌ三十六歳　倅昭太十八歳　長女シカ十六歳　次男昭蔵十三歳　母ミノ六十二歳　牛一頭。

嘉永元年四月六日　反魂丹二包　下し三包

○　コ庄屋縦。――

たとえばこのように書き記してあります。

「△」や「○」や「コ」や「縦」はその行商人だけがわかる符丁で、字の横に小さく記します。宮之城という郷村の百姓・昭次は村に入って最初の家（△）。越中富山の薬を渡したのは嘉永元年四月六日。反魂丹二包と虫下し三包で、代金は次回の行商の際に貰った（○）。困窮していて（コ）庄屋が立て替えた（縦）。

といった具合でございます。

これ以外にも、夫婦仲や嫁姑の関係。子どもたちの素行や性格。罹病歴（りびょうれき）。一家で作ります野菜等の収穫高も、それとわからぬ符丁で書き加えておきます。

まるで人さまの家庭を覗き見る密偵のようだと思われるでしょうが、わたくしどもにはそんな悪意はまったくございません。

ひきつけを起こす癖のある子がいる家には、用心のために奇応丸を二、三袋置いておこうとか、しつこい便秘に悩むおばあさんのために下剤を前もって渡しておこうとかの判断をするためでございます。

ですが、そのための懸場帳であっても、結果として詳細な人別帳ともなり、商人にとっては喉から手が出るほどの宝物ともなります。

米助はまだ若い衆としてお務めがつづきますので、自分の懸場帳は持っておりません。わたくしの懸場帳に目をやり、

「弥一さんはきょうから一人前ですね。わたしも早くそうなりたいですよ」

と言って、薩摩芋畑のあいだの、牛馬の糞があちこちに落ちている脇道へと曲がっていきました。

蒲生の郷まではそこから三里ほどですが、ずっと登り坂で、途中何度か休まなければなりません。長道中ではないのに時間がかかるのでございます。富蔵様とは蒲生八幡神社の境内で待ち合わせております。

わたくしは、このぶんなら富蔵様との約束の時間に充分に間に合うと安堵して、ふと吉田兼好の『徒然草』第六十二段を思いだしました。意気込んでしまって、きょうから俺が書き記す懸場帳の符丁には風雅さを加味させたいものだと考えたのでございます。

――延政門院（えんせいもんいん）いときなくおはしましける時、院へ参る人に御言伝とて申させ給ひける御歌、

二つ文字牛の角文字すぐな文字ゆがみ文字とぞ君はおぼゆる
恋しく思ひ参らせ給ふとなり。――

これは悦子内親王が十歳くらいのときに院にまいり入る誰かに託した父君への謎文字による手紙でございます。

ふたつ文字とは「こ」。牛の角文字とは「ひ」。すぐな文字とは「し」。ゆがみ文字とは「く」。つなぎますと「お父様のことをこいしく思います」という意味になります。

離れて暮らす幼い娘が、知恵を絞って謎文字を考えて、それを父親の後嵯峨上皇に送りました。これはなんだと首をかしげて娘からの手紙を読み解いたときの上皇の喜びまでが伝わってまいりますし、幼い姫君の機知にも驚かされます。

この謎文字を、わたくしも真似てみようと思ったのですが、行商が始まりますと、そんな余裕はなくなってしまって、結局は忘れてしまいました。

蒲生は西側のほうへと尖った三角形の形をした郷村で、ほぼ薩摩の中央部に位置しております。西北側には低い山が並んでおります。川内川と別府川の分水域で、この川が蒲生郷内を流れて別府川となり、始良郷へと流れて行き、幾つかの川と合流して錦江湾の北側に注いでいるのでございます。

昔から畳の原料となります蒲が採れたので蒲生という地名がついたそうで、北側と西側は森林地帯。その森林の谷間や盆地に村々と田畑が点在いたします。

田畑といいましても、米の穫れる地は少なくて、木材と紙がこの地域の産業で、それらを扱う小さな町がございます。

標高の低い地域が蒲生の中心部で、地頭仮屋があり、武家屋敷が蒲生八幡神社の山門へとつづく道に並行するように建っております。

人口の約六割半が士族で、肥後熊本との西の国境を警固する出水郷士団と比肩されるほどの精強さを誇っているそうでございます。

ですが、やはり外城郷士に変わりはなく、上質な杉材を保護育成する役目とともに、段々畑で菜っ葉や大根や薩摩芋を作り、郷士の稚児や二才の教育を怠らない日々を送っているのでございます。

わたくしは、「ひ」という字を「牛の角文字」とは考えたものだと思いながら、手入れされた垣根によって庭のなかも家の造りも見えないように工夫されている郷士たちの家の前を歩いて蒲生八幡神社の境内へ入りました。富蔵様はまだ来ておりませんでした。

祭礼の行事のない日、神社の境内が静かなのは当然ですが、郷士の家々に挟まれているような中心部までが静まり返っていて、この蒲生郷が鹿児島城下から北へ北へと歩いて来た途中の郷村とは趣がまるで異なっていることを感じました。

「あの八幡様の楠木にはびっくりするぜ。樹齢は千年をはるかに超えてるだろう。高さは十三、四間、幹の直径は九尺以上、根回りは木の高さよりも尺があって、幹のなかには畳八畳分の空洞がある。枝も太いが、重さで持ちこたえられなくなってる。それでも一枚一枚の葉は濃い緑でみずみずしい。俺はあの楠木の途轍もない巨木を見てると、命ってものが見えてくるような気がするんだ。俺の命だけじゃないんだ。親父やお袋や、その親父やお袋や、そのまた親父やお袋や……。とにかくぜーんぶの人間の命なんだよ」

きのう、先に蒲生へ行く富蔵様が、甲突川の西側に建つ住職不在の曹洞宗の禅寺で言った言葉を思い出し、わたくしは神社の鳥居をくぐりました。

それはすぐにわたくしの眼前にあらわれました。富蔵様の言葉は誇張ではなかったのでございます。

巨木全体を眺めるためには、かなりその楠木から遠ざからねばなりませんでしたが、わたくしはもはや幹しか見えないくらいの近くに行き、坐るのに手ごろな岩に腰を降ろしました。

なぜか『徒然草』第六十二段の名文が、風が吹き抜けるようにこころのなかを熱く涼しく走っていきました。

――延政門院いときなくおはしましける時、院へ参る人に御言伝とて申させ給ひける御歌、

二つ文字牛の角文字すぐな文字ゆがみ文字とぞ君はおぼゆる

恋しく思ひ参らせ給ふとなり。――

のちに延政門院となった悦子姫は後嵯峨上皇の内親王として鎌倉時代を生きた女性。いたずら心だけだったのか、恥じらいを隠す思いもあったのか、「こひしく」という四文字を謎文字で父親にあらわした十歳の少女が生を終えて何百年たつのであろう。どのような運命を生きたのであろう。

わたくしは時のたつのも忘れて、楠木の巨木に見入っていました。

朝霧の向こうから俺を見ていたあの深山の美しい娘の面影を消してしまわなければならないと思いました。

双方の親同士が決めた生涯の伴侶が、加賀金沢から富山へと嫁ぐ日を待っている。お登勢か。

「うらやましく候」

父のつけ加えた一文が、わたくしに自然な笑みを浮かべさせました。

それなのに、わたくしの心には死の恐怖が湧いてきたのでございます。なんの前兆もない突然の死への恐怖は、近くに人がいれば助けを求めたであろうほどに激越なものでした。

いつかみんな死んでいく。俺も死ぬ。父も母も死ぬ。長吉も才児も半兵衛様も富蔵様も死ぬ。妻となるであろうお登勢も死ぬ。俺とお登勢とのあいだに生まれるであろう子も、やがて必ず死ぬのだ。生き物に死から免れる方法はない。

そのときの恐怖は、全身を粟立てるほどに強烈で、わたくしは声をあげそうになりました。その声を押し止めるために、わたくしは両手で口をふさがねばならなかったほどでございます。

そのとき、楠木から声が聞こえました。いまでも、自分がそのとき瞬間にせよ頭がおかしくなっていたとは思いません。わたくしは恐怖で狼狽して手は震えていても、心だけは明澄であったと思います。

樹齢千年をはるかに超える楠木の巨木は、

「一生涯見ていてあげる。安心していなさい」

と確かにわたくしに言ってくれました。

動揺が鎮まり、楠木から発せられた言葉の意味について考えを傾ける余裕が生まれた瞬間、わたくしは、別離の悲哀にも、運命の理不尽な過酷さにも、生死の苦悩にも、なにがあってもつねに安心していられる心を、大きな心というのだと気づけました。

第十九章　初めての行商

わたくしのなかに心地よい泉のように湧いたまま消えようとしない安心への信頼とも言うべき思いは、そのときは不動であったのでございます。蟻が五、六間を歩むほどの時間。その程度の一瞬間のあいだだけ、長い苦行と修行の果てに至った悟りにひたっている己に酔うとでも申しましょうか。

ですが、大安心という字から「安」を抜き取ると「大心」、大きな心になるなと考えた途端に、なんだか幼い姫君の謎文字と同程度の言葉遊びに過ぎなかった気がしてきました。

それでもなお、大楠から発せられた暖かくて力強い約束の言葉は、幻聴でも錯覚でもなく、わたくしの耳に聞こえたのは間違いございません。

いろはにほへと、とわたくしは声に出して言ってみました。それから芭蕉の句を二句口にしました。ちゃんと聞こえます。

耳のせいではないと確かめて、わたくしは立ちあがって大楠を見つめました。安心どころか、不安だらけの自分が蒲生八幡神社の境内に立っているだけでございます。巨大な楠木は、なにも言ってはくれません。

「一生涯見ていてあげる。安心していなさい」

その言葉は、二度と聞こえてはきませんでした。

太い枝と枝のあいだでなにかが動きました。境内に入らずに、大鳥居の向こうの小さな橋の欄干に腰を降ろして煙管(きせる)をくわえている富蔵様でございました。橋の向こうには参詣者のための茶店があります。

わたくしがお辞儀をして、大楠から離れようといたしますと、

「もっとゆっくり見てたらいいよ。きょうはこれから蒲生の郷頭(ごうがしら)さまのところに行くだけだ。弥一は古薬の回収のときに挨拶してるけど、俺はここの郷頭さまとはおおかた七年ぶりだからな」

茶店では幼い女の子をつれた老人が休憩しているだけで、あたりは静まり返っていて、富蔵様の声は離れていてもよく聞こえました。

郷士の治める村々は「外城麓(とじょうふもと)」と呼ばれております。府本(ふもと)とも書きますが、それぞれに郷頭と郷士を配置して、郷内の行政三役を地頭が任命いたします。庄屋は郷士のなかから選ばれますので武士ということになります。

薩摩藩の長い歴史のなかで百姓一揆は皆無に近いのでございます。庄屋が武士だったからで、百姓にとっては旗振りがいないので一揆の起こしようがないということになります。

郷士は城下士よりもはるかに身分は低いにしても、「麓」の行政の中心でございますので、幾つもの身分に分かれていて、郷士年寄、組頭、横目という三役は重職であり、さらに「門割(かどわり)制

度」と「宗門手札改め」という仕組みが定められております。

なかなかに入り組んだ農業政策と言わねばなりません。しかし、この三つの制度で、薩摩藩の外城を基盤とする支配は強固でありつづけました。

郷頭は「門割制度」における身分のひとつで、各外城の百姓のなかから選ばれた長で、世襲制であり、家格の維持を主命とされております。

わたくしども越中売薬行商人は、担当の脚を廻りますとき、たいていはこの郷頭の家にご厄介になるので、自分たちが食べる分の米を持参することになっております。宿泊のお世話になる礼金も支払いますが、木綿の袋に、少し多めの米を入れておくのも心付けというものでございます。

わたくしは、大楠の木から離れ、富蔵様のいる橋へと急ぎました。初めての配薬の仕事をしたくて気が逸(はや)っておりました。

わたくしと富蔵様が担当する宮之城、佐司、黒木、鶴田、大村、蒲生の各麓集落は、山と谷の多い薩摩では数少ない平坦な土地の多い地域で、蒲生から北に行けば行くほど田地に恵まれた穀倉地帯でございます。

幾つかの小さな河川が枝分かれしつつ農村に恵みを与えておりますが、中心は川内川で、肥後の南部、日向の西南、薩摩の西北に豊かな流れをもたらしてくれているのでございます。

それゆえに、農家の戸数も多く、行商の範囲も大きいことになります。一軒一軒を隈(くま)なく訪ねるのではなく、ほとんどの麓集落では郷頭に薬を預けます。その地域によっては郷頭の上に立つ名主に委託する場合もあるので、訪ねる軒数は三十近くに及び、田地や畑や、低いとはいえ、うねりの重なる山や谷や集落を五日で廻るのは想像を超えた重労働でございます。

「そんなに張り切らなくてもいいよ。配薬はあしたからだ」

と富蔵様は言い、国分の煙草を煙管に詰めると茶店に火を借りに行きました。そして戻って来て、

「富山に帰るのと、お袖様のお産とどっちが早いかなあ。半兵衛様も父親になるんだなあ」

と笑顔を向けました。

「五月半ばくらいになるだろうって産婆は言ってるそうですが」

「初産だから、ちょっと遅れるかな。半兵衛様は城下脚だから、きょうは忙しかったろうよ。俺は、帰りの途中で、そうだな、京の伏見あたりでお産のしらせが待ってるって気がするな」

わたくしは、富蔵様に、父からの手紙の内容を話しました。

「そうかい、加賀の扇子屋のお嬢さんかい。双方の親が気にいったんだ。決まったのとおんなじだ。どんな娘さんだろうなあ。越中八尾の紙問屋の倅（せがれ）として貰うのか、売薬行商人の弥一として貰うのか。それで祝言（しゅうげん）の格も段取りも違ってくるぜ。かける金子（きんす）も大違いだ。どっちにするんだ？」

そんなことは考えてもおりませんでしたので、なるほど、跡取りは弟の弥三郎に代わったにしても、俺は川上屋の長男なのだと思いました。

「わたくしはもう川上屋に戻ることはありません。ですから、高麗屋抱えの越中売薬行商人の弥一でございます」

そのわたくしの言葉に、富蔵様は小さく首をかしげ、郷頭の忠兵衛（ちゅうべえ）さんの家へ歩きながら話そうと言い、煙管の雁首をこつんと橋の欄干に打ちつけて立ちあがりました。

参道の両脇には数軒の郷士屋敷が並んでおります。小さいながらも門があり、茅葺きの屋根が椿の垣根越しに見えますが、庭は外からは見えないように造ってあります。敷地や門に多少の大小はあるにしても、みな同じ造りで、庭には鶏が放し飼いにされております。

わたくしは富蔵様と並んで、参道を南へと歩きました。低い岩山が前方にあり、その周辺に麓集落が点在しております。岩山の東側の集落に、今夜と五日後にお世話になる郷頭の忠兵衛さんの家があるのでございます。

煙草畑が山裾に拡がっていて、竹林がそれを取り囲むように茂っております。竹も大事な産物で、箸や簾が作られて、船で大坂に運ばれます。

竹林の北側には水田もありますが、長い年月を重ねて開墾されたもので、もっと北側の麓集落と比べれば、蒲生は穀倉地帯とは呼べません。

村道を挟んで梅林と茶畑もあるにしても、なだらかな丘陵の多くは杉林で、樹齢二十年ほどの杉林の近くには、まだ若い木ばかりの植林地が整然と西北へと延びております。

その麓集落を治める郷士の家から、八、九歳の少年五人が風呂敷包みを持って出てきました。たぶんその郷士の家が、稚児、長稚児、二才たちの剣術と学問を学ぶ場となっているのであろうとわたくしは思いました。

近在の百姓の子どもたちは煙草畑の横の細い川のほうから走ってきて、

「ばいやくさん、ばいやくさん」

と言って手を伸ばしました。

短い袴を穿いた郷士の子たちは、百姓の子らから少し距離を置いて、わたくしと富蔵様を見ておりますが、行商人の土産物を欲しそうにしてなるものかという矜持もいまにも萎えそうで、百姓の子のひとりになにやら耳打ちいたしました。

お前が貰ったもののひとつを俺にくれと言ったのだなと思い、わたくしは背負っていた重い行李を道に降ろすと、土産物を出しました。

富蔵様も、ちゃんとみんなにあげるから、家に持って帰って越中売薬さんが来たと伝えておくれよと言いました。

わたくしは紙風船と、薄い木に巻きつけた糸と針の入っている袋を出しました。

縫い針が三本、糸と木のあいだに差し込んであります。女の子だけでなく、おかみさんたちもが欲しがる土産物でございます。

「子どもには紙風船だけだよ。縫い物道具は女の子だけ。お姉さんのいる子は手をあげて下さいよ」

富蔵様が言うと、郷士の子がひとり手をあげました。

お前には姉も妹もいないではないかと他の郷士の子たちが気色ばんでなじると、

「母も女だ」

と、その子は恥ずかしそうに目を逸らせて言いました。

わたくしは縫い針と糸の入った袋をその侍の子に手渡して、紙風船もふたつ進呈しました。

そのうち、竹林のほうからも煙草畑のほうからも、子どもたちが走って来て、わたくしと富蔵様に群がりました。

もうそうなると百姓の子も侍の子も違いはなくなってしまって、土産物をせがむばかりでございます。

「蒲生の麓の人たちにはこれでおしまいですよ。他の麓にも持っていかないと恨まれますからねえ」

わたくしの言葉で、子どもたちは紙風船を膨らませながら家へと走って行きました。

「ことしの錦絵は、どうも配る気がしないなあ」

竹林と低い山とのあいだの道を行きながら、富蔵様は眉をひそめて言いました。

ことしは役者絵が三種類。それ以外に、江戸大地震のさまを描いた絵が二種類混じっております。

上野周辺の猛火に包まれて逃げ惑う人々を描いたものと、商人や花魁（おいらん）たちが、豪奢な着物を着てふんぞりかえっている鯰（なまず）を料亭で饗応している絵でございます。

地下に住む大鯰の親分に、日本中の大工や左官や瓦職人などでお礼の宴を設けているという滑稽（こっけい）な絵なのですが、富蔵様は、こんなものは越中売薬行商人の土産物にふさわしくないと機嫌が悪いのです。

地震は鯰が地下で暴れることで起こるという言い伝えとも迷信ともつかない話は、打ちつづいた大地震によって本気にする人たちも増えて、復興のために全国から江戸へと高賃金で呼ばれて大儲けしている大工や左官や瓦職人たちへの憤懣（ふんまん）もひろがっております。

それを滑稽な絵で揶揄（やゆ）したのでございましょう。

「江戸の町はまだ半分ほどしか建て直っていないそうですね」

とわたくしは言いました。

「表長屋、裏長屋、商人たちのお店（たな）。まずこれが先だろうに、家を建てる職人たちは大小の武家屋敷の建て直しにかかりっきりだ。こっちを先にしないとただでは済まさんぞって脅されたら、口入屋も棟梁たちも仕方がないだろうさ。加賀様の江戸屋敷なんて九万坪もあるんだぜ」

「薩摩の芝藩邸もほとんど焼けたり壊れたりだそうですね」

わたくしの言葉に無言で頷（うなず）き、薩摩に来るとき、美々津の「足柄屋」に弥平次さんが訪ねて来たと富蔵様は言いました。

「長崎から伊予宇和島に行く途中に、美々津に寄って、俺を待ってたんだ」

「大事な話だったのでございますか」

「大事かもしれないな。蘭学、とりわけ蘭方医術を学ぼうっていう流れが、幕府の意向をまったく気にもしないで、もの凄い勢いでひろまってるそうだ。ペリー来航、オロシアのプチャーチン来航のあと、安政二年（一八五五）に、幕府は長崎のオランダ商館長に蒸気軍艦を一隻購入したいので周旋してくれと頼んだ。オランダは今後の日本との関係も考慮して蒸気軍艦を一隻無料で贈呈してくれた。これが日本に着いたあとに『観光丸（かんこうまる）』って船名に変わった。それは弥一も聞いてるだろう？」

「はい、古着屋のせいさんからも聞きましたし、美濃屋の船頭さんからも聞きました。軍艦だけ贈呈しても、動かし方がわからなければなんの役にも立たないということで、そのための教師団二十二名もその船に乗って来たということですね。幕府は長崎海軍伝習所（かいぐんでんしゅうじょ）をひらいたということも聞いております」

「その二十二名はオランダに帰ってしまって、海軍伝習所はしばらく休憩するしかなくなったんだが、いま第二次教師団が日本に向かってるらしいよ」

わたくしはそれがなぜ「大事」なのかわかりませんでしたので、歩きながら富蔵様の次の言葉を待ちました。

小川の縁（へり）の小道の手前で歩を止めて、

「その船にオランダ人の軍医が乗ってるそうなんだ。まだ若いが、シーボルトよりも新しい医術を習得してるらしい。西洋医術は、俺たちの医術よりも進んでる。つねに進みつづけてる。漢方は進もうとしない。家伝とか一子相伝とかのたまって、何百年も前の薬を後生大事に使ってる。効くならそれでもいいさ。でもなあ弥一、病気を治す薬は、ほんの二、三種類だ。薬じゃあ治らない病気だらけだ。江戸城のなかじゃあ漢方医が法眼（ほうげん）様と呼ばれてふんぞりかえって、蘭方の『ら』の字も口にしようものならどんな罪に問われるかわからないそうだよ。弥一、富山の薬も漢方なんだぜ」

と富蔵様は言いました。

わたくしは、富蔵様の言いたいことがすぐにわかりました。

日米和親条約、日英和親条約、つづいて、日露、日蘭と西洋諸国は幕府に条約締結を求めました。これが和親だけでなく通商条約につながることはわかりきったことでございましょう。

そして、開港開国と進めば、唐薬種は薩摩藩を通じなくても長崎や他の開港地からおおっぴらに、なんの規制も遠慮もなく入ってくる日が訪れるのも必定（ひつじょう）でございましょう。

蝦夷地の干し昆布と唐薬種を琉球経由で隠密裏に交換する必要はなくなり、越中富山の廻船問屋や薬種問屋と薩摩藩が苦労に苦労を重ねて作りあげた交易網は過去のものになる。

わたくしはそれが無念だと思ったのではございません。西洋の薬が日本で販売されることで、越中富山の薬が過去の遺物と化して廃れていくのではないだろうかと恐れたのでございます。ひょっとしたら、わたくしは徳川の世が終わっていくのではないかという予感をも抱いていたのかもしれません。

富蔵様は小川の畔で牛の糞を踏んでしまったので苦笑いしながら草鞋を履き替えました。

——いまの蘭学者も蘭医たちも、ほとんどはシーボルトの門弟だ。直弟子たちの多くは歳をとって、いまはシーボルトの孫弟子の時代になったらしい。大坂の緒方洪庵の適塾からもたくさんの蘭医が出ている。

弥平次は、この国の蘭医や蘭学者たちの名を何人かあげた。全部は覚えきれなかったが、東では杉田玄白、前野良沢、中川淳庵、石川玄常、桂川甫周たちが『解体新書』を訳した。これが日本の蘭医学の草分けと言ってもいいらしい。

それから坪井信道、戸塚静海。いまは佐藤泰然、その門弟たち。西にはシーボルトの門人たちとその流れを汲む蘭医たちがいる。二宮敬作、高良斎、石井宗謙……。

下総佐倉藩には順天堂という蘭方医術の塾がある。佐倉藩は江戸からたったの十二里だが、藩主の堀田備中守正睦様は天保の改革で老中水野忠邦のやり方に異を唱えつづけたお殿様で、いわゆる開明派だ。この堀田備中守様が佐藤泰然に蘭医学塾をひらかせた。それが佐倉順天堂だ。

蘭学と蘭医術に力を入れているのは、他には越前大野藩と伊予宇和島藩だ。弥平次の話では、これらの藩の優秀な若者たちが、オランダからの第二次教師団を待っていて、気の早い連中はすでに長崎に向かっているということだった。ああ、長崎海軍伝習所の塾頭は勝麟太郎（海舟）という幕臣だとも言っていた。幕臣といっても無役の下級旗本の子だそうだが。——

富蔵様が話してくれたことの七割ほどは、すでにわたくしも関東仲間組や大坂脚の行商人たちから耳にしておりました。

「オランダは九州と同じくらいの大きさの国だと聞いて、びっくりしました。そんな小さな国が、八千海里もの荒海を越えて、この日本にやって来つづけていたなんて。海の一里と陸の一里の違いは、古着屋のせいさんもよくわからないそうです。陸の半里よりも少し短い程度らしいと美濃屋の宝亀丸の猪吉さんは言っていましたが、仮に半里としても八千海里は四千里。四千里もの海を渡ってくるんです。日本の船よりも大きくて、航海術も長けているといっても、命懸けどころの話じゃありません。オロシア人もエゲレス人もフランス人もアメリカ人も、つまりそんな連中だということですね」

わたくしがそう言いますと、富蔵様はかぶっていた笠を取り、牛の糞で汚れた草鞋を草むらに捨ててから竹林の終わるあたりに向かって丁寧にお辞儀をいたしました。

今夜と五日後にお世話になる郷頭の忠兵衛さんが、竹笊をかかえて細道を歩いて来ておりました。

「もう来るころかなと思ってましたよ」

と忠兵衛さんは怒ったような顔で言いました。言葉は勿論薩摩弁で、そのままですと、他の地の人にはわかりませんので、わたくしはあなたさまに理解できる言葉に換えているのでございます。

忠兵衛さんは四十五、六歳。背は低く、ずんぐりした体つきで、顎が幅広く張っていて、気難しそうに見えますが、薩摩の男特有の無口で鷹揚な、いわば百姓総代らしい気遣いをする人でございました。

「風呂を焚きましたよ」

と忠兵衛さんは言って、竹笊のなかを見せました。青い蕾のようなものがたくさん入っていました。

煙草の花芽だそうで、薩摩では四月から六月にかけて次から次へとこの花芽が出てきます。花芽が育ち過ぎると煙草の葉の味も香りも落ちてしまうので摘んでしまわないといけません。いまはその花芽摘みの時期でした。

煙草の種子は針の穴ほどに小さくて、落としたら見つけることは不可能で、薩摩では種子を植え床に播くのは十二月。若芽が出て、それを別の苗床に移して、ひと月ほど育った二月ごろに畑に移し植えます。

花芽を摘み取る時期は、早く育った葉の収穫も同時に行ないますので、煙草農家は繁忙期に入ろうとしておりました。川内川の流域ではそろそろ田植えも始まることでしょう。

富蔵様は、忠兵衛さんと並んで歩きながら、わたくしを紹介いたしました。たぶん二、三年後には、蒲生、宮之城、佐司、黒木、鶴田、大村などの脚は、この弥一が受け持つことになるという言葉に、

「富蔵さんはまさか隠居してしまうわけじゃないでしょう?」

と忠兵衛さんは聞きました。

「もう隠居してもいい歳ですよ。佐司から東への道を行李をかついで昇り降りするのはこたえる

ようになりました」

竹林と杉の植林を右手に建つ茅葺きの家には、忠兵衛さん一家が揃っておりました。忠兵衛さんのおかみさん、長男夫婦とその四人の子どもたち、ことし七十歳になったというおばあさんの九人家族でございます。

百姓の家には珍しく二棟が庭を挟んで建っていました。小さいほうは収穫した煙草の葉を乾燥させるための棟ですが、二階があって、わたくしどもはそこで泊まらせてもらうのでございます。庭には鶏小屋があり、親鳥と雛が歩き廻っていて、煙草小屋の横に井戸があります。

わたくしどもは煙草小屋の入口にとりあえず薬がぎっしり詰まった行李を置き、忠兵衛さんの家族に挨拶してから井戸の水で足を洗いました。

風呂は十日にいちど沸かすということでしたから、百姓総代の「郷頭」という役職が薩摩の各麓集落では一般の百姓家とは一段も二段も異なっていることがわかります。

「みなさん、お風呂はお先に入って下さい。わたくしどもはいちばん最後でよろしゅうございます」

そう言って、富蔵様はわたくしに持参した米を渡すように促しました。それから、行李のなかから木筒に入れた茶葉を出して、それを忠兵衛さんのおかみさんに渡しました。

「いつもおんなじものばかりで」

亭主よりも背の高いおかみさんは、その富蔵様の言葉に無言で何度も頭を下げてから台所に行くと、茶を淹れてきました。それぞれ大きさも異なる三つの茶碗はどれも欠けがありました。

「きょうは朝に鶏をしめましたよ。白いお米を炊こうね」

お嫁さんが言うと、子どもたちが歓声をあげました。「ばいやくさん」が泊まる日だけ、鶏をしめるのだそうでございます。

おばあさんは笑みを浮かべながら、茣蓙を編む手を休めません。

長男の太助さんは、薩摩人を代表するかのような無口さで、「ああ」とか「そうだなあ」とか「うん」くらいしか口にいたしません。

忠兵衛さんの家に着いたときは夕日が眩しいほどでしたが、何度も強く勧められて風呂に入ったころには暗くなっておりました。

子どもは七歳を筆頭に五歳、三歳、二歳でございます。

家族が寝泊りする家にも煙草小屋にも八幡神社の神札が掲げられていて、納屋には木を伐り出すための道具類が入り切れないほどに収められておりました。

夜五つ（午後八時）ごろ子どもたちが奥の八畳に寝に行ってしまったとき、

「江戸はどんな具合だね」

と太助さんが初めて自分から口を開きました。

わたくしは二枚の絵を見せ、地震を起こしてくれた鯰の親分を料亭に招待して礼をしている大工たちの説明をいたしました。

「越中も揺れました。揺り返しってやつが、いったいいつまでつづくのかって恐ろしくなるほどでした。揺り返しでさえあれですからね、江戸の揺れは想像もつきません」

寝てしまった子どもたち以外は、全員が顔を寄せ合って絵を見つめるばかりで、おばあさんも忠兵衛さんもひとことも喋りません。江戸上野周辺の絵は、まったく地獄絵図でございます。

「江戸には百万人が住んでるそうです。そのうちの五割が武家ですよ。江戸城は地盤の固いところにあるそうで、さほどの被害はなかったそうですが、多事多難な世の中になっておりますので、お大名が早く屋敷を修復したがるのは当然でしょう」

富蔵様は言って、別棟の煙草小屋の二階に移ろうとわたくしに目配せいたしました。忠兵衛さんたちは朝が早いですし、わたくしどももあしたは宮之城までの長い道のりが待っております。

わたくしと富蔵様は煙草小屋の二階にあがりました。九州特有の西風が強くなっていて、竹林からは笊に小豆（あずき）を転がすような音が絶え間なく聞こえておりました。

「これからの麓集落は手分けしたほうがよさそうに思うだろうけど、ふたりでひと組のままのほうがいいぜ。峠というほどじゃないが、川内川に近くなるとなかなか険しい坂道もあるんだ。ことしの秋は、弥一も若い衆を使え」

「秋には富蔵様は一緒じゃないんですか？」

「俺がさっき忠兵衛さんに言ったことは本当だよ。行李を背負って歩くと、ここが痛んでなあ」

富蔵様は右の尻と腰のあいだを手で押さえました。そのあたりの筋が顔をしかめるほど痛むのだそうでした。

ですが、富蔵様はそれから四年間、行商をつづけなければならなくなります。わたくしが、京に住むことを旦那様に命じられたからでございます。

「富山の薬で、効き目を自慢できるのは反魂丹だ。風邪を治す薬なんてないし、腎、肝、胆の臓の病も治せない。労咳（ろうがい）ときたらお手上げだ。梅毒、淋病、疱瘡（ほうそう）、麻疹（はしか）、みんな治せないさ。これはオランダや他の西洋の薬もおんなじだ。薬で治せる病気なんて、ほんのちょっとだ。虫下しくらいかな。病気はその人が自分の力で治すんだ。富山の薬はその手助けをするだけだ。だけど、手助けをする薬は長く常用しなきゃあいけない。富山の置き薬は常用するためのものじゃないんだ。薬を常用できるのは金持ちだけで、百姓にそんな銭はないよ。そんな薬を置いていってどうする？　置き薬用の箱は長持ちほどの大きさが必要になるよ。常用薬の代金を払えるのは五十人にひとりだ。いいか、弥一、医者は風邪も治せないんだぜ。風邪は、暖かくして寝てるのがいちばんの療治法だ」

富蔵様はいつになく言葉つきが烈（はげ）しくて、ときおり顔をしかめました。

月が雲に隠れたらしく、売薬行商人が携行する組み立て式の小型の行灯（あんどん）の明かりだけになりましたが、痛みに耐えていることは、そのわずかな光でもはっきりとわかりました。

わたくしは富蔵様にうつ伏せになってもらい、痛む個所をさすりました。按摩（あんま）のように揉むのはかえって良くないような気がしたのでございます。

「あ、そこだよ、そこが痛いんだ」

その富蔵様の言葉で、これは筋を違えたのだとわかりました。わたくしも九年の奉公で、さまざまな売薬人の経験を耳にしておりましたので、多少は痛みの原因も応急の処置法もわかるようになっておりました。

急病人が頼ってまいりますと、売薬行商人は、わたくしは医者ではないのでと無下（むげ）にはできません。医者などいない農村を行商する越中売薬人は多いのでございます。

そのおかげで、医者ではないものの、医術のある程度の知識を経験で学んでおります。木こりの娘の腫物の治療をした義助さんのような売薬行商人がたくさんいることになります。

痛めた筋を指圧してはならない。その周りをほぐすのだ。痛いところを取り込むように揉み込んでいけ。

これは奥州仙台仲間組の行商人から聞いておりましたので、わたくしは行李から蠟燭を出して、部屋の明かりを強めて、そのようにいたしました。

それから炎症を鎮める成分の多い薬を探して、それを富蔵様に飲んでもらいました。杏仁、麻黄、甘草が多く使われている薬でございます。

「ああ、らくになったよ。薬が効いてくれりゃあいいが、ひと晩じゃ無理だろうな」

富蔵様は、そう言ってあお向けになりました。わたくしも隣りの蒲団にあお向けになって長々と体を伸ばしました。もしあした富蔵様が動けなかったら、馬子を雇ってふたりぶんの行李を馬の背に乗せ、俺ひとりで行商をつづけてやると思いました。越中の薬売りが馬で行商をするなんて見たことも聞いたこともないが、麓集落の人たちに笑われようがそんなことはかまわない。人目なんかどうでもいい。俺は安心していればいいのだからな、と。

たぶん夜四つ（午後十時）ごろだったでしょう。うとうとしかけたとき、逢ったこともないお登勢が、いま同時刻の加賀金沢で、早くお逢いしたく思いますという言葉をわたくしに謎文字で書いている姿が浮かんできました。「わたくしも」と謎文字を書こうとして考えているうちに、わたくしは行商なんか放り出して、加賀金沢へ飛んで行きたくなりました。

父の「うらやましく候」というひやかし半分のだめ押しの一行は、名人の按摩のさりげないひと揉みのように効いてきたのでございます。

第二十章　郷土

忠兵衛さんの家の朝は早いと富蔵様から聞いていたのですが、まだ暗い朝の七つ（午後四時）ごろにわたくしたちが泊めてもらった煙草小屋の横にある馬小屋から馬の鼻音と胴震いの音が響き、忠兵衛さんが馬に語りかける声が聞こえてきました。

きょうは祁答院(けどういん)の西側の道を宮之城まで歩かねばなりません。蒲生からは西北に向かって四里弱ですが、宮之城の地頭に挨拶をして廻在付状という配薬の許可状を見せて、それから麓集落の郷頭を訪ねるのでございます。

一軒一軒を訪ねて薬を置いていくのではなく、門割制度における各郷頭に薬を預けます。薬を必要とする人たちは、それぞれが所属する門割における長である郷頭の家に貰いに行き、あとで代金を届けるというやり方が、薩摩では数十年にわたってつづいております。

わたくしたちが身支度を整えますと、忠兵衛さんのおかみさんが、きのうの鶏鍋の汁を使って薩摩芋入りの粥を作ってくれました。白米七・薩摩芋三の粥は鶏の出汁がよく沁みて、わたくしは勧められるままに木の椀に四杯もいただいてしまいました。

そのおいしさが忘れられず、我が家では「鶏粥」と名づけて月に一度朝の御膳として食べるようになりました。いまもつづいております。勿論、一寸角に切った薩摩芋を入れることは忘れません。

「きょうは昼から雨かもしれないので気をつけてお行きなさい」

と馬の飼い葉を木桶に入れながら忠兵衛さんは言いました。息子夫婦はすでに藩の材木方から指定された杉を伐り出すために出かけてしまっていました。

富蔵様は、自分の体の具合を説明して、万一の場合は荷を馬の背に乗せなければならなくなるかもしれないので、道中で馬子を雇えるだろうかと訊きました。忠兵衛さんは佐吉という百姓の家を教えてくれました。佐吉さんは宮之城の麓集落まで一里のところに住んでおります。

田圃を耕す時期が来ているので、馬は忙しいが、蒲生の忠兵衛という名を出せば、佐吉ならなんとか面倒を見てくれるだろうとのことでした。田地は少ないし、他の百姓よりも早く水を引くのが佐吉のやり方だと忠兵衛さんは説明しました。

「薩摩に少しでも金子を落としていくことも大事なんだ」

重い行李を背負い、蒲生八幡神社への参道近くまで来たとき、富蔵様はそう言いました。越中売薬はその地の金銀を持ち出します。どの藩も他国の商人に自藩の金銀を持ち出されることを嫌います。ですから、富山藩はその代償として、その藩の財政を支える産物を購入することになっていて、それは富山の廻船問屋が受け持っております。

たとえば岩瀬浜の大峰屋は北前船で最上川流域の紅花を買い入れて、それを大坂で売ります。

大峰屋も儲けますが、紅花を財政の柱とする奥州各藩にも、同額ではないものの越中売薬に払った金子は戻ってくるのでございます。

美濃屋は薩摩の産物を大量に買い入れます。朱、砂糖、煙草、茶葉、異国の珍品等々。それらは大坂は勿論、加賀金沢などで売ります。唐薬種と干し昆布を交換する密貿易とは別の商いですが、それも薩摩から出た金銀を薩摩にお返しすることを眼目としているのでございます。

越中富山の売薬は、全国で他の商人群よりもはるかにこの暗黙の約束事を遵守してまいりました。これも越中富山の薬売りが信用されてきた大事な要因でございましょう。

どの街道筋の茶店でも、越中売薬さんは景気がいいと喜ばれますが、それは儲かったので贅沢をしているのではありません。あえて大目に蕎麦や団子や饅頭を註文して、その地に金子を落とすことで信用を築きつづけるためなのでございます。

北へ北へと歩いて行くにしたがって田圃が多くなってまいりました。すでに水を張る作業に入った田圃もあります。

山に近い田圃では牛や馬が犂(すき)を曳いていて、手拭いを頭にかぶせた女たちが、苗床(なえどこ)を運んでおりました。

「あれは郷士のお内儀(ないぎ)だよ。百姓じゃない」

と富蔵様は尻の上の痛む個所をかばうように歩を進めながら言いました。わたくしたちは、忠兵衛さんに教えられた百姓の家を探して、畦道(あぜみち)を雑木林のほうへと曲がりました。小さな田圃が三枚、表面に泡を浮かべて薄曇りの下で光っておりました。泡は、田に水を引いたばかりであることを示しております。

草の生えた茅葺きの屋根は波打っていて、その屋根と比して粗末過ぎる百姓家が佐吉さんの家でした。

富蔵様は事情を説明し、蒲生の忠兵衛さんの紹介であることを話して、紙に一朱銀をふたつ包んで渡しました。

「これは貰い過ぎだよ。俺が一朱銀なんかをふたつも持ってたら、御詮議を受けるよ」

と佐吉さんは言いましたが、荷を馬の背に乗せることは引き受けてくれました。歳は四十くらい。背は低いのですが体全体の骨組みが太くて、濃い眉と大きな鼻が獅子舞の獅子を想像させます。

一朱は二百五十文。四朱で一分。四分で一両。銭なら四千文で一両。

薩摩の百姓が一朱銀をふたつ持っていれば、それはどこでどうやって手に入れたのかと猜疑(さいぎ)の目で見られることでしょう。

しかし、富蔵様はたぶんきのうのうちに荷を馬の背で運ぶことになりそうだと考えていたのでしょう。それほどに差留め解除後の最初の行商の荷は重く、尻と腰とのあいだの筋の痛みは強かったのでございます。

ですから、宮之城までだけではなく、鶴田、佐司、黒木、大村の各郷にも馬を使う算段をしていて、佐吉さんにとっては大金である二朱もの礼金を先に渡すという手を使ったのです。

佐吉さんは、若くて元気そうな馬を小屋から曳いてきて、ひづめに藁沓(わらぐつ)を履かせながら、俺の田圃はこれだけで、もう水も引いてしまったので、それが田の土と馴染むまでの四、五日はたいした仕事もないと言いました。

「それはありがたいです。わたくしたちの荷を馬で運んで、五日後に一緒に蒲生まで戻って来ましょう。それならいま払った二朱は途中で五百文に交換できますよ」

富蔵様の言葉で、佐吉さんは家の裏にある小川で洗濯をしていたらしいおかみさんを呼び、紙包みを渡して、

「五日留守をするぞ」

と言い、ふたつの重い行李を馬の背の左右に縄で吊るしました。

おかみさんは二十代半ばくらい。膝下までの着物を着て麻布の前掛けをしておりますが、背を向けますと端切れを縫い合わせて作った腰巻が見えております。その腰巻も、もう雑巾に変えたほうがいいのではないかと思えるほどに擦り切れて太ももが透いて見えます。

日に焼けて色は黒く、頰骨が高くて、垂れ目で、表情というものがありません。紙包みの中身にびっくりしたようでしたが、なにも言わずに家のなかに入って行きました。赤ん坊が泣いたからでございます。

「お子さんは何人です？」

と富蔵様は馬のあとからついて行きながら訊きました。

「上は十八だ。そこの竹屋に手伝いに行ったよ。下に娘がふたりいたが、どっちも十にならないまでに死んだ。去年の暮れに生まれたのは男だよ」

たしかに宮之城へと歩くにつれて田圃が多くなりました。忠兵衛さんの言葉どおり雨が降ってきて、それがだんだんつよくなっていきました。

低い山には、人の手で植えられた杉の林があり、川内川の支流周辺には煙草畑が広がっており

ます。山沿いの竹林では筍を掘る人たちの姿も見えます。

筍ももう終わりだが、自分たちが食うものを掘っているのだと佐吉さんは言いました。宮之城に入るまでに佐吉さんが喋ったのはそのひとことだけでした。

薩摩は山と谷だらけで米を作る土地がないと聞かされておりましたが、薬回収で薩摩領内を歩き廻ったわたくしは、案外に田地が多いという感想をもちました。

しかし、どう目見当をつけても七十七万石の石高はないとしか思えません。わたくしは富蔵様の歩く速さに合わせて道を行きながら、それを訊いてみました。

「七十七万石は籾高だろうな。ということは、米高はその半分あるかないか。三代前の重豪公の時代には、飢えて死ぬ百姓が出たほどで、異国の珍品に湯水の如く浪費した重豪公も重臣たちからその状況を教えられて、さすがに色を失ったそうだよ。だから、いまの斉彬公の実父・斉興公は苦労した。上士の重職でさえ芋と麦と稗でしのいだし、俸禄も半減されて、それさえ途絶える年もあったんだ。調所笑左衛門広郷を家老に抜擢しなかったら、この薩摩藩はつぶれてたに違いないんだ。斉興公にしてみれば、おじいさんそっくり、いやそれ以上かもしれない蘭癖の斉彬公が次の藩主になったら、またあの貧乏藩に戻ってしまうって心配があったそうだ。あんなことはもう二度と御免だ。だから嫡子の斉彬公よりも妾腹の久光様を藩主にしたかった。久光様擁立のために斉彬派を粛清したのは斉興公で、お由良の方が首謀者じゃない。そう言う人は九州のおおかたの藩の者たちに多いんだ。だけど、斉彬公は最近、お由良騒動で島流しにされたり、蟄居させられた家臣たちを復職させてるそうだよ。斉興公となんらかの折り合いをつけるための条件を出したって噂だ。だけど、いまも斉興公は正室の子の斉彬公を嫌ってる。あいつはやっぱり案じたとおり洋式工場なんかを作って浪費を始めた。いつ貧乏藩に戻って、昔のように飢えるようになるか知れたもんじゃないって心配してるそうだ。その心配が嵩じて斉彬憎しというところまで行ってる。お大名と俺たちとは子に対する情が根本から違うのかねえ。子は自分で育てて初めて自分の子になるんだな。大名も将軍家も、生まれた子は乳母が育てる。母親は乳も吸わせない。子は乳母の乳を吸い、乳母に襁褓を替えてもらい、乳母に抱かれて寝るんだ。将軍になった家定公は、江戸城の大奥でも乳母の歌橋様にしか心をひらかないって噂もあちこちから聞こえてくるよ。篤姫様は、そこへお輿入れするんだぜ」

富蔵様は佐吉さんから十間ほど離れて歩きながら、そう語ってくれました。

「篤姫様の、公方様へのお輿入れはいつになるんでしょう。なかなか日が決まりませんね」

わたくしの問いに富蔵様は、幕閣や大名たちのなかには島津家の姫君が家定公に嫁ぐのは、老中阿部正弘様や島津斉彬公や、その一派が幕府内で力を持つための奸計のひとつだとして反対する者が多いからだと言いました。そのために篤姫様は公卿の近衛家の養女になった。近衛家の養女ならば、京の朝廷と徳川将軍家との婚姻となる。大名からも幕閣からも文句は出まいと言いました。

そのことは、わたくしもすでにあちこちから耳にしておりましたが、京はアメリカやエゲレスやオロシア、オランダとの和親条約締結以後、条約に反対する者たちが朝廷工作に動きだしていて、かなり騒がしくなっております。それらの国学系の学者や過激な浪士の口には「攘夷」という言葉も頻繁にのぼるようになりました。

富蔵様は、宝暦四年から五年（一七五四～五五）にかけての木曽三川治水工事のことは知っているかとわたくしに訊きました。

「祖父から教えてもらいました。祖父は自分の父親から詳しく聞かされたそうで」

「薩摩藩をつぶすための江戸幕府のいやがらせだ。工事の進みを遅らせるために、幕府は隠密を使って、ありとあらゆる妨害工作をしたんだ。じつに悪辣な手を使ったよ。せっかく築いた堤を夜陰にまぎれて壊したり、地元の人夫をたきつけてわざと弱い堤を築かせたり。薩摩藩士たちの多くが幕府への抗議のために切腹したが、当時の家老の平田靱負は泣いてそれを伏せた。大勢の藩士の切腹はお家断絶の口実を幕府に与えるからなあ。江戸開府以来、薩摩藩は幕府にいつ叛旗を翻すかわからない恐ろしさをつねに感じさせてきた。だから、薩摩とはなんの関係もない木曾川、長良川、揖斐川の治水工事を命じて、薩摩藩の財政を苦しくさせて、それを理由につぶそうとしたんだが、平田靱負が命を懸けてやりとげた。島津家は、関ケ原の合戦での敵中突破の敗走からずっと九州の端っこに追いやられて、頭の上のようなところにある肥後熊本藩に絶えず見張られる立場になり、宝暦治水事業で四十万両とも六十万両とも言われる金を使わされて百人近くもの藩士を失ったんだ。あげく工事の総奉行を務めた家老の平田靱負の切腹自害っていう痛恨の事態にまで至ったにもかかわらず、それでもなお今日まで幕府に目の敵として扱われてきたんだ。だけどなあ、弥一、ペリーの黒船はこの国の人間に、幕府が思いのほか強くはないって思わせたんだよ。その思いはさらに大きくなってる。これが世の中を変えるぜ」

　富蔵様の最後の言葉がなにを意味しているかを充分に感じながらも、わたくしは江戸幕府が消滅するなどとは到底考えられなかったのでございます。

＊

茶の湯の茶は、なんと美しいことでしょうか。翡翠のような色、すがすがしい香り。苦みのなかの仄かな甘さ。掌で包んで茶碗を膝に置き、じっと上から覗き込んでおりますと茶の色と香りが過去の出来事のなかの多くの汚濁を、それもまた我が人生に必要な一瞬であったという思いに浸らせてくれるようでございます。あるときは丸く揺れる一個の月に見え、あるときは潮の音を静かに響かせる海に見えます。ですから、わたくしはこのような黒茶碗が好きなのです。

わたくしのようないなか者の不調法な点前でも、そのようなひとときをもたらすのですから、名だたる宗匠の点てる茶はどれほど深いものなのか。いちどだけでもいい、名人の点てる茶を服してみたいと思っております。

宮之城、鶴田、佐司、黒木、大村と配薬をつづけましたが、その間に、各麓集落の地頭、庄屋、郷頭の方々と逢いました。みな越中売薬の差留め解除を喜んでくれました。

わたくしが意外だったのは、薩摩の武士たちの、とりわけ百姓への侮蔑の態度でございました。人間扱いしていないと感じさせる言動にしょっちゅう遭遇いたしまして、それは郷士よりも公用で城下から出向いて来た城下士に顕著でした。宮之城に来ていた材木方の役人などは、ただの倨傲としか思えないはどにえらそうに百姓や木こりをこき使っておりました。

弱いものいじめをするなという薩摩武士の心得に反しているとしか思えないのです。

鶴田の麓集落は、宮之城から東北に行ったところにあります。集落というよりも町に近い規模で、山と山とのあいだを流れる川内川の近くでございます。幾つかの商店も営まれております。材木屋、油屋、桶屋、荒物屋、竹屋。

竹屋は竹で編んだ籠や笊などを売る店ですが、他の地域では町役とよばれるであろう人が郷頭として薬を預かってくれることになっておりました。

その人の説明によれば、士農工商のなかでは、士は農工商とはまったく立場の異なる上に立つ存在でなければならず、薩摩武士としての誇りと精神をつねに堅持しつづけるために、あえて百姓や漁師を人間扱いしないように教育されて育つのだということでした。

すべての武士がそうだというわけではありません。貧しい民にさりげなく憐憫の情を寄せる武士もおりますが、そのほとんどは郷士で、わたくしは城下士と郷士の身分差というものをはっきりと感じました。

武士でありつつ百姓仕事をして、薩摩示現流の稽古を日々怠らず、自分よりも歳若な城下士に頭を下げつづけなければならない郷士たちの燃え盛る火は、体内の釜のなかで行き場を失くしてしまっていたことでございましょう。

宮之城で最も多くの薬を配薬いたしまして、鶴田では行李の中身は三分の一になりましたが、そのころには富蔵様の筋の痛みはさらに悪化して、歩くことも出来なくなってしまいました。

長い行商人生のなかでは、こういうこともまま起こるのだと富蔵様は他人事のように言いましたが、見るに見かねた佐吉さんが、

「俺が行李のひとつを担ぐから、富蔵様は馬に乗りな」

と勧めました。

農耕用の馬で、人を乗せる稽古はさせてないが、ことしの冬に怪我人が出たとき、城下の蘭方医に治療してもらうしかなくなって、俺の馬に乗せて何人かで左右から支えて行った。なだめな

なのだ。

乗せたのは近所の百姓の七歳の倅で、大怪我で血が止まらず、鹿児島の上町の手前で事切れてしまったが……。

そう言う佐吉さんは、鶴田の麓集落の郷頭である竹屋が用意してくれた奥の六畳で寝ようとはいたしません。それどころか、入口の土間から上にはあがろうとしないのでございます。

上がり框の端っこに身を小さくさせて坐ったままで、晩の御膳は台所の隅で立ったまま食べて、知り合いの馬子のところに泊めてもらいに行きました。馬に飼い葉をやらなければならないからでしたが、百姓が郷頭の家の座敷にあがることは祝言や葬式以外は許されていないというのがいちばんの理由なのです。

紙漉き職人は、漉きあがった濡れた紙を一枚一枚重ねて、それが畳の厚さくらいになりますと、水が切れるまでひと晩置いておきます。それから天日に干すのですが、わたくしはその濡れて重なっている分厚い紙を見ると、徳川幕府の定めた身分制度というものを思い浮かべてしまいます。

紙の種類にもよりますが、畳の厚さで約三百枚。士農工商のそれぞれにも三百層ほどの身分差があり、さらに農にも工にも商にも同じほどの差があり、士となるとさらに身分差は厚みを増します。この厳密な幾重もの身分差の徹底と、それによる作法の遵守が徳川幕府を不動のものにしてきたと、わたくしは思っております。

いま紙に譬えましたが、緻密に計算された複雑な織物に譬えますと、一本の糸が抜けると、やがてそこから綻びが始まって、あるとき一気に織物全体がほどけていくのと同じでございましょう。

人間を身分でがんじがらめに縛って、そこから一歩も動けなくすることで、その頂点に立つ幕府の権威は天下無双のものとなると企んだならば、大権現様とはじつに頭のいい知略家であったと感嘆するしかありません。そんな徳川家康公に豊臣家が敗れ去ったのはむべなるかなと、わたくしは思うのでございます。

佐司、黒木、大村と行商地に配薬を済ませて、わたくしたちが蒲生の忠兵衛さんの家に戻って来たときは、富蔵様の痛みはおおかた引いておりました。

川内川の流域の道を、佐吉さんの馬にまたがっていたことで、筋のひどい痛みはおさまっていったのです。

「俺はこれで帰るよ」

佐吉さんはそれだけ言って、わたくしが井戸端で足を洗っているうちに姿を消してしまいました。二、三の薬をあげようと、わたくしは反魂丹五袋と奇応丸三袋、それに牛馬用の薬を持ってあとを追いました。

蒲生の麓集落が終わるあたりでやっと追いつき、五日間の礼を言って、わたくしは無理矢理薬を佐吉さんの綻びだらけの尻の下までしかない着物の衿に入れました。

蒲生に帰り着く前に、佐吉さんは自分の家に寄り、一朱銀二枚を五百文と交換したのですが、もうここでいいという富蔵様の言葉を無視して蒲生まで乗せてくれたのです。

「七つのとき、下り腹がつづいて、あとふつかも止まらなかったら死ぬだろうってときに、親父がこの反魂丹を買ってくれたよ。銭なんてないから、郷頭さんに薬代を払うのに一年かかった。

俺はこの反魂丹で生き延びたんだ。ありがたい薬だ」

佐吉さんはそう言って、わたくしに手を合わせて拝むように頭を下げたのです。

「次は十月に来ます。富蔵様はまた筋を痛めて歩けなくなってますよ」

わたくしの言葉で、佐吉さんは獅子舞の頭（かしら）のような顔に苦笑いのようなものを浮かべ、馬の鼻づらを撫でてから家へと帰って行きました。

翌日の朝の四つ（午前十時）ごろ、わたくしと富蔵様はほとんど空になった行李を背負って、鹿児島城下へと戻り、甲突川の西側の禅寺へと向かいました。御製薬掛の役人に今回の行商の無事終了を報告して、満井屋にもお礼の挨拶をするためでございます。

城下から遠い地域に脚を持つ者たちは、そのまま行商先から都城の庄屋の家へと向かうことになっております。

そこでわたくしたちと落ち合って帰路につきます。

わたくしは、行商中に宮之城の郷頭から、ペリー艦隊が浦賀沖にやって来る前に琉球の湊に二十日近く停泊して琉球王国と湊の使用を求める交渉をして、それから小笠原諸島に立ち寄っていたことを教えられました。ペリーは、浦賀沖への最初の航行の際、先に琉球と小笠原諸島に寄っていたということになります。どちらも日本に国を開かせるための下準備であるのは間違いないとのことでした。

その郷頭は顔が広くて、藩の御用で出向いて来る城下士たちとも親交があり、彼らの酒を飲みながらの話を耳にする機会も多く、薩摩藩で起こっていることを多く知り得る役得に恵まれておりました。

島津斉彬公の命で、薩摩藩が外輪型の蒸気船を造ってしまったこと。その船はまだまだ多くの改良を加えなければ黒船には到底匹敵しない代物であること。数少ない蘭書だけで蒸気船を造ったこと。薩摩藩は、隠密裏に長崎に滞留するオランダ人を招いて造船技術を学ぼうとしたが、私が教えることはひとつもないと、そのオランダ人が驚嘆して早々に長崎に引き揚げてしまったこと。

それらの内緒話は、どれもわたくしを高揚させました。しかしそれは恐怖による精神の高まりに過ぎません。

日本の廻漕業者はいまだに東側の海を行き来することを恐れております。陸地が見えるか見えないかの海でさえ、日本の船による航海はおぼつかないのに、ペリー艦隊は、天竺のさらに向こうの海を航行してきて琉球に寄り、次いで小笠原諸島にも行って、そこから日本の浦賀沖に姿をあらわしました。船の性能も航海術も、日本とはおとなと子どものような差があるうえに、武器の進歩も日本人の想像を超えている。日本の大砲の弾が一町ほどしか飛ばないとしたら、アメリカやオロシアやエゲレスのそれは十町も飛んで、さらに命中精度も段違いに高い。鉄砲の性能も、恐ろしいほどに進歩しているに違いない。

彼らが本気で日本を武力で制圧しようとしたら、清国と同じようになってしまうのに一か月もかからないかもしれない。陸戦に持ち込んで日本武士の精強さに震撼させるだと?

そんな考えは、井の中の蛙どころではない。

もしそんな事態になったら、いったい何十万人の民百姓が死ぬと思うか。さらにそれに倍する日本人が西洋人たちの奴婢となってつかえなければならなくなるのだ。

攘夷？　そんなことは画餅だ。

わたくしは、ぞっとする思いを抱いて、行商をつづけていたのでございます。ですが、わたくしは自分の心に生じたものを富蔵様にも喋りませんでした。

薩摩藩領のあちらこちらで行商を終えた仲間組の者たちが禅寺の宿所に戻ってまいりました。最後に戻って来た義助さんと若い衆をねぎらうと、日が落ちるのを待って、わたくしは風呂敷包みを抱え、園田矢之助様の家へと行きました。余った薬を幾種類か包んだ風呂敷でしたが、いかにも行商のご用であるかのように見せるために、富蔵様にも内緒で用意しておいたのでございます。

去年の秋にお逢いしましたが、ことしのこの差留め解除後最初の行商に園田様があらわれないことが気になっておりました。

町人は武士の家の表玄関からは入れませんが、園田家には裏戸も勝手口もないので、表から声をかけました。

奥様が出てきて、

「園田はいま江戸勤めです」

と言いました。安政の江戸大地震で壊れたり、一部焼けてしまった芝藩邸の修理方御用を応援するために三月に江戸へ行ったそうでございます。

わたくしは風呂敷に包んだ反魂丹、神仙丹、龍脳丸、奇応丸を各十袋奥様に渡し、必要なときにお使い下さい、これは越中売薬行商人の弥一から差し上げるのでお代はご無用ですと言って、小走りで禅寺へ戻りました。

うしろから奥様がなにか言いましたが、御製薬掛の目付にでも見られてはいけないので、振り返りませんでした。

城下士としては下級という藩士の家計は苦しく、そのために藩は別の御用を与えて臨時に俸給を支給するのです。園田矢之助様にも、芝藩邸修理方御用手伝いという名目で心遣いをしたのでございます。

翌々日、都城の庄屋の家に着きますと、

「弥一さんを待ちかねて泣いているおなごがおりますよ」

とお内儀が笑いながら言いました。

俺の婚儀のことをなぜ知っているのか。逢ったこともない弥一という男をお登勢が泣いて待つはずはない。

そう思って、狐につままれたような顔で庄屋の家の土間の前に行きますと、たしかに泣き声が聞こえます。ですが、赤ん坊の泣き声で、大きな囲炉裏が切ってある板の間の隅に眉を落とした女が坐っておりました。

「この人が弥一さんだよ。顔は覚えてるかい？」

庄屋が訊くと、女は抱いた赤ん坊の背をあやすように軽く叩きながら、わたくしにお辞儀しました。たちの悪い腫物で苦しんでいた木こりの娘だったのでございます。

「へえ、嫁がれたんですか？　赤ちゃんを抱いて、わざわざ都城まで来てくれたんですか？」

わたくしの言葉に、人馴れしていないことを示すたどたどしい礼の言葉を口にしましたが、「相撲取りのような娘」の薩摩弁は、わたくしにも義助さんにもさっぱり聞き取れませんでした。

「こちらがお前の命を救ってくれた義助さん、こちらが晒し木綿を買いに走ってくれた竜助さんだよ」

お内儀に教えられて、木こりの娘はただ頭を下げつづけるばかりでした。

「もう『相撲娘』じゃないな。『相撲おっかあ』だ」

半兵衛様は、わたくしにそう耳打ちして足を洗いに井戸のある裏庭へ行きました。

わたくしは、やっと泣きやんだ赤ん坊の顔を覗きこみ、名を訊きました。母親はおかね。赤ん坊はおさち。

おかねさんは山で採って干した茸をたくさん持って来てくれていました。富山でも越中八尾でも見ない茸でした。このあたりでは、ひと晩水で戻して蕎麦の具にしたり、粥に入れたり、酢の物にして食べるのだと庄屋のお内儀は言いました。戻し汁は捨てずに使うのだ、と。

量は多いのですが、干してあるので軽くて、行李に入れれば富山まで持って帰るのは簡単でございます。

「越中に帰って、父や母や弟に食べさせてやります」

わたくしが干し茸を行李に入れると、おかねさんは何度も頭を下げて帰って行きました。亭主は木材を運ぶ馬子だということでした。

わたくしが足を洗っていると、半兵衛様にうしろから肩を叩かれました。

「弥一、お前、女の体にさわったことはあるのかい？」

わたくしはきのうの夜、縁談のことを半兵衛様に話したのでございます。

「いえ、そんなことはいちども」

「だろうなあ。弥一、一回か二回くらいは稽古しといたほうがいいぜ。そうでないと、女の体のどこが玄関でどこが裏口かわからなくて、家の周りで果てましたってことになるよ」

半兵衛様が本気で言っていることは顔つきでわかりました。

玄関？　裏口？　玄関の意味はわかりましたが、女の体の裏口ってどこだ？　そんなものがあるのか？

わたくしは半兵衛様に訊いてみたかったのですが、恥ずかしくてなにも言わずに足の指を洗いつづけました。半兵衛様のいたずらっぽい、くぐもった笑い声がうしろで聞こえておりました。

第二十一章　京での新生活

　都城で薩摩組の行商人たちが集合し、越中富山への帰路につきましたのは五月十八日の早朝。京の伏見の定宿に入ったのは六月二十二日の夕刻。

　九州豊後からの船が季節外れの大風で二日遅れて、瀬戸内海もそのあおりを受け、長州の三田尻（みたじり）と四国讃岐（さぬき）の湊で計三日停泊いたしましたために、わたくしどもは五日遅れで伏見に着いたことになります。

　伏見の宿には、半兵衛様に男子が授かったことを報（しら）せる手紙が待っておりました。初めての出産にしては安産で、母子ともに元気であると、初めておじい様となった高麗屋金兵衛様の喜びが表れているかのような、筆の「はね」が勢いで踊っている書体でしたためられておりました。

　わたくしにも父からの手紙があり、高麗屋の旦那様と相談して、越中八尾の川上屋としてお登勢さんを嫁に迎えるほうがよかろうということになったので、そのつもりで帰富してくれと書いてありました。

お前が帰富したら、すぐに川上家はその準備をして加賀金沢の「ひいらぎ屋」に挨拶に行く。それにはお千紗と弥三郎も同行する。一家全員でひいらぎ屋得右衛門さんとお登勢さん、それに母親のいねさん、妹の紀代さんに会うのだ。双方の顔合わせと思えばいい。兄の公一郎さんは、そのころはどうしても外せない商用で越前大野に行っているそうだ。

弥三郎はこのあいだの加賀行きに同行させたが、お前のお母さんは、娘が金沢に嫁いだというのに金沢には行ったことがない。生まれていちども越中富山からは出たことがないのだ。百万石の加賀城下へ旅が出来るというので、出立の日を一日千秋の思いで待っているようだ。

その出立の日を七月四日と決めたが、薩摩から富山までの道中、どんなことが起こるかわからないので、いつでもどのようにも変更できる。伏見に着いたら、七月四日に間に合いそうかどうかだけ報せてくれ。

せっかちな父らしい文面でございました。

お千紗とはわたくしの母の名で、富山町の最も大きな炭屋の娘として生まれて、十七で八尾の川上屋に嫁ぎました。ですから、富山町と越中八尾しか知りません。

炭屋ではございますが、店では灯明用の油も蠟燭も扱っております。機織り仕事が好きで、暇さえあれば機織り機の前に坐っていて、家族の着物の布地はすべて自分で織ってまいりました。

わたくしは、たすき掛けをして機織りをしている母と話をするのが幼いころから好きでございました。そんなとき母がよく口にしたのは、死ぬまでにせめて加賀様の城下を見てみたいということでございました。

富山からは二泊。倶利伽羅峠越えで疲れれば途中で二泊して計四泊。たったの三泊か四泊で行けるのに、どうやらそんな機会は訪れそうにない。

母はそう言って笑っておりましたが、長女のむめが金沢の紙問屋に嫁いだとき、輿入れする娘に付き添って行けるかもと喜んだのでございます。

ですが、八尾でも金沢でも、商家の娘と親とは自分の家で別れて、あとは里帰りを待つだけという風習がございます。親が娘の嫁ぎ先を訪ねるのは離縁を願い出るときだけなので、母の夢は叶いませんでした。

「お母さん、姉ちゃんと逢えるなあ」

とわたくしは手紙を着物の合わせ目に突っ込みながらつぶやきました。別の用事でわざわざ金沢まで来たついでなのだから、親が娘の嫁ぎ先を訪ねてもいいだろうと思ったのです。

京から富山までは今回は八泊の旅。途中、どこにも足止めも道崩れもなく、わたくしたち薩摩仲間組は予定どおり七月一日に無事に富山に帰り着きました。

翌日は懸場帳（かけばちょう）の整理などで終日書き物に追われ、その翌日からは高麗屋金兵衛様に薩摩の様子などを詳しく伝えるなど、行商のあとの雑事を済ませているあいだに七月四日を迎えました。

父と母と弥三郎は三日に八尾から富山町に来ていて、わらび屋に泊まり、四日の早朝に岩瀬浜の美濃屋の前で待ち合わせたのでございます。

額や背から汗が流れ伝うほどに蒸し暑い日で、笠をかぶっていても旅装束の母の首すじはすでに日に焼けて赤くなっておりました。

母は健脚なほうではございますが、やはり女の脚で、倶利伽羅峠越えはきつかったらしく、予定の旅籠（はたご）までもちそうになかったので、その手前の宿場で泊まって、金沢の城下町に入ったのは七月八日になりました。

北国街道を西に行く行商人たちは金沢の城下は通りません。町のもっと北のはずれの近道を使うからで、わたくしも加賀百万石の城下に入るのは初めてだったのでございます。

北国街道沿いの尾張町（おわりちょう）には大店（おおだな）が並んでおります。金沢城の甍（いらか）が見えると同時に、町に張り巡らされた用水路の流れの音が静かに聞こえてまいります。

徳川様の御代の初めに大火があって、お城にも火の手が及び、これは消火用の水がないからだということになり、犀川から城下町へと用水路を作りました。その用水路は金沢の町に風雅な景色をもたらしました。

辰巳（たつみ）用水、鞍月（くらつき）用水、大野庄（おおのしょう）用水。

これらは武家屋敷の周りを巡る疎水となったり、香林坊（こうりんぼう）などの繁華な町に落ち着きを与えたりと、じつに美しいのでございます。

用水路の岸には柳並木が植えられて、強い日差しに涼気を与えておりました。

紙問屋の加賀屋も扇子屋のひいらぎ屋も観音町（かんのんまち）というところに隣り合わせに店を構えております。わたくしたち一家は、加賀屋で旅装束を紋付羽織に着替えさせてもらい、加賀屋さんご夫妻とともにひいらぎ屋を訪ねました。

暑さのせいだけではない汗が、わたくしの顔からしたたり落ちるほどで、それを見た十五歳の弥三郎は、ほんの少し濃くなりつつある口の上の産毛（うぶげ）を指でぬぐいながら、

「おにいちゃん、顔が真っ赤だよ」

と、ささやきかけてきました。弥三郎も汗まみれなのでございます。

あの日のことを思い浮かべると、とにかく暑かったという印象ばかりで、わたくしのなかからは初めて逢ったお登勢の着ていた着物の色も柄も消えてしまっております。

ただ、終始うつむき加減なのに、目が合うとそれを逸らそうとはしなかったお登勢のこころも ち受け口の、利発そうな顔は思いだすことができます。

わたくしが川上屋の跡取りでありながら、なぜ高麗屋脚の売薬行商人となったのかは、お登勢の両親はすでに知っておりました。父が加賀屋さんを通じて、差し障りのない程度に説明しておいたのでございます。

なにを話したのかもよく覚えていないのですが、

「祝言はいつにしましょう」

そう加賀屋さんが言ったとき、

「わたくしはいつでも富山にまいります」

とお登勢は小さな声でありながらも、どことなく挑むような口調で答えました。

「わたくしたちは越中八尾の川上屋にお迎えしたいのです」

と母が笑みを浮かべて言いました。

日取りや祝言の段取りは、あとで加賀屋さんが決めてくれることになりました。

お登勢の母親が団扇の風を送ってくれるのですが、わたくしは全身濡れ鼠に等しいほどに汗をかいておりました。

顔合わせが終わってから、冷たい緑茶と菓子を頂戴し、そのあとお登勢の父親は店に並べてある幾つもの扇子を説明してくれました。使ってある竹の種類、紙の質、扇の要に緩みがこないように工夫の限りを尽くした職人の技……。

加賀の扇子は、京よりもさらに華美なのが特徴だが、ひいらぎ屋は多少武骨ではあっても丈夫さを第一としてきたので、開業早々からずっと店を大きくすることなく、代々勤めてきた職人を大事にすることを肝要として堅実な商いをつづけてきた。

お登勢の父親はおっとりとした口調でそう話してくれました。

ひいらぎ屋を辞したのは昼前で、加賀屋でまた着物を着替えて、片町(かたまち)の宿に入ってくつろいだのは九つ半(午後一時)時分でした。

「これは風呂に入らにゃあならんな」

手拭いで胸や背の汗を拭きながら父が機嫌よさそうに言いました。

「どうだい? お登勢さんを気に入ったかい? あの品の良さ。それなのに、あしたからでも借金取りを追い払えそうな気風(きっぷ)を隠してる。ああいうのを薩摩では『薩摩おごじょ』って言うんじゃないのかい?」

父は、なんだか自分が嫁を貰うかのように、にやついておりました。

宿の女中が、加賀屋さんからのお届けですと言ってギヤマンの鉢に入れた素麺を運んで来ました。あの冷たい素麺のおいしさは忘れずに覚えております。

「このギヤマンといい、素麺の出汁の上品さといい、さすがは加賀様の城下ですねえ」

母は大仕事を終えた人のような表情でした。わたくしは母もお登勢を気に入ったのだとわかって、やっとそのときお登勢の容姿をつぶさに思い浮かべようとしましたが、目鼻立ちも姿も薄ぼんやりとしたままで、遠くで霞んでいるような輪郭だけしか甦ってきません。

七つ（午後四時）ごろ姉のむめが三人の子をつれて宿に来ました。上ふたりは男の子、下は二歳の女の子。

嫁ぎ先の姑から今夜は川上家のご家族だけで食事をしてくればいいと言われたと嬉しそうでした。そして、どうやら四人目がお腹に宿ったらしいと恥ずかしそうに言いました。姉はわたくしよりも四つ上の二十九歳でございました。

「夫婦の仲がいい証拠だ。体を大事にするんだよ」

父は団扇を使いながら言って、三人の孫と一緒に風呂に入りに階下へ降りていきました。

わたくしども家族が全員揃って夕の御膳を囲んだのは、あの日が最後でございます。姉のいちばん下の娘は、四人目の子が生まれる二か月前に疱瘡にかかって死にました。三歳になったばかりでした。

姉は息を引き取ってしまった幼い娘を抱きしめて、誰がどうなだめようとも離そうとしなかったそうでございます。

雨があがったようですね。きょうはこのくらいにして、野積川の上流のほうを散策いたしましょうか。

＊

朝、あなた様の足音が聞こえました。川とこの家とのあいだには、よく茂った椿や樫（かし）や柊（ひいらぎ）の木が生えておりますので、源左さんの家の裏まで行かなければ清冽（せいれつ）な急流を目にすることはできません。

ああ、野積川の畔に行ってみようとお考えになったのだなと思いながら、わたくしはしばらく惰眠をむさぼっておりました。朝霧は出ましたでしょうか。

さて、きのうの話のつづきでございます。

加賀金沢から帰ったわたくしを待っておりましたのは、二、三年京で暮らしてくれないかという高麗屋金兵衛様の内密の相談事でした。

金沢のひいらぎ屋の娘さんとの祝言が済んだら、そのまま京へ行ってくれ。新所帯は京で始めてもらうことになるが、お登勢さんはお前と一緒に京へ行ってくれるだろうか。

住む家は長吉がすでに見つけてきている。ことしの春の行商の際に、わたしに言われて家探しもしてくれたのだ。

四条大橋と五条大橋の中間あたりを少し西に入った松原通というところで、まわりは小商いの商家がひしめいている。鴨川とその西側の高瀬川の畔と言ってもいい場所だそうだ。近くには寺が多い。以前は清水寺参りの本道としてにぎわったが、いまは参詣者たちは三条大橋を利用するので、人の通行は減った。京は寺だらけだが、そこは寺に取り囲まれていると言っても過言ではない場所だそうだ。

荒物屋と八百屋に挟まれていて、三月までは京でも名を知られた漢方医が住んでいた。

二階屋で、奥に小さな別棟がある。

漢方医は三月に急死して、そのお内儀は施療所と調薬場に使っていた家を借りてくれる者はいないかと探していた。もし借りてくれる者があらわれたら、自分は裏の別棟に移るという。お内儀は六十八で、子はない。

口入屋から耳にした長吉が家を見に行ったが、若い夫婦にはうってつけの、こぢんまりとした京風の建物だという。

越中売薬行商人の若夫婦だが、富山の高麗屋の奉公人でもあって、身元は確かだと聞くと、お内儀はぜひその話をまとめてもらいたいと長吉に頼んだ……。

旦那様は珍しく早口で説明しました。それから、なぜわたくしを京で暮らさせるのかを話し始めました。そのとき、半兵衛様もやって来て、わたくしの近くに坐りました。珍しく神妙な顔をしておりました。

京のお公家衆の動きがにわかに活発になってきたが、それは浪人儒家たちの遊説に触発されてのことらしい。いままで眠っていた国学者たちも各地から京へと上って来ている。

和親条約のあとには必ず通商条約が待ち構えている。それを断固阻止するための遊説だ。

満井屋さんからの書状によると、薩摩の斉彬公には琉球を手放したほうがいいという考えが生じているらしい。

もし通商条約が結ばれて、西洋各国との交易が盛んになれば、琉球を通じての密貿易は意味がないことになる。

薩摩藩は、琉球がずっと以前から薩摩藩の属領であることは隠しつづけてきた。なぜなら清国は、琉球は自国の属領と信じているにちがいないからだ。もし琉球が薩摩藩の属領だと知ったら、清国は琉球を通じての交易をやめるだろう。蝦夷地の干し昆布は喉から手が出るほどに欲しいが、清国は日本との交易を認められているたったふたつの国のうちのひとつだ。

自分たちは琉球が清国の一部と信じたからこそ、琉球を介しての薩摩との密貿易に加担してきた。しかし、そうではなく、琉球が薩摩の属領だったとなれば、密貿易による利は薩摩に多く生じてきたことになる。じつに不平等な密貿易をつづけてきたのだ。我々は薩摩と琉球に騙(だま)された。それならば、蝦夷地の干し昆布を堂々と長崎で手に入れる。

清国はきっとそういう考えに走るだろう。もしそうなれば、琉球王国は生きていけなくなる。清国と薩摩藩のあいだに立って、あの小さな島の王は、板挟みになりながらも、じつにしたたかに琉球を守ってきた。王国の生き残りのためにはエゲレスともアメリカともフランスともオロシアとも手を握るに違いない。

琉球王国には戦(いくさ)をするだけの武力も兵力もない。大国に取り囲まれたなかで、琉球が国として存続するためには、大洋における重要な寄港地としての価値を高めるしかない。

すでに浦賀に来訪する前にペリー艦隊は琉球に寄港して滞在している。二度目の来訪後にも琉球の那覇港に立ち寄って水や薪(まき)を補給している。つい先日もフランスの艦隊が寄港したそうだ。だが、琉球の王は、ここは日本の薩摩藩の属領であるとは決して言わない。あくまでも、琉球という独立した国であると思わせておかないと、琉球の港を開くには日本国の許しを得なければならないと各国に誤解させてしまう。

それはともあれ、もし斉彬公の腹案が実行されたら、富山の売薬業者は大量の唐薬種をどうやって手に入れるのか。長崎以外に手だてはない。これまで忍従に忍従を重ねて薩摩藩に平伏しつづけたのは、ただただ富山の薬を守るためだ。北前船の船乗りたちが西廻り航路の荒海を上り下りして命を張ったのも、富山の薬を守るためだ。この富山の領民たちのほとんどは越中売薬によって食えているのだ。

旦那様はそう言って、煙草を詰めていない煙管の吸い口を嚙んでおりましたが、

「わたしも通商条約締結を邪魔したいよ」

と笑みを浮かべてつぶやきました。

「しかし、越中富山の高麗屋に世の流れを変えることはできんからなあ。弥一、京はこれから賑やかになる。お前は京を足場に長崎や防長二州や四国や芸州に行き、越中富山の薬の今後について知恵を磨いてくれ」

旦那様は、そのためにはどうしたらいいのかを口にはしませんでした。きっと旦那様にも先が見えていなかったのであろうと思われます。

わたくしとお登勢は九月の三日に八尾の川上屋で祝言をあげ、八日に京へと旅立ちました。

金沢では一泊し、お登勢は実家に泊まって、両親との最後の夜を過ごしたのでございます。

今庄の宿に泊まった夜、

「こんなに急に京で暮らすことになって、俺の女房になったことを後悔していないかい？　せっかく調えた輿入れ道具はいちども川上屋の玄関をくぐらずに京の松原通へ送られてしまったんだから、金沢のお父さんもお母さんも拍子抜けだろうよ」

と訊きました。

宿の周りは杉と檜の植林で、樹液が夜露で香りを強めていて、行灯の明かりもなんだか心細そうに揺らめいておりました。

「いいえ、京で暮らせるなんて夢のようです」

とお登勢は言いました。

「ほんとかい？　俺は京でいったい何から手をつけたらいいのか皆目わからないんだ。今夜の俺はいやに気弱だよ」

わたくしは、妻になったばかりの十八のお登勢に、ちょっと泣き言を言ってみたかったのです。

「私のお父（とっ）さんも兄さんも、年に二度、京へ行きます。昔からのつきあいの扇子屋さんとの商談で行くんですけど、小さいときから、私もつれて行ってくれってせがんで、ふたりを困らせました。兄さんは私よりも十（とお）も上ですから、私が十のときはもう二十歳（はたち）で、ひいらぎ屋の跡取りとしての修業を始めてました。金沢を出るとき、兄さんが、京で暮らせるんだなあ、いいなあ、お登勢、夢が叶ったなあって笑ってました。私のことは心配しないで、大事なお役目に精を出して下さい」

わたくしは、初めて逢ったときの、なんだか挑むような口調はなぜだったのかと訊きました。

お登勢はうなだれて恥ずかしそうに微笑み、

「いつでも富山に行きますなんて言葉が我ながらはしたない気がして、あんな言い方になったんです。あとでお母（つか）さんに叱られました」

と答えました。

お登勢の物怖（ものお）じしないところが、わたくしは愛らしいと思いました。といって気が強いのではありません。少し人見知りをするところがございまして、初めて会った人の前では表情が硬くなり、口も重くなって、金沢の商家の娘とは思えないほどなのです。

京の松原通にある丹沢周応（たんざわしゅうおう）さんの家に着いたのは九月十五日の夕刻でございました。

周応さんは亡くなっておりますので、奥様の丹沢おいねさんが家の当主ということになります。

五条大橋を西に渡り、高瀬川の西側を四条方面へと歩いて行きますと、高麗屋金兵衛様の言ったとおり、周りは寺ばかりになりました。商家や表長屋は寺と寺の隙間に窮屈そうに並んでいるといった感じで、小さな橋をくぐって南へと下っていく高瀬舟が物ではなく死人を運ぶかのように不気味に黒ずんで見えました。

お登勢の嫁入り道具は昼に着いて、以前は施療所であったという板の間に置かれてありました。「売薬の長吉さんからは祝言をあげたばかりの若夫婦だと聞いておりました。この板の間の奥には六畳の間がふたつあります。台所はこちらで」

縦に長い板の間と西側の漆喰壁のあいだには人が三人通れるほどの通路があります。おいねさんは、先に立ってお登勢を案内し、これがおくどはん、これが作りつけの水屋と説明を始めました。お登勢は旅装束のまま、おいねさんに付いて裏の別棟へと行きました。

そのとき、暮れ六つ（午後六時頃）の鐘がいっせいに響き始めました。家の裏側の仏光寺。その西隣りの久遠寺、北東側の春長寺、浄教寺、透玄寺、聖光寺、勝円寺、空也寺、乗願寺、永養寺、浄国寺。家の南側の長香寺。五条大橋西側の極楽寺……。

鐘を打つ間隔は同じではなく、響きの大きさも高いものから低いものまで混じって、まるで自分が鐘のなかにいるかのような心地でございます。

長吉のやつ、この鐘のもの凄い競演までは考えに入れなかったのか、それともわかっていて、若夫婦に朝寝をさせないようにしやがったのか。

わたくしは板の間の上がり框に腰を降ろして、ひとりで苦笑するしかありませんでした。

お登勢が、おいねさんの別棟から盥を持って来て、それから桶で水を運び始めました。

わたくしたちが借りた家と別棟とのあいだには苔むした庭があり、そこに井戸がございます。小さな庭ですが、京の古い町家らしい手入れがしてあります。

わたくしとお登勢は足を洗って、二階への、いやに広くてなだらかな箱梯子をのぼりました。丹沢夫婦が住む前は旅館か料理屋だったのではないかと本気で思いました。

「俺たち、どこで寝ようか」

「私は二階がいいと思います。風が通りますよ。奥の座敷からは四条大橋の欄干の先っぽが見えます。私の箪笥(たんす)を運びましょう。それから蒲団も」

わたくしは中身を出して、桐の箪笥を二棹運び、蒲団も運び、とりあえずの所帯道具を下の板の間に置きました。

「俺たちには広すぎるよ。二階にも三部屋あるんだぜ」

「風がよく通って、体にはとてもいいですよ」

お登勢はすっかり気に入ってしまったようでした。やがてこの丹沢家の松原通に面した家に、越中富山の薬を守ろうとする多くの人間が集まることになるのでございます。

京での生活が始まってすぐに、「鍵銀」の万之助が訪ねてきました。富山藩御用の飛脚屋鍵銀は敦賀と金沢、それに名古屋に店を持っております。飛脚人足の休息所でもあり、手紙や荷物を引き継ぐ重要な出店ですが、京では仲間である京の飛脚屋に代行してもらっておりました。

しかし、引き継ぐ書状や荷が多くなって、鍵銀の店が京にも必要になり、それを伏見でやっと見つけて、万之助は所用にかこつけて松原通まで脚を延ばしたということでした。本音は、弥一の嫁を見てやろうといったところなのであろうと、そのときはわたくしも思いました。

飛脚屋の若頭は、気性の荒い飛脚人足を大勢したがわせなければなりません。軟弱で気弱な者は務まらないので、万之助もいつのまにか背中に彫り物がある男のような雰囲気を身に帯するようになっておりました。

渡世人かと思える男がふいに訪ねて来て、

「弥一のご新造さんですか。わたしは越中富山の鍵銀の万之助というもんで」

と太い声で言われたものですから、お登勢はびっくりしてしまいました。

「へえ、万之助が来たのかい」

「あんな恐い人とお友だちなんですか？」

「恐くないよ。富山藩御用の飛脚屋の跡取り息子だよ」

「でも凶状持ちみたいな人です」

「そんなんじゃないよ。万之助とは昔からの仲のいい友だちなんだ。心配しなくていいよ。気のいいやつだ」

わたくしが下の板の間に降りていきますと、

「長吉がうらやましがってたけど、俺も妬(や)けるぜ。きれいなご新造だな」

万之助は小声で言いました。

「今夜は泊まっていけるんだろう？」

「ああ、そのつもりだけど、ここには泊まらないぜ。俺はお登勢さんにひと目で恐がられたみたいだ」

わたくしは万之助を奥の六畳に案内し、

「お登勢はこないだまで加賀金沢の扇子屋の娘だったんだ。万之助のぎろっとした目で睨まれたから、すくんでしまったんだよ」

と笑いながら言いました。

「睨んだつもりはないけどなあ」

首のうしろをしきりに撫でながら万之助がそうつぶやいたとき、お登勢が茶を運んで来ました。

伏見に中継ぎ用の家を借りたこと。伏見の渡しから一町ほど西にある二階屋で常時十二、三人の飛脚を置いておけること。これからは自分が伏見の鍵銀をまかされること。

それらを話してから、万之助はお登勢が台所へと下がってしまうのを待って、江戸城では内密に将軍継嗣問題が持ち上がっているらしいと言いました。

「黒船騒ぎで、御老中の阿部正弘様は思い切った幕政改革を断行したんだ。老中の子は老中に、勘定奉行の子は勘定奉行に。幕閣は御三家と譜代大名だけ。そんな家系大事と、どんなに優秀でも外様大名が幕政に口を挟むことは断じて許さないっていうやり方が二百五十年つづいて、これが異国襲来の未曾有の難局に右往左往する醜態へとつながった。もっと洋学も取り入れて、異国の航海術や兵学も学び、幕臣の次男、三男であっても、外様大名からも、これはと思える人材を登用しよう。これが阿部様の考えだ。実際に、阿部様はそれを実行したよ。そんな阿部正弘様にいろんな知恵を授けてるのが島津斉彬公を筆頭とする数人の大名だ。肥前佐賀の鍋島直正（閑叟）様、越前福井の松平慶永（春嶽）様、尾州の徳川慶恕様、伊予宇和島の伊達宗城様、土佐の山内豊信（容堂）様。一橋家に養子に行った水戸の徳川斉昭公の子・一橋慶喜様。この連中は、家定公ではこの難局を乗り切ることはできないと思ってる。いまの将軍は、体が弱いだけじゃなくて、どうもおつむのほうも一人前じゃないって噂、あれは本当らしいよ」

「それはどこから摑んだ話だい？」

「鍵銀は江戸にもある。富山藩御用飛脚だけど、他藩の書状も荷も中継ぎするんだ。江戸城の奥の腰元や茶坊主や奥医師が家に帰って、ここだけの話として親きょうだいや女房や子どもに喋ることは、ここだけでは済まないんだ。それに飛脚屋は日本中の飛脚屋の元締めたちともつながりが深い。越中富山の売薬行商人とおんなじくらい、政事(まつりごと)の内緒事をいやでも耳にするんだぜ」

「そんな将軍家に薩摩のお姫様はお輿入れするのかい？」

「島津公は将軍の岳父として幕政に大きな力を得るつもりだって警戒されてるそうだ。家定公と島津のお姫様との婚儀は、この二、三か月がやまだぜ。話を壊そうとしてる幕閣の抵抗は強いそうだからな」

　わたくしは、高麗屋金兵衛様や富蔵様から聞いた事柄を思い浮かべて、万之助が飛脚屋の元締めとして得たものはおおむね間違っていないという気がしました。

「とにかくいろんなやつらが京に集まって来てるよ。これからもっと増えるぜ。朝廷への尊崇心は、俺たちの国では不動だからな。五百年間政事からは外されていても、この国の大義は朝廷にある。そう思ってるのは、なにも儒者や国学者だけじゃないよ。民百姓もそう思ってる」

「万之助もそう思ってるのかい？」

「さあどうかな。俺は人様の大切な手紙や荷を無事に届けて、鍵銀の飛脚人足に給金を払ってやれるのなら、朝廷だろうが幕府だろうが、どっちでもいいよ」

　それからしばらく無言でいた万之助は、煙草入れから煙管を出し、一服吸い終えて、こう言いました。

「弥一、長崎は見といたほうがいいぜ。それから長州もだ。ペリーが二度目に来たときに小舟で黒船に近づいて、自分をアメリカにつれて行ってくれって談判した吉田寅次郎（よしだとらじろう）って若い侍のことは知ってるだろう？　号は松陰だ。江戸伝馬町（てんまちょう）の牢から晒し者みたいに荷車で長州の萩に送り返されたけど、いまはどうしてることやら。あいつの国防論はたまげるよ。正気とは思えないけど、俺みたいに学問のない飛脚屋にも、なるほどと感じ入るものがある。伝馬町のお白州で滔々（とうとう）と述べた論は、流れ流れて、その概略が俺に届いたんだ。読みたかったら送るぜ」

　わたくしは、それを読んだからとてなんになろうと思いましたが、送ってくれたら読むと答えました。

　万之助は暮れ六つの鐘が鳴り始めたころ、わたくしやお登勢が引き止めても、伏見の定宿のほうが気楽だからと言って帰って行きました。伏見の船宿に馴染の女がいたのでございます。

第二十二章　洛中洛外

わたくしはまず京の地理に明るくならなければなりませんでしたが、その前に、高麗屋金兵衛様から託された私用を果たすことにいたしました。

嘉永四年（一八五一）にわたくしが初めて京にのぼったときに逢った新兵衛様と、油小路（あぶらのこうじ）の薬種屋「一貫堂」の長女との婚儀は、まだ宙に浮いたままだったのでございます。

あれから約五年がたち、新兵衛様は二十四歳、一貫堂の長女・お蔦（つた）様は二十歳になっております。

越中富山の薬種問屋の息子が、二条城の御典医方とつきあいが深い薬種屋の娘と夫婦（めおと）になることは双方にとって好ましくないという考えは旦那様のなかから消えておりません。

ですが、ペリー来航以来、世の中は大きく変遷して、大量の唐薬種入手の先行きも不安材料ばかりが増えつつあります。世の動きは予測不能と言ってもいい時世となりました。あるいは琉球経由の密貿易も斉彬公の胸ひとつで御破算となるかもしれないのです。越中富山の売薬業者も、新しい道を模索しなければなりません。

アメリカ、エゲレス、オロシア、フランスが通商条約の締結を迫っております。そうなりますと、交易の形態そのものが根本から変わりかねません。

一貫堂という京の薬種屋にさほどの気遣いは必要ないのではという考えが、昨年あたりから旦那様のなかで生じました。

婚儀を禁じられたのでもなく、縁組みしたのでもない、なんだか宙ぶらりんの、蛇の生殺し状態におかれたまま、新兵衛様とお蔦様は、同じ屋根の下で暮らしているのでございます。

旦那様が、ふたりが互いに憎からず思っているなら、一緒にさせるのがよかろうと決断したのは嘉永六年（一八五三）暮れでございました。

しかし、それを一貫堂のご両親に伝えて、さほど日がたたないうちに父親が急死いたしまして婚儀どころではなくなりました。

女ばかりで跡取りがいないのですから、長年勤めてきた大番頭さんが主人代理として店を切り盛りするしかなくなったのです。

京の一貫堂は主人の喪に服すること三年と定めてあるということで、やっとことしの冬に、新兵衛様とお蔦様の婚儀が行なわれる運びとなっておりました。

ところが、ことしの夏に、こんどは母親が亡くなったのです。喪に服するのは一年だそうですが、ふたりの縁談がほぼ決まったも同然となってからすでに五年がたっております。

京の老舗（しにせ）のしきたりに反しても、もう新兵衛様とお蔦様は夫婦となるべきで、高麗屋としては次男とはいえ半兵衛様とともにこれからの高麗屋を継いでいく新兵衛様を一貫堂の婿養子に差し上げることに同意するしかなくなりました。

――しかし、京には京のやり方がある。たったの一年の喪に服せないとはどういうことなのか。手前は仮にも一貫堂を預かった身だ。一貫堂には娘しかいない。二十歳、十五歳、十三歳だ。新兵衛様もまだ二十四。しかも京の人間ではない。非礼を顧みず申し上げれば、新兵衛様はお蔦様と夫婦になっても、まだこの一貫堂を継ぐだけの力量はない。京の洛中に生まれ育った娘と、越中富山の男とが夫婦としてうまくいくとは思えない。縁談は白紙に戻したほうがいいというのが、三人の年若なお嬢様の後見役としての手前の忌憚のない意見だ。――

一貫堂の大番頭・広之助さんからの書状を受け取ったのは、わたくしがお登勢と祝言をあげる十日ほど前でした。

朝廷に出入りする幾人かの御医師にも、二条城の御典医たちにも、古くから薬種を納めてきた一貫堂は親戚縁者の多くが同じ京で薬屋を営んでおります。手紙は広之助さんだけの考えとは思えませんでした。

「弥一、ふたりの思いを確かめてきてくれ。そんなに反対されるのならやめてもいいと言うかもしれないしなあ。そのほうがいいよ。なにが京の洛中だ。富山のいなか者扱いされてまで婿養子に貰っていただかなくて結構だ。一貫堂さんはそんなにご大層な大店かい？」

旦那様にしては珍しい怒りのこもった言葉でした。たしかに、新兵衛様を婿にと望んだのはお蔦様のご両親であって、高麗屋金兵衛様にはその気はなかったのでございます。

ですが、わたくしがお登勢と京へと発つ前日に、旦那様はこう耳打ちいたしました。

「武家ほどではないが、商家の婚儀も家と家との深いつながりの儀式だ。向こうの番頭のあさはかな都合で思いどおりにはできないってことを思い知らせてやらにゃあいかんな。一貫堂さんとわたしとは、昔から気心の合う友だちだったよ。数年にいちど会うくらいだったが、わたしは一貫堂さんが好きだったんだ。そうでなきゃあ、新兵衛を預けたりはしないさ。お蔦さんも育ちのいい純な娘さんだ。弥一、相手の出方によっちゃあ尻を捲ってもいいぜ。それからのことはお前にまかせるよ」

九月二十日、わたくしは油小路の一貫堂を訪ねました。

主人金兵衛の名代として参上いたしましたと告げますと、奥の間に通されました。先に新兵衛様と話がしたかったのですが、お店の用で出かけているということでした。

一貫堂の奥の間からは坪庭が見えていて、稲荷の祠の横にはつくばいがあり、歩きにくそうな不揃いな飛び石が秋の日を受けておりました。

随分待たされて、足が痺れてきたころに大番頭の広之助さんが揉み手をしながらやって来ました。初めてお会いしたのでございますが、あまりの背の低さと顔の大きさに、わたくしは歳を取った軽業師かと思ったほどでございます。頭のてっぺんと襖の引手の位置とで、広之助さんの身長は五尺あるかないかと見当をつけました。

もとよりわたくしはけんかをしにきたのではございませんので、手紙の件を切り出し、お蔦様も含めて、一貫堂の皆々様の総意かどうかを問いました。

そのように取って下さって結構だと広之助さんは答えました。

「お蔦様もでございますか」

「町家とはいいえ、二十歳の娘に、こうしたい、ああしたいと我意は通させません。私はこの一貫堂の娘たちの親代わりでもあります」

「しかし、縁談は内々に決まって、すでに五年がたっております。遠く離れて暮らしているおふたりではございません。ひとつ屋根の下で暮らしてこられたのです。本当に、おふたりは縁談を白紙に戻すことを承諾なさったのでございますか」

「若いふたりに間違いが起こってたらどうするのかとお聞きになってるんですか？」

「おふたりの場合は、片方だけの意志では間違いは起こらないと思いますので」

「起こったとしても仕方がないでしょう。若気の至りというやつです」

「おふたりがどうしても夫婦になりたいと言い張れば、お蔦様を越中富山の高麗屋にお迎えするというのはいかがでしょうか」

「高麗屋さんには半兵衛さんという立派な跡取りさんがいらっしゃいます。新兵衛さんはどういう扱いになりましょう」

「分家して、同じ高麗屋を継ぎます。半兵衛様と手をたずさえて富山一の薬種問屋を切り盛りすることになります。いずれにいたしましても、おふたりに心変わりがなければの場合ですが」

「この一貫堂に、姉娘を嫁に出して、十五の次女に婿養子を貰えというんですか」

わたくしは、だいたいの見当はついておりましたが、広之助さんがこの機に乗じて一貫堂を自分のものにしてしまいたいのであろうと思いました。高麗屋は一貫堂など欲しくもなんともないのでございます。

わたくしは、新兵衛様とお蔦様が想い合っているのに、一貫堂の両親の早逝によって生じた狸番頭の奸計の犠牲にさせられるのは理不尽だと思っただけなのです。高麗屋の旦那様も同じ考えでした。

一貫堂のご両親もおふたりの婚儀を望んでいたのだし、嘉永四年に正式にではなくともゆくゆくは夫婦にと決まったようなものだったのだから、新兵衛様とお蔦様の気持ちに変わりがないのなら、お母様の喪が明けてから、越中富山の高麗屋に輿入れするということでいかがか。

わたくしのとりあえずの提案に広之助さんは返事をしませんでした。なにか理由がありそうだが、それをいまこの男から訊き出すことはできまいとわたくしは思いました。いずれにしても、新兵衛様が一貫堂の婿養子になれば、広之助さんの後見役としての役目は終わるのです。つかのまの天下であったということになります。

手代らしき男が来て、新兵衛様が帰ったことを教えてくれました。

わたくしは、富山のご両親の近況なども話したいので、ふたりだけの時間をいただけないかと広之助さんに頼みました。

「夕刻までに届ける荷がありましてな」

「ほんの小半刻で結構ですので」

わたくしは父に似て背が高くて五尺七寸ほどございます。広之助さんのあとから廊下を歩きながら、わざとつまずいてうしろから倒れかかってやりました。

「よく磨かれた廊下でございますので足袋(たび)が滑りました」

と言いながら、さらにうしろからのしかかりました。たしかによく滑る廊下だったのです。広之助さんは支え切れなくて、わたくしの体の下敷きになってしまいました。

手代が笑いをこらえて広之助さんをわたくしの体の下から引きずり出しました。

顔を真っ赤にさせて、もがくように立ちあがった広之助さんに謝ったあと、わたくしはこう言いました。

「たとえわたくしどものような富山のいなか者にはわからない京のしきたりがございましても、お蔦様と高麗屋新兵衛様との縁談は、この一貫堂のご主人様が生前に望んだのでございます。そのことについて手前どもの主人と一貫堂のご主人様とが交わした書状は一通や二通ではございません。後見人様の一存で、亡きご主人様の遺志を反故になさろうと仰るのでございましょうか。もしそうだとしたら、その理由はなんなのです？　越中富山の高麗屋は富山の薬を藩からお預りする大店です。そんな高麗屋が、ご次男を使って一貫堂を欲しがっているとお思いですか？　越中富山売薬行商人は二千二百人もが全国で薬を販売いたしております。高麗屋はその大元締めなのです。いなか者にも矜持というものがございますよ」

咄嗟の脅し文句は、計算があってのことではありませんでした。のしかかられて、もがきながら立ちあがった広之助さんの形相に、狭小で醜悪な私欲が見事なまでにあらわれていたからなのです。こいつは一貫堂に害こそ為しても、まったく益にはならない男だと感じての、我ながら臭い芝居でございました。

店の者たちが何人か首を伸ばして廊下のほうを覗きこんでおりました。わたくしはさらに声を大きくさせて言いました。

「大番頭さんは、年若な三人のお嬢様方の後見役ではございますが、いつから一貫堂のご主人におなりになったのです？　釈迦に説法と承知しつつも、主人と後見役とを混同なさらないようにと申しあげておくほうがよろしいようで」

この大番頭の腹の内など奉公人たちはみな見抜いているのだと思い、わたくしは店の外で荷車から荷を降ろしている新兵衛様に会釈をして、油小路通を北へと歩き始めました。

嘉永四年に逢ったときはふたことみこと言葉を交わしただけでございます。あのころ、新兵衛様はまだ線が細くて、幼さが残っておりましたが、いまは中肉中背の、目の鋭い青年になっておりました。

「旦那様は、新兵衛様の好きにするがいいと仰っておりました」

とわたくしは並んで歩きながら言いました。

「まさか弥一さんがけんかをおっぱじめるとは思わなかったよ」

新兵衛様は苦笑しながら言いました。

「お蔦様のご意志はどうなんです？」

「そりゃあ、俺と一緒になるつもりだ。五年前と変わりはないよ。だけど、言いたいことの半分も言えない女だし、親父を突然亡くしたあとに、かなりの借財が判明して、それをあの大番頭が八方手を尽くして片づけてくれたんだ。だから、自分の考えを押し通すことに遠慮があるのさ。そこへ母親の死だ。妹ふたりはまだ若すぎる。俺は京の人間じゃない。一貫堂の跡を継いでも、奉公人たちが素直に従うかどうかわからない。一貫堂から出て、俺と夫婦になって富山の高麗屋に入ったら、京に残された妹たちはどうなるのか。それを考えると決心が揺らぐんだろうな。弥一さん、俺とお蔦はもう白紙には戻れないよ」

わたくしは新兵衛様の言葉の意味がわかりましたので、

「新兵衛様、二、三年、一貫堂で針の筵（むしろ）に坐れますか」

と訊きました。

目は鋭いのですが、新兵衛様は表情のどこかに飄々(ひょうひょう)としたものを浮かべて、

「弥一さんが高麗屋の廊下の奥に坐りつづけたのは何日間だい？」

と訊き返しました。

「百五十六日でございます」

「俺は、晒し者になって一貫堂の廊下に坐らされるわけじゃない。お蔦の亭主になったら、俺は一貫堂の主(あるじ)だ。弥一さんの百五十六日と比べたら、たいしたことはないよ。一貫堂を狙ってる親戚衆には狸も狐も多いけど、熊や狼ほどのやつはいないよ」

と新兵衛様は言いました。

わたくしは、この新兵衛という人は、お兄さんの半兵衛様よりも度胸があるなと思いました。半兵衛様はここ数年で思慮深い人になっておりましたが、大きな英断には不向きな、意外に肝の据わりの悪いところが表に出てきております。

京の油小路通は堀川通の東側をひと筋行ったところにある南北の通りで、西本願寺に近くて、東へ行くと東本願寺もございますので、仏具店や念珠(ねんず)屋、それに法衣(ほうえ)店が軒を並べております。西本願寺を北へ行けば二条城。さらにその東北には御所。つまり堀川通は京の中心を南北に貫く大通りということになります。

ですから門徒衆の泊まる旅籠も、一貫堂の周囲には多いのでございます。

ちょうど昼時でしたので、わたくしと新兵衛様は堀川通の東側に入り、油小路通のうどん屋に入りました。西本願寺に詣でるために京へとやって来た門徒衆で繁盛しておりました。

「ここは木の葉うどんが名物だ。蒲鉾がうどんの上に贅沢に載ってるんだ。富山では食えないうどんだ」

わたくしは新兵衛様が勧める木の葉うどんを註文して、

「勝手にけんかを始めてしまいまして、新兵衛様にはご迷惑かもしれませんが、こうなったら腹を決めていただきましょうか」

と言いました。

「なにがこうなったらだよ。勝手にけんかを始めたのは弥一さんだぜ。だけど、俺はお蔦と所帯を持ちたい。けんかをしなきゃあいけないんなら、俺も拳骨を振りあげるしかないさ。それでも百五十六日間も廊下の奥に坐るはめになったりしないだろう？」

わたくしは笑いながら、

「一貫堂を頂戴してしまいましょう。新しい主人に従えない奉公人は大番頭だろうが手代だろうが小僧だろうが辞めてもらいましょう。一貫堂にはいまどこにどれくらいの借金がありますか？それをすべて詳細に出して下さい。それから毎月の収支も。得意先の名簿と薬種の品目や量目も」

と言いました。

「みんな俺のここに入ってるよ」

自分の頭を指差して、新兵衛様は、祝言を急ぐようにとお父さんに頼んでくれと言いました。

「お蔦様のお腹に宿ったんですか？」

「かもしれないんだ」

「あの狸番頭側の奉公人は何人です？」

「六人のうちの六人だな」

「じゃあ、みんな辞めさせましょう。いますぐにです」

「弥一さん、そんなことをしたら一貫堂はいますぐに商いが止まってしまって、月末の払いができなくなって、信用はがたがた。京ではそんなことになったら立ち直るのに三年かかるぜ。いや五年でも元に戻らないかもしれない」

「けんかなんですから、けんかのやり方どおりに先手先手で動きましょう」

「だれが始めたけんかなんだよ」

あきれたようにうどん屋の天井を見ながら、新兵衛様はそう言いましたが、笑っておりました。

新兵衛様とお蔦様の祝言は三十日後の吉日。母親の喪中ではあるが、一貫堂のためには、亡き父上の遺志を優先させるべきだ。祝言は京で。高麗屋の親族は富山から祝言のために一貫堂にやって来る。仲人は、しかるべき人間を弥一が見つける。

京のしきたりと言うが、婿養子として一貫堂の新しい当主となるのは越中富山のいなか者だ。非礼には目をつむってもらおう。なにしろいなか者なのだから。親戚衆には、高麗屋の川上弥一が説得に廻る。

それらのことを書いた書状を、今夜にも早飛脚で高麗屋金兵衛様に送ろうとわたくしは決めました。

京は越中富山の薬売りが最も商売のしにくい地の代表格でございます。それは京のあちこちに薬屋が多くて、その薬も細分されているからなのです。

婦人病の「血の道」の薬、むくみ病、安産の薬、咳(せき)と痰の薬、産前産後の薬、心の臓の薬、二日酔いの薬、さまざまな膏薬……。なかにはそれを服せば一生歯が抜けない薬などというのも臆面もなく店に置いてあります。

どれも老舗の薬屋が「家伝」とか「秘薬」とか「秘宝」とかの謳(うた)い文句を看板に彫り込んで売っております。

わたくしどもに言わせれば、いんちきに近い怪しげな薬ですが、我が国の医薬術から見れば効き目などないものでも、それをありがたがる人々にとっては高価であっても頼りたくなるのでございます。

京はそのような「秘薬」を売る店があちこちにあるために、富山の薬は所詮「いなか薬」としての扱いを受けつづけてまいりました。

そのことを京仲間組の長吉から聞いておりましたので、一貫堂という生薬種の老舗を新兵衛様が営むことで、富山の売薬行商の牙城を京に持つことができる、牙城とまではいかなくても足場くらいは築ける。

そうなれば、いまの売り上げの三割、あるいは五割増へと拡げられる。ということは、これまでの商いしか知らない奉公人は邪魔だ。空っぽになった一貫堂に高麗屋が援助する金子は三年で取り返せる。

わたくしはそう計算したのでございます。お蔦様のお父様が健在なら、そのような考えは起こさなかったと思われますが。

わたくしは、まずお蔦様の親戚衆から説得しようと思いました。富山の高麗屋が一貫堂の商いそのものに加わるとなると、両家の婚儀そのものが不純になりかねません。親戚衆のなかに数人の味方を作っておかなければなりません。そうでなければ、婚儀は富山の高麗屋が京の一貫堂を乗っ取るための手段のひとつと疑われます。

「俺の頭のなかにある数字を今夜書き出しておくよ。あしたの朝一番に弥一さんの家に届けるよ。ただ、借金はあらかた済んでるよ」

新兵衛様は言いました。

わたくしは、有力な親戚衆の名も記しておいてくれるようにと頼み、生まれて初めて木の葉うどんというものを食べました。

加賀金沢は富山よりも食べるものははるかに豊富だが、お登勢は木の葉うどんなど食べたことはあるだろうか。蒲鉾というものは贅沢で高価で、質素な商家ではよほどの祝い事でもなければ口にすることはあるまい。

かけ蕎麦が十六文。それさえ町民には贅沢なのに、この木の葉うどんは三十二文。お登勢は財布の紐を絞って、俺が誘ってもこのうどん屋についてこないだろう。

わたくしはそう思いましたが、近いうちにつれてきてやりたくなりました。

「とにかく京の地理を覚えたくて、松原通の界隈(かいわい)から四条、三条、二条をぐるっと歩き廻りましたが、いったいどこからどこが洛中で、どこからが洛外なのか、どうもよくわかりません」

そのわたくしの質問には新兵衛様がわかりやすく説明してくれました。

――天正十九年（一五九一）、豊臣秀吉は入京して、荒廃した京を御土居(おどい)と呼ぶ土塁の壁で囲んだ。囲んだのは都として活気のあった碁盤の目状の範囲で、北は鷹ヶ峰まで。南は九条通まで。

東は鴨川まで。西は紙屋川まで。それが洛中で、そこから外は洛外だ。

他の地では理解できないことだが、京の洛中出身者はいまでも洛外出身者を一段下に見ている。町人同士の婚姻でも、洛中の者と洛外の者とが所帯を持つと、陰で顔をしかめて、あの家は洛外の男を亭主にしたそうなと小馬鹿にされる。

同じ京にあってもそうなのだから、他国の人間となると、何食わぬ顔で近所づきあいをしてくれているようでも、腹のなかにはしっかりと壁を作って、入れてはくれないのだ。

通りすがりの旅人にはわからないだろうが、少し長く暮らしてみると、それを思い知る。

江戸に幕府があろうがなかろうが、この国の都は京であり、それも洛中にある。帝を擁する都は京の洛中以外になく、それ以外は、どれほど威を示そうとも「いなか」なのだ。いなか即ち「夷」であり「戎」なのだ。——

たしかに、わたくしには実感として理解できませんでした。木の葉うどんを食べ終えて、腕組みをして新兵衛様の説明を聞いてから、

「ということは、鴨川の東にある祇園なども洛中ではないということですか？」

と訊きました。

「そうだよ。弥一さんの家から少し東に行って、鴨川の畔から向こう岸の河原を見てごらん。夜になるとあっちこっちから乞食が集まって、四条大橋の下なんかには乞食小屋が立てられるから。だけど、橋の西側には来ない。来させてもらえないんだ。乞食は洛中に一歩も入れないんだ。地名に「口」とつくところがあるだろう？　荒神口とか粟田口とか丹波口とか。あそこは洛外から洛中に入ってくる人間が調べられた関所の跡さ」

小半刻だけと断ってお店から出てきましたので、わたくしは勘定を払って新兵衛様とうどん屋の前で別れました。

油小路通を北へ行くと松原通の東西の道に出合います。そこを右に折れて、まっすぐ歩いていけば、自然に鴨川近くの丹沢家の前に辿り着きます。まことにわかりやすい道順で、東西南北を頭に入れておけば、京の町で迷うことはありません。

わたくしは、家に帰るとすぐに高麗屋金兵衛様に手紙を書きました。二階の中の間で墨をすりながら、なるほど京という町は、時機を得た勤皇志士や国学者が政事運動をしやすい風土なのだなと思いました。

帝がいらっしゃり、多くの公家がいるというだけの理由ではありません。京の町の中心を成す洛中の人々の心が、すでに数百年前から江戸幕府すらいなか者と受け止める土壌の上にあるのでございます。

長い手紙を書き終えたのは八つ半（午後三時頃）で、わたくしは河原町の飛脚屋に行き、伏見の「鍵銀」の若頭に渡してくれと頼みました。万之助への手紙も添えておきました。万之助は早飛脚で富山へと飛脚を急がせてくれるに違いありません。

もうそろそろ富山では、秋の行商に出る準備に追われているころでございます。

わたくしは家に帰ると、丹沢のお内儀の菜漬けの樽を洗っていたお登勢を呼びました。

ご近所の人たちの、お登勢への接し方が気になってきたのです。

新兵衛様から聞いたことを話すと、お登勢は別段隠し事をしている様子もなく、

「みなさん、とても親切にしてくれています」

と答えました。

「丹沢の奥様はどうだい？」

「あんなにたくさんの菜漬けは、自分ひとりでは到底食べきれないから、正月前に漬けあがったら、勝手に好きなだけ食べてくれって。そうしてくれると助かるって。私も我が家の菜漬けの用意をと思っていましたから助かりました。あしたは大根も漬けるんです」

「隣りの八百屋さんはどうだい？」

「ご主人夫婦も、おばあさんも、息子さんのお嫁さんも、とても仲良くしてくれています。きのう、反魂丹を五袋差し上げましたら、お返しに秋茄子を五本下さいましたよ」

「貰ったのかい？　秋茄子って八百屋さんの商売物だぜ。あの嫁さんは、金を払わねえって陰で悪口言ってないかい？」

「払ったほうがいいでしょうか」

「う―ん、そんなことをしたらかえって角が立つかなあ」

「京の向こう三軒両隣りって、そんなに難しいんでしょうか」

「新兵衛様の話を聞いてから、なんだか用心をしたほうがいいような気がしてきたんだよ」

「あなた、考え過ぎですよ。私たちのおつきあいの仕方が京の人には合わないとわかったら、そのとき改めたらいいじゃありませんか」

「うん、まあそうだけど、あんたたちのやり方は京には合わないって正直に教えてくれないだろう？」

「そんなこと、いちいち気にしてたら肩が凝りますよ」

　お登勢は、そう言って、裏庭の井戸端に走り戻って行きました。丹沢のお内儀は、お登勢と力を合わせて、雨塞ぎの屋根をしつらえたところに菜漬けの樽を運び、蓋に石を載せております。

「金沢では菜漬けの作業をやったことはあるんですか？」

　お内儀に訊かれて、

「いいえ、女中さんたちがやるのを見ていただけです」

　とお登勢は屈託なく答えました。

「まあ、深窓の箱入り娘だったんですねえ」

　そら来た。じんわりと嫌味から始まったぞ。わたくしはそう思い、板の間に移って耳を澄ませました。

「お漬物を漬けたことはありませんが、機織りは得意です。こんど、奥様の着物用の布も織って差し上げます。十七のときに、縫い物はお師匠様から免許皆伝のお墨付きをいただきました。十七で免許皆伝になったのはお弟子のなかで私が初めてなんです」

「それは立派なことです。親御さんは、あなたにいい躾をなさいましたねえ。お漬物作りなんて、二、三回やったら覚えます。機織りも針仕事も、そうはいきませんからね」

　わたくしは二階にあがり、四条のほうに面した窓から寺の甍を眺めました。お登勢が四条大橋の欄干と思ったのは、五条大橋と四条大橋のあいだにある橋でございました。嘴と脚の長い鳥が水中の餌をついばんでおりました。その立ち姿の毅然としたさまが心に残りました。

　わたくしは翌日から一貫堂の親戚衆を説いて廻りました。頭を低くし礼を尽くして、新兵衛様とお蔦様の婚儀と、今後の一貫堂の商いについて相談を重ねました。

高麗屋金兵衛様の手紙を持って、長吉が我が家を訪ねて来たのは、それから十五日目でございます。長吉は、越中売薬京仲間組ではなく、一貫堂の手代見習いとしてやって来たのでございます。長吉は、なんと才児を伴っておりました。

第二十三章　攘夷論

手甲脚絆（てっこうきゃはん）に草鞋履きで肩には合羽（かっぱ）を引っ掛けて、笠を小脇にかかえた才児が、行李をふたつ背負って松原通の西のほうから歩いてくるのを見たとき、わたくしは悪い冗談ではないかと思ってしまいました。

たとえ行李の荷が重くても、長吉に背負えないはずはありません。これから京暮らしが始まる長吉の所帯道具を運ぶだけのことで、高麗屋金兵衛様が才児を越中富山から京まで同行させるわけはないのでございます。

才児の五、六歩うしろからは今朝剃ったかのような月代（さかやき）と新しい元結（もっとい）できつく締めた髷（まげ）を秋の日差しで光らせた長吉が、寺参りに来たかのような気楽な顔で歩いてきました。

案の定、才児は家の前に立っているわたくしに気づかずに通り過ぎて、高瀬川の畔へと松原通を抜けてしまいました。

「才児、お前、どこへ行くんだよ。俺を訪ねてきたんじゃないのかい？」

そのわたくしの声で、才児は振り返り、

「あっ、弥一さん、きょうからわたしもお世話になります」

と言って走り戻ってきました。

「お前は俺の前を通り過ぎるとき、たしかに俺を見たよ。それなのに俺だって気がつかないのかい？　鴨川のほうで蝶々でも飛んだのかい？」

とんでもないやつが舞い込んできたという思いと、なんだか周りは敵ばっかりという京に同郷の親しい仲間が来てくれたという嬉しさが、わたくしの口を軽くさせておりました。

「脚の長い、嘴の長い白い鳥が飛んでました」

才児はそう言って、背負っていたふたつの行李を降ろしました。

「七日の道中のあいだ、ずっと才児からオロシア船の話ばっかり聞かされてきたよ。お陰で俺も蝦夷地や樺太のことに詳しくなって、プチャーチンの船の遭難のことやら、伊豆の戸田村で日本の船大工たちが新しいオロシア船を建造したときのあらましなんかを知ったよ。プチャーチンはその船に『ヘダ号』って名をつけて感謝の意を表したんだ。日本の船大工もたいしたもんだ」

長吉は言って、家から出てきたお登勢に挨拶をしました。越中八尾での祝言には長吉も来てくれましたので、初対面ではございませんが、緊張していたお登勢は、ほとんど誰の顔も覚えていないのです。

お登勢はそれを正直に言って、ふたりを家のなかに案内しました。すでに水を入れた盥が板の間の前に用意してありました。

「広い家だな。俺が見に来たときは、こんなに広くなかったぜ」

手甲脚絆を取り、足を洗いながら、長吉は言いました。

「お前が借りてから広くなったってのかい？　この家は伸び縮みするのかい？　そんな馬鹿な。でも、お陰でちゃんとふたりの部屋ができるよ。この下の二間を使ってくれ。蒲団はもうじき近くの損料屋から届くよ。新品らしいぜ」

長吉と才児は、とりあえず庭に面した奥の間に荷物を置き、わたくしと一緒に二階へと上がりました。

北側の八畳が夫婦の部屋だと知ると、ふたりは松原通に面した六畳の窓のところに坐りました。こっちの窓からの景色がいい、鴨川の流れが寺と寺のあいだから見えると勧めても、ふたりは夫婦の部屋に足を踏み入れようとはいたしませんでした。

長吉は旦那様の手紙をわたくしに手渡しました。

――弥一と新兵衛からの手紙で、おおかたのところは了解できた。いまの奉公人で使えそうな者は一貫堂に残したほうがいいという弥一の考えにも賛成だ。例の大番頭についても、弥一の考えどおりにやってくれ。これまでの一貫堂の商いに障(さわ)りが生じることは避けるべきだと思う。越中富山の売薬は、いずこの地であっても敵を作らない、恨みを買わないというのが眼目なので、そこのところもよろしく頼む。新兵衛の親族は、私たち夫婦と半兵衛と、三、四人の親戚が京へ行くことになる。いい機会だから本願寺にも参詣したいと家内も親戚も喜んでいる。

十月二十日には必ず京に着いているように、少し早めに出立する。

才児は変わった男だが、算盤(そろばん)と物覚えは抜きん出ている。弥一も長吉も、才児の扱い方は心得ているだろうから、よろしく頼む。京の町が才児を育てるような気がするので行かせることにした。

お登勢さんに迷惑がかかるようなら遠慮なく他の借家に移らせてくれ。そのときは必ず長吉も一緒にということでよろしく頼む。——

わたくしは読み終えると、旦那様は才児を育てたいのだと知りました。高麗屋の多くの奉公人たちや行商人たちのなかにあって、才児はまだいまでも厄介者でございますが、旦那様は才児という人間に、根気よく磨けば光る何物かを見出しているのでございましょう。

「宇治茶を少々手に入れました。とてもいい香りでございますよ」

そう言いながら、お登勢が茶を運んで来て、すぐに階下に降りて行きました。ふたりをもてなすために、油小路に近い銘茶屋で、掌一杯くらいの茶葉を買って来たのでございます。その銘茶屋は、どんなに少量でも秤（はかり）で売ってくれます。

「へえ、宇治茶かあ。行商中に茶店で出るのは色だけ茶だが、味も香りもない。家やお店では、俺は白湯（さゆ）しか飲んだことがないよ。いい香りだなあ」

長吉の言葉に、

「わたしもです」

そう才児は言って、茶を飲んで味わおうとはせず、いつまでも香りだけを嗅いでおりました。

「俺」とか「おら」とかしか言えなかった才児が、「わたし」と言うようになったのでございます。

才児はしみじみと茶を味わってから、語り始めました。

――安政の大地震は、江戸を襲ったものばかりがその甚大な被害を伝えているが、江戸を襲う前の、嘉永七年（一八五四）の東海道沿岸で起こった地震も悲惨だった。

揺れによる家屋の倒壊だけでなく大きな津波で家も人も飲み込まれた。死者は何万人という数で、いまだに遺体の行方がわからないという人々もたくさんいる。

プチャーチンを提督とするオロシアの艦隊はたびたび長崎で幕府と和親条約の交渉をつづけたが、いちど清国のほうに去った。

それはオロシアがエゲレスとフランスと戦争を始めたからだそうだ。オロシアにとっては日本との和親交渉どころではない。戦争をしている渦中の国の船が海上で遭遇すれば、すぐに大砲の撃ち合いが始まるのだ。

プチャーチンはそれを避けるためと、エゲレス、フランスとの戦争の正確な状況を確認するために、清国へと向かった。彼がどんな情勢を知り得たのかはわからない。

そして船を換えて、あらためて大坂にやって来て、ここでは埒（らち）があかないと考えて江戸を目指した。

このとき東海道沿岸の大地震による大津波に襲われて、致し方なく下田の湊に停泊したという説もある。

別の説では、幕府は江戸湾に近づくことすら拒否して下田での交渉となったが、その交渉の最中に東海道沿岸の大地震に遭遇したのだというものもある。

いずれにしても、津波に揉まれ船は大破したが、そのときは沈没は免れた。しかし、津波にも揺り戻しがある。何度目かの津波で船はついに沈み、プチャーチンは国へ帰ることが出来なくなってしまった。

二回目の長崎での交渉以来、オロシアとの応接掛を務めたのが幕臣の川路聖謨だ。老中首座の阿部正弘様の抜擢で選ばれたのだ。

川路聖謨は長崎へ行き、つぎに下田へ行き、じつに粘り強く交渉をつづけたが、オロシアの船が沈んだとなると、乗組員を救護しなければならない。ということは彼らを下田に上陸させることになる。

それは即ち開国を意味するという水戸の老公の烈しい反対を説得して、川路はプチャーチンたちを下田の玉泉寺（ぎょくせんじ）などに収容した。川路は江戸と下田を何回も往復し、プチャーチンたちを無事に国に帰すための方策を練った。

船を新しく建造しなければならない。そのためには大型の帆船を建造できる湊を与えてほしい。大量の木材も要る。腕のいい日本の船大工も何十人も必要だ。それらを提供してほしい。

プチャーチンはそう要求した。

川路はそれになんとかこたえようとしたが、幕閣のなかには、それならオロシア人を殺してしまえという者たちもいて難航した。

大きな船の建造には、遠浅の広い砂浜を持つ湊が必要なのだ。この国の東海道沿岸で、下田に近く、条件に合う湊として考えられるのは神奈川や品川しかない。そこに彼らを上陸させるわけにはいかない。江戸に近すぎる。血気にはやった若い武士たちがどんな不測の行動に出るかわからない。

もしプチャーチンたちの身になにかが起これば、日本を大艦隊で攻める口実をオロシアに与える。

阿部様や川路たちの苦悩は深かったそうだ。

だが、伊豆の戸田村というところに、大船建造に適した湊があるとわかった。

そこに必要な木材や船大工たちを集結させてオロシア船の建造が始まった。安政二年（一八五五）のはじめだという。

戸田村は下田よりも東海道に近いので、開国に反対する者たちの襲撃を防ぐために、幕府は多くの警固の侍で護らせた。

戸田村の漁民や百姓や船大工たちとオロシア船の乗組員たちのあいだには、いつのまにか、同じ作業に心血を注いでいる仲間同士という親密なつながりができていったそうだ。

沈没した船よりも小さいが、とにかくオロシア本国になんとか帰れそうな船が完成した。しかし、全員が乗れるほどの大きさの船ではなかったので、三百人近くが下田に残らざるを得なかった。

残った乗組員たちは、アメリカの船に金を払ってオロシアに送ってもらったという。

最近、西国の武士たちのあいだに攘夷という言葉が行き交うようになった。外国人を打ち払え、ひとりもこの国に入れるな、入って来た者は斬る。熱にうかされたように攘夷を叫ぶ武士たちがあらわれてきている。

攘夷というのは朱子学が伝えて、水戸の学問で使われた言葉だが、いまや世界の情勢などまるで知らないいなか大名の家中の若侍までが、昔から使ってきた言葉のように口にしている。

攘夷など、もはや夢物語だ。世界は信長や秀吉の時代から大きく変化した。有力な国々はみな大船を建造し、三本の帆柱と蒸気で回転する水車のような動力を合体させて、どんな波も風も蹴散らして目的地を目指す。兵器も年々進歩をつづけている。「種子島(たねがしま)」と呼ばれる鉄砲も、日本の大筒も、西洋の連中から見れば子どもの遊び道具と同じなのだ。

それならば、いちいち和親条約など結ばずに、エゲレスがかつてそうしたように問答無用と日本を攻めたらいいではないかと思うが、エゲレスにはエゲレスの事情がある。

世界が海でつながってしまうと、どの国々も自国に利益となる弱い国々を得ようと競うようになる。エゲレスが武力で天竺と清国を事実上の属領としてしまったようにだ。

そうなると他の西洋の国々は道義を隠れ蓑(みの)にした条約を結ぼうとする。エゲレスだけに利益を独り占めされたくないからだ。

そこでアメリカやフランスやオランダは、他の西洋諸国も巻き込んでエゲレスの阿片戦争を非難するようになった。つまり阿片戦争における非道を責めて、エゲレスを孤立させようと謀議した。

そこへオロシアが南下してきた。オロシアは世界で最も大きな領地を持つ国だ。アメリカの二倍もあるという。しかし、その大半は冬は凍る。海も氷に閉ざされる。オロシアが南に領地を得たいと考えるのは必然なのだ。ならば、オロシアにとって南とはどこか。地球儀の七割を占める範囲だ。

そのオロシアにとって目の上のたんこぶはエゲレスとフランスなのだ。

エゲレスにしてみれば、それでなくとも西洋各国を敵に回しているのに、さらにオロシアとの関係までが悪くなることは避けなければならない。

そこで、非道な奸計を巧妙に駆使して属国を拡げる手口は、いまは控えることにした。エゲレスがそういう政事に変化したら、アメリカもフランスもオロシアも武力による他国への攻撃を控えなければならない。エゲレス封じのための条約が、こんどは自分たちの首を絞めることになったのだ。

幕府はもう二百年も前から、一年にいちど、あるいは二年にいちどというふうにオランダに宇内各国の風説書を提出させてきた。世界でいまなにが起こっているかについて細かく報告させることを長崎交易の条件としてきたらしい。

それを蘭語に堪能な通詞に訳させて長崎奉行が江戸に届ける。だから、幕府の重臣は世界の情勢をある程度知っていたことになる。ある程度というのは、オランダが風説書にすべて正確に書いたかどうかわからないからだ。オランダにとって日本は大事な交易国で、大儲けの種だ。他国に奪われたくはない。自国に有利な風説は伝えても、不利なものは隠すに決まっている。幕府もそれを知っていて、多くの風説のなかから取捨選択して用いてきた。老中といってもさまざまだ。能無しもたくさんいる。えらそうに借り物の論を張るが、ただ単純に異国嫌いなだけなのもたくさんいる。好き嫌いではなく、異国を怖がっているだけの大名や幕閣もいる。

いわゆる長年にわたる家系制度による弊害で、無能なのに幕府の要職についた者たちは、ペリー来航のときにその正体を露わにした。

ペリー艦隊に怯えて、へっぴり腰になり、役にも立たない鎧兜で浦賀に群がるだけで、足手まといなだけだった。その無様な武士の姿は遠巻きに見ている町人たちの笑いものになり、それが即ち幕府の姿と誤解されて威信は地に落ちた。

そこで、老中首座の阿部正弘様は、幕府のあり方を根本から変えるために大変革を断行した。人材の登用、洋学所の開設、講武所の設立、海軍伝習所の設立等々。

これだけでも莫大な金が要るのに、あの各地で起こった数回の大地震だ。東海道沿岸は壊滅。江戸の町も壊滅。江戸城の御金蔵が空っぽだというのは、あながち噂だけではあるまい。

日本は国を固く閉ざして、古に戻れ。こんな考え方がどれほど愚かか。宇内の海にいまどれだけの国々の大船が行き交っているかを知れば、国を開いて日本がどう生きるかを考えるべきなのだ。——


わたくしは次第に声が大きくなっていく才児を窘めました。松原通には近所の人たちが歩いております。帳面を腰にぶらさげているどこかのお店の小僧さん、行脚僧、町家のおかみさんたち、道具箱を片手にどこかの家に急ぐ髪結い、稽古事に行くらしい商家の娘。

才児の声が誰かに聞こえたら、番所の目明しに目をつけられかねません。

「お前、どうしてそんなに詳しいんだい？　そんな話、どこから手に入れたんだよ」

とわたくしは訊きました。

「北前船の又平さんですが、別の北前船の賄い方にも教えてもらいました。どちらも箱館勤めで、松前藩や津軽藩の外国方の役人とは親しいのです。又平さんは間宮林蔵と一緒に樺太を探険した人の日記まで読んだそうです」

又平さんとは美濃屋の船の賄い方で、薩摩藩に渡す干し昆布の調達のために箱館で暮らしております。毎年、十一月になると富山に戻って来て、翌年の三月に箱館へ向かうのでございます。

「国を開かなきゃいけないなんて、この京で言っちゃあいけないぜ。今上天皇様は大の外国嫌いだそうだからな。京はその天皇様がいらっしゃる地なんだ。王城の地なんだぜ」

と長吉は才児に言い聞かせました。

翌日から、わたくしどもは前夜に打ち合わせたとおりに手分けして一貫堂に円満に新兵衛様を跡取りとして入らせるためのお膳立てに奔走しました。

まず薬種屋の株の支配役である七人衆に、新兵衛様を伴って挨拶に行き、事情説明をしましたが、それはわたくしの役でございます。

みなさんは一貫堂の事情はよくご存知で、お蔦様の婚儀を喜んでくれて、笑みを絶やしませんでしたが、越中富山の高麗屋が一貫堂の主になることは苦々しく感じていることがわかりました。口にも表情にも出しませんが、顔と腹が違う京人の、どのようにも取れる言葉の使い方に、わたくしは慣れ始めていたのです。

長吉は、一貫堂の手代から小僧、それに台所を預かる下女に至るまで、これまで奉公してきたひとりずつに直接に話をして、残りたい者と辞めたい者のそれぞれの意見を聞きました。大番頭の広之助さんは風邪を理由にお店には来ませんでした。

才児は、広之助さんが大番頭になった七年前からの帳簿と仕入れた薬種の量目との照らし合わせのために庭の奥の蔵に籠りました。すべての帳簿の表紙には「天に二道なし」という言葉が書いてありました。正直であること。それ以外に道はないという意味で、一貫堂の代々の家訓のようでした。

五日後、才児の算盤の数字が出て、広之助さんは一貫堂の金を一文も己の懐に入れていないことがわかりました。じつに清廉潔白な仕事ぶりだったのでございます。

百二十両あった借金は、広之助さんの裁量ですべて返済されております。払いの悪い得意先から粘り強く取り立てたり、不要な薬種を同業者にさばいたり、亡くなったご主人とお内儀の着物や持ち物などを売ったりして百二十両を捻出したのです。

わたくしと新兵衛様は、ずっと風邪で臥せったままだという広之助さんの家を訪ねました。松原通を西へ行った室町というところに広之助さんの家があります。右隣りは念珠店、左隣りは七味唐辛子と粉山椒を売る店でした。

平屋の薄暗い家のなかから広之助さんが出てくるまで随分時間がかかりました。もう会う気はないのかもしれないと思いましたが、赤ん坊の泣き声が奥で聞こえて、広之助さんがその子を抱いて出てきました。お孫さんだということでした。

新兵衛様は、大番頭さんがいなければ一貫堂の商いは止まったままで困っていると上がり框の前に立ったまま言いました。風邪が治ったら仕事に戻ってくれないか。薬種株の元締めたちへの挨拶も済んだ。辞めたいという奉公人はひとりもいない。これで元の一貫堂に戻れる。弥一さんはまだ若造で、失礼なこともあったかもしれないが、どうか許してやってほしい。きょうはお見舞いと謝罪を兼ねて伺ったのだ、と。

「どうぞお上がり下さい」

と広之助さんは言い、ぐずっている赤ん坊を抱いたまま、奥の部屋に案内してくれました。二十歳そこそこの婦人が来て、赤ん坊を受け取ると、ひとことも喋らず台所に行ってしまいました。

「倅の嫁です」
わたくしは、お気を悪くさせるような言動をとってしまったが、才気をひけらかそうというい
なか者の若造のこととお許しいただきたいと頭を深く下げました。
広之助さんは頑なでしたが、小半刻ほどの説得のあと、
「わたしがまだ必要でしたら、働かせていただきます」
と応じてくれました。
家のどこかで息を潜めて聞いていたらしく、広之助さんの奥さんが茶を淹れて持って来て、近
づいてきた婚儀の祝いの言葉を新兵衛様に述べました。広之助さんよりも背は高そうでした。
今後のことを打ち合わせて、わたくしと新兵衛様は油小路の一貫堂への道を歩いていきました。
「年下の俺が、弥一さんを若造呼ばわりしてごめんよ」
「いえ、ああ言うのがいちばんいいんです。これで、わたくしはあしたから婚礼の準備を始めら
れます。京の商人の家には、それなりのしきたりがあるでしょうからね。ご両親を亡くした一貫
堂のご長女の婚礼が質素だと、高麗屋がけちだと言われますし、お蔦様も可哀相です。派手にい
きましょう」
「祝言の用意なんて、弥一さんはやったことあるのかい？」
「ありません。わたくしのときも親にまかせっぱなしです」
「広之助さんの奥さんに手伝ってもらったらどうだい？　あの人なら京の商家の祝言に詳しいか
もしれないぜ」
「あ、それはいい考えですね。そうすれば、わたくしどもと広之助さんとの垣根も少しは低くな

るかもしれません。お願いしてみましょう」

わたくしはすぐに引き返しました。新兵衛様は一貫堂へ戻って行きました。

そんなこんなで、わたくしの安政三年（一八五六）は新兵衛様の婚儀と一貫堂の商いに忙殺されて、長崎行きどころではありませんでした。

祝言は、一貫堂の親戚方と京の薬種屋をもてなすことを第一義として、いささか豪奢な料理と引き出物を用意しましたが、それは広之助さんの奥さんであるお芳さんの采配によるものでございます。

京には「揚屋」と呼ばれる料亭があります。客をもてなしたり、寄合を持ったりする料亭ですが、商家の旦那衆がしばしば茶会、句会などを開きますので、揚屋の商いはさびれた京にあっても意外に利用されております。

揚屋には自分のところで料理を作る店と、仕出し屋に料理を運ばせる店とがあって、そのために仕出し屋にも老舗が多いのです。

わたくしは三日間の婚礼で、料理は仕出し屋のものを出すことに決めました。そのせいか、越中富山の高麗屋の次男の、一貫堂への婿入りの儀式は、京の薬種屋だけではなく、他のさまざまな職種の商家の方々の噂になりました。その多くは、いなか商人と思っていたが、なかなか粋なことをやるもんだという好意が感じられましたので、婿となった新兵衛様はとりあえず京の商家衆に迎えられたと、わたくしは安堵いたしました。

京、京と、どうしてそんなに気遣いをするのかと首をかしげられますでしょうが、京の、とりわけ洛中の町家商家の人々は、他の地に暮らす者たちには理解しにくい難しさがあるのでございます。

ただ一介の町人として暮らすだけなら、なにもそれほど気苦労をする必要はないのですが、新兵衛様は一貫堂の当主として、京の薬種屋の一員となります。一貫堂は、やがては越中富山売薬の京における拠点となることを目的としております。そのためには、とにもかくにも商家衆のなかに入れてもらわなければなりません。

一貫堂というお店の規模に比して豪奢な婚礼を営んだのはそのためですが、お陰でわたくしは京の町のさまざまな事情を知ることができましたし、広之助さんとも冗談を交わし合える仲になることができました。

この安政三年のときには、京の町は大きな通りも薄暗い小路も閑散としておりました。静けさを破るのは寺の鐘だけで、人通りはあるのに活気が感じられませんでした。

それが万延となり文久と変わって、まるで別の町が王城の地に出現したかと思える騒乱に溢れていきます。血みどろの町と言ってもいいほどに変わっていくのでございます。

安政三年の十二月に、薩摩島津家のお姫様は将軍家定公の正室としてお輿入れされました。老中阿部正弘様が大名や幕閣たちの反対を抑え込んで推し進めた婚儀でございました。

この婚儀には将軍継嗣問題が絡んでおります。阿部老中と意見を同じくする大名有志、その筆頭が島津斉彬公で、次の将軍には一橋慶喜公しかいないと考える幕閣と大名は、血統重視で紀州徳川家の慶福(よしとみ)公を推す一派との戦いにひとまず勝ったかに思われました。

しかし、翌安政四年(一八五七)の六月、阿部正弘様は急死いたします。三十九歳でございました。

反対派からは八方美人と揶揄されることの多かった備後福山藩主・阿部正弘様の急死によって、江戸城も大奥も津波に揺れる船のようにまとまりのつかない騒乱のなかに入っていくのでございます。

なぜなら、一橋慶喜公の実父は水戸の斉昭公で、頑迷な尊王攘夷論者ですが、それよりも厄介なのは、斉昭公が大奥の婦人たちから嫌われていたことなのです。大奥の並みいるお女中衆に嫌われる理由といえば、考えられるのはひとつだけ。水戸の老公が目に余るほどの女好きで、倫理にもとる行為が多かったためだという風説は、あながち嘘ではなさそうでございました。

阿部正弘様の後任は下総佐倉藩主・堀田正睦様で、開国開明派だということでした。

このころから「公武合体」という言葉が武士以外の者たちの口にものぼるようになりました。京には朝廷がおわしますので、「公」のお膝元です。幕府は朝廷を尊崇して、手を取り合ってこの国の政事の難局に当たるべきだと息巻く商人町人たちが京にも増えていきました。

これまでの「武」が上で「公」はただの飾り物というような扱いは改めて、「公」が上の政事に戻れと声高に唱える者たちの勢いは大きくなりつつありました。

ちょうど阿部正弘様の死を知ったころに、お登勢の懐妊がわかりました。来年の春に父となるのだと知ったときの喜びをわたくしは言葉で言い表すことができません。

もう間違いなく懐妊しているとわかった日の夜、わたくしは雨つづきの日々のつかのまの月夜に、お登勢と鴨川の畔へ行きました。用心のために提灯を持って、お登勢の足元を照らして行きました。

お登勢は大儀そうな足取りで高瀬川を渡り、

「鴨川の河原にはお乞食さんがたくさんいます。怖いから、これ以上向こうには行かないほうがいいですよ」

と小声で言って歩を停めました。

高瀬川沿いの柳並木は枇杷(びわ)の種にそっくりの月の光を浴びて銀鼠(ぎんねず)色にそよいでおりました。

「お前が嫁入りしてからこんなに長くつましい生活をつづけられるとは思わなかったよ」

わたくしは、なにか気の利いた愛情の言葉をささやきたかったのですが、そのようなことにまったく縁がなくて、お登勢のやりくり上手を褒(ほ)めたつもりでした。

「あら、金沢の里の生活と同じですよ。私の家も着る物食べる物に贅沢はいたしません。一年に一度、盆祭りの日に、鰻と玉子焼きの載った素麺をいただきます。家族だけでなくお店の人たちも一緒にです。子どものころからその日が楽しみで一年を過ごしていたようなものです」

湿った風が鴨川の東から吹いておりました。油が流れているような川面(かわも)でしたが、月の光は幾筋もの光を作っております。

「川上屋の盆は、神通川の舟橋(ふなばし)の鮎寿司を買ってきて、みんなで食べるんだ。俺の家でも、それが一年に一度の贅沢だ」

「鮎寿司？　どんなお寿司ですか？」

「江戸の寿司と同じだそうだよ。鮎を三枚におろして塩にしばらく漬けておくんだ。米には薄めた酢をまぶしてあるよ。その鮎の身を握った米に載せてあるだけだけど、北国街道を旅する人は、この鮎寿司を食べるのを楽しみにしてて、舟橋の店の前には行列ができるよ。次の宿場で昼飯に食べたいって人には、笹や柿の葉で包んでくれるよ。盆の日は俺が朝に出かけて鮎寿司を買って、それを柿の葉に包んで桶に入れて八尾に夕方に帰ってくるんだ。十三になったときから、それは俺の仕事になったんだ。みんなで鮎寿司を食べ終わると、早く来年の盆が来ないかって思ったもんさ」

神通川は川幅が広いので橋を架けられません。それで小舟を何十隻も岸から岸へと並べて鎖で繋ぎ、旅人はその舟の上を歩いていくのでございます。だから舟橋でございます。鮎寿司を売る店は神通川の舟橋のところに何軒か並んでいるので「神通川舟橋の鮎寿司」として知られております。

「うわあ、おいしそうですねえ。でもいまは駄目です。昼から胸がむかむかするんです。八百政（やおまさ）のご隠居さんが、それは悪阻（つわり）というので心配することはないって教えてくれました」

宵五つ半（午後九時）ごろでしたが、長吉と才児はもう寝てしまっているはずでした。才児はときどき夜中に起きだして、自分の寝床を敷いた板の間で、なにかごそごそやっているときがあります。

わたくしがお登勢の首筋を手でさわりますと、うっすらと汗をかいておりました。悪阻のせいだと思い、わたくしは提灯の明かりで足元を照らして家へと帰りかけました。

話し声のほうに目をやると、三人の若い武士が鴨川の畔の道を五条のほうから四条大橋のほうへと急ぎ足で歩いてきました。暗くてよくは見えなかったのですが、いちばん歳若そうな武士が肩から提げている小荷物には長州藩の紋が描かれていました。

このごろ、いろんな藩のお侍が、鴨川の畔だけではなく家の前の松原通もよく通り過ぎていくとお登勢は言いました。土佐藩、長州藩、彦根藩、越前福井藩。きのうは薩摩のお侍も見た。

才児を起こさないように丹沢家の格子戸をそっと開けながら、お登勢は声を忍ばせて言いました。

第二十四章　大獄前

おはようございます。昨夜は、異常なほどの虫の声と急流の響きが混ざり合って、家がすっぽりとそのなかに包み込まれたようで、またなにかの凶事（まがごと）の兆しかと案じてしまい、わたくしは寝つけませんでしたが、あなた様はいかがだったでしょうか。

雲行きや樹木のしなりと風の湿りで、昼ごろから強い雨風であろうと村の人たちが言っております。山里に生まれ育った人々の、天気を読む知恵は侮（あなど）れません。

きょうは朝のうちだけお話をさせていただいて、昼の御膳代わりに御幣餅（ごへいもち）を焼いてもらったら、烈しい雨風に心をゆだねる日にしようかと思っております。それ以外に過ごしようがないと言ったほうがいいかもしれませんが。

*

お登勢の懐妊がわかった安政四年（一八五七）の夏から翌年の安政五年夏までに起こったさまざまな出来事は、越中富山の売薬業者の各地における情勢収集力をもってしても正確には摑みようがなかったのでございます。

安政四年の八月には、オランダから購入した蒸気帆船が回航されてきて幕府に引き渡され「咸臨丸(かんりんまる)」と名づけられました。

アメリカ公使ハリスの通商を迫る談判は執拗(しつよう)で、早くアメリカと修好通商条約を結ばないと、エゲレスが大艦隊を編成して攻めてくるぞと脅しつづけました。これは脅しではなく、ハリスにすれば切羽詰まった現実であったのであろうとわたくしはいまでも思っております。

この問題だけでも幕府には開国反対派が多くて意見がまとまらなかったところへ将軍継嗣問題が重なりました。

水戸の斉昭公の七男である慶喜公は一橋家に養子として入りましたが、英邁(えいまい)で度量もあり、虚弱な徳川家定公の跡を継ぐのはこの人以外にないと推挙する大名方は多くて、ほとんどその方向で決まりかけていたそうなのです。

公武合体派と言われた薩摩藩主や越前福井藩主、伊予宇和島藩主、土佐藩主、肥前佐賀藩主といった阿部正弘様と交友の深かった大名たちでございます。

ところが、紀州の徳川慶福公を次の将軍にと目論む者たちは、ひそかに江戸城の大奥や京の朝廷に働きかけて、じつに巧妙に工作していました。

徳川将軍家を継ぐ者は血統を第一とするという建前を利用しつつ、一橋慶喜公が大奥の女たちに蛇蝎(だかつ)のように嫌われている水戸の斉昭公の実子であることも、あらゆる方面から吹聴していきました。

大奥の女たちにすれば、一橋慶喜公が将軍になどなろうものなら、あの水戸の隠居が天下を取ったかのように我が物顔で江戸城に君臨すると考えられたのです。

あまりの過激な尊攘論を駄々っ子のように喚き散らす老公を隠居させて抑え込んだのは阿部正弘様でございますが、老中首座だった阿部正弘様は、水戸の老公を海防掛参与として江戸城に呼び戻してしまいました。

手近なところに置いておかなければ、なにをするかわからない。それよりも江戸城における重職を与えておくことで朝廷にどんな働きかけをするかわからない。外国との通商条約に反対する「獅子に毬を与えて」遊ばせておくという効果を狙ったのだと阿部様は近臣に語ったそうですが、それが計り知れない大きな裏目となったのでございます。阿部様の死後、水戸の老公の役職は免ぜられましたが。

将軍家定公は安政四年の暮れに、アメリカとの通商を開始すると告げました。それに至るまでの幕府の外国方の幕臣たちの苦労は並大抵なものではなかったそうでございます。それら幕臣の多くは、阿部正弘様の幕政改革で登用された旗本たちで、血統第一とする旧来の幕政体制であったならば断じて抜擢されることのなかった人々でございます。川路聖謨、岩瀬忠震、永井尚志といった名前が聞こえていました。

そして血統第一で重職についてきた幕臣たちは、能もないくせにそれを忌々しく思っておりました。

幕府は外国との通商を決め、アメリカのハリスとのあいだで仮条約を締結しましたが、開港場については交渉が難航しました。

ハリスは、江戸、神奈川、長崎、新潟、大坂、兵庫の六港を要求したそうでございます。しかし諸藩のなかには江戸や大坂や兵庫には難色を示す者が多くて、御老中の堀田様は、これを朝廷の勅許を得ることで押し切ろうとしたのでございます。

ですが、そのころには浪人学者や各藩の論客による宮廷工作は幕府の予想をはるかに超えて浸透していて、勅許を得るための幕府のお伺いはことごとく突き返されました。

なぜいまになって朝廷の勅許を事前に得ようとしているのかが、越中富山の廻船問屋でも薬種問屋でも話題になりました。江戸や大坂の商人にも首をかしげる人たちが多かったのです。

幕府は朝廷から政事を委任されている。委任されたのだから、いちいちお伺いをたてる必要はない。いかなる案件であろうとも、それは幕府が決定する。事後報告など形だけのものだ。

そういうやり方が二百五十余年間つづいてきたことになります。

そのために徳川家康公は江戸開府の際、京の朝廷が政事に口を挟むことを禁じたのでございます。

岩瀬浜の美濃屋幹兵衛様は、東照大権現様は天下を取って江戸幕府を開いたとき、この国から戦を終わらせることに心血を注いだのだ、と言いました。

天領はどこに、御三家はどこに、譜代大名はどこに、外様大名はどこに、という配置図を見ればそれがわかるし、江戸開府以来、武士たちに学問を奨励しつづけてきたことでもわかる。がんじがらめの身分制度も、参勤交代制度の厳しい遵守も、その一環だ。

だが、その学問奨励が、武士たちだけでなく商人たちにも「王」と「覇」を教える結果となり、この国の大義がどこに存するかを思考させた。儒学、国学、史学、漢詩、和歌。

それらはことごとく「王」と「覇」の明確な正義の在りかを考えさせたのだ。その行き着く先が、煮詰まった武士道と交り合って激越な尊王思想になるのは必定だったかもしれない。

美濃屋幹兵衛様が、わたくしにそう語ったのは京が殺戮の町と化した文久三年（一八六三）でございました。わたくしが、幕府は終わると考えたのもそのころでした。

安政五年（一八五八）の三月二十九日にお登勢は男の子を産みました。わたくしの父が太一郎と名づけてくれました。それからわずかひと月ほどたって、彦根藩主井伊直弼様が大老に就任しました。堀田正睦様という老中首座の上に、それまで名の知られていなかった井伊直弼様という人が大老として坐ったのでございます。

これも将軍継嗣問題が大きく絡んでいたのですが、井伊家は代々大老の家系で、それもまた飾り物に過ぎず、政事は堀田様主導で行なわれていくと誰もが思っておりました。

井伊大老がまもなく「安政の大獄」という剛力の行使者となって日本中を震撼させていくとは、さすがにそこまではわたくしどもにも読めなかったのです。

＊

新兵衛様の一貫堂への婿入りから、お登勢の懐妊がわかって出産までのあいだ、越中富山の売薬行商人である川上弥一はなにをしていたのか。長崎や長州などの西国行きはどうなったのか。

じつはそれどころではございませんでした。表には出しておりませんが、一貫堂は越中売薬京仲間組の販路の開拓を目的として再出発したのですが、洛中だけでなく洛外も京の薬屋が長く顧客を摑んできて、越中の薬屋はそのおこぼれを頂戴するといった程度の商いしか出来ていません。京は他国の薬屋にとっては、新しい得意先を得るのは難しい土地柄だということを思い知りました。正式には京仲間組というものはありませんが、わたくしどもはあえてその名称を使っておりましたので、ここでも京仲間組と呼ばせていただきます。

わたくしと長吉は安政四年から五年にかけて三回富山に帰り、高麗屋だけでなく他の薬種問屋とも綿密な打ち合わせを重ねて、山科（やましな）、伏見、淀に力を入れることに決めました。

実際に行商をする京仲間組の上縮とも意向を確かめ合って、まず伏見から下工作を始めたのは安政四年の夏でございます。

伏見は大坂から京へと上ってくる人たちも、大津のほうから京街道を下ってくる人たちも必ず通過しなければならない川湊であり宿場でもあります。全国に知られた酒どころで、船宿や宿屋が数十軒並んでいて、多くの大名屋敷もあります。公用で伏見に立ち寄る役人たちの宿泊のためでもあり、京を中心として動いている物産の購入のためにも大名の伏見屋敷は必要だったのでございます。

造り酒屋、宿屋、大名屋敷、飛脚屋。そこで働く人々。そして伏見に泊まる旅人たち。

伏見は賑わっておりますので、近江の薬売りという強敵が先に販路を握ってはいても、越中富山の「先用後利」という商いを拡げる余地は多いと、わたくしは判断いたしました。

まず近江の主要な薬屋を訪ねて、富山の薬も競争に参加させてくれるようにと挨拶をして廻りましたが、ああそうですかと受け入れてくれるはずはありません。

しかし、突然、商売敵が得意先を拡げ始めたとなると争いが生まれますので、事前にわたくしどもの計画を告げておくことから始めたのでございます。

わたくしと長吉と才児は富山から運んだ薬種で七種類の富山の薬を調合して、それを置き薬用の箱に入れて、伏見の船宿や宿屋に持ち込みました。旅をしている人々は水に当たったり、傷んだ食べ物を口にしたりで、胃腸をこわしやすく、宿屋で薬を求めることが多いのです。風邪を引いて、宿屋で三日も四日も寝付いてしまう人もいます。

わたくしども三人が行李に入れた置き薬を背負って伏見の船宿や宿屋を一軒一軒歩いたのは京特有の炎熱で眩暈が起こりそうな真夏でした。

うちは近江の薬で間に合っている、とか、うちは代々宮中に出入りする薬屋のものを使っている、とかで洟も引っ掛けないような扱いを受けつづけましたが、とにかく置くだけ置いてみていただけないかと頼み込んで、その年の夏には六軒の宿屋が富山の薬を置いてくれました。

次は大名屋敷と造り酒屋を廻りました。長吉は奉行屋敷の裏口から賄い方の役人に会って、土間で三十回くらい頭を下げたあげく、衿首を摑まれて放り出されたそうでございます。

そうやって町家、農家、商家も含めて十七軒の新しい得意先を得ることができました。

秋には山科を、冬には淀をと、わたくしども三人は歩きに歩いたのでございます。

安政五年の二月末、京には一尺ほどの雪が積もり、その日は淀行きを中止して一貫堂の蔵の整理で終日過ごして、三人で松原通の家に帰りました。

たぶん夜の九つ半（午前一時）ごろに丹沢家の建物が音をたてて揺れました。お登勢は、お腹の子を守ろうとして外へと逃げ出しかけましたが、揺れはすぐにおさまりました。

朝になって、いったいどのあたりで起こった地震であろうと長吉と才児と三人で話題にしたのですが、まさかそれが飛越大地震と呼ばれるようになる飛騨と越中との国境で生じた地震とは、そのときはわからなかったのでございます。

伏見の「鍵銀」から飛脚が来て、越中富山の城下も多くのつぶれた家屋があり、八尾では壊れつは壁が完全に崩れ落ちたというのです。

わたくしは自分の顔から血の気が引いていくのを感じました。すぐに富山へと思ったのですが、今庄の手前あたりからは雪が深くて、いつ富山に着けるのかわかりません。加賀金沢にも被害があったといいます。

坐して詳報を待つよりも、せめて金沢まででも行けるところまで行ってみようと長吉も才児も強く促しましたが、わたくしは鍵銀の次のしらせを待つことにいたしました。

父や母や弟はどうなったろうか。金沢のお登勢の家は無事だろうか。

夜も眠れず、御膳も喉を通らない日が五日つづきました。金沢や富山の周辺の道も崩れて、橋も幾つかは落ちてしまい、早飛脚も通行できなくなっていたのでございます。

高麗屋の半兵衛様から手紙が最初に届きました。

――いまはまだ混乱しているが、高麗屋そのものはたいした被害はなかった。お城の石垣が十二、三間崩れた。城下では南側の平吹町（ひらきまち）、千石町（せんごくまち）、大工町（だいくまち）あたりの被害が大きくて、崩れた土蔵に埋まって親子五人全員が死んだという家もある。八尾でもひとり死んだそうだ。弥一の家も瓦がみんな落ちて土蔵の壁がめくれたそうだが、家族はみな無事だ。

八尾の様子を見るために店の者を使いにやったが、神通川周辺は田圃からも畑からも水と砂が噴き出して、道も階段のように隆起して、とても歩けないので遠廻りをするしかなかったそうだ。

さっき届いたしらせでは、立山連峰の峰のひとつである鳶山（とんびやま）が大量の雪や氷と一緒に崩れ落ちて常願寺川の上流の村々はほぼ壊滅したという。

いまのところ判明しているだけで死者は百五十名、怪我人は五百名。これからもっと増えるだろう。藩の郡奉行所の役人たちも、村々へ助けに行きたいのだが、道そのものが消滅してしまって動きようがない。

射水の長吉の家も大事はないし、才児の実家も壁が落ちただけだ。

金沢もかなり揺れたが、城下町に死者が出たという噂はない。——

手紙を読み終えると、わたくしもお登勢も、長吉も才児も体中から力が抜けたようになり、丹沢家の一階の板の間に坐りこんでおりました。

ですが雪のほとんどが消えたであろう四月の初めに、わたくしと長吉と才児は富山に帰りました。途中、金沢のお登勢の実家に寄り、我が目で無事を確かめておいて、わたくしはふたりと別れて八尾に向かいました。神通川の周りは水びたしで、八尾の町も遠くからでもその異変がわかるほどでした。

そんなこんなで、やっと安政五年の春を迎えたのでございます。

春の行商が始まるころには、三つの地で合計三十二軒に置き薬の箱を置かせてもらえました。薬の代金を使った分だけ頂戴するのは京仲間組の行商人ですので、わたくしどもは薬がどのくらい使われているかを見て廻りました。そうしているうちに、少しずつ庄屋や町役や造り酒屋の番頭や手代や、宿屋の女中や奉公人と親しくなっていきました。

薩摩の城下や麓集落のような厳しい縛りがないので、置き薬の箱の中身を見せてもらいながらの世間話で、さまざまな風聞も得ることになります。

とりわけ伏見は全国でも有数の交通の要所ですので、西国、大坂、大津、草津、北国街道、木曾路、東海道で起こったことが多くの旅人の口から漏れ伝わる場所でもあるのです。

富山の薬をとりわけ気に入ってくれて、近江の薬を買わなくなってしまった船宿のご主人がおります。

船宿を二軒、宿屋を一軒営んでいて、伏見の町では十石屋新伍（じっこくやしんご）と呼ばれる俠客（きょうかく）のような風情（ふぜい）の大柄な男で、歳は四十でした。

船宿の多くは、淀川を上り下りする十石船や三十石船の船乗りや仲仕の泊まる宿で、八畳に十人くらいを詰め込み、風呂はなくて、飯も台所で立って食べる、といった安宿ですが、宿屋は風呂もあり、御膳は部屋に運んでくれて、頼めば仕出し屋から豪華な料理も取ってくれますし、酌婦（しゃくふ）も呼んでくれます。無論、酌をすることが目的の女ではございませんが。

十石屋新伍さんは、十年ほど前に船宿だけでなく「十石屋」という宿屋も持ちました。宿の格式は上中下と分けますと中の上といったところで、因州鳥取藩の定宿となっておりますし、若い彦根藩士が泊まることもあります。

「反魂丹は、噂には聞いてたけど、よく効く薬だな。あとでお代を払えばいいというのも理に適（かな）ってる。俺は、近江から越中に乗り換えだ。才児さんの、風邪に効く薬はありませんていう言葉も気に入ったよ。薬屋が、薬は病気を治しませんなんて言えるもんじゃないぜ。きょうは才児さんは一緒じゃないのかい？」

十石屋新伍さんがそう話しかけてきたのは、幕府がアメリカと通商条約を結ぶことに決めたが朝廷からの勅許が下りないという噂が京に流れていた安政五年の七月末でございます。

アメリカ公使のハリスとの交渉役として幕府目付の岩瀬忠震の名が聞こえておりましたし、彦根藩主の井伊直弼様が突然に大老に就任して三か月がたとうとしていたころでございます。

　さらに、いまにして分かることですが、将軍継嗣を一橋慶喜公ではなく紀州の徳川慶福公にすると決定してひと月ばかりのころで、第十三代将軍家定公が薨去（こうきょ）しました。

　島津のお姫様は、家定公にお輿入れしてたったの一年と八か月で未亡人となり、落飾（らくしょく）して天璋院と名乗ることになりました。

　つまり、わたくしどもが伏見、山科、淀で越中富山の薬の販路を拡げるために足を棒のようにして歩きつづけていた安政四年から五年という年は、日本国の政事に大異変がつづいていたのでございます。

「才児は、きのうきょうと帳簿と睨めっこをしております。とにかく算盤はほとんど使いませんので、わたくしが手伝うよりも才児ひとりのほうが速いし正確でございまして」

「算盤を使わない？」

「はい、頭のなかで算盤の珠が動くのだそうで。異国の言葉もいちど耳にしたら忘れません。江戸の蕃書調所に出入りする仲間組が耳にしてきたエゲレス語を、もう二十語くらい覚えてしまいました」

「へえ。エゲレス語といえば、江戸の旗本の家に中浜（なかはま）万次郎って土佐の漁師が預けられてるそうだぜ。旗本に取り立てられたって噂もあるけど、本当かねえ。寺子屋に行ったこともない漁師の子だぜ。軍艦操練所の連中はジョンマンて呼んでるらしい。船が難破してアメリカの鯨捕り船に助けられてアメリカに行って、アメリカの学校で勉強したってよ。よくも日本に帰れたもんだな」

わたくしは中浜の万次郎のことをすでに知っていたとは言わず、最近、京の洛中が賑やかになってきたと話題を変えました。

「伏見も同じだけど、ことしはちょっと賑わい方が違うぜ。彦根の伏見屋敷が賑やかだが、その賑やかさも、いつもと違うよ。長野主膳ていう藩お抱えの国学者がいるんだが、そいつが伏見から洛中へ、洛中から国許へと飛脚並みに行ったり来たりしてる。国学者というよりも肚の据わった剣客みたいなやつで、いやに目立つんだ」

いつもの賑わいとなにがどう違うのかを、十石屋新伍さんからそれとなく訊き出そうとしたとき、三十石船から降りてきたらしい商人風の男が汗まみれになって十石屋に入ってきて、かぶっていた笠を取りながら、薩摩守様が死んだそうだと言いました。

「薩摩守って島津斉彬様かい？」

「そうです。薩摩のお殿様ですよ」

わたくしは上がり框から立ち上がり、

「それは本当でございますか？」

と訊きました。

「本当ですよ。噂は三日前に耳にしたんですがね、わたしはきのう大坂の薩摩蔵屋敷に出入りする米問屋に確かめたんです。七月の十六日だっていいますがね、ひどい暑気当たりだそうですよ」

「暑気当たり？」

わたくしは真夏の薩摩を知りません。しかし、春でも秋でも、天気のいいときの肌が焼けそうな南国の日差しは体験しております。

それにしても、薩摩ほどの大藩のお殿様が死ぬほどの暑気当たりとは合点がいきませんでした。わたくしは急いで油小路の一貫堂へ戻りました。斉彬公の逝去の報は、まだ富山には届いていないと考えられます。

いったい薩摩藩の次の藩主は誰がなるのか。斉彬公のお子様は、みな幼いころに亡くなって、一年前に側室とのあいだに哲丸（てつまる）という男子が誕生しております。ですが、哲丸様はなんとも幼すぎます。

琉球から手を引いて、薩摩藩独自で外国との交易を図り、その主力を兵器売買に傾けるという斉彬公のなかでの未来図は継承されるのかどうか。

わたくしは京での生活のあいだに、富山の富蔵様や薩摩鹿児島の千鳥屋栄助さんとの手紙のやり取りで、斉彬公が目論んでいることの大方をそのように推理しておりました。そうでなければ、唐薬種を主とした清国との密貿易を捨てるはずはないのでございます。金の生（な）る木をみずから手放そうと考えるのは、それ以上の打出の小槌（こづち）を得る方策があるとしか思えません。

そのわたくしの推理には、銃や大砲などの売り買いがどれほど莫大な利益をもたらすかという古着屋せいさんの意見が大きく影響しておりました。飛越大地震から二か月が過ぎたころ、せいさんは長文の手紙を送ってくれて、自分が最近耳にした江戸の出来事を教えてくれました。その手紙には、外国商人の最大の商いは西洋式武器だと書いてありました。いや、戦争そのものが彼らにとっては商いとなるのかもしれない、と。多くの含みのある意見だとわたくしは思いました。

武器によって得る利益は唐薬種の密貿易とは比べものになりません。そこに新式の大船が加われば、薩摩藩は三百万両や四百万両など一年で稼ぎ出せます。

越中富山売薬業の死活に関わる薩摩藩の方向転換が、斉彬公の死で白紙に戻るのかどうか。

わたくしは斉彬公の計画などまったく憶測に過ぎないにもかかわらず、伏見から一貫堂への道々でそればかり考えておりました。

わたくしは、やはりいっときも早く長崎へ行かねばならないと思いました。わたくしどもの先人が知恵を絞ったのと同じように、唐薬種を大量に手に入れるための新たな航路を作らなければならない。通商条約が結ばれれば、開港地においては交易は自由となるのです。

大坂の薬種問屋も手をこまねいてはいないでしょうし、江戸、近江、伊勢、長崎、馬関などの抜け目のない商人たちも乗り出してくるでありましょう。

わたくしは高瀬川に近い丹沢家に行ってみました。当然のことながら手紙は届いていません。

顔を真っ赤にさせて汗を流して帰って来たわたくしを見るなり、

「どうしたんです？　なにがあったんです？」

とお登勢が心配顔で訊きました。生まれて四か月になる太一郎は二階で寝ておりました。わたくしは島津斉彬公が死んだことをお登勢に伝えました。

それが越中富山売薬業にとってどれほどの大事かをわかっていないのですから、

「それでそんなに汗をかくほどに急いだんですか？　井戸のお水でさっと体を流しましょう。着物も着替えないといけませんよ」

とお登勢は娘時代よりもふっくらしたのんびり顔で言いました。

わたくしも、あのときなぜあんなに切羽詰まった気持ちになっていたのかと、いまになれば笑ってしまいそうになります。

世の流れは誰も押し止めることは出来ず、世の中は変化しつづけていて、変化しないものなどなにひとつないと、いまは骨身に徹して知っておりますが、安政五年のころのわたくしは、変化に先立ってなにか手を打たねばならないと、むきになっておりました。

思えば、越中八尾の紙問屋の倅が十六歳で突然高麗屋に奉公に上がったころから、わたくしどもの国は大きな変化を強いられてきました。

その変化の只中で、清国、薩摩藩、越中富山、蝦夷地という広大な交易圏の存在を知り、アメリカ船の来航、オロシア船の来航、外国との和親条約締結、通商条約の締結という烈しい移り変わりを見て来たのです。

その変化のなかにあって、いささかも変わらない売薬行商人たちの寡黙で一途で誠実な商いも我が目で見て来たのです。

一途で誠実なものだけが勝つ。策ではない。そのときそのときで知恵の限りを尽くす。そして忍耐、忍耐、忍耐だ。

耐えるためには勇気が要る。勇気がなければ努力を持続しつづけることは出来ない。

それを、わたくしは行商ではなく、ただ薩摩と富山を合計で七十日かけて往復するという、無駄と思える一種の苦行を数年間つづけることで学んだのでございます。

わたくしは井戸の水で汗を流しながら、北国街道を、日向街道を、薩摩街道を、黙々と歩いて行く薩摩仲間組たちの姿を思い浮かべていました。

日は落ちかけていましたが、わたくしは四条錦小路の薩摩藩邸に行ってみようと思いました。

「すぐ帰ってくるよ」

目を醒まして泣いている太一郎のところへと箱梯子を上がっていくお登勢に言って、わたくしは鴨川の畔を四条大橋のほうへと歩いて行きました。

京に来たころ、地理を覚えるために、わたくしはあちこちを歩き、そのたびに薩摩屋敷の前には必ず行きましたが、この一年ほどは伏見や山科や淀ばかりに足を運んで、松原通から北へは行く機会がなかったのです。

京の薩摩藩邸ではなにか目立つ動きがあるかもしれないと見当をつけたのですが、門は閉ざされて、藩邸はひっそりとしておりました。

商家の奉公人が道に迷っているといったふうを装って、錦小路を行ったり来たりしておりますと、

「弥一ではないのか？　おい、弥一、弥一」

と呼び止められました。

薩摩藩邸の門の近くに園田矢之助様が立っていたのでございます。

「お前、こんなところでなにをしておるのだ」

「園田様こそ、江戸勤めではありませんか？」

園田様は、薩摩で逢ったときとまったく変わりはないのですが、達磨に似た目鼻立ちに磨きがかかって精悍(せいかん)さを増したように見えました。

「わしは京の藩邸に御用があって、きのう江戸からのぼってきたんだ。河原町に我が藩御用の宿

屋があって、そこに泊まっておる。ちょっと用を済ませるから、待っておれ。飯でも食おう」

いかり肩を揺するようにして、園田様は四条通のほうへと歩きだしました。

小路を入って、また別の小路へと曲がると、どうにも宿屋とは思えない、町屋風の二階屋へと入って行き、すぐに出て来て、

「お前がなぜ京におるのか、まだ聞いておらんぞ」

と園田様は言いました。

わたくしは、西本願寺の近くにうまいうどん屋があると誘いました。

「西本願寺？　ちょっと遠くはないか？　わしはきのう江戸から東海道で京に着いて、あんまり歩きたくないな」

「歩きながら、弥一の京での御用を説明いたします」

「それよりも、なんで藩邸の前をうろうろしておったんだ？」

「斉彬公がお亡くなりになったという噂を耳にいたしまして」

園田様は、獅子鼻を指でこすりながら、

「さすがは富山の売薬。早いな」

と言いました。

「本当なのですね？」

「ああ、藩邸の何人かは慌てて薩摩に帰った。大坂蔵屋敷も、空っぽ同然だ」

「藩主はどなたがお継ぎになるのでございましょう」

わたくしは、次の藩主次第では再び薩摩仲間組の行商差留めという事態が起こるのではないか

と案じたのです。

*

ああ、やはり雨が降りだしました。これはかなり強い雨になりそうです。風も強くなってきましたね。きょうはこのへんで終わらせていただくことにいたします。

【主要登場人物】

川上弥一（わたくし）…越中富山の売薬人
　お登勢……………弥一の妻
　太一郎……………弥一の長男
梅本金兵衛…………薬種問屋・高麗屋の主
　半兵衛……………高麗屋の跡継ぎ
　長吉………………高麗屋の若い衆。のち京の一貫堂手代見習いに
　才児………………高麗屋に入った奉公人。とび抜けた知恵者。のち長吉と共に京に出る
寺田幹兵衛…………富山の廻船問屋・美濃屋の当主
鍵川万之助…………富山で一番の飛脚屋・鍵銀の跡継ぎ（若頭）
緒方喜重郎…………富山藩反魂丹役所の役人
尾田静櫓（せいさん）…元旗本だが、古着屋を営む。学問に通じている
上野富蔵……………薬売り・薩摩組の頭
千鳥屋栄助…………薩摩の小間物商。富蔵の幼馴染
満井屋彦次郎………薩摩藩御用商人の棟梁
園田矢之助…………薩摩藩御製薬掛目付
河村竹乃丞…………園田矢之助の上役
一貫堂………………京油小路の老舗薬種屋。高麗屋の末っ子・新兵衛が婿養子に入る

【江戸時代の単位換算表】

（距離・長さ）
一里＝約四キロ
一町＝約一〇九メートル
一間＝約一・八メートル
一尺＝約三〇・三センチ
一寸＝約三・〇三センチ

（重さ）
一貫＝三・七五キログラム
一斤＝六〇〇グラム
一匁＝三・七五グラム

（時間の長さ）
小半刻、四半刻＝三十分
半刻＝一時間
一刻＝二時間
※季節によって変わる不定時法なので目安。

貨幣は、幕末は変動が激しいため省略したが一両は四分＝四〇〇〇文にあたる。

【富山の薬売りの専門用語】

〈先用後利〉　使った薬の代金をあとで支払ってもらう商法。

〈仲間組〉　各職域における秩序と商権を守るための「株」を持つ者の組織。互助組合。

〈向寄(むかいより)〉　仲間組の地域内における異なる商圏。

〈上縮(うわしまり)〉　ひとつの仲間組の統率者、仲間組内での責任者として選ばれる。ひとつの向寄でも上縮がいて行商人に指示・助言する。現場の何人かの上縮のなかに代表の上縮がいる。

〈脚(きゃく)〉　越中富山の売薬業者における株の名称。名義人がひとりで廻れる商売範囲を示す。名義人の意思によって売買が可能。

〈ル直し〉　行商人が古くなって各家庭から回収した薬を直すこと。薬の修繕をして薬袋も新しいものに入れ替えて、再び置き薬として使えるようにする。

【二月後半発売・第二巻予告】

弥一らは京に拠点を移す。
幕府側と薩摩・長州がにらみ合う
京では血なまぐさい争いが始まる。
薬売りたちは命を救うために
奔走する――

初出　「文學界」二〇一五年四月号～八月号、十月号～
二〇一六年二月号、四月号～八月号、十月号～
二〇一七年二月号、四月号～七月号

装画　村田涼平

後ろ見返し地図　『大日本国沿海略図』
（TOPPANホールディングス株式会社　印刷博物館蔵）

装丁　大久保明子

宮本輝　みやもと・てる

一九四七年、兵庫県神戸市生れ。追手門学院大学文学部卒業。広告代理店勤務等を経て、七七年「泥の河」で太宰治賞を、翌年「螢川」で芥川賞を受賞。その後、結核のため二年ほどの療養生活を送るが、回復後、旺盛な執筆活動をすすめる。『道頓堀川』『錦繍』『青が散る』『流転の海』（全九部。毎日芸術賞）『春の夢』『優駿』（吉川英治文学賞）『約束の冬』（芸術選奨文部科学大臣賞）『骸骨ビルの庭』（司馬遼太郎賞）『田園発　港行き自転車』『よき時を思う』等著書多数。

ISBN978-4-16-391936-2

潮音（ちょうおん）　第一巻

二〇二五年一月三十日　第一刷発行

著　者　宮本輝（みやもとてる）

発行者　花田朋子

発行所　株式会社　文藝春秋

〒102―8008　東京都千代田区紀尾井町三―二十三

電話　〇三―三二六五―一二一一

印刷所　大日本印刷

製本所　大口製本

DTP制作　ローヤル企画

万一、落丁・乱丁の場合は、送料当方負担でお取替えいたします。小社製作部宛、お送り下さい。定価はカバーに表示してあります。

本書の無断複写は著作権法上での例外を除き禁じられています。また、私的使用以外でのいかなる電子的複製行為も一切認められておりません。

©Teru Miyamoto 2025　　Printed in Japan

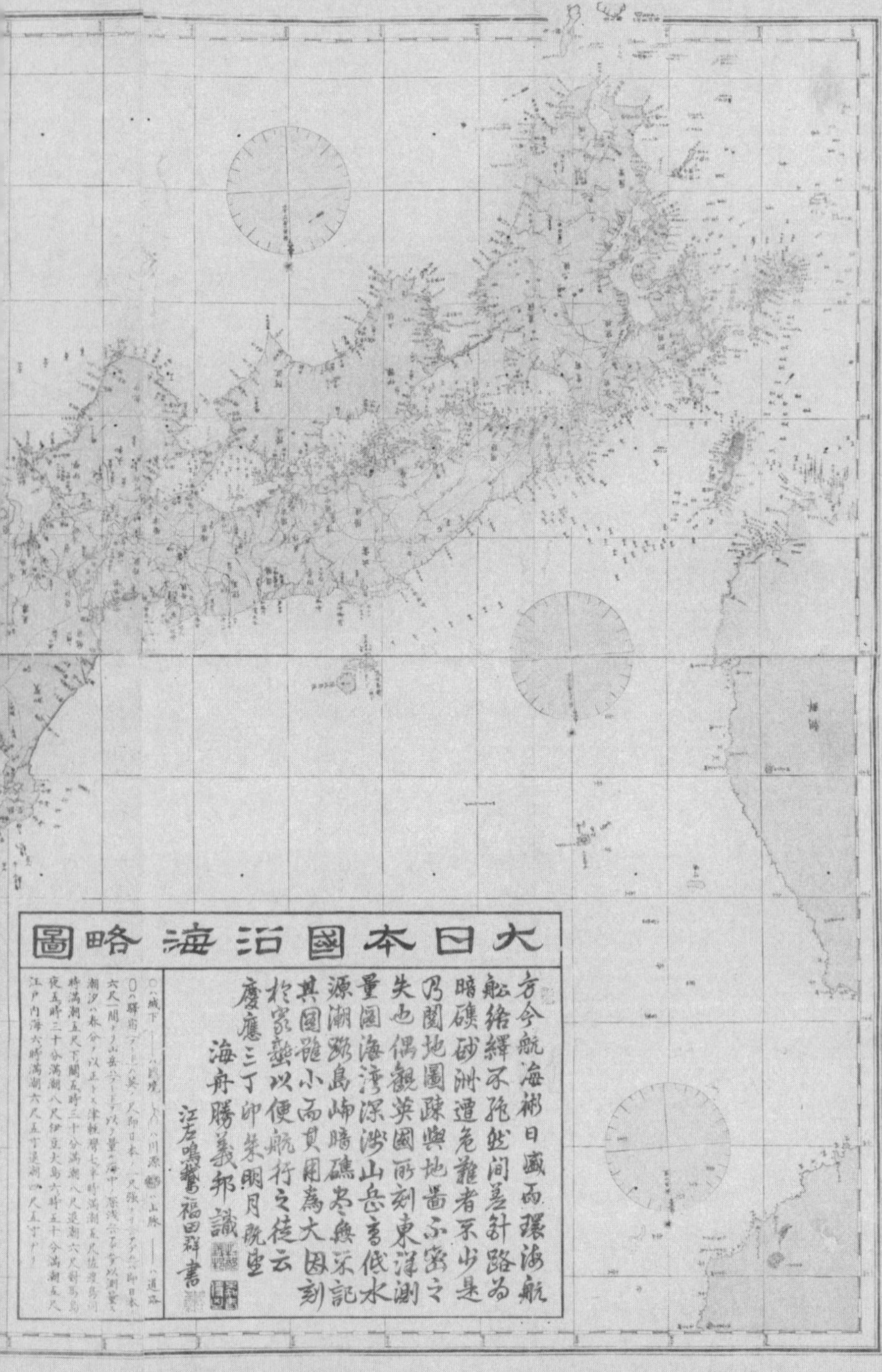
大日本國沿海略圖
方今航海術日盛而環海航
船絡繹不絶然間蒙針路為
暗礁砂洲遭危難者不少是
乃関地圖疎與地畫不密之
失也偶観英國所刻東洋測
量國海湾深渉山岳高低水
源潮汐島嶼暗礁悉無不記
其圖雖小而貫用為大因刻
於家塾以便航行之徒云
慶應三丁卯榮明月既望
海舟勝義邦識
江左鳴鸞福田𢈶書
〇ハ城下 ——ハ國境 人ハ川源 ◎ハ山脈 ——ハ道路
潮汐ハ春分ヲ以正トス津軽湾七半時満潮五尺佐渡島同
時満潮五尺下関五時三十分満潮八尺退潮六尺對馬島
夜五時三十分満潮八尺伊豆大島六時五十分満潮五尺
江戸内海六時満潮六尺五寸退潮四尺五寸ナリ